La danse du temps

L'Insoumise

Catalogage avant publication de Bibliothèque et Archives nationales du Québec et Bibliothèque et Archives Canada

Solice, Lila

La danse du temps

(Collection « Sixième sens »)

Sommaire: t. 1. L'insoumise.

ISBN 978-2-89074-982-5 (v. 1)

I. Titre. II. Titre: L'insoumise. III. Collection: Collection « Sixième sens ».

PS8637.O425D36 2011   C843'.6   C2011-940067-7
PS9637.O425D36 2011

Édition
Les Éditions de Mortagne
Case postale 116
Boucherville (Québec)
J4B 5E6

Distribution
Tél. : 450 641-2387
Téléc. : 450 655-6092
Courriel : info@editionsdemortagne.com

Dépôt légal
Bibliothèque et Archives Canada
Bibliothèque et Archives nationales du Québec
Bibliothèque Nationale de France
2e trimestre 2011

ISBN : 978-2-89074-982-5

1 2 3 4 5 – 11 – 15 14 13 12 11

Imprimé au Canada

Nous reconnaissons l'aide financière du gouvernement du Canada par l'entremise du Fonds du livre du Canada (FLC) et celle du gouvernement du Québec par l'entremise de la Société de développement des entreprises culturelles (SODEC) pour nos activités d'édition. Gouvernement du Québec – Programme de crédit d'impôt pour l'édition de livres – Gestion SODEC.

Membre de l'Association nationale des éditeurs de livres (ANEL)

Conseil des Arts du Canada   Canada Council for the Arts

Lila Solice

La danse du temps

L'Insoumise

ÉDITIONS DE MORTAGNE

À Cesar,
notre histoire m'a inspiré ce roman.

REMERCIEMENTS

Les enseignements créatifs de Jeanne-Marie Gingras m'ont appris à puiser au cœur de mon imagination afin d'écrire.

La lecture assidue et les commentaires de deux amies très chères, Denise Chalifoux et Marina Paquet, ont permis que le premier jet de ce texte devienne roman.

Chantal Larochelle m'a mise en contact avec M. André Petrowski, qui lui, a su me redonner confiance au moment opportun.

Ma fille Anaïs a pris la peine de fouiller la bibliothèque de l'Université de Sherbrooke à la recherche de livres sur l'histoire de l'Espagne au Siècle d'or.

Chloé Poitras, des Éditions de Mortagne, m'a guidée pas à pas dans la réalisation finale de ce livre.

Enfin, de nombreux amis m'ont soutenue et encouragée tout au long de ce travail.

Un gros merci à tout ce beau monde !

Pendant un moment nos vies se sont rencontrées,
nos âmes se sont touchées.

Oscar Wilde

Prologue

Dimanche, 13 mars

J'étais envoûtée. Envoûtée par ce rythme gitan intense, enivrant comme un bon vin chaud. Je sentais sur mes joues des larmes d'émoi perler doucement. De temps en temps, j'allais cueillir, du bout de la langue, leur goût salé à la commissure de mes lèvres. Je recevais en plein cœur la voix du chanteur, rauque et puissante.

Elle se glissait fermement entre le rythme du tambour et la mélodie sinueuse du violon. J'avais fermé les yeux pour mieux ressentir cette musique qui faisait vibrer chaque fibre de mon être. La danse, la danse salvatrice, exutoire à mes peines depuis plusieurs années, m'emportait sur ses ailes mouvantes, me faisait tournoyer. Ce soir, un feu vif coulait dans mes veines. Je traduisais les notes endiablées par les mouvements fluides de mon corps. J'étais la danse. Elle vivait en moi, cette danse, de son propre souffle.

Tout s'était estompé sauf l'impression, de plus en plus précise, d'avoir été happée par une tornade à l'intérieur de laquelle je semblais monter de plus en plus haut et m'éloigner de la terre. J'avais déjà ressenti cette impression fuyante de me distancer du réel dans un tourbillon de jupe, mais jamais comme ce soir. J'étais entraînée dans un monde où je n'avais jamais pénétré. Je commençais à m'inquiéter mais, en même temps, un sentiment de liberté et de légèreté faisait naître en moi une exaltation grisante. C'est sans doute grâce à cette fièvre que je me suis laissé emporter à la dérive...

Puis, dans la foule houleuse, quelqu'un a marché sur mon pied et j'ai ouvert les yeux, stupéfaite. Mon cerveau enregistrait trois choses presque simultanément : l'odeur moite et âcre des gens autour de moi, un mal de tête lancinant qui m'avait assaillie sans que je m'en rende compte, et enfin, ce pied que je regardais et qui devait logiquement m'appartenir, chaussé d'un soulier d'une autre époque, en cuir brun, long et légèrement pointu. J'essayais de me souvenir... Il me semblait être venue à Montréal avec Michelle pour profiter d'une soirée de musique gitane. Mais d'où venaient ces étranges souliers ? Pour venir danser, j'avais mis mes sandales à semelles plates, légères et souples, retenues par des lanières de cuir. Aucun rapport avec ce que je voyais ! Je me suis dit qu'en me pinçant le bras, ma mémoire s'éveillerait peut-être, mais là, nouvelle surprise : il était couvert d'une manche de brocart vert. Je l'ai tout de même pincé, par-dessus ce tissu insolite.

C'est alors que je suis devenue le témoin silencieux d'une scène de plus en plus nette. Une jeune femme, assise par terre sur des coussins de velours aux teintes chatoyantes, était prostrée et s'épongeait les yeux avec un mouchoir de lin blanc. Je percevais ses sanglots étouffés, comme si elle craignait qu'on l'entende. Ou peut-être n'osait-elle pas laisser déferler sa peine, de peur d'être emportée par le désespoir ?

J'étais figée de stupeur. À l'arrière-plan, un violon jouait sur un crescendo d'une douceur et d'une volupté presque insoutenables. Suspendue entre ciel et terre, j'observais cette femme et je ressentais sa détresse, avec l'impression troublante d'être spectatrice et actrice tout à la fois. Quel était donc ce lien qui se nouait, si fort, entre elle et moi ?

14

La pièce où elle se trouvait était sombre, traversée de biais par un unique rayon de soleil qui l'éclairait faiblement. À ses côtés, un petit chien roux et blanc cherchait son attention. Haletante à force d'avoir pleuré, la jeune femme offrait son mince visage à la douceur de la lumière. Je lui donnais dix-sept ou dix-huit ans, peut-être seize. Difficile à dire, sous cet éclairage diffus. Elle portait une robe vert forêt au corset ajusté par des cordons de soie rose torsadée, sous laquelle apparaissaient les manches bouffantes et le haut plissé d'une longue chemise de couleur écrue. De sa chevelure d'un noir aile de corbeau, tressée derrière son dos, s'échappaient des mèches folles et ondulées.

Soudainement, j'ai su d'où venait son tourment. Comme si elle communiquait avec moi par la pensée. Elle voulait que je comprenne la raison de son chagrin : la perte récente de son grand amour. Oui, je le sentais très fort, car j'avais déjà vécu une peine semblable.

Je m'étonnais encore de me sentir si liée à elle. La musique passionnée de ces Gitans semblait faire un pont, sans que je comprenne comment, entre son univers et le mien, entre ses sentiments et les miens.

Et tout à coup, elle a relevé la tête et m'a fixée droit dans les yeux, avec un regard profond et implorant. Ses yeux verts lançaient des éclairs de détermination et perçaient comme des étoiles son visage hâlé. Ses mains fines aux longs doigts tordaient son mouchoir, comme pour se donner une contenance dans la peine. Son air, à la fois fragile et volontaire, m'a bouleversée.

Je sentais qu'elle voulait que j'en sache plus. Qu'avait-elle de si important à me confier ? Je retrouvais cette lueur dans ses yeux, lueur dont j'avais depuis longtemps perdu le souvenir. Et cette force malgré la peine. Curieusement, ce contact inexplicable me procura une grande joie. Pas l'exaltation de l'aventure, non, une joie douce, légère, rafraîchissante comme une brise d'été... C'était bien elle... Mariana, mon amie d'enfance imaginaire. « Imaginaire », c'est ce que le psychologue

15

avait dit à mes parents, inquiets de me voir jouer avec une amie invisible. Il leur avait assuré que ça passerait avec l'âge, ce qui ne fut pas mon cas.

Puis, instantanément, mon amie a disparu et je me suis retrouvée dans mes propres sandales, sur l'estrade de bois, en plein milieu de la piste de danse. Les dernières notes de musique résonnaient encore dans le silence provoqué par les musiciens qui faisaient une pause.

Ébranlée, j'ai jeté un coup d'œil tout autour de moi.

Combien de temps a duré ce voyage, cette étrange traversée dans le temps ?

Impossible à dire, mais le désarroi qu'il a semé en moi n'est pas passé inaperçu aux yeux de Michelle...

France referma son journal.

Elle revoyait son amie lui tendre son verre de vin avec un sourire perplexe alors qu'encore abasourdie, elle prenait place à leur table.

– Merci, je suis exténuée !!!

Doucement, elle avait fait tourner la coupe entre ses mains, ressentant la rondeur du verre lisse contre ses paumes, comme si elle espérait que ce contact la ramène dans l'ici et maintenant. Puis, en songeant à Mariana, lentement, France avait porté le verre à ses lèvres asséchées.

Aux tables voisines, on riait et discutait avec entrain. Après s'être repu de danse, chacun s'abreuvait d'un vin qui coulait en abondance. Un homme assis tout près de Michelle, les yeux pétillants, les cheveux humides collés sur la tête, s'était rafraîchi en effleurant ses joues et son front de son verre de bière froid.

Un grand frisson parcourut le corps chaud de France, qui observait son manège. Elle avait l'impression qu'une grande déferlante l'aspirait loin du rivage, vers les profondeurs de la mer, pour la rejeter ensuite sans ménagement sur la plage. L'épuisement l'avait complètement envahie, d'un seul coup. La froideur inexplicable de ses mains, sans doute due à ce curieux voyage dans le temps, défiait curieusement la chaleur de son front. Instinctivement, elle avait refermé la paume sur le médaillon ancien qui pendait à son cou. Et sa main avait immédiatement retrouvé une tiédeur bienvenue. C'est à ce moment qu'elle s'était rendu compte que le bijou irradiait sa propre chaleur... Tout ça n'avait vraiment aucun sens !

– Si tu t'étais vue !!! lui lança Michelle, une lueur taquine au coin de l'œil. Tu avais l'air en transe. Tu étais là, à danser, mais j'avais l'impression que tu te trouvais ailleurs, quelque part bien loin d'ici. L'expression sur ton visage était la même que celle que tu affichais quand tu as trouvé ton médaillon, chez le brocanteur, l'été dernier.

1

Séville, juin 1632

Le vieux fermier suivait tranquillement sa vache. Il la connaissait bien, son Emma. Il savait qu'elle aimait sortir de son enclos de temps en temps pour sentir sous ses sabots un sol inconnu, moins foulé. Et comme elle lui apportait quotidiennement un bon lait riche et tiède, il fermait souvent les yeux sur ses escapades. Il agitait son chapeau de paille afin de la diriger, en lui disant des mots doux :

– Allez ma belle, c'est le temps de rentrer à la maison.

Mariana, assise à califourchon sur la clôture, sa robe bordée de dentelle enchevêtrée dans les perches, le regardait faire en soupirant. Elle aussi devrait rentrer bientôt à la maison. Elle aimait se soustraire de temps à autre à la vigilance de sa nounou pour connaître un peu mieux le monde extérieur contre lequel on la protégeait trop fermement. La fillette avait souvent l'impression de regarder le monde du haut d'une tour, sans pouvoir vraiment y participer. Sa chienne Irma gambadait autour d'elle, fringante et heureuse d'être dans les champs. Mariana soupira ardemment... Comme elle aimerait jouir de la liberté de sa petite chienne ! Pourtant,

Irma, fidèle à sa jeune maîtresse, ne cherchait pas à s'en éloigner ; elle courait devant à folle allure, mais revenait toujours très vite.

— Bonne petite ! lui dit la fillette, tout en se penchant pour lui caresser la tête.

Elle sauta en bas de son perchoir, roula au sol avec Irma dans ses bras, se mit à genoux, prit la tête de sa chienne adorée dans ses mains et déposa un léger baiser sur son museau. Puis, vive comme l'éclair, elle remonta sur la barrière pour reprendre son observation.

Le fermier avait remis son vieux chapeau pour se protéger du soleil d'après-midi. Son large rebord tout effrité et sa paille brunie dénonçaient de longues années de service. Mais le vieux, qui n'avait jamais connu les belles parures du seigneur, tenait à son chapeau comme à la prunelle de ses yeux. Le soir, il le suspendait toujours au même crochet, près de la porte. Il possédait aussi, pour le dimanche, un couvre-chef de feutre noir qu'il portait fièrement pour aller rendre grâce à son Dieu.

Bâton de marche en main, il s'approcha de la gamine.

— Hé ! petite, que fais-tu si loin de chez toi ? Monsieur ton papa ne serait pas content de te savoir ici.

— Je sais bien, monsieur Cordova. Mais j'ai besoin de courir dans les champs, de me sentir libre. J'aime le vent et le soleil. Mon père voudrait toujours me garder à l'intérieur de la maison. Il dit qu'une jeune fille de bonne famille doit avoir la peau blanche. Mais moi, monsieur Cordova, je veux vivre dehors !

Du haut de ses neuf ans, Mariana possédait une volonté remarquable. Son petit visage pointu encadré d'une chevelure noire ondulée, ses yeux pâles, légèrement étirés vers les tempes et son indomptable *caractère* lui avaient valu toute jeune le surnom de « la louve ».

– Monsieur Cordova, me laisseriez-vous, s'il vous plaît, toucher votre vache ?

– Tu n'as pas peur ? D'habitude, les filles sont plus aptes à manier l'aiguille qu'à se frotter à une vache.

– Mais non, je n'ai pas peur. Et d'abord, pourquoi est-ce que je devrais avoir peur ? Les filles ne sont pas toutes des froussardes, vous savez.

– Bien sûr que non, petite. Les filles de la ferme, elles, savent comment s'occuper d'une vache. Elles savent l'approcher gentiment, lui parler doucement pour lui demander son lait. Elles apprennent très jeunes à l'apprivoiser. Mais toi, tu es la fille du seigneur, ce n'est pas pareil. Regarde ta sœur aînée, une vraie demoiselle qui se comporte comme une dame. Toujours la tête haute, comme monsieur ton père. Même à ton âge, elle avait déjà l'air d'une dame !

– Oh ! Je sais, mais elle est tellement ennuyante ! Elle croit toujours avoir raison, elle dit que j'aurais dû naître en garçon, et elle me dénonce dès qu'elle s'aperçoit que j'ai commis une faute. Rien ne l'intéresse à part ses belles robes de velours ou de soie. Elle rêve déjà au prince charmant qui l'emportera dans son carrosse aux armoiries toutes flamboyantes de couleurs.

– Bon, bon, laissons ta sœur. Et toi, friponne, dit-il en se penchant vers Irma, comment vas-tu ?

La petite chienne, qui adorait qu'on s'occupe d'elle, couina de bonheur en approchant sa tête de la main du vieil homme.

– Alors, monsieur Cordova, je peux y toucher, à votre vache ?

De ses gros bras musclés, sentant bon le foin, la terre et le navet, il empoigna Mariana par la taille et l'appuya sur sa hanche gauche.

– Tiens, tu peux caresser son museau, elle adore ça.

– Ohh... son poil, il est aussi doux que celui d'Irma, mais plus court ! Elle me regarde. Je crois qu'elle aime bien que je la caresse, n'est-ce pas ?

– C'est qu'elle se comporte comme une jeune fille à ses premiers émois, mon Emma.

Le fermier porta sur sa vache un regard attendri.

– Ça va, petite ? Je peux te déposer maintenant ?

– Oui, monsieur Cordova, merci, merci ! Vous m'avez fait un grand plaisir.

Le vieux, tout sourire, regardait Mariana s'éloigner, suivie d'Irma qui ne la lâchait pas d'une semelle. Tout en tournant le coin de sa moustache entre le pouce et l'index, il se disait que cette petite méritait bien son surnom. Sauvage, tenace et indépendante comme la louve. Avec ce tempérament, elle causerait sûrement bien des tracas à ses parents. Rien à voir avec sa sœur, Pilar ; le teint et les cheveux beaucoup plus clairs, le port altier, Pilar connaissait son rang et ne le laissait pas oublier à ceux qu'elle considérait déjà, à treize ans, comme des vassaux.

Le seigneur était un homme juste, il traitait bien ses fermiers et Constantino n'avait pas à se plaindre. Sa famille avait toujours bien vécu sur les terres de monsieur. Mais il était d'une rigueur qui donnait froid dans le dos. Homme austère, un sourire apparaissait rarement sur ses lèvres minces. Oui, Pilar ressemblait bien à son père. Quant à Mariana... c'était difficile à dire. Elle tenait définitivement plus de sa mère, mais ses cheveux, noirs comme du charbon, et son teint si brun, nul ne savait de qui elle les avait hérités. De lointains ancêtres, sans doute...

Mariana, elle, ne se posait pas de question sur la couleur de ses cheveux ni sur celle de sa peau. Ainsi étaient-ils, point. Et s'ils avaient contribué au surnom de « la louve », tant mieux ! Ce surnom lui plaisait, il la berçait et la caressait tendrement. Elle s'y lovait délicieusement, comme dans un cocon fait sur mesure pour assouvir ses désirs d'aventure et de liberté.

Sa mère, son frère Ricardo et la plupart des domestiques glissaient « la louve » dans leurs conversations avec un regard attendri et légèrement moqueur. Car la petite, malgré ses allures de sauvageonne, était désarmante par son charme et sa naïveté. Son père, lui, ne prononçait jamais ce surnom. Il craignait d'amplifier chez sa fille les caractéristiques indésirables de cet animal inapprivoisé. Que Dieu l'en garde ! Quant à sa sœur, elle crachait ce sobriquet avec un mépris non dissimulé. Elle aurait souhaité une benjamine pleine de grâce et de délicatesse, avec qui elle aurait pu partager ses rêves en chuchotant tout bas, le soir, dans la tiédeur des couvertures. Au lieu de quoi, Mariana préférait courir dans les champs et écouter les histoires de loup que la vieille Amanda lui racontait.

À quatre ans, Mariana, en faufilant sa petite main dans celle, toute sèche, de sa vieille nounou, lui avait demandé :

– C'est quoi une louve, Amanda ?

– Ah... une louve, mon enfant, c'est la femelle du loup.

– Alors, Amanda, pourquoi on m'appelle « la louve » ? Je suis une fille, pas un loup !

– C'est parce que tu en as le caractère. La louve est féroce, oui, mais c'est pour donner à manger à ses petits. Elle est fière, sauvage, indomptable...

– Ça veut dire quoi, indomptable ?

– Eh bien... ça veut dire que, comme toi, elle fait ce qu'elle veut la plupart du temps.

– Mais je ne fais pas toujours ce que je veux, je dois obéir à *mamá* et *papá*.

– Bien sûr, tu n'as que quatre ans. Mais tu te bats déjà pour ne pas te faire coiffer, tu te sauves pour aller trotter dehors, tu refuses de renoncer à tes idées. Tu fais des choses que les fillettes de ton âge ne font pas d'ordinaire, alors on dit que tu es indomptable, comme la louve.

– Dans ce cas, je suis bien contente de ressembler à une louve, Amanda... Mais, est-ce que c'est mal ?

– ... je ne crois pas, non. Bien sûr, tu dois respect et obéissance à tes parents et à tes aînés, mais...

La vieille se pencha lentement sur Mariana en s'appuyant sur l'accoudoir de la chaise. Une réconfortante odeur de lavande, toujours présente sur les vêtements de sa nounou, monta aux narines de l'enfant.

– Je vais te dire un secret, mon ange, mais ne le répète pas... Je crois que Dieu, dans Sa grande miséricorde, doit bien nous pardonner un petit écart de temps en temps.

Mariana avait sauté sur les genoux de la vieille. Elle se sentait si bien dans son giron. Elle voulait lui demander à quoi ressemblait une louve mais, avec l'insouciance de l'enfance, changea de sujet.

– Dis, Amanda. Tu as, toi aussi, des amis qui viennent dans ta chambre, le soir, à qui tu peux parler, mais que tu ne peux pas toucher ?

– Qu'est-ce que tu me racontes là ?

– J'ai une amie qui a les cheveux couleur feu, des yeux verts comme les miens, la peau blanche. Elle apparaît comme par magie et nous parlons ensemble.

– Shhh... ne dis pas de sottises, mon ange. Et n'en parle pas à d'autres, ils pourraient penser que ça ne va pas dans ta petite tête.

La nounou, qui reportait tout son amour sur les enfants du seigneur, éprouvait une tendresse particulière pour la cadette, si vive, si heureuse. Furtivement, elle fit bifurquer la conversation.

– Tu veux que je te raconte une histoire de loup ?

– Oh oui !!! S'il te plaît.

– D'abord, un loup, ça ressemble à un gros chien.

– Comme celui de monsieur Cordova ?

– Oui, mais en plus gros. Il y en a des noirs, des gris argenté et parfois, des blancs. Alors, écoute bien. Il était une fois...

La vieille Amanda venait d'une région austère où les histoires constituaient un repos bienvenu dans la vie quotidienne. Les bons conteurs, ceux qui savaient faire chavirer un cœur même endurci, qui savaient vous garder en suspens d'un silence à l'autre, ceux-là étaient prisés comme un coffre aux trésors. Amanda elle-même était devenue, au fil des ans, un coffre débordant d'histoires aux mille couleurs. Elle pouvait donc aisément satisfaire aux exigences de sa jeune maîtresse.

Mariana avait grandi au travers des récits fabuleux de sa nounou et, à neuf ans, ressentait toujours la même fierté pour le surnom qu'elle portait.

Qui le lui avait attribué ? Amanda, la première à deviner chez sa protégée l'essence énergique, volontaire, indépendante qui s'en dégageait ? Ou encore sa mère, partagée entre la crainte et la fierté qu'elle éprouvait pour sa fille ?

Peu importait à la fillette rebelle. Elle était et resterait toujours une louve.

2

Après avoir quitté M. Cordova, Mariana repensait à ce jour de l'année dernière, alors qu'elle et Pilar étaient assises avec leur mère Luisa au boudoir, occupées à broder. Les galops d'un cheval avaient retenti sur le chemin et le crissement des roues s'était fait entendre sur les cailloux.

– Qui cela peut-il être ? avait demandé Luisa en déposant son ouvrage sur une petite table pour aller voir à la fenêtre.

La voiture arrivait devant la maison et s'arrêtait. Le cocher était descendu de son siège pour ouvrir la porte au passager.

D'emblée, un homme encore jeune sauta vivement sur le chemin, sans toucher au marchepied. Aussitôt à terre, il courut derrière le carrosse pour prendre ses bagages. Un bosquet de rosiers le cacha partiellement à la vue de Luisa. Elle attendait, le cœur battant. Se pouvait-il que ce soit lui ? Son Edmundo qu'elle n'avait pas revu depuis six ans ? Son frère bien-aimé ? Il avait tourné la tête vers la maison tout en avançant, un gros sac de voyage à la main. De l'autre, il faisait de grands signes.

Sans perdre une seconde de plus, Luisa courut à la rencontre de ce jeune frère dont elle avait pris soin, enfant, et se jeta à son cou. Des larmes de joie coulaient sur ses joues.

Edmundo les essuya de son index.

— Suis-je bête, Edmundo, n'y prends pas garde, je suis si émue de te revoir.

Ses deux mains nouées derrière la nuque de son frère, elle détaillait minutieusement son visage : ses yeux rieurs et vifs, son nez long et busqué, ses pommettes hautes, sa bouche moqueuse et la fossette qui ornait le milieu de son menton. Malgré leur douceur encore apparente, ses traits s'étaient légèrement durcis.

— Edmundo, que me caches-tu, mon frère ?

— Mais rien du tout, voyons. Qu'est-ce qui te fait croire une chose pareille ?

— Je ne sais pas... ton expression me paraît un peu plus âpre qu'à ton dernier voyage.

— C'est l'âge, ma chère.

— M'as-tu tout raconté, dans tes lettres, ou me caches-tu des difficultés quelconques ?

Elle désirait si fort le reprendre sous son aile, le couver de son attention, le protéger de lui-même. Ses beaux cheveux bruns, séparés en leur centre, étaient noués derrière la tête par un lacet de cuir. Il n'avait jamais porté la perruque, qu'il abhorrait. Heureusement, dans le Nouveau Monde, elle n'était pas de mise. Elle enroula l'index de sa main droite dans une mèche de sa couette, comme pour le retenir plus longtemps. Et elle revit son frère, gamin, se sauvant pour ne pas se faire brosser et nouer les cheveux. Une douce complicité s'était ainsi tissée entre eux au fil de leur enfance.

– Mais, c'est que tu ne vieillis pas, toi, ma très chère sœur !

– Allons, allons, ne dis pas de bêtises, mon frère. Regarde les nouvelles rides que la vie m'a dessinées au front.

– Elles sont si fines, Luisa, et n'en font de toi qu'une plus jolie femme.

Toute la maisonnée était sens dessus dessous. Edmundo arrivait de Santiago, où il avait passé quelques années à faire du commerce. L'oncle Edmundo, l'aventurier, le mouton noir de la famille. Mariana savait que seule sa mère ne lui en voulait pas de sa vie remplie d'escapades ; elle l'aimait énormément et lui était toute dévouée. Comme il était de six ans son cadet, elle l'avait dorloté et lui avait chanté des berceuses pour l'endormir, le soir. Bébé, il la regardait amoureusement de ses grands yeux bruns. Plus tard, elle lui lisait des histoires dont ses préférées étaient sans conteste les récits fabuleux sur les aventuriers de la route de la soie. Magie, jalousie, amour et trahison s'entremêlaient pour créer un univers de soieries fines, de pierres rutilantes, qui étincelaient dans la prunelle du garçon. Tout jeune, il avait mis de côté son éducation d'aristocrate. Il préférait voyager en toute liberté de par le monde. Les légendes de la route de la soie, avec leurs caravanes traversant des contrées lointaines, l'avaient-elles envoûté, ensorcelé ? L'esprit du voyage ne le quittait plus. Il faisait partie de sa vie. Edmundo vivait en partie de ses rentes, et en partie de commerce – quand il s'arrêtait assez longtemps dans un pays.

– Pourquoi n'as-tu pas annoncé ton retour ? J'aurais fait préparer une chambre pour toi.

– J'avais envie de te surprendre, et je suis ravi de constater ma réussite, répondit Edmundo, avec un sourire taquin.

Luisa ne pouvait détacher les yeux de ceux de son frère. Un bonheur si grand emplissait sa poitrine qu'il prenait toute la place, ne lui laissant même plus le loisir de respirer. Elle appuya sa tête sur l'épaule de son frère et se laissa aller à rêver qu'il était de retour pour de bon.

Autour d'eux tournaient en piaillant Mariana et sa sœur, ainsi que Ricardo, qui venait d'entrer par la porte de la cuisine en entendant sa mère s'exclamer. Leur père était absent. Irma, elle, sentait craintivement de son long museau les jambes du nouveau venu. Mariana le trouvait beau. Grand, élancé, habillé de hauts-de-chausses bleu foncé, il portait une chemise d'un blanc immaculé, les manches nouées aux poignets.

Lorsque Edmundo fut enfin repu de ses retrouvailles et qu'il ouvrit grand les bras pour en libérer sa sœur, elle invita les enfants à saluer leur oncle.

– Oh ! ce qu'ils ont grandi, Luisa ! Toi, tu es sûrement Pilar, dit-il en s'approchant de la jeune fille réticente. Tu es de plus en plus belle chaque jour !

Sur ce compliment, Pilar redressa la tête et coula en direction de son oncle un regard de miel avivé par un sourire enjôleur. À treize ans, la jeune fille se souvenait très bien de lui, mais elle ne souhaitait pas lui prêter trop d'attention Après tout, n'était-il pas le mouton noir de la famille ? Elle fut néanmoins flattée des louanges de sa beauté. Après l'avoir salué comme il se doit, elle se retira, prétextant des études à faire.

– Et toi, mon ami, tu es certainement Ricardo. Quel homme tu fais, déjà ! Quel âge as-tu donc ?

– J'ai onze ans, *tio**. N'est-ce pas que je suis grand pour mon âge ?

Depuis le départ de son oncle, qui avait eu lieu bien avant sa naissance, Ricardo vivait ses aventures par procuration en écoutant sa mère lui lire les lettres de son frère, où il lui décrivait avec passion ses nombreux voyages et les multiples péripéties qui en découlaient. Il guettait l'arrivée de ces lettres, en admirait le papier brut souvent abîmé par la longue route, ressentait le mouvement de la vie d'Edmundo dans les mots fluides. Ricardo se disait que son oncle écrivait comme il vivait : de façon animée et mobile. Il était ébloui de se retrouver face à face avec cet oncle légendaire. Il voulait lui plaire par tous les moyens possibles. Il souhaitait tant lui ressembler quand il serait plus grand !

– Et cette petite, dit-il en se retournant vers Luisa, c'est bien ta Mariana ? Je n'en crois pas mes yeux ! Doux Jésus !

Se tournant vers Mariana, il ajouta :

– Tu n'étais qu'un bébé quand je t'ai vue pour la dernière fois, tu commençais à peine à babiller quelques mots. Comme j'ai ri alors ! Tu m'appelais *tio Mudo*. J'ai bien essayé de t'enseigner mon prénom, mais tu n'y arrivais pas.

Mariana était trop jeune pour se souvenir de lui. Elle n'avait que deux ans la dernière fois qu'il avait fait un saut chez eux. Il ne lui était toutefois pas inconnu et il représentait pour elle, à l'instar de Ricardo, tous ses rêves de liberté et de conquête du vaste monde.

* Oncle.

– Dis, *tio* Edmundo – tu vois, je prononce bien ton nom, maintenant –, tu m'emmèneras avec toi en voyage quand je serai grande ? avait demandé Mariana, un œil partiellement voilé par une boucle noire échappée de sa coiffure qui serpentait sur son petit visage éclairé par la curiosité.

– Mais non, Mariana ! Toi, tu es une fille et les filles ne voyagent pas ! s'était écrié Ricardo.

Marianna aimait beaucoup son frère. De deux ans son aîné, il était vif, drôle et curieux de tout. Il partageait avec sa cadette ses découvertes et l'entraînait parfois avec lui dans ses escapades, à l'insu de leurs parents.

Mais en cet instant, elle l'aurait volontiers étranglé. Elle s'empara de sa fidèle Irma et lui caressa les flancs pour se donner une contenance face à la trahison soudaine de son frère. Elle qui le croyait de son côté en tout temps !

– Il n'y a aucune raison pour qu'une fille ne puisse pas voyager, répliqua-t-elle sur un ton offensé.

L'oncle Edmundo se gratta le sourcil, qu'il avait épais et broussailleux, de son petit doigt.

– Hum... Quand tu seras mariée, dit-il d'un ton taquin, si ton mari voyage et s'il veut bien t'emmener, alors tu pourras partir avec lui.

Mariana trouvait injuste ce monde où les hommes pouvaient décider de tout. Elle ne connaissait malheureusement aucune femme qui dirigeait sa vie à sa guise.

– Eh bien, dans ce cas, je trouverai un mari qui me fera voyager ! Irma aussi a le goût de voir du pays...

Elle avait, de défi, relevé la tête et bombé le torse. Ses yeux verts bravaient sans scrupule tour à tour ceux de son oncle, de sa mère et de son frère Ricardo.

« Heureusement que Pilar s'était éclipsée, pensa-t-elle. Elle aurait certainement lancé à la ronde une boutade du genre : "Tiens, le garçon manqué qui veut se marier pour pouvoir voyager ! Mais quel mari voudra de toi, ma pauvre Mariana, toute noire et sans aucun des charmes féminins convoités par les hommes de bonne famille." »

– Ma foi, ta mère m'a écrit qu'on t'appelait « la louve », par ici. Je commence à comprendre pourquoi.

L'oncle Edmundo s'était confortablement étendu sur les coussins recouvrant une des estrades du salon. Il s'imprégnait à nouveau de ses souvenirs d'enfance, de cette ambiance décontractée due à la mode arabe. Santiago vivait à la mode européenne mais ici, en Andalousie, il retrouvait l'éclatante et vibrante empreinte des Maures, si longtemps maîtres de l'Espagne : leurs soieries colorées, leurs coussins au sol ou sur des estrades, leurs tables basses.

– Tu en as vu des loups, dans tes voyages, *tio* ? demanda Mariana en trépignant d'impatience.

Elle scrutait intensément son oncle, en repoussant d'une main déterminée la boucle qui lui tombait constamment devant l'œil.

– Je n'en n'ai jamais vu de près, mais j'en ai souvent entendu hurler la nuit, dans les endroits sauvages que j'ai visités. Brrrrr... c'est un peu effrayant, les premières fois. Dans nos campements, nous devons toujours avoir des tours de garde la nuit pour alimenter le feu, car il nous protège des animaux sauvages ; ils en ont peur.

— Tu peux me montrer comment ils hurlent ?

— Bien sûr ! Place tes mains de chaque côté de ta bouche, comme ceci. Tu vois ? Écoute bien maintenant... Aouououou-ououououou !

La petite plaça ses mains comme l'oncle venait de le lui montrer. Elle releva la tête ainsi que les coudes le plus haut possible. Elle savait que les loups regardaient la lune pour hurler.

— Comme ça ? A-uuuuuuuuuu !

— Presque. Prononce « ou », pas « u », et monte le ton vers la fin.

— Comme ça, alors ? Aouououououou...

— Très bien, fillette. C'est vrai que tu es une louve, dit l'oncle Edmundo en coulant un regard jovial vers sa sœur.

— Assez, Edmundo ! plaida Luisa en rougissant. Tu vas lui mettre de ces idées plein la tête, et elle en contient déjà bien assez. Cette enfant est une vraie sauvageonne !

L'homme se pencha pour chuchoter à l'oreille de sa sœur, afin d'éviter que les enfants ne l'entendent.

— Peut-être lui as-tu transmis un peu de toi. Tu sais, cet aspect inassouvi de ta vie que tu gardes enfoui tout au fond de ton cœur ?

Luisa le regarda, les yeux agrandis par la surprise. Comment pouvait-il se douter de son secret si précieusement conservé ? Ce secret dorloté en silence, qui n'arrivait que très rarement à se faire entendre mais qui, parfois, jaillissait à travers larmes et sanglots. Elle avait su se maîtriser, se retenir et se souvenir de son rang. Elle n'avait jamais rien laissé transparaître. Comment donc ce frère si souvent absent avait-il pu savoir ?

3

En revenant de chez son ami le fermier, Mariana était allée se cacher dans la remise abandonnée où M. Cordova gardait autrefois ses outils. C'était devenu son refuge secret. Même Ricardo n'y avait jamais mis les pieds. Malgré son adoration pour son frère, elle ne lui en avait pas parlé. Mariana y avait transporté, outre ses livres préférés, quelques coussins trouvés dans le débarras qu'elle avait disposés autour d'un vieux tapis persan rouge et or, bordé de franges. On disait chez elle que c'était un ancien tapis de prière, utilisé par les musulmans qui avaient longtemps vécu en Espagne. Dans un coin, une petite table basse en bois laqué, trouvée également dans le débarras. Clara, la poupée qu'elle avait reçue à ses quatre ans, dormait, enroulée dans une couverture, tout au fond de la pièce.

Irma, roulée en boule sur le tapis de la cabane, la tête appuyée sur un des coussins, se reposait. De sa petite main, Mariana grattait une des longues oreilles de la chienne. Son petit amour. Après lui avoir sauvé la vie, elle l'avait toujours couvée et choyée, comme une mère prend soin de son enfant.

En regardant sa protégée, elle repensait au jour où elle l'avait trouvée, deux ans plus tôt, sous un tas de roches, au bord du chemin menant à la ville.

Durant cette période de l'année, une vague de chaleur accablait toute la région. Les vieillards mouraient à bout de souffle et les bébés devaient être constamment abreuvés. Le soir apportait avec lui un apaisement, une délivrance quotidienne grâce à laquelle la vie reprenait ses droits. Ce jour-là, les gens s'étaient relevés de la longue sieste d'après-midi, le visage chiffonné, la peau poisseuse. Le soleil caressait l'horizon et un vent léger s'était levé. Mariana et Ricardo, d'un clin d'œil complice, étaient sortis en douce de la maison pour courir jusqu'au chemin. Ils espéraient voir arriver l'oncle Pedro, la tante Émilia et leurs cousins, invités à souper.

La main en visière, ils essayaient de voir au loin quand Mariana entendit un halètement lointain.

— Ricardo, entends-tu ?

Le garçon écouta, regarda autour de lui et vit un amas de roches entassées près du chemin. En pointant le doigt, il dit :

— Ça vient de là, je crois.

— Allons voir !

À côté du tas de pierres, là où le soleil avait peu d'accès, était étendue une vielle chienne blonde. Elle souffrait visiblement mais ne voulait pas être approchée. Elle grognait et montrait les dents, sans même pouvoir bouger la tête tellement elle était faible. Les enfants se demandaient quoi faire pour l'aider.

— On pourrait lui apporter un bol d'eau, suggéra Mariana. Ça lui redonnera sûrement des forces.

— Attends-moi ici, je reviens tout de suite !

Et Ricardo partit en courant vers la maison.

Mariana essayait sans succès de s'approcher de la chienne, dont le ventre flasque couvert de tétines pendait au sol. Elle entendit alors un faible couinement, venu de sous les roches. Elle se pencha et découvrit un espace qui abritait trois chiots. « La chienne les a probablement mis là pour les abriter du soleil », se dit-elle. Mariana étendit son bras et en extirpa un de la même couleur que la mère. La bête gisait inerte dans sa main. Elle comprit avec tristesse que le chiot était mort et le déposa délicatement par terre. Un de ces bébés chiens était peut-être encore vivant et elle était déterminée à le sauver si c'était le cas. Elle replongea le bras dans l'ouverture. Une petite boule de poils roux bougeait mollement et Mariana la saisit doucement. La tête rousse tomba sur le côté, un petit bout de langue rose pendant hors de la bouche, mais au moins le chien respirait encore.

Ricardo arriva sur ces entrefaites en marchant le plus vite possible sans renverser l'eau du bol.

– Ça alors ! dit-il, surpris, quand il vit la bête affaiblie au creux des mains de Mariana. Elle a eu des bébés ! Est-ce qu'il y en d'autres ?

– J'en ai sorti un, mort. Il en reste un autre, mais je ne sais pas s'il est en vie. Donne-moi vite ce bol !

Avant de placer le récipient près de la tête de la chienne, la fillette y trempa un coin de sa robe, le tortilla, et le mit dans la gueule du petit. Pendant ce temps, Ricardo avait réussi à sortir l'autre chiot, mort lui aussi. La petite bête rousse était si faible qu'elle ne pensait même pas à téter le bout de tissu. Mariana s'énervait : elle voulait tellement le sauver ! La mère avait réussi à relever la tête et elle buvait maintenant à grandes lampées.

– J'entends le trot d'un cheval et les roues d'une carriole, dit soudainement Ricardo, ce doit être l'oncle Pedro qui arrive.

Dépêche-toi, Mariana, maman va être fâchée si on n'est pas là pour accueillir nos visiteurs.

— Bon, alors j'emmène le chiot avec moi, et je m'en occuperai à la maison. Je dois le sauver.

— Es-tu folle ? Maman va être furieuse.

— Tant pis ! Je lui expliquerai. Je suis sûre qu'elle comprendra.

Malgré tous les efforts de Mariana, Luisa n'avait pas facilement accepté ce nouveau venu.

— Tu sais bien que ton père n'aime pas garder des animaux dans la maison. Et moi non plus. Je ne veux pas qu'il y ait du poil partout. C'est déjà assez difficile à garder propre, avec toute la poussière du chemin qui s'élève et qui entre par les fenêtres à chaque occasion !

— Mais, *mamá*, on ne peut pas le laisser mourir !!! s'était écriée Mariana en serrant son protégé tout contre elle.

— Il n'est pas question de le laisser mourir, mais on peut le donner à un de nos fermiers. Il aura de quoi manger et boire, il pourra coucher dans l'établ...

— *Mamá* !!! Je l'aime déjà, je ne peux pas m'en séparer. Depuis trois jours, je m'en occupe très bien et ça ne t'a pas dérangée ! Et *papá* non plus...

Luisa observait sa fille d'un air surpris et ravi à la fois. Quelle enfant, celle-là ! Elle appréciait la patience et la détermination dont faisait preuve Mariana pour le chiot. Plusieurs fois par jour, la fillette trempait un bout de tissu dans du lait tiède et l'offrait au bébé, qui s'en gavait. Le petit avait tranquillement repris des forces. Il dormait beaucoup, mais, au grand soulagement de Mariana, il avait commencé à ouvrir les yeux et lorsque cela se produisait, son regard brun doré semblait empli d'amour et d'affection pour celle qui lui avait sauvé la vie.

Luisa avait fini par céder. Le bonheur dans les yeux de sa fille était contagieux et elle s'était en outre éprise de la petite bête sans défense.

Deux semaines plus tard, le chiot blotti au creux de son bras, Mariana avait ouvert la porte à un des fermiers de son père, le seigneur Alvaro.

– Comment l'appelleras-tu, ta chienne, petite ? Car c'est une femelle, tu sais.

– Je ne sais pas encore, je dois y penser.

– Je vais te dire, moi... Irma ! Comme ma sœur, parce qu'elle a failli mourir en venant au monde. Ma mère s'en est si bien occupée qu'elle l'a sauvée, et aujourd'hui, ma foi, elle a quarante-cinq ans, est forte comme un bœuf et elle a mis au monde cinq enfants, tous plus robustes les uns que les autres. Ce sera de bon augure pour ta chienne de porter ce nom.

Irma. Deux ans déjà qu'elle partageait sa vie ! Mariana promenait les yeux sur les murs gris de son repaire, sur les objets qu'elle y avait apportés en cachette, et sur sa fidèle compagne rousse. Ici, dans cette cabane, elle venait hurler comme les loups.

– A-ououou !!!

Exactement comme son oncle le lui avait appris lors de sa visite.

Oh ! Comme elle avait adoré l'entendre lui raconter les nombreuses légendes qu'il connaissait sur ces bêtes. Et toutes les autres aussi ! Il lui avait narré des légendes fantastiques de pays lointains, qui l'avaient fait frémir et la faisaient maintenant rêver. Il s'était amusé à raconter, à la manière des anciens troubadours, avec des inflexions de sa voix forte, amplifiées par une gestuelle expressive. Parfois, il installait la fillette sur ses genoux et, à grands coups de gestes théâtraux, il mimait une histoire. Entre l'odeur de musc qui flottait délicatement autour de lui et celle, plus suave, des fleurs fraîches du salon, il avait réussi à la faire rire, pleurer, trembler de peur et d'excitation. Elle avait même senti, à certains moments, des frissons d'angoisse parcourir son dos. À d'autres moments, elle avait goûté à la douce caresse du crépuscule, les soirs d'été, ou au souffle, plus frais, du vent foudroyant des journées orageuses... ou encore au chatouillement indescriptible du plaisir ressenti autour d'un feu de camp, et surtout, elle avait savouré, dans chaque cellule de son corps, au plus profond de son cœur, l'étreinte de la liberté.

Quand elle serait assez grande, elle s'évaderait dans de longues et folles excursions sur son cheval pour s'abîmer au gré du vent, jusqu'à en perdre le souffle.

4

Cantons-de-l'Est, de nos jours

— France...

— Mhhm ?

— Pourquoi tu ne me dis pas ce qui s'est passé ?

Michelle parlait à son amie, deux doigts sur le volant, tout en fixant la route devant elle. Elle n'avait bu que de l'eau Perrier durant la dernière heure avant leur départ de la discothèque. Pas de problème de ce côté-là. Mais elle était tellement claquée ! À quarante ans, les voyages de nuit étaient de plus en plus ardus et elle avait hâte d'arriver afin de se mettre au lit. En plus, le silence obstiné de France la contrariait, sans qu'elle comprenne vraiment pourquoi. La fatigue, sans doute, mais tout de même...

— Allez, dis-moi. Je ne t'ai jamais vue dans cet état-là. T'as pas prononcé un mot depuis quarante-cinq minutes.

— C'est *toi*, d'habitude, le moulin à paroles.

– Oui, sauf que cette fois, c'est *toi* qui as quelque chose à dire.

– Je t'ai dit que c'était confus... Je ne sais même pas par où commencer.

– Essaie, au moins. Ça ne peut pas être si grave : tout ce que tu faisais, c'était danser. Je ne sais pas, moi, t'as vu un homme qui t'a bouleversée ? Quelqu'un en a profité dans la foule pour te peloter ? T'as vu une p'tite jeune avec un corps de déesse et ça t'a mise en rogne ? Puis après, c'est pas une raison pour faire cette tête-là !

– Si je te le dis, tu ne me croiras pas, alors...

– Franchement, France, on dirait une petite fille de deux ans, entêtée comme dix.

– Bon, alors, tiens bien ton volant et ralentis un peu... Je ne tiens pas à ce qu'on se retrouve dans le champ !

– Woah ! C'est si extraordinaire que ça ?

France n'arrivait pas à dormir. Elle se tournait et se retournait inlassablement dans le grand lit qui abritait ses nuits solitaires. Énervée, elle se levait, allait à la fenêtre, contemplait la lune, la scrutait, plutôt, laissait son regard s'y perdre, comme si elle pouvait puiser une réponse réconfortante dans la clarté pure de sa face ronde. Elle était pleine, son disque parfaitement circulaire, d'un blanc argenté. Elle scintillait dans le ciel noir et faisait porter aux arbres dénudés de longues ombres grises. France songeait que c'était un peu macabre, ces silhouettes allongées dans les ténèbres, qui semblaient crier à l'aide.

Elles lui firent penser à sa fille Daphné, pendant ses années difficiles. Elle avait alors beaucoup maigri et ressemblait à un long roseau fragile. Lorsqu'elle levait les bras pour empoigner et tirer son épaisse chevelure noire, elle ressemblait à ces arbres dépouillés, fantômes d'eux-mêmes, pâles imitations de leur prestance estivale débordante de vie. Daphné aussi, durant un temps qui avait paru interminable à sa mère, était devenue un calque délavé de la petite boule de vie qu'elle avait mise au monde. Tout ça pour une histoire d'amour... Telle mère, telle fille, se disait France. Mais heureusement, à l'instar du roseau, le vent l'avait courbée mais ne l'avait pas brisée.

Avec un frisson dans le dos, France s'ébroua pour chasser ces souvenirs pénibles et reporta son attention sur la lune. Cet astre est souvent considéré en tarot comme une illusion puisque qu'il est privé de sa propre lumière ; il ne fait que refléter celle du soleil. France se demandait si son « passage » dans un autre monde n'avait été, lui aussi, qu'une illusion, une création de son imagination. La pleine lune, c'est bien connu, fait hurler les loups, naître les bébés et influence le cycle des femmes. Peut-être forge-t-elle aussi des chimères dans l'esprit de certains ? Petite fille, on lui disait toujours qu'elle avait une imagination débordante et même excessive... Oui, comment oublier les gens d'autres mondes de son enfance, particulièrement cette amie, Mariana, qu'elle rencontrait dans son univers de solitude... Cette imagination s'était-elle tout à coup déchaînée à nouveau, était-elle devenue hors de contrôle, comme une lionne en cage qui réussit à s'échapper après trop d'années de captivité ? La danse et le vin aidant, la fantaisie aurait-elle coloré sa réalité, tel un peintre déployant de grands traits de couleur au-delà des contours tracés ?

Comme elle n'arrivait pas à dormir, France ouvrit à nouveau son journal de réflexions, auquel elle se confiait à l'occasion. Adolescente, elle s'était régulièrement épanchée dans un journal intime. Aujourd'hui, à quarante-six ans, elle avait pris dans un livre de cheminement personnel l'idée d'un « journal de réflexions ». Pour réfléchir, mettre ses idées en ordre. Pour s'aider à se découvrir soi-même. Pour toutes sortes de raisons, ça lui avait semblé une bonne idée.

Elle s'était amusée à donner un nom à ce recueil de pensées : L'Insoumise.

Nom que son père lui avait attribué à elle, sa fille rebelle dès son enfance et qu'il se plaisait encore à utiliser, malgré sa majorité largement dépassée. C'était sa manière d'exprimer qu'il ne la comprenait pas toujours dans ses façons marginales de gérer sa vie.

Dimanche, 13 mars

Il est 4 h et je n'ai pas fermé l'œil depuis notre retour de Montréal. Nous sommes arrivées vers les 2 h, et j'espérais bien m'endormir tout de suite tellement je voulais fuir le malaise né de... je ne sais même pas comment appeler tout ça. J'ai réussi à faire ressortir les grandes lignes de mon expérience pour Michelle. Sa réaction ne m'a pas surprise outre mesure. Évidemment, elle m'a dit que j'avais perdu les pédales, que des choses comme ça étaient impossibles. Ce qui m'est arrivé va au-delà des rituels et des trucs de magie auxquels on s'amuse toutes les deux innocemment... C'est trop pour moi !

Tant de questions se bousculent dans ma tête. Qu'est-ce qui s'est passé ? Est-ce que j'ai rêvé ? Pourtant, non, ça ne pouvait pas être un rêve. Elle me paraissait si réelle, cette Mariana qui, abîmée dans sa peine, a tourné son regard vers moi. J'aurais juré qu'elle cherchait à me contacter. Oui, je sais, ça fait un peu saugrenu. Mais qu'est-ce que je peux y faire ? C'est vraiment ainsi que je l'ai perçu. Je passe et repasse dans ma tête la vision obsédante qui s'est manifestée pendant que je dansais, et plus je le fais, plus un détail m'apparaît clairement. Comme un mot écrit à l'encre invisible qui se révélerait lentement au-dessus de la chandelle. Je revois la fine silhouette de la jeune femme devant la fenêtre, le mouchoir de lin, la robe verte et la blouse écrue. Suspendu à une chaîne en or qu'elle portait au cou, un médaillon ornait sa poitrine... Captif du rayon de soleil étincelant dans lequel Mariana est assise, l'or du médaillon ovale brille de tous ses feux. Un petit rubis en plein centre scintille en projetant des rayons rouges. Comment est-ce possible que ce médaillon soit identique à celui que j'ai acheté impulsivement en août dernier ? Je sens un frisson d'enthousiasme et d'énervement à la fois. Quel mystère ! Mon esprit se rebelle contre la coïncidence extraordinaire qui s'y dévoile.

Je viens d'aller chercher le bijou que j'avais laissé sur mon bureau en me déshabillant. Oui, c'est bien vrai, il semble en tout point pareil au mien, trouvé chez un brocanteur de la rive sud. Ai-je simplement opéré une superposition dans mon esprit, ou est-ce vraiment le même ? Comment est-ce que je pourrais raconter tout ça à Simon ?

Tout en fermant son cahier, un sourire aux lèvres, elle revit Simon et l'arrivée de sa famille dans sa rue. Les cheveux bruns en bataille, aucun peigne ne semblait en venir à bout. Des yeux noisette, un nez légèrement retroussé et le menton autoritaire de celui qui s'apprêtait à défendre sa place dans ce nouveau quartier. Ils étaient rapidement devenus amis et, depuis, il n'avait de cesse de la défendre, la protéger, la prévenir des dangers de la vie... Il pouvait en devenir agaçant, mais elle l'adorait !

L'homme courait, courait à en perdre le souffle. La sueur glissait sur son front, brûlait ses yeux, dégouttait sur ses lèvres sèches. La nuit s'était subitement refermée sur lui, l'avait absorbé en elle de telle sorte qu'il n'était plus qu'une ombre noire filant à travers une autre ombre noire. Il ne savait plus qui il était vraiment, il ne savait plus où il allait, il savait seulement qu'il devait retrouver ce médaillon. Mais comment pouvait-il le découvrir dans l'abîme obscur qui l'avait enveloppé soudainement, au moment même où, jubilant d'espoir, il croyait s'approcher de son but ?

Il se réveilla, ruisselant de sueur. Son cœur cognait à tout rompre dans sa poitrine. Le désespoir et la rage qu'il avait ressentis dans son rêve le poursuivaient, le traquaient jusqu'ici, dans son lit. Il repoussa une mèche de ses fins cheveux blonds humides, collée sur son front. Ce cauchemar le hantait depuis presque un an déjà. Au début, il se réveillait pantois, à bout de souffle, sans y comprendre quoi que ce soit. Depuis quelques mois, c'était un peu différent... Il l'avait réellement retrouvé, ce médaillon, par hasard, dans une échoppe. Mais il l'avait aussitôt perdu, à cause d'une femme : la rousse qui l'avait acheté.

Il tourna la tête pour regarder les chiffres lumineux de son réveil. Ils indiquaient 4 h du matin. Il essaya de se rappeler quel jour c'était. Ah oui ! Dimanche...

5

Je n'arrive vraiment pas à dormir. Merde ! 5 h !!! J'ai pourtant tout essayé. J'ai pris des capsules de valériane, trois pour une dose de choc ! Je suis retournée au lit, j'ai tiré ma couette duveteuse et chaude par-dessus ma tête. Pendant quelques instants, j'ai respiré lentement cet air raréfié, légèrement meublé d'une odeur de transpiration. J'ai même compté les moutons ! Puis, d'un geste brusque, j'ai rejeté le plus loin possible cet édredon qui pesait trop lourd sur mes nerfs à fleur de peau. J'ai pris la position du fœtus, en espérant retrouver le calme du ventre maternel, peine perdue ! J'ai essayé les respirations reposantes que j'ai apprises dans un cours sur le souffle vital, rien à faire. L'image de Mariana et celle du médaillon se superposaient sans cesse dans mon esprit et ne me laissaient aucun répit. Je me suis donc relevée, suis allée à la cuisine prendre une gorgée d'eau, j'ai fait les cent pas dans le salon, suis retournée me coucher, me suis relevée... Vénus, elle, vautrée sur son coussin, la tête appuyée sur ses pattes avant, lorgnait, intriguée, mes activités nocturnes inhabituelles. Il m'arrive tellement rarement de faire de l'insomnie. Je suis retournée à la fenêtre questionner cette lune éclatante, sans résultat... plus la nuit avance, plus je suis agitée et nerveuse.

5 h. Il ne pouvait plus se rendormir. Il se releva lentement sur un coude, étira le bras et alluma sa lampe de chevet, puis s'assit dans son lit. Il cala trois oreillers au mur et s'y adossa. Il plia les genoux sur sa poitrine et se mit à tambouriner du pied : ça l'aidait à réfléchir. Où en était-il dans sa vie ?

Quarante-sept ans, célibataire, beau bonhomme, avocat, peu d'amis, pas de maîtresse pour l'instant. Les femmes... aussi loin qu'il se rappelait, elles engendraient toutes un sentiment d'échec et de rejet chez lui. Les garces !

Son ami Jacques, un des seuls en qui il avait vraiment confiance, le taquinait :

— Toi, mon ami, tu as dû vivre une grosse déception amoureuse dans une autre vie !

Une autre vie ! Et puis quoi encore ?

Il repensait à sa dernière scène amoureuse, il y avait trois ans déjà.

— Tu penses que je ne te vois pas faire, Johanne, mais je ne suis pas fou !

— Veux-tu bien me dire de quoi tu parles ?

— Ah ! Parce que tu fais l'hypocrite, en plus ? Comme si tu ne savais pas de quoi je parle !!!

— Eh bien non, justement, je ne sais pas, et j'en ai assez de tes suppositions malsai...

— C'est moi qui fais des suppositions malsaines ?! J'imagine tout ça, je gage ? L'homme que tu vois en cachette ? Tu me joues dans le dos dès que je ne te surveille pas ! Je le sais très bien ! Je ne peux même plus te faire confiance. Tu me dégoûtes !

— Combien de fois est-ce que je dois te répéter qu'il n'y a pas d'autre homme dans ma vie, bon sang ?!! Tu fais exprès, ou quoi ?

— Exprès de quoi ? Tu peux me le dire ?

— Exprès de tout gâcher.

— On aura tout vu ! Toi, tu te balades avec un autre, mais c'est moi qui gâche tout ! C'est toujours de ma faute à moi, hein ?

Cette fois-là, il s'était emporté plus qu'à l'habitude. Il l'avait prise par les épaules et l'avait poussée contre le mur en lui criant d'avouer. Elle avait aussitôt monté les bras pour se protéger le visage et la tête, puis s'était mise à pleurer. Quand il l'avait lâchée, elle s'était lentement, interminablement laissée glisser le long du mur, comme dans une scène de film au ralenti. Les bras toujours devant son visage, son corps descendait doucement, comme si ses jambes mouraient sous elle.

Il se rappelait maintenant, recroquevillé dans son lit, avoir été frappé, alors, par le contraste presque choquant entre le papier peint à carreaux bourgogne et marine si typiquement masculins et le corps de Johanne, vêtu d'une robe de mousseline si délicate, si féminine. Bizarre, parfois, ce qu'on peut penser dans des moments pareils ! Il ne se souvenait plus très bien ce qui était arrivé par la suite. Avait-il d'abord ressenti de la peine, un sentiment de culpabilité ou de la colère ? Ces trois émotions se confondaient souvent en lui et il ne savait pas comment les démêler. Pas plus qu'il ne comprenait, aujourd'hui, l'histoire de ce médaillon de malheur qui ne voulait pas lui ficher la paix...

Il était resté sans voix et immobile tout le temps que Johanne avait glissé avant de terminer sur le sol, repliée et blottie, comme si elle recherchait la protection d'une mère aimante à l'intérieur d'elle-même. Quelle autre protection pouvait-elle trouver dans sa maison à lui, devant son courroux débridé ? Il n'était plus certain d'avoir raison, mais cette pensée le rendait tellement vulnérable qu'elle le mettait encore plus en colère. Il ne devait absolument pas se permettre cette faiblesse. Tout le monde, ensuite, profiterait de lui. Il s'était donc retourné, avait traversé la salle à manger sans un mot et était sorti en claquant la porte. À son retour, elle était partie. Il avait fouillé toutes les pièces de la maison pour trouver des traces de cette femme qu'il avait essayé d'aimer. En vain. Les quelques vêtements qu'elle laissait habituellement chez lui avaient disparu de la penderie ; sa serviette et sa brosse à dents avaient déserté la salle de bains. Elle avait même repris le presse-ail, apporté un jour en riant.

— Chéri, comment peux-tu assaisonner tes aliments avec de l'ail en poudre ? Ça n'a rien à voir avec l'ail frais. Avec ça – elle avait brandi l'ustensile de son sac à main, avec un regard triomphant –, tadam !!! fini l'ail en poudre !

Dans son métier, il avait ironiquement choisi le droit matrimonial... Assurément, il refusait systématiquement de défendre des femmes. Les hommes, eux... il savait trouver leur point faible et s'en servir ! Il était particulièrement grisé par le défi que lui offrait un mari sans haine, légèrement désabusé, prêt à régler le divorce pour avoir la paix et continuer sa vie. Il jouissait de découvrir, par exemple, que cet homme était attaché à son chalet ou à son voilier et, insidieusement, sans même que le pauvre mari s'en rende compte, il l'amenait à se battre pour récolter plus que la moitié légitime des biens. Comme ils sont influençables, ces maris fragilisés par la séparation ! Il les méprisait, d'ailleurs, tout autant que les femmes. Ces maris n'étaient pour lui qu'un instrument de sa vengeance envers toute la gent féminine ! Désir de vengeance qu'il ne comprenait pas plus que le cauchemar du médaillon...

Toujours assis dans son lit, les bras croisés sur son ventre, il repensait au bijou... Pourquoi cet ornement le hantait-il à ce point ? Pourquoi devait-il le retrouver à tout prix ?

Ça lui faisait mal aux tripes.

Depuis qu'il avait vu cette femme partir avec le médaillon de son rêve, il avait souvent la sensation déplaisante et incompréhensible de... comment dire... se dédoubler ? D'aller, en imagination, dans un lieu inconnu, à la poursuite de cette rouquine ? C'était le genre de choses qu'il voyait dans les films de fiction ! Il devrait envoyer son histoire à Spielberg. Ou à Stephen King. Ouais... son esprit pistait à distance une femme anonyme, et il n'avait aucune idée de ce qu'il devait faire pour la retrouver.

La seule piste qu'il avait, c'était cette boutique. Celle où il s'était rendu un après-midi de juillet dernier, attiré malgré lui. C'était là, en passant devant la vitrine, qu'il l'avait vu. Accroché à un panneau de velours mauve. Le médaillon de son rêve, ovale, en or, serti d'un rubis en son centre.

L'image de Mariana s'impose à moi de nouveau. Elle est constamment présente dans mes pensées, elle les bouscule tant que je n'arrive plus ni à dormir ni à y voir clair. Le médaillon vient en plus ajouter à ma confusion.

Comment se fait-il que j'achète en août un médaillon dans des circonstances vraiment étranges et que, sept mois plus tard, dans une sorte de voyage extrasensoriel, je voie une Mariana qui porte ce même médaillon. J'y pense : c'était la première fois ce soir que je me décidais à le porter ! J'ai, à plusieurs reprises, ouvert ma boîte à bijoux pour le contempler ; j'ai souvent et longuement observé le portrait du jeune homme à l'intérieur, comme si je voulais lui parler... ou le faire parler.

J'aurais voulu lui demander d'où il venait, qui l'avait dessiné avec cette expression si vivante dans les yeux, avec cette bouche qu'on pouvait presque voir s'étirer dans un sourire taquin. Ce soir, j'ai passé le bijou autour de mon cou à la toute dernière minute. J'avais déjà mon manteau sur le dos quand, poussée par une impulsion, je suis retournée dans ma chambre pour le prendre.

Dans le fond, peut-être bien qu'il simplifie tout au lieu de le compliquer... Il est peut-être le lien entre Mariana et moi... Comment savoir ? Je me demande maintenant : cet homme avait-il donné lui-même ce médaillon à Mariana ? Était-il l'amoureux qu'elle venait de perdre au moment où je l'ai vue ?

Et puis, il y a cette sensation régulière d'être suivie depuis quelque temps... Je n'en ai pas parlé à Michelle. C'est une impression si fugace, elle me file entre les doigts comme une volute de fumée. Je ne veux quand même pas l'inquiéter avec une simple impression, aussi évanescente qu'improbable.

6

France mordait le bout de son stylo. Elle regardait l'encre verte couvrir les pages de son confident silencieux et complaisant. Elle repensait au jour où elle avait acquis le médaillon...

Après une tournée des boutiques et des librairies ésotériques de Montréal, Lisanne, Michelle et elle-même avaient retraversé le pont Jacques-Cartier pour visiter une échoppe du boulevard Taschereau, La Pierre Précieuse. C'était Lisanne, toujours avide de nouveautés ésotériques et de livres de croissance personnelle, qui avait planifié cette journée avec ses deux amies. Elle raffolait de cette boutique et de M. Julien, son propriétaire. Elle affirmait que cet homme prodigieux avait un don de double vue.

« D'après lui, disait-elle, certaines pierres ou certains bijoux posséderaient une force d'attraction et une énergie distinctives. »

France évaluait son amie d'un œil analytique. Pas très grande, Lisanne ne passait pourtant pas inaperçue. Surmontés de longs sourcils châtains dont l'extrémité frôlait les tempes, ses yeux noisette, vifs et intelligents, attiraient l'attention. Elle aimait tout le monde et on le lui rendait bien. Bien en chair, amoureuse de la vie, elle apportait à son entourage un sentiment de sécurité.

Depuis qu'elles avaient fait irruption dans cette boutique, un malaise sournois s'insinuait dans les fibres du corps de France. Elle ne se sentait vraiment pas bien et elle s'en voulait d'avoir laissé Lisanne les y entraîner. Après tout, elles avaient déjà bien assez magasiné, il était tard, et elle avait hâte de rentrer chez elle, dans les Cantons-de-l'Est. Ses pieds imploraient un repos bien mérité après toutes ces heures passées à marcher d'une rue à l'autre.

Une série de clochettes accrochées à un cordon torsadé, suspendu derrière la porte, avait annoncé leur entrée. M. Julien était sorti de son arrière-boutique, dissimulée par un rideau de velours bleu nuit. Il avançait vers elles à petits pas, une tasse de café à la main. Sa chemise trop grande pendait sur un jean délavé qui avait connu de meilleurs jours. Sur le rideau étaient appliqués des soleils, des lunes et des étoiles découpés dans des tissus lamés or et argent. *Un vrai décor de films de Walt Disney*, pensa France. Elle regarda les tablettes regorgeant de pierreries, de bijoux, de statuettes, d'amulettes, de pyramides en verre de différentes couleurs et d'autres objets hétéroclites. La caverne d'Ali Baba... La voix profonde et chaude de M. Julien la fit sortir de sa rêverie.

Il se tenait de l'autre côté du comptoir et leur parlait avec passion.

– Chaque pierre détient sa propre magie, leur disait-il, en les regardant intensément par-dessus ses lunettes en forme de demi-lune.

Son œil d'un bleu de glace se posa fugacement sur France avant de revenir à son comptoir et la lueur qu'elle y vit la fit frissonner. *Pourtant, il n'a pas l'air bien méchant*, se dit-elle. Des cheveux épais, tout blancs, entouraient son visage mince et ridé, comme une auréole. Un nez aquilin surmontait une bouche longue et fine.

Il poursuivait en disant que, lorsqu'il achetait une pierre ou un bijou particulier, il *savait* qu'une personne se présenterait sous peu, suivant inconsciemment le cordon invisible la reliant au magnétisme de la pierre.

— Il m'arrive souvent, quand je fais l'acquisition d'une pièce, de *voir* la personne à qui elle est destinée. Vous, par exemple, dit-il en fixant France, ses mains fines et parcheminées croisées sur sa poitrine, j'ai quelque chose pour vous. Non, non, ne me demandez rien... Je laisse la magie s'opérer entre vous et l'objet en question. Je ne doute absolument pas, vous allez trouver ! Je perçois votre pouvoir d'intuition. Oh oui madame, il est très fort. Il n'attend plus que votre éveil pour vous guider.

Éberluée et légèrement ébranlée, France regardait tout autour d'elle. Enfant, et jusqu'à l'adolescence, elle voyait l'invisible et ressentait le futur. Il lui arrivait même de faire des rêves prémonitoires. Elle avait une souvenance vague mais pénétrante de ces moments de sa vie, tout comme la douce odeur, lointaine mais familière, de la tarte aux pommes épicée de cannelle que sa mère cuisait tous les vendredis de son enfance. Pourtant, cette journée-là, M. Julien allait trop vite pour elle. Il entrait dans sa bulle et elle en conçut un malaise. Par esprit de contradiction, elle croisa les bras pour bien montrer qu'elle n'était pas intéressée. Son regard disait à ses compagnes :

— Bon, puisque vous y tenez tant, allez-y, fouillez dans ce bric-à-brac, et finissez-en, qu'on sorte d'ici au plus vite !

Elle avait toujours gardé un intérêt pour la magie, l'occultisme et tous les phénomènes étranges, mais les déclarations de cet homme la bousculaient et, pour se protéger, elle se refermait comme une tortue, la tête et les pattes sous une bonne carapace. Elle haussa les épaules dans un mouvement d'impatience devant Lisanne, l'air de dire : « Je te l'avais bien dit que cet homme est spécial. »

Michelle faisait le tour des étagères à la recherche de *sa* pierre, Lisanne sur les talons. Instinctivement, à la vue de leur amie si agacée, elles s'étaient éloignées d'elle pour éviter les effluves d'exaspération qu'elle exhalait, narines pincées et bouche rigide. France n'aurait su dire exactement ce qui l'avait mise dans cet état. Était-ce cet homme extravagant, qui semblait trop bien la connaître ? Ou la préconnaissance d'un événement important mais encore voilé ? Son cœur battait la chamade dans un martèlement symptomatique, comme chaque fois qu'une prémonition s'emparait d'elle.

Lisanne s'approcha finalement et lui dit :

— Tu ne cherches pas ce que M. Julien a pour toi ?

— Non, je n'ai vraiment pas le goût de jouer à cache-cache.

— Bon, à ta guise, ma chère. Après tout, ce n'est pas de mes affaires, hein ?

— En effet. Contente de te l'entendre dire !

Le ton montait entre les deux amies et Lisanne choisit de laisser France à sa mauvaise humeur.

Le propriétaire, mine de rien, faisait un peu de ménage. Son café dans une main, il tenait dans l'autre un plumeau qui voltigeait d'une pierre à l'autre, époussetait des effigies de Merlin et autres mages, longeait les tablettes remplies de bric-à-brac. Le vieil homme faisait semblant de ne pas voir France, mais elle sentait sur son profil son regard perçant. Elle essayait de le convaincre de son indifférence à ses propos, en gardant les bras croisés, et en montrant des signes évidents d'impatience envers ses amies qui n'en finissaient plus de s'extasier sur ceci et cela.

Enfin, Michelle se fit cadeau d'une moldavite. France, tout de même curieuse, observait la scène du coin de l'œil. Elle n'avait jamais entendu parler de cette pierre et elle fut déçue par sa couleur vert olive plutôt fade, comme une très vieille bouteille de 7Up, dépolie et bosselée par les intempéries.

Qu'est-ce que Michelle peut bien trouver à cette pierre-là ? se demanda-t-elle. Mais, malgré elle, elle écoutait attentivement ce que le vieil homme en disait.

– La moldavite, expliquait M. Julien à ses clientes, nous vient fort probablement d'une autre planète. Elle est née d'une pluie de météorites et s'est formée de cristaux d'ici et d'ailleurs.

Il la tenait entre l'index et le pouce, avec une délicatesse toute professionnelle.

– Vous avez fait un très bon choix, madame. Cette pierre a une vibration très élevée et elle active tous les processus de guérison physique, émotionnelle, mentale et spirituelle. Vous êtes à l'aube d'un nouveau cycle de vie et cette moldavite vous aidera à y parvenir plus facilement et rapidement.

Il la déposa doucement au creux de la main de Michelle et referma ses doigts, un à un, sur la pierre.

– Placez-la sur votre chakra du cœur sept minutes par jour, en visualisant les guérisons que vous souhaitez, elle vous aidera. Si vous voulez augmenter votre clairvoyance, laissez-la agir sur votre troisième œil, aussi sept minutes par jour. Portez-la sur vous toute la journée et mettez-la sous votre oreiller la nuit pour vingt et un jours. Vous en ressentirez très bientôt les bienfaits.

France regrettait ses excès d'humeur et avait maintenant le goût de s'approcher et de participer à la conversation, mais son caractère obstiné s'y opposait. Elle se serait fait torturer plutôt que d'avouer son envie grandissante de s'émerveiller avec ses amies !

Maudit tempérament ! se dit-elle, excédée par sa propre résistance.

Quand la transaction fut terminée, elle laissa ses deux amies l'entraîner vers la sortie, comme si de rien n'était. À peine avaient-elles fait quelques pas que France s'arrêta si subitement que Lisanne trébucha et faillit tomber. Michelle avait déjà la main sur la poignée de la porte et s'apprêtait à l'ouvrir.

– Mais enfin, France, qu'est-ce qui te prend, tout à coup ! lui dit Lisanne avec humeur en s'accrochant au rebord du comptoir. Tu nous fais la gueule depuis tantôt, on se dépêche pour satisfaire madame, puis maintenant, tu t'arrêtes comme si t'avais vu un revenant et tu nous envoies valser dans la vitrine. Ça va comme ça pour aujourd'hui, non ?

France entendait à peine les paroles de son amie, comme si elles étaient en sourdine. Là, devant elle, suspendu à une épingle sur un panneau de velours mauve, un médaillon ovale en or avait capté toute son attention. Enchâssé en son centre, un rubis étoilé luisait de ses feux rouges. Mais ce qui l'avait fait arrêter si abruptement, c'est la vision d'un jeune homme qui la regardait avec toute la fougue de sa jeunesse, de l'intérieur même du médaillon pourtant clos. Elle remarqua d'abord ses lèvres rondes et fermes, autoritaires et rieuses à la fois ; puis ses yeux de charbon, moqueurs eux aussi, comme s'ils insinuaient que la vie était une bonne farce ; et enfin, ses cheveux très noirs, légèrement ondulés. Tout le mécontentement de France disparut en un instant. Abasourdie, totalement captivée par cette apparition, elle goûtait comme rarement auparavant à la joie et à la souffrance de l'amour.

Elle le reconnaissait sans le connaître. Et elle l'aimait...

– C'est lui...

Michelle regardait déjà par-dessus l'épaule de son amie.

– Qui ça, lui ?

Soudain, elle sentit la paume presque immatérielle de M. Julien se poser légèrement sur son épaule, tout en l'enveloppant de l'odeur acre du café qui le suivait partout. Elle se tourna vers lui et vit les yeux bleus qui lui faisaient des signes muets d'acquiescement. La main de France se tendait vers le médaillon et il l'aida à le décrocher. Il était suspendu à une solide chaîne en or et s'ouvrait sur des petites pentures. Tremblante, France inséra un ongle entre les deux parois du bijou et fit pivoter le couvercle. À l'intérieur, à droite, un vieux miroir terni emplissait l'espace ovale. À gauche se trouvait un dessin à l'encre noire, réalisé à la plume, assez bien conservé. Sur le papier jauni, on voyait le portrait du jeune homme qu'elle venait d'entrevoir. La personne qui l'avait dessiné possédait un talent indéniable. Si petite soit-elle, cette image était incroyablement réaliste. Elle reproduisait non seulement les traits du jeune homme, mais aussi sa force, sa prestance, son regard narquois, presque irrespectueux. France le fixait intensément. Il avait l'air d'un Gitan... Oui, un Gitan. Elle le sentait dans ses veines, dans son cœur. Une sorte de ruban invisible la liait étrangement à lui au travers des âges. Elle comprenait maintenant son attraction de toujours pour ce peuple mystérieux, pour leurs coutumes, leur musique, leur danse.

Les yeux fermés, France déposa doucement le médaillon sur sa poitrine, entre ses seins. Ses deux mains le couvraient amoureusement. Elle se balançait légèrement d'avant en arrière, sans se rendre compte que les autres la regardaient. Elle n'essayait même pas de comprendre, c'était au-dessus de ses forces. Elle voulait juste le garder là, sur son cœur. Ses amies attendaient en silence. Lisanne regarda Michelle en montant un sourcil inquisiteur. Michelle répondit par un haussement d'épaules impuissant : elles n'avaient qu'à patienter... Puis, leur amie ouvrit les yeux, éloigna subitement le médaillon d'elle et se demanda ce qui lui arrivait. Au prix d'un effort, elle se raccrocha à sa raison et referma résolument l'accès à cet autre monde en secouant les épaules. Elle n'était vraiment pas prête à affronter cet événement.

– Je vous avais affirmé que vous le reconnaîtriez, n'est-ce pas ? dit M. Julien en retirant sa main de l'épaule de France. Je parle du bijou *et* du jeune homme au portrait. Ce médaillon vous ouvrira des portes, vous aidera aussi à résoudre un karma, si vous l'acceptez.

Un karma, se dit France. Toutes ces histoires de vies antérieures accumulées, d'actions, de blessures physiques et émotionnelles qui rendent les gens plus ou moins assujettis, sans qu'ils s'en rendent vraiment compte la plupart du temps. Elle avait lu un grand nombre de livres sur le sujet. Elle avait même suivi une thérapie faisant appel aux vies antérieures. Mais il semblait y avoir tellement de vies à guérir que le parcours paraissait parfois décourageant.

Un silence d'église emplit la boutique pendant de longues minutes, puis une mouche vint troubler le calme de son vrombissement, rompant le charme.

– C'est donc celui-ci, l'objet qui t'était destiné..., conclut Lisanne, médusée.

Un sourcil relevé elle lui demanda, sceptique :

– Vous aviez vraiment vu ça ? J'avoue que je ne le croyais pas vraiment. Pouvez-vous nous dire pourquoi ce bijou est promis à notre amie ?

– Ce bijou a une valeur sentimentale pour elle. Dans une autre vie – vous avez déjà entendu parler de réincarnation ? –, elle était amoureuse de ce jeune homme. C'est tout ce que j'ai pu voir, je n'en sais pas plus.

– Je le prends, décida France dès qu'elle eut suffisamment retrouvé ses esprits. Combien ?

Elle fouillait déjà fébrilement dans son fourre-tout pour en sortir sa carte de crédit.

– C'est un objet d'antiquité et il vaut une p'tite fortune, mais je vous le laisse pour cent cinquante dollars. C'est presque un cadeau que je vous fais, ma chère dame, dit le propriétaire en retournant derrière son comptoir.

M. Julien possédait un sens des affaires aussi assuré que son don de double vue. France se mit à rire et le remercia pour le cadeau qu'il lui faisait de si bonne grâce.

Le plaisir de leurs découvertes respectives ramena la joie entre les trois amies et elles sortirent de l'échoppe bras dessus, bras dessous, en s'esclaffant. Aucune des trois ne remarqua l'homme grand et mince, vêtu d'un complet gris classique, partiellement dissimulé derrière la porte de la boutique voisine. Un feu destructeur brûlait dans ses yeux, également gris. Ses poings étaient fermés si fort qu'un ongle enfoncé fit saigner sa paume.

France avait vraiment envie de partager avec ses amies ce sentiment si puissant qu'elle avait ressenti, mais une sorte de respect envers le jeune homme du médaillon la laissait coite. Après les rires, ses amies semblaient elles aussi s'être retirées dans leurs pensées et le trajet du retour se fit en silence. Qui était donc cet inconnu pour qui elle ressentait tellement d'amour ? M. Julien avait parlé de réincarnation, d'une autre vie... Oui, ça devait être ça, elle le sentait !

7

La première fois qu'il avait vu le bijou, c'était en juillet. Juste au retour de ses vacances. Par la vitrine, il l'avait aperçu et son cœur n'avait fait qu'un tour dans sa poitrine. La mâchoire ouverte par la surprise, il avait reconnu le médaillon dont il rêvait depuis un certain temps déjà.

Grand Dieu ! Comment ce médaillon onirique s'était-il matérialisé là, dans cette échoppe, à quelques minutes de marche de son bureau ? Il cligna des yeux. Regarda de nouveau. Il était toujours là, devant lui, à le narguer. Oui, ce bijou le narguait, sans blague !

Plusieurs fois par semaine, il revenait marcher devant la boutique pour l'observer, sans toutefois l'acheter.

Il ressentait une sombre attirance pour ce bijou qui avivait en lui un sentiment de jalousie qui lui tordait les tripes. Mais pourquoi, bon Dieu ? Il ne savait pas, pas plus qu'il ne savait ce qu'il attendait pour se procurer le médaillon.

Ce jour-là, quelques semaines après sa découverte, il faisait un soleil radieux du mois d'août, un soleil qui semblait dire : « Profitez-en ! L'hiver arrivera bien assez vite ! Je vous fais cadeau de mes rayons puissants ! »

3 h 45. Plus de clients pour la journée. Il n'avait vraiment pas envie de se remettre le nez dans la paperasse.

Il décida que sa journée de travail était terminée, ramassa dans le premier tiroir de sa table de travail ses verres fumés et ferma son cabinet à clé derrière lui. Autant saisir l'occasion de prendre une plonge rafraîchissante dans sa piscine creusée.

Puis, attiré comme par un aimant, il retourna à La Pierre Précieuse.

Là, il eut la surprise de sa vie.

Une femme fixait, totalement absorbée, le médaillon niché au creux de ses mains. Elle portait une grande jupe aux volants colorés et une blouse orange très seyante, qui révélait la naissance de sa poitrine. Deux autres femmes, sûrement ses amies, l'entouraient. Le vieux propriétaire se tenait devant elles. L'avocat la vit porter le bijou à sa poitrine, les mains croisées, les yeux clos. Il eut un affreux pressentiment. C'était *son* médaillon ! Elle n'allait tout de même pas l'acheter ??? Elle ne pouvait pas le priver de l'objet de ses rêves !

Comme il regrettait son inaction des dernières semaines ! Il aurait dû se le procurer au lieu de se contenter de le regarder ! Tout à coup, il ressentait le besoin de se l'approprier... mais il était trop tard.

Il vit la rouquine ouvrir des yeux humides et, d'un signe d'assentiment, faire comprendre au propriétaire qu'elle désirait l'acquérir. Profondément troublé, l'avocat assistait à la scène, impuissant. Puis, toutes trois étaient sorties de chez le brocanteur pour monter dans une Mazda couleur cuivre. Il était tellement éberlué qu'il n'avait même pas pensé à prendre le numéro de la plaque d'immatriculation de la voiture. Il devait absolument découvrir l'identité de cette femme et la retrouver. Elle avait acheté *son* médaillon. Il ne pouvait pas le laisser disparaître sans rien tenter. Il entra dans la boutique.

— L'une de ces femmes a bien acheté le médaillon que vous aviez là, n'est-ce pas ? dit l'homme en montrant le panneau de velours.

Des frissons parcoururent le dos de M. Julien. Il avait reconnu dans la voix de cet homme la teinte brumeuse et froide de la haine et de la vengeance.

— Puis-je vous aider, monsieur ? s'informa le propriétaire, mine de rien.

— Je viens tout juste de vous poser une question, il me semble, dit l'homme avec l'habitude de l'avocat chevronné. Vous pouvez m'aider en répondant à cette question.

— Je regrette, monsieur.

Le vieil homme parlait lentement, cherchant les mots qui éloigneraient cet homme sans qu'il ait à dévoiler sa dernière vente.

— Comme vous pouvez le constater, mon magasin offre de nombreux objets et j'ai de nombreux clients. Je ne peux pas me souvenir de toutes mes transactions...

— Vous savez très bien de quoi je parle, rétorqua l'homme d'un ton ironique et condescendant.

Il ne comprenait même pas ce qui le poussait à retrouver cette femme, si ce n'était son rêve. Il avait l'impression qu'une force étrange, une autre partie de lui, avait pris le contrôle de ses actions. Il ne reconnaissait presque pas sa propre voix et encore moins sa façon de s'adresser à cet homme âgé.

– D'abord, cher monsieur, je ne vous ai jamais vu ici. Comment pourriez-vous savoir ce qui se trouvait à cet endroit ?

– Je le sais, c'est tout ! Je veux voir la facture de la vente, j'ai vu la cliente payer avec une carte de crédit. Je dois connaître son nom. Maintenant.

M. Julien avait une connaissance de l'âme humaine presque aussi grande que celle des pierres et bijoux. Il discernait chez cet homme mauvais une grande tristesse causée par une profonde blessure à son orgueil. Il en voyait la fissure dans l'aura de l'homme. *L'orgueil*, pensa-t-il. *Combien de meurtres, de guerres, de génocides, étaient causés par ce péché capital ?* L'orgueil engendre la haine, la peur, la vengeance. Et chez cet homme, toutes ces émotions étaient palpables. M. Julien ne portait pas de jugement sur les gens, il les voyait en êtres plus ou moins blessés. Mais pour l'instant, il voulait faire sortir cet homme de sa boutique.

– Monsieur, reprit-il, la tête bien droite, je viens tout juste de sonner l'alarme reliée au poste de police. Je vous le dis pour que vous puissiez sortir avant l'arrivée des policiers. Ne remettez plus les pieds dans ma boutique, parce que la prochaine fois, je ne vous donnerai pas le loisir de vous en aller. Sachez qu'on ne me menace pas, ni ici ni ailleurs.

L'homme hargneux avait essayé de ravaler sa colère. Furieux, il avait traversé le boulevard à grandes enjambées sans regarder où il allait et avait failli être heurté par une voiture. Son sang bouillonnait dans ses veines. Il s'était énervé et avait perdu la maîtrise de lui-même dans cette échoppe, et tout ça à cause de cette maudite femme et de son médaillon. Il avait été humilié... encore une fois...

Encore une fois ? Qu'est-ce que ça voulait dire ?

Malgré ses efforts, il n'avait pas réussi à déchiffrer son rêve, ni à comprendre ce qui l'unissait à ce médaillon. Il en était pourtant captif. De la femme aussi. Et en proie à l'humiliation, à la honte d'une défaite cuisante...

5 h 15. Il devait essayer de dormir et oublier cette histoire de fous. Qu'est-ce que ça peut bien lui faire, après tout, qu'une femme qu'il n'a jamais vue achète un médaillon qui lui était totalement inconnu avant ces maudits rêves ?!

Bon, il est déjà 5 h 15. La nuit est presque terminée, moi qui suis matinale. Il ne me reste que quelques heures de sommeil avant le lever du jour. Vénus ronfle encore, la tête sur mes cuisses. Je vais devoir la réveiller pour aller me recoucher. J'espère bien m'endormir cette fois-ci. J'aurai sûrement l'air d'avoir passé la nuit sur la corde à linge demain !

8

Sacromonte, 1635

– Saute, Carmen, saute !

L'air vibrait des éclats de voix des fillettes. Elles jouaient à saute-mouton et leurs rires cristallins se répercutaient sur les parois de la grotte, leur demeure hivernale.

Le bruit fait par les enfants arracha Paco à son sommeil. Il se réveilla de mauvaise humeur. Sans ouvrir les yeux, il se retourna vers le mur et mit une couverture sur sa tête en grommelant, dans l'espoir de dormir encore un peu. Il avait beau être habitué de vivre à plusieurs dans un espace restreint, comme tous ceux de son peuple, ce matin, il en avait assez ! Il avait hâte au printemps. Hâte de reprendre la route, au début mars, de vivre au grand air, de veiller autour d'un feu de camp. Enfin, pouvoir dormir à nouveau sous le ciel étoilé !

Puis, tout à coup, venue d'il ne savait où, une pensée lui traversa l'esprit :

– Cet été, j'aurai quatorze ans, je suis presque un homme !

Et cette simple petite pensée, venue fureter dans sa tête comme une abeille qui bourdonne autour d'une fleur, le remit de bonne humeur. Il en oublia la raison de son trouble : ces rêves de plus en plus fréquents qui lui faisaient désirer une intimité trop rare.

— Quatorze ans ! Je pourrai enfin danser pour notre cirque. Ouah !

Il ouvrit les yeux, s'étira paresseusement sur sa paillasse, puis sauta prestement sur ses pieds, un sourire aux lèvres. Il enfila sa vieille culotte de chanvre, bomba le torse de fierté et passa sa chemise par-dessus la tête. Ses deux jeunes sœurs, Esméralda et Carmen, s'en donnaient à cœur joie, riant, criant et courant ici et là. Paco se mit à rire lui aussi, tout en les pourchassant.

— Aou-ou-ou ou !!!

Le hurlement de Paco ressemblait à s'y méprendre à celui du loup. Il emplit la caverne, rebondit sur les parois, retentit aux oreilles des deux fillettes et fit frémir leur cœur. Le grand frère avait autant de plaisir à les taquiner que les sœurs en avaient à se sauver et à feindre la peur.

— Ah ha ! C'est ça qui arrive aux agnelles qui réveillent le loup assoupi !

— Non, non, s'il te plaît, grand loup, ne nous mange pas !

— Et pourquoi est-ce que je vous épargnerais ? J'ai grand-faim et vous me paraissez tendres à point.

— Il y a du fromage et du pain, tu n'as pas besoin de nous dévorer !

– Pfff ! Qui peut prétendre se satisfaire de pain et de fromage alors que vous êtes toutes dodues. Où *mamá* est-elle partie ce matin ? enchaîna-t-il sans transition.

– À la forge, ensuite au village. Papa avait besoin d'elle. D'ailleurs, il faudrait bien que nous nous mettions à faire le tour des fermes de l'autre côté du village. *Mamá* dit que *papá* commence à manquer de vieux fer.

La matinée était fraîche et le feu déclinait. Paco laissa ses sœurs à leurs jeux et alla nonchalamment à l'entrée de la grotte, où ils gardaient le bois. Il se mit à ramasser un fagot pour raviver le feu que sa mère avait allumé avant de partir. Elle avait suspendu dans l'âtre, à la crémaillère, une marmite pleine d'une bonne soupe qui répandait déjà dans leur abri ses délicieux effluves : mouton, haricots, artichauts et choux s'y mêlaient, imprégnés de romarin et de coriandre. En humant l'odeur de sa soupe préférée, il ressentit le creux qui lui tenaillait l'estomac. Il déchira un quignon de pain noir, prit avec ses doigts des morceaux de sardines et de calmars salés dans le pot de grès et mangea avec appétit. Après s'être rassasié, il se laissa aller à rêver. Le joyeux vacarme des petites s'estompait, absorbé par ses réflexions.

Comme je suis le seul fils, se disait-il, *je sais bien que la tradition veut que je suive les traces de mon père. Il m'a déjà transmis le métier par un apprentissage rigoureux, au prix de tant d'heures de travail !*

Chez un forgeron, toute la famille participait au travail. Les enfants faisaient le tour des fermes afin de ramasser les vieux outils de fer que les fermiers n'utilisaient plus. Ils les rapportaient à la maison et le père chauffait chaque pièce au rouge en jouant des soufflets, les remodelait pour en faire des casseroles, des poêles à frire, des bols et des fers à cheval.

Les jeunes vendaient ensuite ces articles aux *gadjé**, les non-Gitans, ou les échangeaient contre de la nourriture. La mère, elle, partait à la recherche de bois sec pour alimenter la forge tout au long de la journée. Paco aimait et respectait son père. Il avait une vive admiration pour cet homme, non seulement forgeron, mais aussi artiste sculpteur. Car son père, Émilio, confectionnait des couteaux très recherchés pour la beauté de leur manche et la qualité de leur lame.

Mais ma passion à moi, c'est la danse. Comment la vivre sans peiner mon père ?

Les coups de pied rapides et rythmés du *zapateado*** le faisaient vibrer de tout son être. Chaque fois qu'il dansait, le *duende**** s'emparait de son âme, comme un envoûtement tissant des liens émotionnels étroits entre lui et la foule.

Je sais au plus profond de moi que j'y excelle. Le soir autour d'un feu de camp, combien de fois ai-je vu des larmes couler en silence, des hommes, femmes et enfants s'étreindre tendrement alors que je dansais pour eux.

Dans ces moments, il ne se sentait pas extérieur à eux, non. Chez son peuple, la notion de spectacle n'existait pas vraiment. Il était en eux et ils étaient en lui.

Tout en Paco, sa posture fière et pleine d'énergie, sa tête haute, son regard direct et intense, exprimait l'essence de la vie de son peuple. Il était conscient, malgré son jeune âge, de pouvoir compter sur son corps robuste, le physique parfait pour le *zapateado*. Tous les Roms savent chanter et danser, bien

---

*   Gens qui ne font pas partie du peuple gitan.

**   Danse gitane d'Andalousie.

*** Forme de transe émotionnelle, de moment de grâce, habituellement atteint par la danse.

sûr, mais il voulait, lui, suivre les traces de son oncle José et devenir danseur professionnel. La récente promesse de son oncle engendrait en lui une ardeur, une ivresse qui le faisait languir après le printemps.

— Paco, je crois que tu es prêt, avait dit José un soir de la semaine dernière, où plusieurs familles s'étaient réunies.

— Prêt à quoi, *tio* ?

José le regarda droit dans les yeux :

— Mais à la danse, *hombre*[*] ! puis il lui assena une grande claque dans le dos, façon typiquement masculine de se lier à un autre homme et de lui montrer son assentiment.

Paco en était resté bouche bée. Il espérait ce moment depuis si longtemps, il n'arrivait pas à y croire !

— Eh bien, mon neveu, ne fais pas cette tête-là ! J'en ai déjà parlé à ta mère. Elle préférerait que tu reprennes le métier de ton père, mais elle voit bien que ton cœur est rempli de danse. Émilio et elle en ont déjà discuté. Ton père est un artiste et il comprend ce que tu ressens. Quant à ta mère, elle a promis d'essayer de lui donner un autre fils. Ils sont encore assez jeunes pour y penser.

Cette conversation annonciatrice de ses plus grands rêves ne le quittait plus. Lorsque enfin sa tribu reprendra la route avec son cirque, il pourra danser à chacune des représentations que la troupe offrira. Il se voyait déjà sur la plateforme de bois des danseurs, Juan et Esteban, les guitaristes, assis à sa gauche ; Mateo, le joueur de tambourin, debout derrière ;

---

[*] Homme.

le public formant un arc de cercle autour de lui. Il trouverait, il en était certain, le courant invisible qui l'unirait aux musiciens et à leurs mélodies chantantes. Mais son cœur se pinçait aussi en pensant à la peine de son père.

— Papa, avait-il dit en allant retrouver Émilio après sa conversation avec José, tu es certain que tu acceptes que je danse ?

Son père lui avait souri tendrement.

— Mon fils, on ne peut pas aller contre sa nature. Je vis mon art par la sculpture, toi par la danse. Le ciel en a voulu ainsi. Tu dois suivre ta voie.

Paco savait que cet homme fier qui l'avait mis au monde lui cacherait toujours la partie de son âme où il abritait le profond regret de ne pas avoir à ses côtés, dans son métier, ce fils tant aimé.

Ce matin, Émilio et sa femme Mercedes étaient partis au village pour vendre les derniers couteaux et acheter de quoi fabriquer les manches. Il procédait toujours de la même manière. Il achetait aux chasseurs des bois de cerf pour une bouchée de pain. Il tenait d'abord le bois dans ses mains, en l'appuyant délicatement sur sa poitrine. Les yeux fermés, il effleurait du bout des doigts la texture rêche qui s'offrait à lui, puis il parcourait toute la surface du bois de sa grande paume sensible. Pour Émilio, chaque couteau fabriqué avait une âme qui lui était propre.

— Vois-tu Paco, avait-il dit un jour à son fils, c'est ainsi que tu entres en contact avec l'esprit de l'animal sacrifié.

Le jeune garçon s'était assis par terre, les jambes croisées, à côté de son père. Après un long moment de silence que Paco savait respecter, Émilio avait enfin ouvert les yeux.

— Je le ressens, et c'est comme s'il me dictait la forme que je dois donner au manche. Je ne sais pas si tu peux comprendre. Après quelques minutes, des picotements affluent dans ma poitrine, dans mon cœur et jusque dans mes mains. Ça, mon fils, c'est le signal pour me mettre à l'œuvre.

— Je sais, papa, ça ressemble à ce que j'éprouve quand je danse.

Paco adorait regarder son père travailler. Sa main, d'une agilité et d'une souplesse peu communes, semblait glisser en tous sens sur le bois clair et dur. Ses doigts sentaient la ramure prendre forme.

— J'ai l'impression que l'animal s'impose à moi, ajouta-t-il pour partager avec son fils ce merveilleux sentiment.

Paco réalisait qu'en effet, l'animal semblait commander des mouvements précis au bras de son père, à son poignet et à sa main.

— La bête sacrifiée reprend vie, tu vois, sous une forme nouvelle et différente. Je lui rends un dernier hommage, en la laissant me guider.

Pour Émilio, il devait en être ainsi. La sagesse de son peuple lui avait appris qu'un seul esprit divin unissait tous les esprits de tous les règnes et qu'il suffisait de s'unir à cette intelligence pour engendrer le mouvement créateur.

Paco se souvenait du jour où son père lui avait confié : « L'esprit de Dieu vit dans tout ce qui t'entoure. Quand tu ouvres ton cœur à cet esprit, tu deviens le tout. À ce moment-là, ta créativité ne connaît plus de limites : tu es inspiré par la Source de toute chose. »

— Hé, Paco ! cria Julio, son ami, de l'entrée de la grotte.

Julio était légèrement plus grand et plus mince que Paco. Tout en lui était en perpétuel mouvement. Quand il parlait, ses mains et ses sourcils noirs ponctuaient son discours. Toute la tribu en riait aimablement et, bouffon de nature, il s'amusait à exagérer ses gestes. Il entra à grandes enjambées, pivota sur lui-même et se laissa tomber à terre, les jambes croisées.

— Julio ! s'exclamèrent en même temps les deux petites.

— Fais-moi faire un tour sur tes épaules, ordonna Carmen, d'un ton sans réplique.

— Non, moi en premier, objecta Esméralda. La dernière fois, c'était toi la première.

— Bon, ça recommence ! gémit Paco, en se bouchant les oreilles.

— Esméralda, déclara Julio, tu commences à être trop grande, non ?

— Non, je ne suis pas trop grande ! Et Carmen, alors ?

— Carmen est plus petite que toi, elle n'a que huit ans. Toi, tu seras bientôt une femme, Esméralda. D'ici peu, tu n'auras plus droit à ces jeux entre garçons et filles.

– Je veux bien être une femme, mais je veux aussi continuer à jouer !

Mercedes avait commencé à lui parler des changements de son corps. La fillette sentait de petits renflements sous ses mamelons et elle avait remarqué que quelques poils avaient commencé à pousser sur son endroit secret. Elle ne savait pas encore si elle devait s'en réjouir ou, au contraire, s'en attrister. Sa mère lui avait précisé que c'était inévitable, que toutes les petites filles vivaient ces changements. Mais elle aurait voulu ralentir le temps un peu... juste un tout petit peu. Comme aujourd'hui. Grimper innocemment sur les épaules de Julio et rire, rire.

Julio, toujours prêt à rire et à jouer lui aussi, attrapa les deux sœurs en même temps, chacune par un bras, et courut avec elles autour de la pièce principale de la grotte.

– Youpi ! Allez, Julio, tu es notre cheval. Plus vite !

Lorsqu'on y entrait, la grotte dévoilait au regard un grand espace large d'environ vingt coudées sur une longueur de vingt-cinq coudées. Tout au fond, à droite, une autre cavité, par laquelle on avait accès en se penchant, était aménagée avec des paillasses au sol. Dans cette alvéole, on pouvait à peine se tenir debout et toute la famille y dormait, les trois enfants entassés dans un coin, et les parents dans l'autre. Mercedes avait suspendu, à des crochets de fer plantés dans la pierre, un carré de toile multicolore entre leurs espaces respectifs.

Émilio et Mercedes avaient pris possession de cette grotte bien des années plus tôt. Elle ne contenait alors que la grande pièce, mais ils venaient de se marier et ne demandaient rien de plus. Puis, quand Mercedes fut enceinte de Paco, Émilio et les autres hommes de la tribu avaient creusé une autre pièce dans la pierre de craie. Les Gitans vivaient depuis longtemps dans ces cavernes, qu'ils avaient déjà partagées avec les Maures et les Juifs, bannis de l'Espagne.

Sur le mur de gauche, un puits de lumière avait également été creusé jusqu'au sommet. Ce puits apportait le jour dans la grotte et permettait à la fumée d'en sortir. Le foyer avait été construit à même le mur, au-dessous de la longue cheminée. La lumière filtrait aussi à l'intérieur grâce à deux fenêtres creusées dans la façade, flanquant la porte de chaque côté. En bordure du foyer, un grand pan du mur était orné de casseroles de toutes sortes, suspendues également à des crochets de fer. Sur l'autre mur, Mercedes avait accroché des tambourins, des castagnettes, des vieilles roues de charrettes et un assortiment d'objets hétéroclites trouvés au cours de leurs déplacements.

— Maintenant, les petites, dit Julio en les déposant affectueusement, soyez sages. Paco et moi, nous allons nous promener un peu et, au retour, je vous ferai faire un petit tour sur mes épaules. D'ici là, arrangez-vous pour avoir décidé entre vous laquelle sera la première. Sans cela, menaça-t-il en brandissant un index devant leur nez, pas de tour sur les épaules !

Les fillettes étonnées le regardèrent avec sérieux puis baissèrent toutes les deux la tête en signe de consentement.

Les deux amis sortirent sur le terre-plein devant la caverne.

— Tu as l'air bien secret, Julio, que se passe-t-il ?

Julio fit une autre pirouette sur ses longues jambes et regarda Paco d'un air que celui-ci trouva tout à fait niais.

– Eh bien, vas-tu finir par me dire ce que tu as à dire, *hombre*, où vas-tu continuer à me fixer bêtement, les yeux dans le vague et le sourire simplet ?

– Marchons ! Allons vers la rivière. Nous serons plus tranquilles pour parler.

– Ce que tu en fais, des mystères !

Ils descendirent les marches grossièrement taillées dans le roc, puis prirent à droite le sentier qui mène au cours d'eau. Des buissons de roses sauvages et de cactus envahissaient la piste et les ronces s'accrochaient à leurs culottes.

Quand ils furent enfin seuls et loin de toute oreille indiscrète, Julio devint plus sérieux.

– Tu te souviens de la tribu des Sinti* que nous avons rencontrée en mai dernier aux Saintes-Maries-de-la Mer ?

Paco regarda de biais son ami, les yeux étincelants de malice.

– Ah oui... Comment pourrais-je oublier la belle Leila qui a tant chaviré ton cœur ?

– Ne ris pas de moi, Paco. Toi, tu ne t'intéresses qu'à la danse. On dirait que tu en as fait ton amoureuse. Tu la savoures comme moi j'ai envie de me délecter des lèvres charnues de Leila... Je pense à elle jour et nuit, je rêve d'elle et... eh bien, la nuit... tu vois ce que je veux dire...

– Ha ! Ha ! Ça te gêne, ces démonstrations nocturnes de ton désir pour Leila ?

---

* Une des nombreuses tribus qui composent le peuple gitan.

– Qu'est-ce que tu en sais, toi, le danseur ? répondit Julio, le nez au sol.

– Parce que tu t'imagines peut-être que ça prend absolument un prétexte valable pour que ça arrive ?

Une lueur taquine dansait dans le regard de Paco qui enchaîna :

– La danse est peut-être bien ma maîtresse pour l'instant, mais mon corps connaît tout de même des besoins identiques aux tiens, *amigo*.

– De qui rêves-tu donc, alors, quand ça t'arrive ?

Le jeune Gitan se remémorait la semaine dernière, alors qu'un matin, sa mère avait discrètement ramassé la couverture dans laquelle il s'enroulait pour dormir, l'avait apportée à la rivière pour la laver et la faire sécher ensuite, en la suspendant à un arbre. On ne parlait pas de ces choses entre mère et fils. C'était une histoire d'hommes et Mercedes prétendait chaque fois n'avoir rien vu. Cette nuit, il avait bien failli avoir un autre accident.

– Ce que tu peux être naïf, Julio ! N'importe quelle fille fait l'affaire, quand tu ne penses à personne en particulier. Même une fille sans visage peut t'amener au septième ciel.

Paco avait effectivement rêvé d'une fille sans visage, chaude et fougueuse. Il la tenait d'un bras par la taille, léchait goulûment le derrière de ses oreilles, jusqu'à la racine des cheveux, enfouissait son nez dans l'épaisse crinière noire à l'odeur d'eau de rose, et laissait gambader son autre main sur une poitrine ronde et offerte à son désir. Il ne put rêver plus longtemps, la secousse de son corps tremblant l'avait réveillé. Sa respiration rapide et sa peau encore écumante témoignaient de son trouble.

– Je suis certain, moi, que c'est beaucoup plus agréable quand tu rêves de la fille que tu aimes, raisonna Julio.

– Peut-être, marmonna Paco, pensif. Je ne sais pas. Je t'envie tout de même un peu. Mais tu n'as pas terminé ton histoire, non ?

Ils étaient rendus au bord de la rivière. Julio s'amusait à faire languir son ami et avait planifié lui lancer la bonne nouvelle dans l'air pur au-dessus de l'eau, la laisser retomber dans le courant et cascader sur les roches rondes, en l'écoutant se répéter tout au long du cours d'eau, comme l'écho sans fin de sa joie. Mais Julio ressentait autant de plaisir à l'idée de révéler à Paco la raison de sa bonne humeur qu'à attiser sa curiosité. Il se décida enfin :

– Le marchand d'élixirs était au village, tôt ce matin. Tu te souviens du vieux Andreo ?

– Mmm...

– Il arrive de Cadix et il avait un message pour moi. Regarde ! Il sortit de sa poche un enchevêtrement de branches et de feuillages habilement tissés, au travers duquel un fil rouge dessinait soigneusement un motif.

– Mais, c'est un cœur, ma foi ! Fort joli. Elle travaille bien, ta Leila... J'imagine que c'est bien d'elle ?

– Évidemment ! Et vois, ici, dans le coin. Elle me fait savoir qu'ils viendront à Grenade cet été.

– Tant mieux, alors ! C'est tout ce que tu voulais me dire ? Pourquoi tant de mystère ?

– Parce que justement, nous, nous partons. Je ne pourrais pas supporter de la savoir tout près d'ici alors que nous partons pour l'autre bout du pays. Tu dois m'aider à trouver une solution.

— Mais que veux-tu que j'y fasse ? Nous ne pouvons pas changer les plans de toute la communauté pour que tu puisses rencontrer ta Leila !

— Non, mais il doit bien y avoir un moyen, il faut *absolument* trouver une solution, Paco.

9

Dimanche, 13 mars

Je viens de terminer mon souper – des pâtes au pesto et tomates séchées, saupoudrées d'une généreuse portion de reggiano – et j'en profite pour écrire quelques mots avant d'aller me coucher. Si je veux être en forme demain matin, j'aurai vraiment besoin de récupérer du sommeil. J'ai un contrat de traduction dont l'échéance était... hier. En fait, il me reste trois jours pour terminer cette traduction, et ils ne seront vraiment pas de trop.

Quand je me suis réveillée ce matin, en constatant la position du soleil, je me suis rendu compte qu'il devait s'être levé depuis un certain temps déjà. Un soleil froid et pâle de mars, mais tout de même apprécié après plusieurs jours de neige. Ses rayons se glissaient par la fenêtre sur le pied de mon lit et réchauffait délicatement mes orteils. 9 h 47 !!! Je me sentais complètement déboussolée de commencer ma journée si tard. Et avec cinq heures de sommeil en tout et pour tout... moi qui ai besoin de huit bonnes heures par nuit.

Ma chatte était couchée sur l'oreiller d'à côté. Blanche, avec sa queue toute rousse et sa tête parsemée de quelques taches de la couleur de sa queue, elle a l'air, quand elle dort, d'un petit paquet blanc enveloppé dans un ruban roux. Je l'ai regardée tendrement, puis l'ai poussée doucement en lui disant :

— Tiens, Kashmelle, encore là, toi ? Va falloir que t'apprennes à rester au pied du lit, ma belle. Tu le sais bien que je veux faire de la place pour un homme... éventuellement !

Elle m'a regardée en ronronnant, m'a envoyé un bâillement à s'en décrocher les mâchoires tout en dévoilant ses quatre canines meur-trières. Elle s'est mise à pétrir l'oreiller de ses pattes avant pour ensuite s'étirer, le derrière en l'air, le dos courbé en U. Puis, sans un regard pour moi et sans aucun égard pour mes revendications, elle s'est recouchée en boule sur l'oreiller destiné à l'homme de mes rêves. Je me suis dit : « So much for that ! » Si je veux qu'elle laisse mon oreiller tranquille, je devrai lui interdire l'accès à ma chambre.

À la suite de quoi j'ai décidé de faire comme elle et de m'étirer le plus complètement possible, plaisir que j'apprécie particulièrement avant de sauter du lit. Malheur ! Ce faisant, j'ai accroché l'abat-jour de ma lampe de chevet assez fort pour qu'elle tombe de la table.

En entendant le remue-ménage dans ma chambre, Vénus, excitée, a accouru du salon. Ce n'est qu'après avoir calmé chat et chien qui se disputaient mon lit que la mémoire m'est subitement revenue quant aux événements de la veille... et a repris sa course folle.

Mon Dieu ! Comment est-ce que j'ai pu, ne serait-ce que quelques minutes, oublier cette escapade dans le temps, le regard grave de Mariana empli de chagrin, ses larmes bouleversantes et le médaillon qui semble nous unir toutes les deux ?

Toutes les images de la soirée et de la nuit me sont revenues pêle-mêle, déboulant dans ma tête, faisant frissonner mes bras et battre mon cœur de façon désordonnée.

86

Après avoir sauté du lit en admonestant Vénus et Kahsmelle pour leur comportement délinquant, France les poussa sans ménagement toutes les deux sur le plancher de bois franc.

– Ouste, vous deux !! Que je vous voie encore vous disputer comme chien et chat... C'est pas vous deux qui allez commencer à faire la loi dans mon lit.

Elle enfila sa robe d'intérieur en velours extensible vert olive et se rendit ensuite à la cuisine avec l'espoir peu probable d'arriver à s'éveiller tout à fait grâce à un bon café. Biologique et équitable, corsé et moelleux à la fois, rond en bouche, comme on dit pour les vins, à la saveur légère de noisette, il titillait son esprit tout en délectant ses papilles gustatives.

Ce matin, France examinait sa cuisinette comme si elle la voyait pour la première fois. Elle essayait désespérément de se raccrocher à son environnement pour maintenir un semblant de sécurité dans sa vie qui venait d'être chamboulée. Elle promena ses yeux sur tous les objets familiers qui faisaient partie de son quotidien: le mélangeur, le grille-pain, l'égouttoir, la bouteille de grès pour l'huile d'olive, les pots de plantes. Elle s'aperçut que l'araignée manquait d'eau et se précipita sur le récipient qu'elle emplit pour arroser le végétal assoiffé.

– Comment ça se fait que tu bois tellement plus vite que les autres, toi ? Tu me prends toujours par surprise. Je devrais peut-être t'acheter un plus grand pot. Est-ce que t'es trop à l'étroit, là-dedans ?

Comme elle vivait seule depuis six ans, France avait pris l'habitude de parler tout haut à Vénus, Kashmelle ainsi qu'à ses plantes. Elle s'efforçait par contre de ne pas succomber à la tentation de se parler à voix haute. Il y avait des limites à ne pas dépasser.

Même ce matin, se disait-elle, plantée au milieu de sa minuscule cuisine, *encore plus ce matin. Je dois garder la tête froide.*

Est-ce que Mariana avait toujours gardé la tête froide, elle ? France l'avait devinée débordante de passion et de chaleur. Jeune, avide, gourmande.

Non. Elle avait fort probablement perdu la tête pour son bel amoureux.

Comme France l'avait fait elle-même, vingt-quatre ans plus tôt, pour Calixto.

Elle ne voulait pas penser à Calixto.

Elle décida donc d'aller faire une longue promenade avec Vénus. Peut-être qu'en marchant, elle serait plus à même de réfléchir posément.

Après avoir enfilé des chaussettes chaudes, elle glissa les pieds dans ses mocassins indiens, enfila un manteau de printemps sur lequel elle lança un vieux poncho de laine vert et rouille et sortit, Vénus sur les talons. Elle lui lança un bout de bois en criant : « Va chercher ! » Comme à son habitude, la chienne partit à la course, ramassa le bâton et s'obstina à ne pas le rapporter.

– Comment veux-tu que je te fasse courir, si tu ne me le rapportes pas ? Je vais quand même pas me mettre à courir avec toi, non ?

Puis, tout en la guettant d'un œil, France oublia un peu sa chienne pour méditer sur les événements de la veille. Ils la hantaient et elle se demandait encore quelle part d'imagination ou de vision réelle composait cette étonnante expérience. Quoi qu'il en soit, *l'expérience* était définitivement en dehors de sa zone de confort ! Elle ne savait pas quoi en faire. Elle aurait bien voulu l'oublier, mais c'était impossible ; autant demander à un chameau de passer par le chas d'une aiguille !

Au bout du chemin, elle fit demi-tour.

— Viens, fi-fille, on retourne à la maison.

Vénus s'empressa de la rejoindre, sachant qu'une telle obéissance lui donnait droit à un morceau de bœuf séché.

En rentrant, elle se fit deux rôties, une au beurre d'arachides, l'autre à la confiture d'abricots et s'assit à table, devant sa grande fenêtre, pour déguster le tout, accompagné d'une bonne tasse de son café préféré.

Je fais vraiment tout ce que je peux pour ne pas penser à cette fameuse histoire ! se dit-elle. *Monsieur Julien ne m'en a vraiment pas dit beaucoup quand j'ai acheté le médaillon. Comment faire un peu de lumière sur ce qui m'est arrivé ?*

Elle sentait l'énervement la gagner à nouveau et prit une trop grande gorgée de café. Elle se brûla la bouche, s'étouffa, cracha le liquide et en renversa sur sa robe.

— Aïe ! s'écria-t-elle en catapultant sa tasse sur le bord de la table et, de dépit, elle se mit à pleurer en enfouissant la tête entre ses mains.

Pourquoi une histoire pareille lui arrivait-elle à *elle* ? Elle qui ne voulait que la paix, la tranquillité. Qui souhaitait rencontrer un homme paisible qui serait heureux de faire de belles grandes promenades en automne, de s'asseoir devant le feu de bois en hiver, de tourner la terre au printemps pour faire un petit jardin et de recevoir leurs amis près du lac en été, avec un verre de rosé. Elle ne voulait pas de cette histoire abracadabrante, elle voulait la rejeter à bout de bras, ou à coups de pied, peu importe ! Elle n'en voulait pas, un point c'est tout ! Elle avait trop souffert pour souhaiter autre chose qu'une bienfaisante quiétude, qu'une douce harmonie. Tout son être repoussait la plus petite forme de danger. Elle avait choisi de vivre ce qu'il lui restait de passion à travers la danse : c'était une voie sécuritaire où elle ne pouvait pas se faire mal.

En tout cas, c'est ce qu'elle croyait jusqu'à la veille au soir. Oh ! Comme elle se sentait trahie par cette danse en laquelle elle avait placé sa confiance et qui l'avait transportée dans un monde inconnu et apeurant !

Elle s'obligea à respirer calmement. Jamais elle ne pourrait élucider quoi que ce soit en s'énervant ainsi. C'est alors qu'une étincelle se fit dans son esprit.

Une voyante ! Une voyante pourrait certainement la mettre sur une piste...

10

– Tu vois, ici, la carte de « L'Amoureux » ? Elle représente une rencontre amoureuse très importante, dit Huguette. Ça peut être un grand amour, une union profonde. Je dirais que cette rencontre fait partie de ta destinée.

– De ma destinée ? répéta France en haussant les sourcils.

Qu'est-ce qu'elle fait du libre arbitre ? se dit-elle intérieurement. Mais, tout en mordant l'ongle de son petit doigt, elle demanda :

– C'est pour bientôt, cette rencontre ? Ça m'intéresse, bien sûr, mais moi, c'est pour savoir ce qui m'est arrivé hier soir que je suis venue. Je vous l'ai dit en arrivant.

Elle recula la chaise sur laquelle elle était assise, en releva une patte pour libérer sa longue jupe qui s'y était coincée, croisa les jambes et la regarda d'un œil interrogateur.

La cartomancienne considérait avec attention la femme d'une quarantaine d'années qu'elle avait sous les yeux. Ses cheveux auburn en bataille entouraient un visage à la mâchoire volontaire. Des yeux d'un vert écume de mer perçaient son masque plutôt classique et une bouche large et sensuelle agrémentait le tout. Le dos très droit, elle était sortie de sa voiture en faisant onduler, à chaque pas, ses hanches larges.

– Je ne saurais pas te préciser, mais il me semble que... ça devrait avoir lieu d'ici l'été, lui répondit-elle avec une certaine hésitation. Quelques mois, je dirais. Mais le temps, tu sais, il ne faut pas trop s'y fier. Il n'existe pas vraiment dans l'univers. Quant à ton expérience d'hier soir, les cartes vont m'en dire plus à mesure qu'on poursuit. En plus, si cette carte est sortie en plein centre de ton jeu, elle doit forcément avoir un rapport avec ton histoire. Comment ? Ça reste à voir.

Les deux femmes étaient assises face à face, chacune d'un côté de la table en formica jaune des années 1960. La voyante, confortablement vêtue d'une robe d'intérieur rose fuchsia à fleurs mauves, examinait avec attention le jeu étalé devant elle. Ses bras étaient croisés et appuyés devant sa poitrine, et son entêtant parfum de patchouli traînait paresseusement dans la pièce. Il semblait s'être incrusté dans le bois des meubles, le rembourrage de sa chaise et les rideaux aux couleurs criardes.

France avait vraiment eu de la chance. Lorsqu'elle lui avait téléphoné, la cartomancienne venait tout juste d'annuler un rendez-vous prévu au début de l'après-midi.

– Je pourrais te recevoir à 13 h. Pas plus tard, j'ai quelqu'un d'autre après. Ton nom ?

– France. France Carpentier.

– Bon, je t'attends.

Elle avait tout de même hésité. De chez elle, tout près de Coaticook, Longueuil n'était pas à la porte, elle avait peu dormi et se sentait d'humeur paresseuse.

— De toute façon, ma Vénus, avait-elle dit en s'agenouillant pour être à la hauteur de sa chienne, je ne peux pas rester comme ça à me creuser la tête avec des questions auxquelles je n'ai pas de réponse.

Elle avait tendrement caressé sa compagne sur la tête, entre les oreilles, et Vénus avait fermé les yeux de contentement, en appuyant sa grosse caboche sur le ventre de sa maîtresse.

— Tu sais, j'ai bien plus le goût de pantoufler à la maison que de reprendre la route. Mais y faut c'qu'y faut, ma cocotte. Garde bien la maison pendant mon absence, t'auras un bon souper à mon retour.

Puis, avec un soupir à faire tourner les moulins à vent, elle avait saisi son manteau et était sortie en vitesse, avant de changer d'idée

Après un sandwich aux œufs, pris sur le pouce dans une cantine de la rive sud, elle avait trouvé la rue, puis l'adresse qu'elle cherchait. Le quartier était simple, sans fard, banal. Des rangées d'immeubles d'habitation, sans balcons, longeaient la rue des deux côtés. Des arbres chétifs et dénudés à cette saison, plantés dans de minuscules espaces carrés du trottoir, tâchaient vainement d'agrémenter d'une touche rurale cet océan de ciment et de brique. Elle avait sonné et avait attendu le signal lui indiquant que la porte du hall d'entrée se déverrouillait.

Tout en haut, au quatrième étage, Huguette avait ouvert la porte de son appartement et l'avait accueillie dans son antre. Un étroit corridor les avait conduites dans une petite pièce encombrée de bibelots de toutes sortes, juchés sur des tablettes et sur deux commodes de bois sombre. Sur la table, outre son jeu de cartes, reposait sur un socle doré une boule de cristal fumé.

Après avoir prié sa cliente de s'asseoir, la femme avait fait le tour de la table et s'était laborieusement installée de l'autre côté. Elle avait entre soixante-cinq et soixante-dix ans, et portait ses années sur un corps presque obèse. Mais, de son visage émanait une tranquillité intérieure, un charme subtil, une sorte de sérénité communicative. Après lui avoir montré les différentes cartes du jeu, la voyante avait demandé à France de les brasser, puis d'en sortir neuf du paquet. Elle les avait étalées face cachée et avait retourné celle du centre. C'était « L'Amoureux » et, comme la devineresse venait d'expliquer à sa cliente, cette carte primait sur toutes les autres. Là était sa façon de faire. Elle retournait d'abord la carte en position centrale qui décryptait le point focal de la rencontre, y déposait la paume et attendait, les yeux fermés, de recevoir l'énergie et l'information de la lame en question. Parfois elle voyait des images, parfois des phrases se formaient sur ses lèvres. D'autres fois, elle ressentait des inconforts dans son corps, annonciateurs de difficultés physiques. Quel que soit le moyen par lequel elle recevait les données, il était toujours approprié pour le message à transmettre à la personne venue s'enquérir d'une lumière sur sa vie.

Tout en gardant les yeux fermés, elle dit à France :

– « L'Amoureux » a dessiné dans mon esprit deux visages d'hommes. Le premier qui m'est apparu a environ ton âge... quarante-cinq, cinquante ans. Taille moyenne à grande. Bien pris sans être gros. Je ne vois pas bien ses yeux... Plutôt foncés, je crois bien. Cheveux poivre et sel, pas trop courts, menton bien rasé. L'autre est jeune. Environ vingt ans. Des cheveux mi-longs très noirs ainsi que des yeux brillants comme des billes. Un sourire fier et moqueur. Beau gars, ma petite !

– Celui-ci ? s'écria France en montrant le médaillon ouvert à Huguette.

Sachant que le bijou la reliait à Mariana, elle l'avait enfoui dans la poche de sa jupe au moment de partir et l'avait ressorti en entendant la description que faisait la cartomancienne de l'homme de sa vision.

– Oui, ça lui ressemble beaucoup, en effet. D'où vient ce médaillon, petite, tu ne m'en avais pas parlé ?

– Hum... je ne voulais pas tout vous dire, mais je peux vous affirmer qu'il est relié à mon histoire d'hier.

– Pour ça oui, puisque j'ai vu ce visage. Bon, je vais retourner les autres cartes maintenant... Je vois une longue et très vieille histoire d'amour entre deux âmes sœurs. Toi et un homme. Une grande passion commencée depuis de nombreuses vies et plusieurs siècles, mais qui n'a jamais été entièrement vécue. Je pense bien que les deux hommes de ma vision sont la même personne dans deux vies différentes.

– Plusieurs vies ?...

– Oui. Dis-moi, ma belle, crois-tu à la réincarnation ?

– Puisque vous en parlez, lorsque je suis devenue enceinte de ma fille, il y a vingt-quatre ans, lui confia France en déposant ses mains sur son ventre, comme si elle pouvait encore sentir ce petit être en elle, je me suis dit spontanément : « Enfin, je la retrouve ! » J'avais envie de l'embrasser là, dans mon ventre, comme quelqu'un que je n'avais pas vu depuis longtemps et qui m'avait énormément manqué. Je savais intuitivement que c'était une fille. Je la reconnaissais, simplement. C'était, disons... très fort, je ne sais pas comment l'expliquer clairement. J'ai alors commencé à lire des livres qui traitent de réincarnation et ça m'a aidée à comprendre ce qui m'arrivait. Oui, après plusieurs recherches, j'ai commencé à y croire.

De ses doigts potelés, ornés de bagues de pacotille, la voyante tapotait le jeu étalé sur la table.

— Bon, alors, tu comprends.

Huguette prit une grande gorgée d'eau et appuya son large dos sur le dossier de sa chaise, incontestablement satisfaite de la réponse de celle qui, assise de l'autre côté de la table, attendait ses révélations. Son travail en serait infiniment simplifié.

— Je comprends ça, oui, mais quel est le rapport avec Mariana ? Et comment est-ce que j'ai fait pour me retrouver dans cet espace-temps ? À moins que tout cela ne soit le produit de mon imagination trop fertile ?

France tortillait avec son index une mèche de cheveux ondulés, inquiète de la réponse à venir.

— Non, ton imagination n'a rien à voir là-dedans. C'était bien réel. L'autre soir, sans le savoir, tu as emprunté un vortex qui t'a amenée dans une autre époque. Connais-tu les derviches tourneurs ? En dansant, il leur arrive souvent d'entrer en transe, et parfois même de créer ce genre de chemin. C'est comme un tourbillon d'énergie dans lequel tu entres et qui t'amène dans un autre endroit, dans un autre espace-temps ou les deux à la fois. Voilà probablement ce qui t'est arrivé. Tu étais tellement captivée par la danse qu'un vortex s'est créé et tu l'as suivi. En plus, le médaillon que tu viens de me montrer t'a manifestement guidée. Ce phénomène, bien que réel, n'est connu que de peu de personnes, qui l'ont presque toutes vécu elles-mêmes de façon imprévue, et toujours pour une bonne raison. Tu *avais* à retrouver cette jeune femme.

Huguette jeta un coup d'œil vers elle, le sourcil levé, formant une pointe au-dessus de son regard espiègle.

– Tu me suis toujours ?

Dans le sérieux de son travail, elle s'amusait tout de même de la surprise de France. Dans son discours, elle maniait avec adresse l'art de surprendre, de faire languir et de créer un certain mystère tout en apportant le réconfort tant souhaité chez la plupart de ses clients.

– Je crois, oui. Mais je suis troublée par cette incursion involontaire. J'en avais perdu l'habitude... J'aimerais mieux comprendre.

– Perdu l'habitude ?

Les yeux d'Huguette lançaient maintenant des éclairs de curiosité.

– Ouais... c'est une longue histoire, mais oui, quand j'étais petite, ça m'arrivait... Ça fait bien longtemps. Il faut que je vous dise... Mariana, je la connais depuis ma tendre enfance.

– Mmhum... pas surprenant, après tout.

Le silence s'installa entre elles, rempli de non-dits et de souvenirs refoulés. Fine connaisseuse de l'âme humaine, pour donner à France la chance de se décharger de son fardeau, la tireuse de cartes attendit quelques instants. Comme sa cliente restait coite, elle reprit la parole.

– Bon... tu n'as pas l'air de vouloir en parler, alors continuons. Cette jeune femme, cette Mariana, c'est toi, ma belle, dans une autre vie. Je la ressens, elle possède la même énergie que toi... Oui, elle s'appelle bien Mariana. Espagnole, je crois. Et son amoureux, celui qu'elle a perdu avec tant de peine, est l'homme que tu vas retrouver dans ta vie présente. Celui que les cartes annoncent ici, dit-elle en pointant de son index boudiné la carte du centre, c'est l'homme du médaillon, mais dans cette vie présente. Celui que j'ai vu tantôt.

La médium regardait au loin, fixant un point au-dessus de la tête de la jeune femme tourmentée. Après quelques instants de silence, elle ajouta :

— Le médaillon, c'est le lien entre elle et toi. Cette rencontre fait vraiment partie de ton destin. Un destin riche, ma fille, ne l'oublie pas. En retrouvant Mariana, c'est une partie de toi qui va se manifester. En comprenant cette partie de toi, il te sera plus facile de dénouer les nœuds du passé. Tu sais qu'il est temps pour toi de renaître. Je vais te dire une chose qui peut te paraître absurde, continua Huguette sur un ton de confidence. Comme le temps universel diffère du temps terrestre auquel nous nous référons, en renaissant, tu n'as pas seulement la possibilité de changer ton futur, mais aussi celui de Mariana.

Avec un mouvement de surprise, France s'écria presque :

— Mais voyons, Huguette, comment est-ce que je peux changer quelque chose qui s'est passé et qui s'est terminé il y a plusieurs centaines d'années ? C'est impossible !

— Hum... ce n'est peut-être pas encore le temps de t'expliquer tout ça.

La grosse dame se passait la main sur le menton, tout en réfléchissant.

— Restons-en à cette vie, c'est bien assez pour l'instant, de toute façon, poursuivit la devineresse, en se concentrant de nouveau sur les cartes.

France avait ramené sa chaise vers l'avant, en prenant soin de soulever sa jupe cette fois. Son incrédulité faisant place à la curiosité, elle était maintenant penchée sur les cartes et les examinait avec un intérêt croissant.

– Mais pourquoi ça m'arrive *maintenant* ?

– Sans doute une réponse à une prière que tu as faite. Tu n'aurais pas, par hasard, fait la demande de vivre un grand amour ? lui demanda-t-elle, un petit sourire aux lèvres.

– Comment le savez-vous ?

– Ce n'est pas sorcier, ma grande. C'est avec cette carte-ci, tu vois, qui représente ton passé récent... Je devine que tu as accompli un rituel d'amour, n'est-ce pas ? Je t'aperçois avec une amie au cœur d'un cérémonial dont le but était de susciter une rencontre amoureuse.

Un peu gênée par la véracité des propos d'Huguette, France tourna son regard vers la fenêtre. Un pigeon se dandinait sur le rebord, vraisemblablement heureux de prendre un peu de chaleur après les rudes journées d'hiver. Le vent de plus en plus fort ébouriffait ses plumes mais il ne semblait pas s'en soucier.

Huguette avait suivi son regard.

– Je le nourris de miettes de pain, lui dit-elle avec un sourire, en se gardant bien de revenir sur un sujet dont France ne semblait pas vouloir parler.

Elle étendit son bras et tambourina légèrement sur la vitre.

– Il accepte même que je le prenne dans mes mains. Je l'ai surnommé « ma colombe » même si c'est un pigeon. Bon, revenons à nos moutons ! Je t'ai dit tantôt qu'il était temps pour toi de renaître. Je sais que tu as déjà fait un bout de chemin, mais il en reste à dénouer. Ton karma semble toujours lié à ta vie amoureuse... ou plutôt, tes *vies* amoureuses. Tu n'es pas vraiment libre, ma fille. Il reste un détachement important à faire.

Tu n'es pas vraiment libre, ma fille... tu n'es pas vraiment libre, ma fille... France n'écoutait plus. Toute sa vie, un sourd besoin de liberté avait crié pour se faire entendre et elle le faisait taire à coups de choix contraignants, lourds de conséquences. À croire que la liberté lui faisait peur ! Qu'elle la fuyait comme la peste !

Et pourtant... Comme elle aspirait à la délivrance d'une partie d'elle-même !

— Tu ne m'écoutes plus, fille...

— Oh ! Excusez-moi... Je pensais...

— Peu importe ! Allez, donne-moi une autre carte.

France se concentra sur les cartes restantes et en sortit une, du bout des doigts, le cœur crispé, comme si le jeu pouvait lui exploser au visage. Franchement, elle avait peur d'en entendre davantage, mais en même temps, sa curiosité était grande. Pourquoi maintenant au lieu d'il y a cinq ans ou dans cinq ans ? Pourquoi ce médaillon ? Et ce beau jeune homme ?

— Ah... le valet d'épée !

— Quoi, le valet d'épée ? s'écria France avec une pointe d'inquiétude.

Elle connaissait un peu les tarots, son amie Lisanne s'amusant à leur tirer les cartes à toutes quand elles se rencontraient occasionnellement entre filles. Elle savait que rien de bon ne venait jamais du valet d'épée. Il signifiait la trahison, la jalousie, l'escroquerie, les médisances, les mauvaises nouvelles.

– C'est bien ce que je pensais ! dit Huguette, tout en déplaçant son poids sur sa chaise. Je ne veux pas te faire peur, mais avec ce valet d'épée, il est aussi possible qu'un homme te veuille du mal, ma fille.

– Justement, depuis quelque temps, j'ai souvent l'impression d'être suivie. Je me sens observée à la dérobée.

– Ah oui ?

Huguette avait relevé les yeux et dévisageait sa cliente.

– Depuis quand crois-tu être suivie ?

– Quelques mois, je pense... C'est une sensation bizarre qui me frôle, à l'occasion.

– Depuis que tu as acheté ce médaillon ?

Ne sachant que répondre, France se dandinait sur sa chaise, d'une fesse à l'autre, essayant de cacher son désarroi et l'impatience grandissante qui l'envahissait.

– Maintenant que vous m'y faites penser, je crois bien, oui...

Huguette dirigea son regard au centre de la boule de cristal et garda un silence lourd. Le temps semblait avoir suspendu son vol, comme les poussières en suspension dans le rayon de soleil qui tombait sur la table. Ses mains entouraient délicatement la boule couleur fumée, comme si elle voulait emprisonner les secrets qu'elle pouvait receler, les empêcher de s'évader avant qu'elle ne les découvre.

France était hypnotisée par ses yeux devenus brumeux. Enfin, Huguette reprit la parole, très lentement.

– Hum... c'est bien ce que je pensais... Il y a un autre homme dans cette histoire. Un homme qui s'est senti bafoué par Mariana et qui a juré de la retrouver pour lui faire payer son refus de l'épouser. Ouf ! C'est toute une saga, petite ! Il est lui aussi réincarné à notre époque et, sans te connaître, une partie de lui se souvient... Ses souvenirs inconscients effleurent parfois son conscient... Ce sont ses rêves qui le ramènent à cette vie d'antan. Sans comprendre ce qui se passe, ses visions l'amèneront à te rechercher.

Étourdie, France avait la désagréable impression d'être prise dans un tourbillon. Elle perdait ses repères et sentait s'effondrer sa chère sécurité. Comment allait-elle pouvoir affronter tout ça ?

Huguette avait vite compris le dilemme de France.

– Ne t'en fais pas. Ton âme a choisi l'heure de sa libération et elle sait comment y parvenir. Fais-lui confiance et n'aie pas peur.

– Ouais ! Avec tout ce qu'elle m'a fait vivre jusqu'ici, mon âme, je ne suis pas sûre d'avoir envie de la suivre !

– Toutes tes souffrances, tu les as vécues justement parce que tu n'as pas encore réglé ce karma-là. Lorsque ce sera fait, tu verras, ce sera la libération.

– Bon, admettons ! Revenons-en à Mariana, d'abord, reprit France, d'une voix tremblante. Qu'est-ce que je peux changer à sa vie plusieurs centaines d'années plus tard ? Pour moi, ça n'a ni queue ni tête, cette histoire-là.

– En effet, c'est une histoire peu banale. Vois-tu, tu retrouveras Mariana. Je sais que tu repasseras dans un vortex pour la revoir et entrer en contact avec elle. Et elle... Ah non, je ne suis pas assez certaine pour m'avancer plus loin...

– Qu'est-ce que vous alliez dire ?

France était tellement penchée sur la table qu'elle faillit renverser le verre d'eau à moitié plein devant elle.

– Le feu... Le phénix... Ce sera à toi de découvrir le reste, ma fille. Quand tu seras prête, tu seras de nouveau entraînée dans un de ces vortex.

Sur ce, Huguette ramassa toutes les cartes pour en faire un paquet qu'elle mit de côté.

– Je ne peux pas t'en dire plus. À toi de jouer, maintenant !

11

Quelle journée, quand même ! se disait France en retournant chez elle au volant de sa Honda Civic. Sur l'autoroute, elle essayait, tant bien que mal, de faire le point sur toute cette histoire.

Mon Dieu ! Heureusement que cette consultation a été enregistrée ! Avec ma mémoire, c'est sûr que je devrai réécouter la cassette...

Elle entendait encore la voix d'Huguette qui perçait la monotonie de la route :

– T'as vécu tellement de trahisons, petite ! Pas surprenant que tu manques de confiance en toi. Faudra aller voir d'où ça vient, ces trahisons successives.

Sa propre voix résonnait maintenant dans sa tête.

Comme si je n'avais pas essayé, tiens. Des années de thérapie à tenter de comprendre ces maudites trahisons.

Huguette lui avait dit qu'elle avait encore beaucoup à découvrir sur son karma.

Je suis bien avancée, oui ! Je comprends mieux comment j'ai aperçu Mariana, à l'autre bout d'un vortex, mais il me semble que j'ai assez de problèmes à régler comme ça, dans cette vie, sans en plus reprendre ce chemin invisible pour la retrouver dans la sienne. J'y ferais quoi, d'ailleurs, dans sa vie ?

— Bonjour Mariana, je me présente. Je suis France, je vis au XXIe siècle, et je suis une réincarnation de toi ! Nous avons depuis plusieurs vies le même amoureux et les mêmes blessures, c'est pourquoi j'ai décidé de venir faire un petit tour dans ta vie, histoire de comprendre un peu mieux la mienne. Qu'est-ce que tu dirais de devenir mon amie ?

Elle me prendrait sûrement pour une folle ou pire encore, pour une sorcière !

Les réflexions de France voltigeaient pêle-mêle au rythme des kilomètres qui filaient à toute allure. Tout en écoutant la radio dans la voiture, un drôle de scénario prit forme dans son esprit.

Elle se voyait déjà, accoutrée pour l'occasion, valise en main, tenant fiévreusement un billet aller-retour pour le XVIIe siècle. Un haut-parleur annoncerait en trois langues : « Vortex pour le XVIIe siècle, porte n° 12, embarquement immédiat, s'il vous plaît. Départ dans six minutes. »

Et d'abord, malgré les affirmations d'Huguette, quelle mouche pourrait bien me piquer pour me donner l'envie de revivre cette folle expérience ? Ma curiosité est certes attisée, mais la peur de l'inconnu gagne en force sur ma soif d'aventure.

— Tu vas comprendre, avait dit la cartomancienne, que ces retrouvailles t'aideront aussi à stimuler ta force, ta volonté, pour reconquérir ton vrai moi, celui qui rayonne comme le soleil. D'ailleurs, comme tu es née un dix-neuf, la carte du soleil, c'est qu'il est en toi et que tu dois le faire resplendir à l'intérieur et autour de toi.

Facile à dire !

France avait passé une bonne partie de sa vie à se courber devant les autres, malgré son tempérament rebelle. Elle voulait tellement qu'on l'aime ! Et le peu de valeur qu'elle s'accordait passait toujours par les yeux d'un homme.

Bon ! Voilà qu'il neige, maintenant. Manquait plus que ça !

L'hiver s'accrochait en conquérant qui n'avait aucune intention de céder sa place. D'un vent à l'autre, il poudroyait la nature entière de sa neige et transformait le pays en tombeau blanc. Plus rien d'autre n'existait que cette blancheur virginale, froide, interminable. La grisaille s'étendait rapidement sur la journée, laissant la longue nuit de mars s'installer à sa guise.

— Tu sais, ma belle, avait aussi admis Huguette, je ne peux pas te promettre une issue quelconque dans cette histoire. Mariana t'a appelée à l'aide. Tu iras ou non l'aider, ça t'appartient. Il est aussi possible qu'elle trouve ses propres solutions, sans avoir besoin de toi. Dans tous les cas, comme vous êtes interreliées par votre âme commune, vous bénéficierez toutes les deux de ces retrouvailles.

Pourquoi est-ce que ma rencontre avec Mariana fait remonter tant de tristesse ? Quoi faire pour me changer les idées ?

France monta le volume de la radio. Espace Musique, de Radio-Canada, était son poste préféré. Pas beaucoup de paroles, beaucoup de musique. Toutes sortes de styles enchevêtrés : du classique au latino, à la chanson française en passant par le jazz, le vieux rock, le blues. Tout en écoutant une valse de Chopin, elle repensait aux contradictions qui l'habitaient encore : révolte et résignation, amour et haine, audace et timidité se bousculaient en elle depuis toujours. Une âme rebelle et révoltée cohabitait avec une sorte de langueur, de fatalisme.

Fatalisme ? Pas sûre... Si je réalise que certains de mes comportements sont négatifs ou peu constructifs, je sais qu'au fond de moi une petite flamme d'optimisme brûle continuellement comme une veilleuse, toujours prête à rallumer le feu.

Après Chopin, Espace Musique passa sans transition à du latino.

– Ah... Compay Secundo. Lui, je l'aime. Quel entrain ! *Let's go, baby !*

Ses mains tambourinaient le volant au rythme de cette musique enjouée, endiablée, qui reflétait son récent désir de passer de la survie à la vie. Ses épaules s'agitaient délicieusement tout en accompagnant ses mains. Des fourmis montaient le long de ses jambes et elle devait contrôler son pied droit pour ne pas jouer de la pédale d'accélérateur.

Gagnée par le charme du moment présent et le plaisir que lui procurait la musique, elle en oublia Mariana, aussi bien que ses ex.

Après Compay Secundo, la radio passa une vieille chanson d'amour de Claude Gauthier :

> « Ton nom
> Est de bronze et dentelle
>
> Ton nom
> C'est ma chanson nouvelle
>
> Ton nom
> Mon livre de chevet... »

Comme c'est beau ! Oui, j'ai encore envie d'aimer et d'être aimée, mais j'ai peur aussi. Je me suis construit un petit nid bien douillet, à l'épreuve de la peine. Confortable, sécurisant, mais aussi solide et difficile à détruire, fait de brindilles de fer forgé. Et bien caché, sur un petit rang de campagne, dans les bois. À l'abri des regards indiscrets. Je sais bien que je me suis créé un semblant de sécurité, mais je suis craintive d'en sortir.

Et voilà que Mariana apparaissait dans sa vie, comme ça, à l'issue d'un vortex, sans avoir d'abord demandé son avis. En plus, cette Mariana, elle lui fait cadeau d'un amoureux inconnu. Son amoureux... Leur amoureux... Comment savoir ?

J'ai envie, moi aussi, d'écrire une chanson d'amour. Elle serait composée d'ardeur et de douceur, de folie et de sagesse. Et elle exprimerait la joie, l'harmonie... Je ressens tellement le désir d'aimer et d'être aimée pour vrai. Qui donc sera cet homme avec qui je connaîtrai l'amour ?

Ce soir-là, après avoir consigné dans son journal les événements et observations de sa journée, France glissa rapidement dans un sommeil profond. Aux petites heures du matin, elle fit un rêve étrange.

Sa chambre s'emplit d'une lumière étincelante couleur d'ambre et de safran, accompagnée d'un léger sifflement, comme celui du vent qui s'engouffre par une fenêtre presque fermée. Doucement, elle vit apparaître devant ses yeux un oiseau vêtu d'or et de feu, aux ailes déployées de chaque côté de son corps. Sous lui, un nid de feu. Sa tête était couronnée d'une étoile iridescente extrêmement lumineuse. Il ouvrit le bec et une voix douce comme le miel se fit entendre :

— Tu pourras reprendre un vortex quand tu le choisiras pour voyager sur les rivières du temps, où s'entremêlent passé, présent et futur.

Le phénix disparut pour faire place à une rue. Elle marchait et une ombre menaçante la suivait. Elle avançait de plus en plus vite. Elle sentait la peur la gagner et elle se mit à courir. Soudain, un grand tourbillon obscur s'ouvrit devant elle. Tout s'était passé si vite qu'elle y avait pénétré contre son gré. Elle essayait de s'accrocher aux parois pour revenir sur ses pas, mais celles-ci étaient lisses, dures et froides, et n'offraient aucune prise. L'ombre la suivait toujours.

— À l'aide ! À l'aide !

France criait et se débattait de toutes ses forces. Au moment où elle croyait que cet horrible couloir allait l'engouffrer, elle vit une lumière apparaître. C'était le phénix !

— Je ne veux pas ! Je ne veux pas y aller ! Sors-moi d'ici, je t'en prie.

— N'aie pas peur, France. Tu ne peux échapper à ton destin mais je serai là pour t'aider.

Il disparut à nouveau et l'angoisse se fit plus forte. Il faisait noir. Si noir. Le phénix, en partant, l'avait laissée tomber. Il mentait : il ne l'aidait pas, pas du tout !

— Maudit sois-tu, phénix de malheur !

L'ombre surgit tout à coup, juste devant elle. Une ombre à forme humaine.

– Qui êtes-vous ? Qu'est-ce que vous me voulez ? s'entendit-elle lui dire. Elle avançait pour l'affronter et l'ombre se changea soudain en démon.

– Je suis le démon de tes peurs, de tes fausses croyances. Tu dois me regarder en face pour t'en libérer. Je suis la lumière dissimulée au fond de toi, déçue de ne pas être reconnue.

– Laissez-moi tranquille !

L'oiseau lumineux revint flotter autour d'elle, dans un sillage d'un rouge d'or et de feu, se superposant au démon apeurant. Elle entendit leurs voix simultanées :

– Regarde bien, nous allons t'aider.

Aussitôt, elle fut de retour dans la rue sombre. Elle se remit à marcher. Au bout de la rue, le phénix l'attendait. Il étendit une aile et, sans savoir comment, elle se retrouva dans sa chambre. Le messager aux ailes de feu souhaitait encore lui parler.

– Aie confiance. Oui, tu y retourneras malgré tes craintes, car ta quête en sera enrichie. Mariana fait partie de ta vie maintenant et tu fais partie de la sienne. Tout cela est ta destinée. Alors va, ma belle, tu es en route vers la liberté !

12

Une sonnerie résonnait au loin, vague, entremêlée au bruissement des grandes ailes du phénix qui s'envolait gracieusement. Inconsciemment, dans son demi-sommeil, France étira le bras pour attraper le combiné du téléphone.

– Salut ma grande ! dit Michelle. On avait parlé d'un café, tu te souviens ? Je veux en savoir plus sur ton histoire de fous. Où étais-tu hier, je t'ai appelée. Je n'ai pas laissé de message. Une voyante ? Wow !

Michelle parlait sans attendre de réponse. Elle frétillait d'impatience et goûtait d'avance aux détails croustillants qu'elle espérait recevoir sur un plateau d'argent. Les deux amies s'étaient toujours tout dit. Appelons ça de la connivence féminine... Dix-sept ans de compréhension mutuelle au cœur d'affinités et de divergences.

Mince, énergique et déployant un babillage constant, Michelle avait séduit France à leur première rencontre. Quoique... Elle devait bien s'avouer avoir alors ressenti une pointe, une toute petite pointe de jalousie en admirant la sveltesse de cette femme qui venait de sonner à sa porte.

Quelle asperge ! avait-elle pensé alors.

Leurs filles respectives, Daphné et Sandrine, s'étaient attirées comme des aimants dès la première semaine d'école et avaient souhaité, après quelques semaines, comme tous les enfants, « faire des dodos » ensemble. Michelle venait donc reconduire Sandrine pour leur première fin de semaine de filles.

Dès lors, à l'instar de leur progéniture, les deux mères ne s'étaient plus lâchées et malgré leurs différences et leurs contrastes parfois flagrants, elles se sentaient sœurs dans l'âme. Rien n'avait jamais pu altérer cette communication joyeuse entre leur esprit et leur cœur.

La complicité des amies, loin de s'atténuer avec les années, s'était cimentée de tous ces petits riens qui parsèment une existence.

Après quatorze ans de vie commune avec Alex Bohinsky, le divorce de France s'était soldé par une lutte de pouvoir aussi cruelle qu'inutile. Michelle, quant à elle, s'était vue délaissée par son mari quelques années plus tard. Les deux femmes étaient maintenant célibataires et, malgré leur équilibre financier précaire, leur santé émotionnelle ébranlée, elles demeuraient vaillantes comme deux fourmis prêtes à construire une nouvelle fourmilière.

Michelle avait obtenu une petite somme d'argent au moment de son divorce et avait enfin réalisé son plus grand rêve : ouvrir une boutique de fleurs et de plantes d'intérieur.

France, en plus de son métier de traductrice, donnait aussi des cours de danse gitane. Elle s'était découvert pour cette danse une passion incommensurable qui avait fait renaître en elle le désir de vivre pleinement.

Oui, les deux amies s'étaient relevées et rebâtissaient leurs vies sur de nouvelles bases.

La connivence naturelle entre les deux femmes leur avait donné le culot de se regarder dans le miroir, d'aller en thérapie et de se confier ce qu'elles en découvraient, de lire des livres de croissance personnelle et de partager ce qu'elles en apprenaient. Ce même accord les avait amenées à s'amuser comme des folles à des cours de baladi ou de salsa.

Elles avaient aussi pris l'habitude, il y a quelques années, d'aller danser dans un bar gitan de Montréal. Celui-là même où France venait de vivre une expérience bouleversante.

Quel jour sommes-nous, déjà ? Ah, oui, lundi matin, se remémora France. *C'était quoi, cet oiseau mythique dans ma chambre ? Quel rêve bizarre !*

Le téléphone sans fil à l'oreille, tout en écoutant Michelle parler, France s'était levée et avait enfilé sa robe de chambre.

— Michelle, tu me réveilles.

— Oh ! excuse-moi. D'habitude, tu es une lève-tôt....

— Ouais, bon, tu disais quoi, déjà ?

— Je te demandais si tu voulais aller prendre un café pour qu'on reparle de tout ça en plein jour. Ta voyante, j'ai hâte de savoir ce qu'elle t'a dit.

— D'accord Mich. Mais je ne devrais pas, je n'ai pas beaucoup de temps.

– T'as du travail ces jours-ci ?

– Oui. Soit il n'y en a pas assez, soit ça arrive tout en même temps. Et toi ?

– Tu sais que j'ouvre seulement à une heure le lundi.

– Bon, ce n'est pas raisonnable, mais tant pis. Allons à La Falaise, à Ayer's Cliff. C'est à mi-chemin entre chez toi et chez moi.

– D'accord. À quelle heure ?

Au moment où elles prenaient rendez-vous, une volée de canards sauvages se posait sur le lac, devant la fenêtre de France. Comme toujours, elle en fut émerveillée. Tous les printemps, quelques couples viennent s'y installer pour repartir tard à l'automne avec la nouvelle marmaille. Elle admirait la jeune couvée, lors de ses premières sorties sur le lac, pour ensuite observer les petits grandir, s'éloigner tranquillement de leur mère qui les rappelait à grands couacs. Puis c'était le départ, suivi d'un long hiver solitaire.

Elle se mit à penser à Daphné. Elle aussi avait grandi et quitté le nid. Étudiante à l'Université de Sherbrooke, elle habitait maintenant en ville avec son copain. Bien que sa relation amoureuse soit assez difficile, France savait que son oisillon avait déployé ses ailes et qu'elles tenaient fort bien le vent. Sa fille savait se débrouiller dans la vie ! Heureusement, son « année d'égarement » ne semblait pas avoir laissé de cicatrices profondes. Ce n'était pas le cas pour sa mère, par contre...

Après avoir raccroché, France se demandait ce qu'elle pourrait dire de plus à Michelle. Tout en réfléchissant, elle ôta sa robe de chambre et la suspendit au crochet derrière la porte de la salle de bains. Elle ouvrit l'eau de la pomme de douche, la testa pour bien la doser à son goût et entra dans la baignoire.

13

À La Falaise, le café était bien chaud et les croissants au beurre fondaient dans la bouche. C'était un délice que France savourait lentement, en rompant chaque bouchée sur laquelle elle étendait une noix de confiture de fraises. Michelle avait choisi une table du coin, près de la fenêtre, et elle mangeait avec appétit un bagel au fromage à la crème. Tout en se délectant, France regardait les passants sur le trottoir, le col de leur manteau remonté sur la nuque pour se protéger de l'assaut d'un froid aussi traître que malvenu après quelques belles journées annonciatrices de printemps.

– Elle t'a parlé de notre rituel ?! s'exclama Michelle en étalant le fromage onctueux sur son bagel.

– Oui. Et selon elle, c'était de l'énergie positive. Du temps qu'on a mis à fabriquer une lettre après avoir longuement réfléchi, du temps à brûler la lettre, à danser, à créer dans l'univers une situation: celle de demander le grand amour. Et on a en mis, du temps ! Tu te souviens de tous les détails que tu m'as demandés ?

– Ouais. Mais c'était pour une bonne cause, non ?

France se replongea dans le souvenir de cette soirée bien particulière...

Après un bon repas de saumon au pesto et tomates séchées servi avec des asperges et arrosé d'un vin blanc espagnol, le Genoli, elles étaient sorties sur la galerie. Il faisait presque nuit. Tout en fumant, Michelle avait dit à France :

— Demandez et vous recevrez. Alors, il faudra faire attention à ce que tu demandes, ma grande. Tu le veux grand, petit, mince, costaud, teint clair ou foncé ? Et les yeux, les cheveux ? Tu le veux non-fumeur, j'imagine, toi qui ne fumes pas... Sportif ? Casanier ? Amateur de belle musique ? Épicurien ?

— Arrête, Michelle, tu m'étourdis !

— Mais tu *dois* penser à tout ça !

Michelle avait écrasé son mégot sous le talon de sa botte de cow-boy, son nouveau look, et l'avait soigneusement ramassé du bout des doigts.

— Allons, c'est l'heure H. Entrons ! Tu dois voir les détails, ressentir les situations, réfléchir à toutes les grandes et petites choses qui ont de l'importance pour toi. Tu sais, si tu veux un chou et que tu commandes un légume, tu peux aussi bien te ramasser avec un navet. Alors, choisis tes mots, bon Dieu !

Les mots.

Le pouvoir des mots. Les mots interdits et les mots magiques. Les mots que l'on aurait dû dire et ceux que l'on regrette d'avoir dits. Oui, les mots avaient vraiment de l'importance.

Après mûre réflexion, France avait choisi un crayon à l'encre gel couleur or pour coucher sur papier cet homme encore inconnu. Avec soin, elle avait inscrit de sa plus belle écriture, sur une feuille rose saumon, les qualités qu'elle souhaitait chez lui. Authentique, communicatif, profond. Sage et fou tout à la fois, drôle et sérieux, tendre et volontaire.

Bref, elle le voulait aigre-doux. D'une aigreur délicate, savoureuse, engageante. D'une douceur joviale, enivrante, dynamisante.

Puis, elle avait levé les yeux sur Michelle.

– Voilà. C'est fait.

Une pointe de malice brillait dans les yeux moqueurs de Michelle. Elle fixait sur son amie des prunelles d'un bleu profond, tout en replaçant sur ses épaules la grande écharpe de soie mauve peinte à la main qui ne la quittait presque jamais. La bouche encore pleine d'un morceau de bagel, elle déclara :

– La vie prend de drôles de détours, tu ne trouves pas ? On conçoit un petit rituel pour une rencontre amoureuse et vlan ! tu te fais transporter à l'autre bout du temps, à l'autre bout du monde. Tu voyages en vortex et vois Mariana alors que tu danses, tu te fais affirmer que tu en es la réincarnation et pour finir, tu te fais dire que son ex est ton futur. C'est pas mal tordu. Tu es sûre que tu n'as pas rêvé tout ça, France ? Et cette voyante, comment peux-tu être certaine qu'elle soit crédible ?

Michelle porta son attention vers la porte pour regarder deux vieilles dames entrer en se tenant bras dessus, bras dessous. La serveuse vint les accueillir et les amena à une table près du mur. Elle ramena les yeux sur France, qui parlait maintenant d'un ton courroucé.

– Que veux-tu que je te dise de plus, bon sang ? Tu crois que je suis devenue folle, comme ça, au cours d'une soirée dansante ? Que j'ai imaginé une sortie de corps ? Tu penses que j'ai besoin de ça pour me donner de l'importance ?

– Mais non... C'est seulement si difficile à croire !

Un pâle soleil commençait à percer de ses rayons le lourd plafond nuageux. Le petit café se vidait tranquillement, le murmure bourdonnant de la foule s'évanouissait peu à peu. Les deux dames âgées, près du mur, prenaient leur temps. Rien ne pressait plus pour elles.

– D'autre café, mesdames ?

La serveuse leva devant les deux amies sa cafetière de verre.

– Avec plaisir, merci.

France huma cette délicate odeur un peu âcre, mettant son nez directement au-dessus du nuage de vapeur qui s'échappait de la tasse.

– Tu vois, Michelle, sens ton café. Sens-le bien.

– Oui, je le sens... et après ?

– Comment tu décrirais cette odeur-là ?

– Hum... C'est un peu âcre, et c'est aussi doux et réconfortant.

– Exact ! C'est ça, entre autres, que j'aimerais rencontrer chez un homme. Trop doux, ça devient ennuyant, ça manque de piquant. Trop âcre, il n'y a plus de plaisir. C'est une question d'équilibre. En fait, je préfère « corsé » à « âcre ». Les mots, Michelle. Corsé, c'est épicé, vibrant, ravigotant.

Michelle tripotait le grand rebord de son chapeau.

– Je ne comprends toujours pas comment la rencontre avec Mariana peut être une réponse à une demande de rencontre amoureuse, finit-elle par dire, songeuse.

France écarta une mèche de cheveux qui lui chatouillait le front.

– À vrai dire, tout ce que j'ai pu en comprendre, avec Huguette, c'est qu'on est liées toutes les deux par le même amour. L'amoureux qu'elle avait perdu est celui que je retrouverai, et il semble qu'on puisse mutuellement s'aider. Comment, ça, je n'en ai aucune idée, ma chère ! Ça dépasse mon entendement à moi aussi. Il me semble que j'aurais pu tout bonnement le rencontrer, comme ça, au supermarché, sans avoir à passer par Mariana... En tout cas, ça aurait été plus simple !

– Dernièrement, dit Michelle, j'ai entendu une nouvelle théorie qui dit que le temps n'existe pas. Que le passé, le présent et le futur se produisent tous en même temps, dans l'univers. Nous, sur terre, connaissons un temps linéaire, avec un début, un maintenant et une fin. Mais dans l'univers, il semblerait que le temps soit un cercle, ou une spirale sans fin, ce qui expliquerait pourquoi on peut voyager dans le temps. Ça, c'est la théorie. Toi, si j'accepte de croire ce que tu m'as raconté, il semble que tu en vives la pratique !

– En effet, et ça ne me plaît franchement pas.

– Qui sait, lança Michelle en riant, ton amoureux inconnu se languit peut-être de toi au cœur d'un temps ancien ?

– Écoute, j'ai une fille, un travail, des amis, une chienne, une chatte, un potager en été ; ma vie est ici. Je veux bien croire que cette histoire-là me fascine, que je voudrais en savoir plus sur ce qui est arrivé à Mariana, sur le jeune homme au portrait dans le médaillon, sur la raison pour laquelle ils m'apparaissent maintenant. Mais je n'ai vraiment aucun désir de vagabonder de par le temps et l'espace. Aucun !

Michelle redevint sérieuse.

– Je sais, dit-elle après un long silence. Les simples expériences qui se sont présentées à moi depuis que je porte la moldavite me stupéfient.

– Comment ça ?

– Par exemple, j'ai toujours l'impression que ton futur amoureux aura les yeux plutôt pâles... verts ou brun-vert, quelque chose comme ça.

– On verra. Pourvu qu'il vive à notre époque, je n'en demande pas plus !

– Tu sais que c'est faux. Tu en demandes beaucoup, au contraire, et c'est bien comme ça. Je serai *très* sélective, moi aussi, quand le moment viendra... Pour en revenir à ce que je disais au sujet de la moldavite, je prends conscience d'un monde auquel je n'avais jamais pensé avant. Dans nos rituels, je crois beaucoup au pouvoir de l'attraction. Je comprends qu'en jouant, chantant, dansant et riant, on amplifie l'énergie de notre désir et que cette énergie, telle une flèche, propulse notre souhait dans les hautes sphères de l'univers. Notre génie intérieur peut alors nous concocter une belle petite recette gagnante. Ces énergies font partie du monde invisible et toi et moi, on les a apprivoisées ensemble. Mais tout le reste... Ce voyage dans le temps... C'est beaucoup, tu ne trouves pas ?

France but une longue gorgée de café.

– Quand j'étais petite, je rêvais souvent que j'étais dans une fusée qui s'éloignait de la terre. C'était un cauchemar atroce... Cette sensation de perdre mes repères, de quitter tout ce que je connaissais sans savoir où je me retrouverais, peut-être perdue pour toujours dans l'espace. Qu'en penses-tu, Michelle, tu crois que ce rêve était prémonitoire ?

– Qui sait... Seul l'avenir le dira.

Les deux femmes quittèrent La Falaise une quinzaine de minutes plus tard, sans avoir trouvé de réponses concrètes et plausibles aux récents événements de la vie de France.

14

Mercredi, 16 mars

Dans quelques jours, ce sera mon anniversaire. J'aurai quarante-six ans samedi ! Mon Dieu que ça approche du cinquante ! Daphné est née sept mois jour pour jour après mes vingt-trois ans. C'est toute une coïncidence, quand même, qu'on soit nées toutes les deux un dix-neuf... Le soleil, dans le tarot. Même dans mes moments les plus difficiles, les gens disaient souvent, lorsque j'arrivais quelque part : « Tiens, voilà notre soleil qui arrive ! » Daphné aussi se fait appeler « mon petit soleil » par les gens de son entourage. Pourtant, il m'est arrivé si souvent de me sentir en pleine tempête, perdue dans un tourbillon orageux.

Pourquoi est-ce que mon aventure de samedi me ramène dans le passé ? Je veux dire, pas le passé d'une autre vie dans un autre siècle, mais mon passé à moi, de cette vie-ci. Je me sens comme à un carrefour, à un moment de ma vie où plus rien n'offre le peu de stabilité que je pensais m'être assuré. On dirait que j'ai besoin de retracer les grandes lignes de mon parcours pour avoir une meilleure idée d'où je m'en vais.

Comment je me suis retrouvée par hasard à Saskatoon, par exemple, ou encore comment je suis devenue traductrice... C'était dans les années 1980.

Saskatoon, 1986

— *Frances*, tu n'as jamais pensé à devenir traductrice ?

France s'était habituée à cette façon qu'avaient les anglophones de prononcer son prénom.

Cathy, la première amie qu'elle s'était faite en Saskatchewan, avait misé juste quant à l'orientation de carrière de France. Les cheveux fins et blonds de Cathy, ses yeux au regard saphir, ses joues de feu rosé, sa peau de lait, tout dans son visage rondelet rappelait à France sa propre mère. La ressemblance s'arrêtait là. Entre France et sa mère s'était creusé un ravin d'incompréhension. Aînée d'une famille de quatre enfants, elle avait été dotée à sa naissance par les bonnes fées – ou était-ce par les méchantes ? – d'un caractère plutôt rebelle. Sa mère, de nature craintive, mordait pour se défendre dans la cuirasse entêtée et récalcitrante de sa petite fille. Plus elle mordait, plus la fillette, en grandissant, attaquait. Leur affection réciproque gardée secrète de part et d'autre s'abritait sous une communication limitée à des banalités quotidiennes.

La question de Cathy avait pris France par surprise.

— En fait, non, je n'ai jamais pensé à aucun métier. Tu sais que je déteste étudier.

Cathy sautait d'un pied sur l'autre pour se réchauffer dans le grand froid de l'hiver des Prairies. Ses oreilles étaient camouflées par des cache-oreilles de mouton, sa longue queue de cheval voltigeant derrière elle. C'était fin janvier, et il faisait un froid de canard. Quarante-cinq sous zéro, sans compter le facteur vent.

— Oui, mais maintenant, tu vas avoir besoin d'un salaire régulier, *Frances*, penses-y. Tu n'auras pas beaucoup d'études à faire, tu parles déjà anglais et espagnol couramment. Marche plus vite, je suis gelée !

– Entrons dans ce resto, Cat, on pourra parler au chaud. Moi, par ce froid, je ne peux même pas réfléchir.

Les langues venaient facilement à France.

Sa motivation pour l'anglais : Led Zeppelin.

Ça valait bien l'effort d'apprendre la langue de Shakespeare pour pouvoir se défouler à tue-tête avec les chansons de son groupe rock préféré. Donna, sa voisine anglophone, l'avait aidée à se débrouiller.

Sa motivation pour l'espagnol, ça, c'était autre chose !

De nature rêveuse, elle s'immergeait à longueur de journée dans ses contes de fées aussi facilement qu'une grenouille sur un nénuphar plonge à l'eau. C'était sa façon d'écourter les cours qui ne l'intéressaient pas et ses soirées de solitude. Son histoire préférée, celle qui la suivait depuis l'enfance, la conduisait toujours dans une grande maison construite autour d'une cour intérieure. Elle n'avait pourtant jamais rien vu de pareil dans les livres, mais les images étaient assez claires. Il y avait une grande cuisine où s'affairait une femme bien en chair. Le salon était sa pièce préférée. Le sol, couvert de merveilleux tapis, était par endroits surélevé en de petites estrades, jonchées de coussins multicolores. Des tables basses d'un métal couleur or s'éparpillaient çà et là au travers de la pièce. Des lampes à l'huile attendaient de jouer leur rôle, le soir venu. Au centre de la cour trônait une fontaine de pierre. L'eau retombait en cascades dans un bassin rond où d'innombrables oiseaux venaient s'abreuver. Dans cette maison vivait une petite fille aux cheveux noirs et aux yeux d'un vert doré, semblable à la chartreuse de son père.

Encore aujourd'hui, France se demandait comment elle avait pu imaginer des détails si précis. D'abord, les avait-elle vraiment imaginés ou s'étaient-ils simplement imposés à son esprit d'enfant ? La petite fille s'appelait Mariana, comme sa grand-mère Marianne qu'elle aimait bien et qui lui donnait à chacune de ses visites des petits bonbons rouges au thé des bois. Mariana avait à peu près son âge et la petite France lui connaissait un père sévère, une mère mystérieuse, une sœur aînée chiante et un grand frère adorable. Alimentés par sa créativité romanesque, toutes sortes de scénarios s'étaient imposés à elle, images d'un film en couleurs dont elle se sentait l'actrice principale.

Les deux fillettes grandissaient au rythme des saisons et étaient devenues adolescentes. À quatorze ans, c'est elle, la jeune fille au regard frondeur, qui l'avait poussée à apprendre l'espagnol, sans que France comprenne trop comment cela s'était produit.

Une sorte de langage télépathique les unissait et leur permettait d'entrer en contact.

Cette année-là, l'école offrait l'espagnol en cours option-nel, elle n'avait donc pas hésité une seconde !

J'ai adoré ! Dès le premier cours, j'ai vibré intensément aux sons, aux intonations, à la musique de cette langue. Elle avait pour moi un petit quelque chose de connu ; j'apprenais des mots qu'il me semblait déjà savoir au fond de mon cœur, comme si on réveillait un enfant endormi depuis longtemps. J'étais trop heureuse, trop captivée pour

me préoccuper de cette sensation de déjà-vu. De toute façon, ma vie semblait se vivre depuis toujours en deux dimensions entrelacées l'une dans l'autre, tel un gâteau vanille-chocolat marbré. Faut croire qu'à cette époque, sans savoir de quoi il s'agissait, je faisais déjà des voyages astraux ou temporels ou Dieu sait quoi... Ça m'inquiétait un peu, tout de même, parce qu'il m'arrivait de plus en plus souvent de me substituer à Mariana, de me fondre en elle, de la ressentir, de la comprendre.

Quand nous avons eu quinze ans, Mariana est devenue amoureuse d'un jeune homme brun, fier, presque arrogant. Un sourire de défi aux lèvres, un regard moqueur... Quelle force, quelle passion ! Moi, j'ai eu Benoît dans ma vie. J'avais seize ans, je l'aimais en cachette depuis deux ans et enfin, peut-être à force d'envoyer ma passion pour lui dans l'astral, il s'est décidé à saisir la perche éthérée que je lui lançais pour se hisser délicatement sur les berges de l'amour.

Tout au long de cette année-là, j'ai laissé Mariana à son beau brun pour me concentrer sur mon grand blond. Après tout, un baiser en chair et en os valait bien les plus grandes passions virtuelles. Je n'ai donc pas suivi son histoire d'amour, étant trop occupée par la mienne. J'ai ignoré l'espagnol au profit des beaux yeux bleus de mon bien-aimé et, pour la première fois de ma vie, j'ai gardé les deux pieds sur terre du matin au soir pour la simple raison que c'est là que Benoît vivait.

Jusqu'au jour où la vie terrestre que j'appréciais enfin s'est ouverte comme un grand gouffre sous mes pieds pour me faire basculer dans la plus vive souffrance que j'aie jamais vécue. Benoît était tombé amoureux d'un collègue de classe. Il souhaitait vivre son homosexualité naissante et il m'a dit adieu.

Du coup, j'ai refait le voyage dans la vie de Mariana pour arriver sur les lieux d'un autre drame. Je n'ai pas su lequel. Je savais seulement qu'elle pleurait autant que moi, et étant donné que je ne pouvais pas assumer simultanément sa douleur et la mienne, l'histoire s'est arrêtée subitement.

J'avais dix-sept ans.

Et j'ai eu peur.

Je ne pouvais plus endosser deux vies à la fois. J'en avais plein les mains avec une seule. C'est à ce moment-là que j'ai fermé la porte sur mes rêveries et sur le monde de Mariana.

Mais me voilà encore égarée dans mes souvenirs. Je songeais plus tôt à Cathy et à la direction qu'elle a donnée à ma vie...

– Ça fait déjà deux ans et demi que tu es arrivée ici et tu parles anglais parfaitement bien. En plus, tu es toujours rendue au Centre espagnol et tu as fréquenté un Latino. Tu te débrouilles donc aussi très bien dans cette langue.

– Cathy...

France fit un mouvement du bras qui voulait dire : laisse tomber.

– Quoi ?

– Tu me vois vraiment sur un banc d'école ?

– J'avoue que ce n'est pas évident.

– Bon, tu vois, tu le dis toi-même !

– Un instant ! Ne déforme surtout pas mes paroles ! J'ai dit que ce n'était pas *évident*, je n'ai pas dit que c'était *impossible*.

132

En attendant le retour de Cathy partie aux toilettes, France repensait à son voyage et aux circonstances qui l'avaient fait échouer en plein milieu des Prairies, à Saskatoon, ainsi qu'à la raison de son départ précipité. Sa rupture avec Frank – France et Frank, faut le faire, se disait-elle – avait été particulièrement éprouvante et lui avait laissé le cœur en lambeaux et les nerfs à vif. Frank la poursuivait nuit et jour, littéralement. Elle n'en pouvait plus et, une nuit où il était arrivé chez elle à 2 h du matin, couteau en main, menaçant de se suicider ou pire, de la tuer elle, la responsable de son malheur, elle avait décidé de décamper le plus loin possible de Montréal. Elle espérait, à des milliers de kilomètres de lui, retrouver le sommeil qui la fuyait, repos que Frank fracassait à grands coups de poing sur sa porte depuis plusieurs mois déjà. Le lendemain matin, elle avait appelé au travail pour annoncer son départ et était allée à l'épicerie chercher des boîtes pour empaqueter ses quelques possessions. Ensuite, elle était allée à la banque retirer ses économies.

Tout ça en une demi-journée !

Elle n'avait pas vraiment choisi le lieu de son exil. Elle était partie sur le pouce, sac au dos, cheveux au vent. Elle avait décidé de suivre la route de l'ouest, sans aucun autre plan.

La première personne qui l'avait prise à bord était une femme d'une quarantaine d'années, jolie, menue, habillée et coiffée comme une carte de mode. Elle avait baissé la fenêtre côté passager, s'était penchée en s'appuyant d'une main sur le siège de droite et avait déclaré tout de go :

– Eh bien, dis donc, tu vas où, comme ça, avec ton chat et ta guitare ?

– Je ne sais pas trop. Vers l'ouest.

— Tu ne sais pas où tu vas ? Bon, monte, je peux t'amener jusqu'à Ottawa. Mets toutes tes choses sur la banquette arrière. Il ne va pas nous faire des dégâts, j'espère, le chat ?

— Ça m'étonnerait. De toute façon, il y a un fond à la cage, alors...

— Ça va, ça va. Et il a un nom, ton chat ?

— Rhubarbe.

— Rhubarbe ! Où t'as pêché ça, un nom pareil ?

— ...

— Pourquoi t'es partie, si tu ne sais pas où tu veux aller ?

— Je me sauve d'un homme. Je voudrais bien voir sa tête la prochaine fois qu'il va s'aventurer chez moi pour trouver un appartement vide. Plus personne à qui faire peur ! Le pauvre, il va devoir se trouver une autre tarte.

— Les hommes, tu sais, faut jamais leur faire confiance. Moi, par exemple, j'ai marié un étudiant en médecine, tout sourire, câlins et mots doux. Je me sentais comme une princesse. Et puis, après les premières années, il s'est mis à travailler de plus en plus, à rentrer de plus en plus tard avec des excuses complètement nulles. Il ne me donnait pas plus d'attention qu'à un vieux meuble... Moi, c'est ma psy qui me conseille d'aller à Montréal pour me faire coiffer. Toutes les semaines. Et je vis à Ottawa, tu te rends compte ? Elle dit que j'ai besoin de prendre soin de moi vu que lui, il ne le fait plus. Au fait, moi c'est Alice, et toi ?

Deux heures plus tard, Alice l'avait laissée au bord de l'autoroute. Après une bonne demi-heure d'attente, à regarder les autos filer à toute allure, une âme généreuse la faisait monter. Il était temps ! Rhubarbe était complètement paniqué par le bruit des automobiles qui filaient à toute allure.

D'une voiture à l'autre, d'une ville à l'autre, elle avait roulé, roulé...

Elle avait connu un sourd malaise au cœur des denses forêts ontariennes pour ensuite retrouver l'agrément du voyage alors que la route avait commencé à lécher le bord du lac Supérieur à plusieurs endroits. Elle avait été émerveillée par cette étendue d'eau qui ressemblait à l'océan. *Comme le lac Saint-Jean*, pensait-elle. Toute étendue d'eau, quelle qu'elle soit, faisait vibrer et chanter son âme.

– Hé ! s'écria une des filles dans l'Econoline qui amenait le petit groupe vers l'ouest, vous avez vu le gars, là, avec sa pancarte « *Anywhere* » ? Il doit être désespéré, le pauvre... On peut le prendre avec nous ?

– Moi non plus, je ne sais pas où je m'en vais, avait rétorqué France. N'importe où fera l'affaire, comme ce gars.

Après une nuit d'orage où elle et les six autres passagers avaient dormi cordés comme des sardines, elle était sortie en douce de la camionnette et s'était assise au bord du lac. La nature l'avait inspirée et elle avait écrit un poème :

> Le soleil et l'aube naissante
> Se sont donné rendez-vous
> Sur la crête d'une vague flamboyante
> Dans ce nouveau jour encore flou.

– Qu'est-ce que t'écris ?

Ray, le gars qui s'en allait « n'importe où », se tenait derrière France, droit et fier. Il dégageait une impression de force
indisciplinée, semblable à l'orage de la nuit. Son regard
alternait entre l'immensité du lac et le calepin que France
tenait sur ses genoux.

– Tu écris des poèmes ?

– À mes heures, oui. Pour immortaliser certains moments.
Comme celui-ci. Regarde comme c'est beau ! L'or et l'argent
rivalisent au sommet des vagues gigantesques, alors que leurs
creux sont comme un abîme sans fond, sombre et impéné-
trable.

– En parlant d'argent, tu connais la légende du géant
endormi ?

– Non, quelle légende ?

– Tu vois le mont, là, en face ? On dirait un géant couché
sur le côté, non ?

– Ouais. Je l'ai remarqué tantôt en m'assoyant ici.

Au silence de Ray, elle demanda :

– Alors ?

– J'essaie de bien me rappeler. Quand j'étais petit, un
ancien ami d'école de ma mère est venu nous visiter. Il habitait par ici. Il avait plein de photos à montrer à mes parents,
dont une du « Géant endormi ». Ce colosse était le chef d'une
tribu indienne qui avait découvert une très belle mine

d'argent. Il avait averti les membres de sa tribu que si quelqu'un révélait aux Blancs l'existence de cette mine, lui, leur chef, se transformerait en rocher et que le malheur s'abattrait sur eux. Je ne me souviens plus des circonstances exactes, mais il me semble qu'un membre d'une autre tribu aurait espionné pour découvrir la mine et aurait dévoilé son emplacement à un Blanc. C'est à ce moment que le chef s'est changé en pierre. Et que le malheur leur est tombé dessus.

Inspirée par ce récit, France avait couché quelques mots dans son calepin avant de reprendre la route.

Du lac Supérieur, ils s'étaient rendus à Winnipeg, où le groupe avait décidé de rester pour un certain temps.

Quant à France, elle avait des fourmis dans les jambes et même le beau Ray n'aurait pu la faire s'arrêter en si bon chemin. Après une longue nuit de sommeil réparatrice, elle avait salué le groupe et, guitare en bandoulière et chat en main, s'était installée sur le bord de l'autoroute, le bras étendu, pouce pointé vers le ciel.

Et c'est là que le destin frappa à sa porte.

Elle, qui croyait se rendre ensuite à Regina par la Transcanadienne, sursauta au nom de Saskatoon. Mais l'homme qui s'était arrêté au bord de la route s'en allait dans cette ville. Elle s'était dit : *Et pourquoi pas ! J'ai vingt ans, la vie devant moi. Pourquoi ne pas suivre le courant ?*

Au terme du voyage, il l'avait invitée à dormir chez lui, en expliquant qu'il avait une fille de son âge, Cathy, et qu'elles s'entendraient sûrement très bien toutes les deux. France avait connu quelques instants d'inquiétude devant cette invitation, mais les rues larges et droites, les maisons propres et bien entretenues, les jardins de fleurs dont les propriétaires paraissaient fiers, l'avaient rassurée. Les arbres, eux, avaient la majesté que seul un grand nombre d'années peut conférer. Tout respirait le calme, la tranquillité.

Elle avait accepté.

15

– Ah bon, te revoilà ! s'écria France au moment où Cathy reprenait place à la table du petit café. T'en as pris du temps. Ton chocolat va être tout froid...

– Et toi, tu étais où, à l'instant ?

– Comment ça, *où* ? Je n'ai pas bougé d'ici.

– Ton corps, peut-être, mais toi tu étais partie dans tes pensées, tu ne m'as même pas vue arriver.

– Humm... Je repensais à mon voyage pour arriver ici. Ce doit être ce fameux destin, ou ma bonne étoile qui a mis ton paternel sur ma route ce jour-là. Je me demande encore quelle est la part de destin, de hasard ou de choix qui m'a fait atterrir à Saskatoon. Remarque, je ne me plains pas. J'aime cette ville. Ce que je vis ici, je ne l'aurais pas vécu ailleurs. Et je ne voudrais pas changer ça pour tout l'or du monde.

L'Université de Saskatoon chapeautait un Centre espagnol où, dès septembre, France se rendit plusieurs soirs par semaine pour discuter, écouter de la musique, voir des films et prendre connaissance de la littérature espagnole. Les beaux jeunes hommes hispaniques venant tout droit d'Espagne ou d'Amérique latine la faisaient vibrer, surtout les Latinos. Le subtil mélange d'Indien et d'Espagnol faisait d'eux une race qu'elle trouvait ravissante à l'extrême. Les cheveux de jais, les yeux sombres en amande, le teint mat, et surtout, surtout, la douceur incroyable de leur peau l'attiraient de façon incontrôlable. L'époque de l'amour libre avait fait ses débuts quelque quinze, vingt ans plus tôt grâce aux hippies, et elle profitait pleinement de cette porte grande ouverte.

Depuis mon arrivée à Saskatoon, deux ans et demi avant cette conversation avec Cathy, j'avais trouvé de menus emplois qui m'avaient permis de vivre tant bien que mal. Je m'étais fait plusieurs amis : des Canadiens français de là-bas, des anglophones aux multiples ethnies, et, bien sûr, des hispaniques. Je me promenais d'un groupe à l'autre, heureuse et sans souci depuis que j'avais interposé plus de la moitié du continent nord-américain entre Frank et moi. Je vivais au jour le jour, me laissais glisser sur les ailes du temps, ne cherchais pas de travail à long terme ; je me sentais nomade et sans attache.

Jusqu'à ce moment décisif de ma vie.

Je me disais à contrecœur que Cathy avait peut-être raison. Je devais m'assurer un travail et un revenu stables. Pas pour moi, bien sûr, je n'en n'avais jamais ressenti le besoin. Mais là... les choses étaient différentes.

Un événement important s'était produit. Il avait frappé doucement tout d'abord, puis de plus en plus fort. J'avais eu un premier choix à faire qui en impliquait d'autres par la suite.

La semaine précédente, j'avais été très souvent distraite, j'avais les nerfs à fleur de peau, la larme à l'œil. J'étais plutôt insouciante de nature, mais là, une voix de plus en plus insistante me rappelait à l'ordre plusieurs fois par jour et j'avais bien dû finir par l'écouter. Quand donc avais-je eu mes dernières règles ?

Je me souviendrai toujours de ce premier moment où j'ai pris conscience de ce qui m'arrivait peut-être. Le sang m'a monté soudainement à la tête, j'ai senti mon cœur battre sous la peau de mes joues, aux aisselles et dans les poignets. Mes tempes bourdonnaient et battaient la chamade. Un frisson hérissait la racine de mes cheveux. Je me répétais sans cesse : « Ce n'est pas possible, non, ce n'est pas possible. » Mais une petite voix me scandait inlassablement : « Oui, c'est possible, France. »

Calixto ! Je savais qu'il retournerait chez lui au Chili dès sa maîtrise terminée. Ça ne devait pas devenir sérieux entre nous. C'était comme un gigantesque festin d'amour et de sexe. Nous savourions chacun de nos moments ensemble avec un appétit digne de Gargantua, nous nous enivrions de la douce volupté de nos amours, nous nous abandonnions à l'instant présent, sachant qu'il n'y aurait d'instants futurs que dans nos souvenirs. Si vraiment j'étais enceinte, Calixto était assurément le père de cet enfant.

Au cœur de cette tornade de confusion, j'ai repensé à Mariana. Je ne sais toujours pas pourquoi. Je n'avais jamais revécu ces rêves éveillés qui m'amenaient dans son monde, mais il m'arrivait souvent, en parlant espagnol, d'avoir pour elle une pensée furtive, comme une brise légère qui m'effleurait en passant son chemin.

— *Frances*, lui répéta Cathy, assise devant elle sur la banquette de cuirette rouge, tout en avalant sa bouchée de sandwich au thon, tu as choisi de garder cet enfant, tu as maintenant une responsabilité importante, tu dois penser à l'avenir du bébé que tu portes.

Installées face à face, leur chocolat chaud odorant et réconfortant devant elles, leurs manteaux entassés sur la banquette avec mitaines, tuques et foulards, elles se regardaient gravement.

— Je me demande si je dois en parler à Calixto. S'il sait qu'il va être père, il restera peut-être par ici.

— Je sais... Tu l'aimes, ce Calixto... Plus que tu ne veux l'avouer. Mais penses-tu que tes sentiments soient réciproques ? Tu ne sais vraiment pas grand-chose de lui.

Non, elle n'en savait pas grand-chose. Il parlait très peu de sa vie là-bas, au Chili. France s'était toujours contentée de son silence, parce qu'elle avait peur de le perdre en lui posant trop de questions. Les hommes n'aiment pas être harcelés de questions personnelles, elle le savait, et se le tenait pour dit.

— Si tu veux garder un homme, lui avait un jour dit sa mère, tu dois le laisser tranquille, d'abord et avant tout. Le silence est d'or, ma fille, ne l'oublie surtout pas.

France gardait donc le silence, un silence obscur dans lequel elle enveloppait son amour secret de peur qu'une parole étourdie n'ouvre la porte et le fasse fuir pour toujours.

Elle plongea ses yeux dans le regard bleu de Cathy, sa meilleure amie à Saskatoon. Son existence à elle semblait si simple. Tout en elle dégageait le calme, la simplicité, la jovialité.

— Tu sais, Cathy, je n'ai jamais osé m'immiscer dans sa vie. Pourtant, moi, je lui ai tout dit de la mienne. Il écoute mes péripéties quotidiennes et en rit de bon cœur. Il me taquine et change ensuite de sujet de conversation avec la facilité du caméléon qui se faufile dans la forêt vierge.

Cathy prit un sachet de sucre, le tapota sur le bord de sa soucoupe, en déchira un coin et laissa couler lentement le contenu dans son chocolat chaud. D'un ton sérieux, comme si sa vie en dépendait, elle dit à France :

— Par un froid pareil, j'ai besoin de calories supplémentaires. Pas toi ?

— Hmm ?

— Les calories, le froid, le sucre, *Frances*. Bon Dieu, j'essayais juste de faire une farce pour te détendre un peu.

— Ouais...

Un silence gêné s'établit entre les deux jeunes femmes. France sentait que Cathy voulait dire quelque chose, sans savoir comment aborder le sujet.

— Vas-y, Cat, dis-moi ce qui te tracasse.

— C'est seulement que tu ne connais pas, justement, sa situation dans son pays. Pour une raison ou pour une autre, il est peut-être obligé d'y retourner. Est-ce que tu comptes vraiment sur lui pour élever cet enfant, ou veux-tu le garder même sans lui ?

— Tu sais bien que je veux le garder. Que je veux *la* garder. Je te l'ai dit, je suis certaine que c'est une fille, et en plus, comment voudrais-tu que je m'en défasse après avoir ressenti si fort que je la retrouvais enfin ?

– Alors, fais ce que tu as à faire. Parles-en à Calixto si tu y tiens. Mais, *Frances*, trouve un métier qui te rendra autonome et qui te permettra de bien faire vivre ta fille.

D'une voix douce et encourageante, elle ajouta :

– Moi, je te vois très bien traductrice, tu n'as qu'un certificat d'un an à faire, tu pourras travailler de chez toi et t'occuper de ta fille. Au fait, as-tu pensé à un prénom pour elle ?

– Daphné.

À vrai dire, France y avait peu réfléchi, mais, en lançant ce prénom à Cathy, elle avait senti que c'était le bon.

16

Séville, mars 1636

Les musiciens entamèrent lentement leur mélodie. D'abord Juan, le guitariste, une seule note vibrante à la fois. Il étirait langoureusement le temps par des silences lourds et capricieux entre chacun des sons obtenus par le pincement délicat d'une corde de sa guitare. Puis, de façon presque imperceptible, les silences se faisaient plus éphémères, plus vaporeux. Les sons se hissaient de plus en plus haut pour s'envoler à la rencontre des spectateurs, captifs de sa musique. Puis, il se mit à chanter une intonation sourde, obsédante, aux inflexions mauresques sinueuses, mystérieuses. Quand le public retenait enfin son souffle, qu'il s'était laissé happer par cet instant magique et envoûtant, quand le vent lui-même semblait immobile, à cet instant seulement, Esteban grattait soudainement, intensément, sa guitare de trois accords puissants et imposants. Il ressentait alors dans sa propre chair le frémissement qui parcourait comme une onde de choc le public ensorcelé.

Il venait délibérément de briser le charme induit par Juan. La foule, loin de lui en vouloir, ancrait ses rêves dans son jeu de guitare et se mettait à taper vigoureusement des mains en criant « *Ole* ». Commençait alors entre Juan et Esteban une course effrénée. La mélodie et les accords se jouaient l'un de l'autre, s'entremêlaient, rivalisaient pour le plus grand plaisir des gens assemblés sur la place. Puis Esteban relâchait ses accords, les adoucissait, les harmonisait à la mélodie de Juan.

Paco, qui attendait ce moment derrière le rideau du chapiteau, en souleva alors un pan et, solennel, fit lentement son apparition. Fier, il passa devant les musiciens en les saluant et se rendit au centre de l'estrade. Du regard, il fit le tour de l'assemblée en donnant à chacun l'impression qu'il l'avait salué personnellement. Il se demandait si le public était dupe de la confiance qu'il dégageait ou s'il pouvait percevoir son trouble, sa crainte de ne pas être à la hauteur de ce qu'on attendait de lui. Puis, franchissant résolument le rempart de son trac, il tourna la tête et regarda longuement Esteban, pour lui signifier qu'il était prêt. Tout à coup, sur un accord du musicien, Paco leva avec vigueur le bras droit vers le ciel comme s'il voulait s'envoler, aller rejoindre le firmament, tandis que ses pieds étaient fermement plantés au sol. Les hommes et les femmes du clan se mirent à taper dans la paume d'une main avec les doigts de l'autre pour produire le rythme. Ils appelaient cette gestuelle *las palmas*[*].

Mariana laissa échapper entre ses dents un petit cri alors que son corps tressaillait jusque dans ses entrailles. Quand Paco donna son premier coup de pied, les orteils au sol, le talon levé, le mollet tendu, tout en faisant une rotation de son poignet, les yeux vers la main pointée, elle en ressenti la secousse de la plante de ses pieds jusqu'à la racine des cheveux.

Le jeune homme, inconscient de l'effet qu'il produisait sur Mariana, ignorant la présence de cette fille engloutie par

---

[*] Rythme flamenco exécuté en tapant des mains.

la foule de plus en plus dense, se mit à jouer du pied, passant de la pointe au talon avec une merveilleuse adresse. La danse le possédait et son martèlement rythmé était léger, nuancé, et ne brusquait jamais le sol. À certains moments, il fermait les yeux, s'intériorisait, et sa connexion avec la terre-mère lui apportait une nourriture sublime dont il goûtait chaque instant. Il ouvrait ensuite les yeux, regardait tour à tour tous ces gens entassés autour de lui, revenait à la présence des guitaristes, et offrait son être entier pour que musique et mouvement chavirent le cœur des spectateurs.

Il ne souriait pas, non. Ça aurait été trop facile de s'attacher un public par une risette. Ce qu'il désirait transmettre, ce qu'il exprimait par chaque cellule de son corps, c'était la vie rude de son peuple, la misère des siens, rejetés et condamnés à vivre en parias partout où ils passaient ou s'installaient.

Mariana tirait frénétiquement son frère par la main.

– Viens, Ricardo, nous devons nous faufiler jusqu'en avant. Je te jure, je vais *mourir* si je ne peux pas le voir de plus près.

Ricardo observa sa sœur. Les yeux rivés sur le danseur, la bouche entrouverte, la respiration rapide soulevait sa jeune poitrine aussi fraîche qu'un bourgeon à peine déployé. *Mon Dieu, ce n'est pas du sang qui lui coule dans les veines, c'est de la passion*, pensa-t-il.

– Mariana, à t'entendre, tu vas toujours *mourir* pour une chose ou pour une autre.

– Cesse tes lamentations et aide-moi plutôt à me rendre tout près de l'estrade.

Elle le poussa délicatement des deux mains dans le dos.

— Allez, fonce un peu, qu'est-ce que tu attends ? Je te le dis, ce Gitan me bouleverse, sa danse me fait vibrer. Je me sens plus vivante, plus joyeuse et triste en même temps. Je veux le ressentir de proche, je veux le voir bouger de la tête aux pieds sans personne devant moi qui me cache. Je veux chercher son regard, l'agripper et le sentir sur moi. Oh, Ricardo ! Il *doit* me voir.

— Mais pourquoi ? C'est un Gitan, *hermanita**, ces gens-là ne se mêlent pas à nous, alors qu'est-ce que ça changerait ?

— Je n'en sais rien... Je n'en sais vraiment rien. Mais je vais mourir s'il ne me remarque pas.

Ricardo éclata d'un grand rire, tout en poussant du coude de-ci de-là.

— Bon, tu va *encore* mourir. Une chance que ton cœur est solide, parce que ça fait longtemps que je t'aurais perdue, petite sœur.

Mariana fêtait ce jour-là ses treize ans. Treize ans ! Elle se sentait femme maintenant. Elle l'était, d'ailleurs, depuis presque un an déjà. Pourquoi sa mère ne voulait-elle pas se rendre compte que sa petite fille devenait une jeune demoiselle ? Elle la couvait encore comme un bébé. Et son père qui voulait la promettre au fils du sieur Olivera-Navarro ! Il n'était pas dit qu'elle, Mariana Moreno-Estrella, se laisserait marier à ce Basilio Crespo-Olivera.

Il lui donnait la chair de poule.

---

* Petite sœur.

148

Elle exécrait ses petits yeux de rat, fouineurs, insaisissables.

Petite, alors que sa famille visitait celle de son voisin, elle l'avait vu, ce Basilio, jouer avec un autre garçon. Elle avait failli vomir en les apercevant tous les deux se lancer à coups de bâton un chaton encore vivant. Elle avait voulu s'interposer, mais les deux garnements l'avaient menacée de leur gourdin et l'avaient fait fuir en riant à gorge déployée.

– Ricardo, promets-moi de me défendre si papa persiste dans son idée stupide de me marier à Basilio.

Ricardo se tourna pour regarder sa sœur. Décidément, il lui arrivait d'avoir de la difficulté à suivre sa logique.

– Pourquoi penses-tu à Basilio maintenant, dans cette foule, alors que tu vas *mourir* si le Gitan ne te voit pas ?

Mariana poussa un long soupir pour exprimer à quel point son frère n'y comprenait rien.

– C'est évident, voyons !

– Ah oui ? Et comment est-ce si évident, dis-moi ?

– Pas le temps ! Pousse encore un peu, on y est presque.

Ils avaient réussi à franchir la barrière humaine les séparant de l'estrade et se trouvaient enfin au premier rang. Essoufflée, les yeux rivés sur la scène de fortune, elle lui répondit enfin :

– Regarde ! Vois comme ce Gitan vit intensément ! Comment veux-tu que je sois heureuse de me marier quand il y a tant à voir, tant à vivre, tant à expérimenter ? Je veux vivre autre chose que de me marier. Je ne tiens pas, comme notre chère sœur Pilar, à être fiancée à quinze ans, mariée à dix-sept et fort probablement enceinte à dix-huit.

Mariana, sans même s'en rendre compte, dévorait des yeux le beau danseur. Son cœur suivait les mouvements du Gitan à la même allure que ses pupilles. En fait, son corps entier vibrait des gestes du jeune homme. Comme il était beau ! Et puissant !

– Je ne sais pas pourquoi j'ai tellement envie de pleurer...

– Parce que tu es une fille, tiens !

– Ah, toi ! La plupart du temps, je t'adore. Mais quand tu me traites de fille, je t'arracherais les yeux...

– Bien sûr. Tu oublies peut-être que c'est grâce à moi que nous somme ici, à admirer ce beau Gitan qui te fait pleur...

– Chut !!!

– Bon, bon, mademoiselle fait ses capric...

– Chut, je t'ai dit !

Ricardo connaissait le caractère de sa cadette et s'en accommodait facilement.

Non, pas *toujours* facilement, il est vrai. Il l'adorait, oui, mais elle le déroutait, parfois... Comme à ce moment précis où plus rien ne semblait compter pour elle que ce jeune homme sur lequel elle braquait un regard ardent.

17

Luisa faisait les cent pas. Ses talons résonnaient sur les dalles du plancher et leur écho l'emplissait d'une angoisse sourde. Elle replaça quelques fleurs dans le vase vert émeraude sur la petite table près de la porte avant de sortir dans l'arrière-cour pour aller s'asseoir à la fontaine. Elle avait toujours, depuis les premiers jours de son mariage, apprécié cet endroit de calme bienfaisant. Les notes claires du chant des oiseaux accompagnaient la retombée de l'eau en cascade dans le bassin circulaire. Elle s'en imprégna, les yeux fermés. Elle fit un effort pour ralentir le rythme de sa respiration. Graduellement, les sons familiers lui rendirent un peu de sérénité.

Un peu.

Elle savait combien éphémère serait sa quiétude. N'avait-elle pas été avertie par cette diseuse de bonne aventure, alors que Mariana n'était encore qu'un poupon ? Que ferait son mari si les prédictions de cette femme se révélaient justes ?

Luisa s'était laissé prendre un peu à contrecœur par une Gitane aux yeux brûlants qui lui avait mis la main sur l'épaule dans un cliquetis de bracelets, alors qu'elle se rendait au marché. En d'autres temps, elle aurait délicatement mais fermement repoussé cette femme, mais cette journée-là, elle avait laissé la Gitane ouvrir la paume de sa main et lui débiter ce qu'elle y lisait...

Luisa avait été mise à nu si complètement qu'elle en avait ressenti une honte débordante. La vieille femme avait tout vu sur elle. Ensuite, elle lui avait parlé de son bébé, sa petite Mariana. Jamais plus maintenant elle ne pourrait vivre en paix.

Alvaro, selon son habitude, s'était enfermé très tôt le matin dans son bureau. Il avait tant de choses à gérer, tant de comptabilité à classer, tant de projets à mettre sur papier. Au début de leur mariage, il lui arrivait d'ouvrir la porte de cette pièce située dans l'aile ouest de la maison, loin du brouhaha de la maisonnée. Il levait alors des yeux amoureux sur elle et étendait son bras en signe de bienvenue. « Viens à moi », lui indiquait ce grand bras musclé. Elle s'approchait délicatement, légère comme un papillon, de son mari qui la prenait ensuite par la taille pour l'asseoir sur ses genoux. Ces moments d'intimité comblaient la jeune épouse inexpérimentée. Elle sentait confusément le plaisir qu'elle lui accordait ; satisfaction qu'elle se devait, en tant qu'épouse, d'apporter à son jeune mari. Sa nature pourtant timide s'éveillait au contact des mains d'Alvaro le long de ses bras et de sa colonne vertébrale. Quand il effleurait sa poitrine, qu'il soulevait sa chevelure pour baiser délicatement son cou, elle sentait un volcan intérieur s'embraser.

De façon incontrôlable.

Cette sensation l'intriguait, la tourmentait et la ravissait tout à la fois. Quand la tempête de feu montait en elle, Luisa sentait se fissurer la couche de vernis dont la société dont elle était issue l'avait enduite, année après année. Était-elle une bonne ou une mauvaise épouse ? Son mari devait-il se réjouir ou être affligé par ce trait de caractère qu'elle-même n'avait jamais soupçonné avant son mariage ?

Une fois, une seule fois, Alvaro avait perdu la maîtrise de lui-même, sa retenue bienséante. Il l'avait prise là, après l'avoir sans ménagement couchée au sol, sur les dalles froides. Il avait retroussé sa robe et avait fouillé dans ses entrailles avec une vigueur sauvage. Et elle... elle en avait été ravie. Par la suite, comme s'il s'était senti coupable de ce moment d'égarement, il n'avait plus tendu le bras vers sa femme quand elle se présentait à sa porte.

Luisa en avait été confuse. Elle avait été si heureuse de ce moment d'intimité fougueux. Elle avait vu Alvaro rougir de plaisir, elle avait distingué dans ses yeux une lueur plus claire où semblait danser une joie intense, débordante.

— Pourquoi, Alvaro, ne m'invites-tu plus à te rejoindre, lui avait-elle demandé quelques semaines plus tard, appuyée au cadrage de la porte de son repaire.

Il l'avait couvée d'un long regard tendre, dans lequel elle avait perçu un appel muet. Au moment où elle avait fait un pas vers lui, il avait secoué les épaules.

— Une autre fois, ma jeune femme. Je suis trop occupé maintenant.

Après dix-neuf ans de mariage, elle comprenait l'attitude de son mari. Élevé dans les strictes conventions du nord, Alvaro croyait qu'une digne épouse ne devait pas ressentir de passion. Elle devait se contenter de recevoir les faveurs de son mari. Mais le corps de Luisa était gourmand. Tout comme celui de sa fille, elle le savait.

— J'espère que Ricardo ne la lâche pas d'une semelle dans la foule du village.

– Que dis-tu, chérie ?

Elle se retourna, surprise de n'avoir pas entendu son mari s'approcher. Le son de la fontaine avait assourdi ses pas.

– Oh ! rien. Excuse-moi, je ne pensais pas avoir parlé à haute voix.

– Il faudra penser à fiancer notre fille, Luisa.

– Elle n'a que treize ans, Alvaro, elle est bien jeune encore.

– Oui, ça ne t'empêche pas de t'inquiéter de sa réputation... et de ce qu'elle pourrait faire pour la briser.

– Mais non ! Tu dis des bêtises. Tu sais bien que je m'inquiète sans raison. Notre fille a du cran et des idées bien avant-gardistes mais...

– Justement ! Raison de plus pour la caser le plus tôt possible. Un mari saura la contraindre et se faire obéir plus qu'un père.

– Tu as peut-être raison, Alvaro, mais je ne crois pas qu'elle se laissera faire sans riposter.

– Elle n'a pas un mot à dire. C'est à moi, son père, de décider de son avenir.

Le dos droit, les épaules rigides, il tourna les talons et repartit vers son bureau. Luisa le suivit du regard et soupira.

De fatigue.

De crainte.

De résignation.

Elle n'irait pas contre la volonté de son mari, tout en sachant que l'impétuosité de sa fille rendrait la situation difficile. Fiancer son bébé, sa petite Mariana, cette enfant de la passion... C'était peut-être la seule solution, après tout...

Assis à son bureau, les bras croisés sur la poitrine, Alvaro se répétait que c'était là la seule solution. Mariana ressemblait trop à sa mère, et Dieu sait qu'il connaissait l'ardeur cachée de cette femme en apparence docile.

Il se rappelait si bien cette journée inoubliable où il l'avait prise là, par terre. Ils s'étaient roulés comme des bêtes, en se retenant mutuellement dans une étreinte emportée, incontrôlable. Quand il s'était brusquement enfoui en elle, il avait cru lui faire mal, mais à sa grande surprise, elle affichait un sourire de ravissement total, un visage imprégné de béatitude. Elle avait relevé les fesses et lui offrait son ventre pour qu'il y entre encore plus profondément. Elle l'aidait à glisser en elle, il sentait son puits humide et chaud se contracter sur sa verge avide. Puis, tout à coup, elle avait planté ses ongles dans ses fesses et avait crié comme jamais auparavant, comme si, pour la première fois depuis leur mariage, elle laissait sa nature profonde s'exprimer.

– Alvaro, Alvaro mon amour !!

Les rugissements de sa femme avaient déclenché et décuplé son plaisir. Lui aussi, pour la première fois de sa vie, s'était abandonné à l'instant présent et avait découvert sa vraie nature. Il lui en était si reconnaissant, allongé entre ses jambes. Après l'amour, il était resté paresseusement en elle et respirait l'odeur tiède de leur amour, le nez enfoui dans le cou de cette merveilleuse épouse. Comme il se sentait bien ! Ils s'étaient endormis dans les bras l'un de l'autre, unis, heureux.

Un grand frisson parcourant le corps de Luisa l'avait réveillé.

— Ah, ma pauvre femme, tu as froid !

Il se mit à genoux et aida sa jeune épouse à se relever. Ses jupes retombèrent le long de ses jambes, et de ses doigts fins, elle renoua son corsage. Il remonta ses hauts-de-chausses et rattacha fébrilement sa ceinture. Au moment où elle s'approchait pour l'effleurer d'un baiser, il leva la tête et aperçut le crucifix au-dessus de la porte.

Il se figea. Jésus, du haut de sa croix, le regardait avec tant de souffrance dans les yeux qu'il se sentit soudainement coupable. Il avait péché et, qui plus est, sous le regard courroucé de son Sauveur. Et sa femme, cette Luisa qui l'avait séduit justement par son allure timide, docile... elle s'était comportée comme une vraie putain !

Luisa, interloquée par le brusque changement d'attitude de son mari qui l'avait subitement éloignée de lui, était sortie de la pièce, tête basse.

Sitôt sa femme partie, il se jeta à genoux, les mains en prière, et il éclata en sanglots.

— Pardonne-moi, ô mon Seigneur ! J'aurais dû entrer en religion, comme ma mère le souhaitait. Je ne te mérite pas, toi qui as tant souffert pour nous tous. Mon corps est faible, si faible. Luisa est trop belle, trop invitante. Je te fais le serment de la respecter dorénavant, de la traiter en épouse honorable et digne de ma courtoisie.

Ses devoirs de père l'obligeaient maintenant à emmurer la fièvre, l'ardeur, l'indiscipline et l'insoumission qui palpitaient dans les veines de sa fille.

Luisa, vraiment, n'avait pas réussi à encadrer cette enfant... Il ne pourrait jamais oublier sa conduite vulgaire qui l'avait entraîné, lui, dans le désordre. Et il avait horreur du désordre, quel qu'il soit.

Il préleva une feuille de papier du tiroir de son bureau, prit sa plume, la trempa dans l'encre noire et commença à rédiger une lettre d'entente pour de futures fiançailles entre sa fille et le fils du sieur Olivera-Navarro.

Paco avait oublié le trac du début. Il s'était métamorphosé. Il était *devenu* la danse. Plus encore.

Il était la passion, l'émotion, la vie elle-même !

Quand il ouvrit les yeux, il aperçut deux grands yeux verts aux reflets dorés dans un fin visage hâlé. Ces yeux étaient fixés sur lui. Il remarqua ensuite une bouche pulpeuse, une chevelure dense, noire et ondulée. Puis un long cou, des épaules solides, des bourgeons de seins sous la robe cintrée à la taille. Des mains fines apparaissaient au bout des manches garnies de fine dentelle. Pas encore une femme, mais tout près.

157

Il revint aux yeux verts. Son regard était devenu prisonnier de celui de cette fille. Les mouvements de son corps se firent encore plus fiers, plus hardis. *Reprends-toi, bon sang, Paco ! Qu'est-ce qui t'arrive ?* Dans un effort de volonté, il en détacha son regard.

Cette fille de riche, se dit-il. Il releva le nez, de mépris. Il observa la masse compacte réunie devant lui. Puis, sans trop savoir comment ni pourquoi, son attention revint vers elle. Elle n'avait pas bougé et le dévorait toujours de ses yeux intenses comme une braise. Plaqué contre elle se tenait un jeune homme. Il devait être son frère ou un cousin qui lui servait de chaperon. Son frère, plus vraisemblablement. Ils avaient la même bouche. Pas une jeune fille de bonne famille ne serait autorisée à sortir au village sans surveillance.

— Mariana ! Qu'est-ce qui te prend ?

Comme elle ne réagissait pas, Ricardo la secoua brusquement.

— Mariana !

Sans même le regarder, elle répliqua :

— Mais lâche-moi, à la fin. Qu'est-ce qui te prend à toi de me bousculer ainsi ?

— Ce que tu fais est d'un grossier manque de savoir-vivre. On ne dévisage pas les gens comme tu le fais avec ce gars. Regarde-moi donc, bon Dieu. Mariana ! Je te parle.

— Je t'entends, Ricardo. Je n'ai pas besoin de te regarder. Et puis, tu me déranges. Laisse-moi tranquille, on se parlera plus tard.

— Ah non ! Si *mamá* savait que je t'ai laissée faire ça, elle serait furieuse. Et *papá*, donc ! Il y a peut-être dans ce public des gens que nous connaissons et qui rapporteront cette scène à nos parents.

Sur ce, il la tira violemment par le bras et l'obligea à reculer. Il jouait du coude en s'assurant de la tenir fermement jusqu'à ce qu'ils se soient échappés de l'étau que formait la foule agglutinée.

Le jeune danseur sentait quelque-chose lui échapper. Leurs regards restèrent attachés l'un à l'autre aussi longtemps que possible, jusqu'à ce que l'assistance serrée, en délire, les arrache l'un à l'autre.

18

Saskatoon, 1986

Sous son teint basané, le visage de Calixto était soudainement devenu blême. Il ne regardait plus France, mais laissait fuir son regard vers la cuisine où le café coulait dans la cafetière en répandant une agréable odeur vive et moelleuse, légèrement fruitée.

– Comment peux-tu m'annoncer une nouvelle comme celle-là, de but en blanc, sans m'avoir préparé, dit-il en tournant son visage livide vers elle.

À le voir blêmir aussi rapidement, jusqu'à ressembler au fantôme de lui-même, France comprit que la nouvelle le bouleversait beaucoup plus qu'elle ne s'y attendait.

– Ce n'est pas vrai, hurla-t-il, ce n'est pas possible !

Abasourdie, France ne retrouvait pas dans ces yeux hagards le Calixto qu'elle connaissait, *son* Calixto. Celui qu'elle avait rencontré, un soir de septembre dernier, au Centre espagnol. Au travers de la foule d'étudiants qui s'y trouvaient ce soir-là ainsi que des volutes de fumée bleu-gris, elle vit arriver Enzo, son ami, avec un inconnu qui la fit frissonner au premier regard. Habillé d'un jean et d'un chandail écru qui faisait ressortir son teint, il avançait d'une démarche légèrement chaloupée, comme s'il voguait avec insouciance sur la vie. Il tenait d'une main une tasse de café, et de l'autre, un cigarillo très fin. Ses yeux mordants démentaient sa démarche nonchalante. Ils étaient ceux d'un écureuil, foncés, vifs, curieux, toujours en mouvement, faisant le tour de la pièce comme s'il cherchait quelque noix à craquer et à déguster. Et la noix, il la trouva en la personne de la jeune Québécoise.

Cette année, en approchant de cette date où j'ai vu le jour, j'entreprends un survol de ma vie et j'essaie, sans trop de succès, il est vrai, de faire le point. Je ne peux m'empêcher de repenser à ma rencontre avec Calixto, à l'automne 1985... Il est tout de même le père biologique de ma fille.

Mais il y a plus. Je n'avais jamais fait le rapprochement avant. J'avais accroché mes rêveries dans le placard une fois pour toutes, mais Calixto, que j'ai tant aimé, me rappelle le jeune homme au portrait, l'amoureux de Mariana. La même fossette au menton et un je ne sais quoi dans le regard... Ce doit être simplement le sang espagnol... Ou existe-t-il une autre connexion ?

Je me souviens d'avoir retenu mon souffle au moment où son regard animé s'est arrêté sur moi, au Centre espagnol de l'université. Il m'a tranquillement enveloppée de son attention, détaillée, dévêtue de son regard indiscret, investigateur. Il prenait tout son temps, en fin connaisseur. Ce n'est pas que je sois d'une beauté frappante, non. Sans être laide, mes traits ont une beauté sobre et classique, sans plus. Mais, d'après l'estimation de plusieurs amis masculins, il semblerait que je dégage, et j'insiste sur le fait que c'est de façon bien innocente de ma part, une sensualité ardente et invitante.

162

Je fumais à cette époque et j'étais en train de griller une Gitane, assise sur le rebord d'une fenêtre, quand j'ai vu Enzo s'approcher de moi avec le bel inconnu. L'orateur qui nous avait parlé des problèmes politiques du Salvador avait terminé son exposé quelque cinq minutes plus tôt, et les gens déambulaient dans la salle, allumant leurs cigarettes, remplissant les tasses de porcelaine grossière de la cafétéria d'un café pâlot. Une musique des Andes jouait en sourdine et j'écoutais distraitement la mélodie des flûtes de pan.

— Francia, me dit Enzo, je te présente Calixto. Il vient d'arriver ici, du Chili, pour faire sa maîtrise en génie électrique.

Puis, se tournant vers Calixto :

— Francia est une bonne amie du Québec. Présentement, elle travaille à la radio francophone où elle rédige les textes publicitaires.

Calixto inséra son pouce dans l'anse de la tasse pour libérer son index et son majeur, transféra son cigarillo dans la main gauche et me tendit sa main droite, qu'il avait ferme et douce à la fois. La mienne était soudainement moite. Je ne sais pas pourquoi j'ai tout à coup perdu tous mes moyens devant lui. À peine plus grand que moi, il était robuste et légèrement trapu. Il avait l'air d'un taureau et il en dégageait toute la puissance, la solidité et l'odeur de la terre fraîchement labourée, à peine camouflée par un léger parfum d'épices. C'était très excitant. J'imaginais sous son chandail les muscles noueux de ses bras ainsi que son ventre dur. Sous son pantalon, je supposais des cuisses fermes et des jambes, tendues comme un arc, qui s'amusaient à retenir ma taille pour me garder blottie sur son corps étendu. Mon imagination brodait à vive allure sur le tissu de vie que m'offrait cet étranger. Je n'avais pourtant pas l'habitude de ce genre de fantasme, lors d'une première rencontre. La présence de cet homme éveillait soudainement en moi une sensualité vibrante, un désir intense.

— Buenas tardes, señorita Francia*.

---

*   Bonsoir, mademoiselle France.

Je n'oublierai jamais ce sourire suave. L'homme était élégant et avait l'air très à l'aise dans cette nouvelle société où il venait de débarquer.

— Buenas tardes, Calixto.

Je n'avais rien trouvé de mieux à lui dire que :

— Quand es-tu arrivé ?

Il a pris une longue bouffée de son cigarillo, a fermé les yeux pour mieux s'en délecter, les a rouverts tranquillement pour les fixer sur moi, puis il a fini par me répondre, sur un ton aussi langoureux que sa démarche :

— Je suis arrivé hier. J'avais déjà retenu une chambre sur le campus, où j'habiterai pendant mon séjour ici. L'université m'a mis en contact avec notre ami Enzo qui se charge de me faire découvrir toutes les merveilles de cette ville. Puis-je vous dire, señorita, que je viens d'en apercevoir la première ?

Oh ! Ces yeux ! Des obsidiennes aux reflets mystérieux, envoûtants. Les regarder, c'était voir la lumière du jour au centre d'une profonde caverne, c'était ressentir la douceur du velours sur la surface lisse et dure de la pierre.

Je me souviens encore de cette soirée où Enzo l'a présenté à la ronde. A-t-il tenu quelques secondes de trop la main de Liz ? Il me semblait que sa main s'était faite plus attentive pour elle que pour moi, s'était attardée de façon caressante sur celle de cette femme beaucoup trop invitante à mon goût. Je tournais discrètement mais régulièrement mon regard vers lui tout au long de la soirée. Parfois, je surprenais son regard sombre qui m'enveloppait. Il détournait alors aussitôt les yeux pour les poser trop souvent sur Liz, au corps parfait, aux cheveux d'or soyeux, aux yeux de la couleur de la mer des Caraïbes. Chaque fois, un déchirement que je ne pouvais m'expliquer plongeait mon cœur dans une vive tourmente. Je me trouvais tellement moche et ordinaire, comparée à cette fille. Comment Calixto pourrait-il avoir envie de goûter à mes charmes, quand cette jeune femme s'offrait à lui sur un plateau d'argent ? Parce que je ne pouvais ignorer les coups d'œil langoureux dont elle le bombardait, les légères pressions de sa main sur l'avant-bras de Calixto, les ondulations de ses hanches pour le frôler au passage.

J'écoutais distraitement les conversations autour de moi, j'essayais en vain de trouver une excuse pour aller lui parler... Et je fumais plus qu'à l'ordinaire, ce soir-là, pour calmer ma nervosité. Je n'ai pas vu Enzo s'approcher...

– *Francia*... dit Enzo à France en entourant ses épaules de son grand bras.

Elle sursauta si vivement qu'Enzo lâcha son épaule.

– Excuse-moi, Enzo, je ne t'avais pas vu approcher.

– On peut dire que tu étais distraite... Viens nous rejoindre, notre *amigo* Calixto aimerait entendre parler de ton coin de pays, le Québec. Il dit que sa grand-mère maternelle venait de France et lui a enseigné quelques mots de la langue de Molière.

– Il va être déçu, ton copain. Notre français est tellement différent de celui de la France, que même certains Français ne nous comprennent pas ! Faut dire que le joual, même moi, je ne le comprends pas toujours. Bon, allons-y !

Elle jouait l'indifférente, la tête haute, le regard lointain, la lèvre cavalière. Elle n'allait certainement pas lui faire le plaisir de rivaliser avec la belle et voluptueuse Liz. *Est-ce que ça l'amuse de voir laquelle des deux se battra le plus fort pour lui ?* pensait-elle en se dirigeant vers Calixto, accompagnée d'Enzo qui lui tenait le coude, comme s'il avait peur de la perdre dans la foule. Elle était consciente d'être sur la défensive, elle avait l'impression de marcher sur une corde raide et de devoir garder son équilibre à tout prix. Sa relation avec Frank l'avait mise en charpie, et elle s'était juré de ne plus jamais aimer. C'était trop souffrant. Elle avait failli y laisser sa peau une fois, loin d'elle l'idée de s'y perdre une deuxième fois. Jusqu'à maintenant, elle avait réussi... jusqu'à maintenant. Deux ans ! Deux ans et plus, sans se laisser prendre par les affres de l'amour. Pourquoi Calixto venait-il ébranler son équilibre si chèrement acquis ? Qu'avait-il de différent des autres pour que, tout à coup, son cœur se mette à battre la chamade ?

Qu'il aille se faire voir ! se dit-elle dans un ultime effort de rébellion, en arrivant face à lui.

– Bonsoir, chère amie... commença Calixto en français.

Puis, il continua en espagnol.

– Nous avons peut-être de communs ancêtres, susurra-t-il en coulant vers elle un regard de conquérant.

France se raidit, immobile, comme l'oiseau hypnotisé par l'œil scrutateur du chat. Tous ses sens en alerte lui criaient : *Attention ! Tu vas te faire prendre. Tu ne pourras pas lui résister.* Sa respiration restait coincée dans les clavicules, son cœur était en déroute, un sentiment contradictoire de malaise et d'attirance parcourait ses veines. *Bon sang ! Ressaisis-toi, ma fille, tu vas te faire bouffer tout rond par ce gros matou si tu n'y prends pas garde.* Elle rejeta la tête en arrière, faisant voltiger ses boucles rousses, tout en donnant un léger coup de talon au sol. Ces gestes lui redonnèrent une certaine contenance, elle se sentit plus calme, sa respiration redevint régulière. *Enfin ! Il était temps ! Le gros matou peut bien dévorer la belle Liz, si ça lui chante, moi, il ne m'aura pas !*

– J'aimerais tellement visiter le Québec, roucoula Calixto. On me dit que c'est un très beau pays, *muy bonito**, et que la culture y est très différente du reste de l'Amérique du Nord. *Es verdad*** ?

– Nous sommes d'origine française, alors oui, notre culture reflète celle de nos ancêtres, quoique teintée de notre propre couleur de coureurs des bois. Notre alimentation, notre émotivité, notre façon de penser sont influencées par les gens de notre mère patrie, si l'on peut dire.

– Nous sommes *latinos* aussi, au Chili, chuchota Calixto à l'oreille de France, nous devrions bien nous comprendre, *señori...*

Il regarda soudain par-dessus l'épaule de sa compagne. Le ton de sa voix semblait avoir vacillé. France se retourna pour voir ce qui avait ainsi dérangé le discours du Chilien.

Bien sûr, la belle Liz. Eh bien, tant mieux ! Qu'elle s'occupe de lui, puisqu'elle en a tant envie ! Moi, je déguerpis.

Alors que Calixto portait des yeux gourmands sur Liz, France en profita pour se faufiler et filer à l'anglaise.

Rentrée chez elle, elle s'élança sur Rhubarbe, son chat roux au long poil. Elle le prit dans ses bras, fourra son nez dans l'épaisse fourrure du chat encore endormi et le serra si

---

* Très beau.

** Est-ce vrai ?

fort qu'il se mit à se débattre pour se défaire de l'étau dans lequel elle le tenait. Elle relâcha un peu son étreinte et s'assit sur le sofa. Rhubarbe préférait nettement se faire prendre quand sa maîtresse se trouvait en position assise. Il se calma, la regarda d'un œil impassible et se dit qu'après tout, il pouvait bien bénéficier de quelques caresses.

J'étais tellement énervée que je me suis mise à pleurer à chaudes larmes dans le pelage de mon chat, tout en me demandant ce qui pouvait bien m'arriver. Au plus profond de moi, je sentais que mon bouclier montrait des signes de faiblesse, qu'il commençait à se fendre, à laisser passer les armes de l'ennemi. J'étais enragée. Tout ça se déroulait sous mon nez, sans que je trouve la force nécessaire de calfeutrer les fêlures qui s'élargissaient à vive allure. Pire, je ne voulais plus de ce bouclier pour me protéger ! Je désirais de tout mon cœur pouvoir aimer à nouveau. Calixto avait enflammé le brasier éteint de mon ardeur. Ce soir-là, je me suis couchée en position fœtale, je m'en souviens. Une partie de moi tenait encore à se prémunir des peines de l'amour et cherchait à retrouver le bien-être du bébé bercé par les eaux dans le ventre de sa mère.

Pendant deux interminables semaines, France s'abstint de se présenter au Centre espagnol, de peur de rencontrer Merlin l'enchanteur, celui qui avait réussi à craqueler son armure. Elle le surnommait aussi le Taureau gourmand, l'Homme à l'odeur suave, le Gros matou, le Péché mortel et l'Ouragan exquis, selon son humeur. Plus elle s'interdisait de penser à lui, plus elle l'imaginait, le façonnait à sa guise, l'incorporait dans sa merveilleuse histoire d'amour. Elle se débattait avec la fureur du fauve pris au piège, mais elle savait que la bataille était perdue d'avance. Elle essayait de le haïr en évoquant la belle Liz dans ses bras, elle lui cherchait d'effroyables défauts, sans même l'avoir jamais revu, elle voulait le considérer comme un incorrigible aventurier, mais rien n'y faisait.

Deux semaines ! J'ai tenu deux semaines entières, se dit-elle ce soir-là avec une certaine fierté entachée du fait qu'elle savait bien ne pas pouvoir tenir beaucoup plus longtemps.

Elle rêvait à lui nuit et jour, et son appréhension était chaque jour balayée par le souffle puissant du désir. Elle en était à constater l'effritement de sa détermination à ne pas le revoir quand le téléphone sonna.

— *Francia*, c'est Enzo. *Estas enferma** ?

— Non, je ne suis pas malade, qu'est-ce qui te fait croire ça ?

— Tu n'es pas venue au Centre depuis deux semaines. Ça ne t'est jamais arrivé avant, alors je me demandais...

— Tout va bien, Enzo. Il n'y a pas que le Centre espagnol dans la vie, tu sais. J'ai d'autres amis, d'autres choses à f...

— De toute façon, je t'appelle pour t'inviter chez moi samedi. J'y organise *una pequeña fiesta***. Tu n'as rien de prévu, j'espère. Calixto me rebat les oreilles avec des questions sur toi depuis l'autre soir. *Francia*, fais-moi une faveur, viens y répondre en personne.

— Et Liz, alors, qu'est-ce qu'il en fait ?

---

* Tu es malade ?

** Une petite fête.

– Liz... Ah oui, la belle blonde bien roulée...

– Celle-là même. Ton ami semblait la trouver à son goût, l'autre soir. Je l'ai vu regarder son petit cul bien moulé. Pas seulement ça, d'ailleurs... Je te jure qu'il faisait de grands yeux gourmands devant ses gros seins...

France tira une longue bouffée de sa cigarette, attendant la confirmation qui ne pouvait manquer de venir d'un instant à l'autre.

– *Francia*, dis-moi, tu ne serais pas jalouse, tout de même ?

– Pas du tout ! s'exclama-t-elle, d'un ton un peu trop revêche. Où vas-tu chercher cette idée, *amigo* ?

Pour adoucir ses paroles, elle avait poursuivi avec une inflexion plus caressante.

– Bon, alors, qu'est-ce que ça peut te faire qu'il zyeute le *culo* et les *pechos** de cette fille ? Tout homme normalement constitué possède des yeux pour voir et s'émouvoir un peu, non ? Quoi qu'il en soit, je ne crois pas qu'elle l'intéresse. Ce n'est pas sur elle qu'il me talonne de questions, c'est sur toi. Alors, tu viens à cette *fiesta* ou non ?

France s'aperçut qu'elle tenait le récepteur du téléphone tellement serré que ses jointures étaient blanches. Son premier combat était terminé. Elle y serait, à cette soirée chez Enzo, coûte que coûte.

---

* Le cul et les seins.

19

J'ai bien passé deux heures à ouvrir et refermer chacun de mes tiroirs, à tout mettre sens dessus dessous, en me demandant ce qui conviendrait le mieux pour la fiesta de mon ami. J'ai décroché de leurs cintres toutes les robes, jupes et blouses qui s'y trouvaient, les appliquant devant moi pour voir l'effet dans le miroir. Je souhaitais briller d'un éclat particulier sans toutefois me faire remarquer outre mesure. Mission impossible ! Comment concilier les deux ? J'ai fini par opter pour une jupe de denim chocolat rehaussé de broderies aux tons turquoise sur les poches arrière, et pour un chandail de cachemire turquoise très soyeux au décolleté en V plongeant sur la naissance des seins. De fines boucles d'oreilles en or et un petit pendentif également en or incrusté d'une émeraude complétaient ma tenue. Jamais de toute ma vie je n'oublierai ce que j'y portais ; cette soirée a changé le cours de mon existence.

— *No se**, Calixto. Elle m'avait dit qu'elle viendrait. Je ne pouvais quand même pas aller la chercher par la main et la traîner de force !

---

* Je ne sais pas.

– *Seguro que no*[*], *amigo* Enzo.

– *No esta tarde*[**], elle viendra peut-être encore.

– C'est probablement mieux ainsi. Qu'elle ne vienne pas, je veux dire. Tu n'as pas invité Liz ? demanda Calixto à son nouvel ami.

– *No... no la conosco mucho*[***]. Elle est assez nouvelle au Centre. Et, puisque tu voulais rencontrer *Francia* et que Liz te tourne autour sans arrêt depuis deux semaines, ça n'aurait pas vraiment été une bonne idée de l'inviter aussi.

– *No, verdad*[****]. Elle est très belle, Liz, mais elle ne m'attire pas vraiment. *Francia*, elle, a un petit quelque chose qui me captive, qui me fait vibrer. J'ai l'impression d'être plus vivant à son contact. À propos, je l'ai vue en ville, l'autre jour...

En sortant du dépanneur Seven Eleven de la rue Principale, le seul établissement où il trouvait ses cigarillos cubains, il l'avait aperçue qui marchait sur le trottoir avec quelques amis. Il avait eu envie de la rejoindre, de lui parler, de frôler son bras, mais une espèce de réserve l'avait retenu. Il avait préféré la contempler de loin, suivre des yeux sa démarche ondulante et sensuelle, la voir évoluer avec son petit groupe d'amis qu'il ne connaissait pas.

– Je ne sais pas ce qui m'a pris, mais je me suis mis à la suivre à distance, en guettant ses moindres gestes. J'avais le goût d'aller fourrer mon nez dans sa chevelure flamboyante.

---

[*] Sûrement pas.

[**] Il n'est pas tard.

[***] Non, je ne la connais pas beaucoup.

[****] Non, vraiment.

Enzo considéra son protégé avec une pointe d'inquiétude. Son regard forma un point d'interrogation silencieux mais manifeste.

– *Si, amigo, yo se**. Je sais et c'est pourquoi je te disais tantôt qu'il était mieux qu'elle ne soit pas venue. Je ne peux pas me permettre de tomber amoureux de quelqu'un d'ici. Je retournerai au Chili après ma maîtrise. Si elle avait été seule, je crois bien que j'aurais pressé le pas pour la rejoindre. Tu vois, *amigo*, le ciel m'empêche de la revoir. J'imagine que c'est pour notre plus grand bien à tous les deux...

Sur ce, il leva les yeux au ciel, l'air résigné de celui qui accepte sans conteste le décret céleste, haussa les épaules et fouilla dans la poche de sa chemise à la recherche d'un nouveau cigarillo.

À ce moment, on frappa à la porte et Calixto retint son geste, le cigarillo à moitié sorti du paquet, entre l'index et le pouce. Il regarda la porte s'ouvrir, confus, sans savoir s'il espérait ou redoutait l'arrivée de la Québécoise.

Sur le pas de la porte, Enzo s'écria:

– *Francia*, tu t'es fait attendre !

– Excuse-moi, j'ai été retenue.

Tous trop occupés à danser, boire, manger, fumer une cigarette ou un petit joint, personne parmi les invités ne remarqua son entrée tardive. Personne, sauf le Taureau chilien, immobile, tenant du bout des doigts un cigarillo à moitié retenu dans son paquet. Il se tenait près de la porte comme s'il l'avait attendue et cela la fit sourire. Il avait l'air d'une statue de sel, figé à jamais par une vision. Après quelques

---

* Oui, mon ami, je sais.

instants qui lui parurent une éternité, elle le vit lentement, très lentement s'avancer vers elle tout en cueillant enfin son cigarillo. Il le coinça entre ses lèvres et remit l'emballage dans sa poche de chemise. Pour ne pas le regarder dans les yeux, elle avait suivi son geste et fixait maintenant la forme rectangulaire qui se devinait sur sa poitrine, sous le chandail écru, le même qu'il portait la dernière fois qu'elle l'avait vu.

En lui tendant la main, il lui dit :

— Bonsoir, *señorita Francia, como estas*[*] ?

Le cigarillo, toujours éteint, bougeait entre ses lèvres charnues.

— *Muy bien*[**], merci. Et toi ?

Franchement, je ne me rappelle pas grand-chose du reste de la soirée. Je me souviens vaguement de la musique d'Omar Rodriguez-Lopez, qui me convenait bien avec son jazz-rock. Les volutes de fumée ont englouti dans un épais brouillard ces quelques heures, narguant ma mémoire vulnérable. Toutefois, il m'est impossible d'oublier la suite. Dans la nuit, en sortant de chez Enzo, le tonnerre et les éclairs rivalisaient de puissance. C'était l'une des tempêtes automnales qui frappent avec une violence inouïe les grandes surfaces des Prairies. Calixto avait insisté pour me raccompagner, et, comme des enfants, nous avons couru en riant aux éclats sous les torrents de pluie encore chaude pour la saison. Abrités par le toit de la longue galerie sur le devant de la vieille maison convertie en appartements où j'habitais,

---

[*] Comment vas-tu ?

[**] Très bien.

collés l'un contre l'autre, trempés jusqu'aux os, nous n'avions pourtant pas le goût d'entrer chez moi. Nous sommes restés là longtemps, respirant à peine, à admirer la terrifiante beauté de l'orage.

Pourquoi je pense à tout ça aujourd'hui, quelques jours après ma rencontre avec Mariana ? Je ne sais pas...

– Tu aimes les orages, *Francia* ?

Elle repensa avec ivresse à leur course folle. Il avait pris sa main pour l'aider à courir plus vite et ce contact l'avait électrisée.

– J'adore les orages ! Leur majesté, leur force brute, la magnifique électricité qui s'en dégage.

Elle plongea ses yeux dans ceux de son compagnon. *Ils te ressemblent.*

– Tant mieux ! Je les aime aussi.

Dios ! Pourquoi est-ce que cette femme me fait tant d'effet ?

Il mit ses deux mains sur les épaules de la jeune femme, les fit glisser le long de ses bras, attrapa ses doigts qu'il fit passer autour de sa propre taille avant de la reprendre par les épaules et de l'attirer à lui.

La chaleur de France se propageait dans son propre corps, le faisait frémir d'un bien-être insondable. Elle sentait la pluie et la sensualité. Elle ne portait pas de parfum. Il aimait ça. Rien ne déguisait son odeur naturelle de femme, de tigresse.

Ses bras musclés s'étaient tout d'abord emparés de France par jeu. Puis, plus l'orage s'éloignait, espaçant ses coups de tonnerre et laissant dans son sillage une odeur fraîche d'ozone, plus les bras de Calixto se faisaient insistants. Il descendit une main sur les fesses de France, tout en remontant l'autre le long de sa colonne vertébrale, jusqu'à la peau tendre du cou, derrière l'oreille. France frissonnait et son contentement lui soufflait que le froid n'y était pour rien. Ces bras de taureau, cette odeur d'humus, ces lèvres qui frôlaient maintenant – ô combien délicatement – sa gorge offerte, lui firent oublier jusqu'à son propre nom.

Appuyés au mur de la maison, l'un contre l'autre, elle sentait sur son pubis le sexe ferme de Calixto. Sa respiration devenait haletante et elle avait envie de se donner tout de suite à cet homme, là, sur la véranda, sous le ciel noir et les éclairs maintenant lointains. Mais il en avait décidé autrement. Il s'éloigna d'elle doucement, tout en gardant ses mains sur les hanches rondes de la jeune femme. Juste assez pour les apaiser tous les deux, sans toutefois briser le lien de sensualité qui les unissait... Juste assez pour modérer le rythme de leurs souffles respectifs... Juste assez pour que le désir subsiste et les fasse languir après ce moment où leurs deux corps s'uni-raient... Juste assez pour qu'elle en perde la tête, plongée dans un océan de sensations extraordinaires.

Pendant plusieurs heures, il l'avait tour à tour repoussée, retenue, resserrée, en gardant toujours un contact avec elle, ne serait-ce qu'avec un doigt effleurant légèrement la racine de ses cheveux, sur sa tempe. France n'avait jamais rien connu d'aussi bon. Ce va-et-vient entre l'accalmie et la tempête de leurs corps, ces heures d'amour, de tendresse, de désir effréné l'avaient mise dans un état dont elle ne s'était même jamais approchée. Après de nombreux ébats, ils avaient fini par aboutir dans une des vieilles chaises berçantes de la véranda. Calixto s'y était d'abord assis, puis, de ses bras robustes, il avait pris France par la taille et l'avait assise sur lui, à califourchon. Il avait eu la surprise, en glissant ses mains le long des cuisses de cette femme désirable, de sentir au bout de ses doigts la chaleur moite de son sexe. Elle ne portait pas de petite culotte sous sa jupe... Ni de soutien-gorge. *Quelle fille étrange et sensuelle. Est-ce dans ses habitudes ou a-t-elle fait cela exprès pour m'exciter ?* Ce n'en était que mieux ! Son sexe était bien érigé, libéré de son jean par les mains tremblantes de France qui avait ouvert sa braguette. Il la reprit par la taille, la monta au-dessus de lui et la fit glisser lentement sur son pénis. Ils avaient tellement attendu l'un et l'autre qu'au moment même où sa verge touchait le fond du vagin de France, ils éclatèrent au même instant dans l'orgasme. Parce qu'ils étaient sur la galerie, en pleine nuit, ils durent retenir dans leurs entrailles les cris, les gémissements qui voulaient s'échapper d'eux. France avait eu l'impression que ce silence forcé avait augmenté la force de sa jouissance. Comme si ce cri retenu à l'intérieur avait fait vibrer encore plus intensément chaque cellule de son corps, s'était immiscé dans l'ardeur de son orgasme pour résonner à l'infini, comme l'écho, la nuit, dans les montagnes.

20

– Mmm... J'adore les dimanches matins !

– *Cara**, laisse-moi dormir, veux-tu ?

France se blottit en chien de fusil contre le dos de son amant et le taquina en effleurant doucement les vertèbres de son cou de légers baisers. Il sentit la chaleur de ses lèvres sur sa peau nue et essaya en vain de se rendormir. Son sexe maintenant érigé ne lui laissait plus de repos.

– Sorcière ! dit-il en se retournant vers elle. Tu me possèdes corps et âme, *mi amor*. Comment pourrai-je te quitter un jour ?

– Calixto, tais-toi, je t'en prie. Nous savons tous les deux que tu repartiras, alors, prenons du bon temps sans penser à ce jour.

C'était la première fois depuis cinq semaines qu'il lui témoignait de l'attachement. Elle s'en réjouissait et s'en

---

* Chère.

alarmait. *Qu'est-ce que je vais faire quand il repartira ? Je l'aime de plus en plus... Comme j'ai peur de le perdre !*

Un tintamarre assourdissant de sirènes de camions d'incendie les réveilla un peu plus tard et les fit se lever d'un bond. Le feu devait être tout près et France sentit ses poumons se contracter à en faire mal, comme les deux autres fois où elle avait été témoin d'un feu.

— Habillons-nous, *cara*. Allons voir ce qui se passe.

— J'ai peur, Calixto.

— Raison de plus... Quand tu sauras ce qui arrive, tu auras moins peur. Il faut toujours affronter ses craintes, tu sais. *Vamos** !

Main dans la main, ils avaient rejoint la foule déjà agglutinée sur place. Impuissants, ils regardaient le feu se faufiler à l'extérieur du dépanneur du coin par les fenêtres, lécher le mur et dévorer le déclin de bois qui avait été peint d'un bleu cendré avec soin par son propriétaire.

Calixto se tenait droit, les yeux embués de larmes, serrant de plus en plus fort la main de son amie.

— Qu'est-ce qui t'arrive, Calixto ? On dirait que tu pleures.

— *No se...* Le feu me fascine, d'un attrait morbide. Une peine immense m'envahit, mais je ne sais vraiment pas pourquoi.

---

* Allons-y.

– Moi, il me fait très peur. C'est comme si je ne pouvais plus respirer. J'ai mal aux poumons. Vraiment. Je ne peux plus rester, Calixto.

Jeudi, 17 mars

Quelques jours encore avant mon anniversaire. Pourquoi ai-je besoin de revenir sur ces années passées de ma jeunesse ? Mon cœur exige ce retour dans le temps comme un amant avare, il excite les souvenirs enfouis dans le puits profond de mon psychisme, il ravive les caresses de cet homme que j'ai tant aimé, réveille impatiemment toute cette période de ma vie où Calixto en était le soleil. Je me plongeais tout entière dans ses yeux d'amandes, je leur offrais ma vie.

Mais ce matin de janvier où je venais de lui annoncer la nouvelle, ses yeux n'étaient que fureur à peine contenue, affolement, incrédulité. Ses derniers mots résonnaient encore dans ma tête, comme quand on crie la nuit dans un endroit désert et que le son nous revient en ondes régulières : « Ce n'est pas vrai, ce n'est pas possible ! »

– C'est possible et c'est vrai, Calixto. Je suis enceinte. J'en ai eu la confirmation de la pharmacie avant-hier.

– Avant-hier ! Et c'est maintenant que tu me le dis ? *Ahora solamente** !!!*

– Mais je ne t'ai pas vu depuis deux jours. Je n'allais tout de même pas te l'annoncer au téléphone, non ?

---

* Seulement maintenant !

— *No, Francia*, mais je suis ici depuis hier soir.

Son ton s'était radouci un tout petit peu et France retrouva un soupçon d'espoir. Doucement, elle s'approcha de lui pour déposer sa main sur le bras nu de son amoureux. Avec un geste brusque, il s'en dégagea et recula d'un pas.

— *Escoucha me*[*], Calixto.

— *Te escouchar*[**] ! Elle est bonne, celle-là ! Je suis ici depuis hier, nous avons fait l'amour, nous avons ri, nous avons mangé ensemble, et tout ce temps, tu te taisais, tu me cachais ton état. *Por qué*[***], *Francia* ?

— Je ne savais vraiment pas comment te l'annoncer. J'y ai pensé sans arrêt, je te jure ! Toute la nuit j'ai tourné en rond. Je te regardais dormir, je t'écoutais respirer. Les mots tournaient dans ma tête et je faisais de même dans les draps. Et ce matin, j'ai réalisé qu'il n'y avait pas d'autre façon que de simplement te le dire, sans préambule.

— Tu l'as fait exprès !! hurla-t-il de nouveau. Avoue-le !

Une main sur le front, l'autre pointant un index accusateur sur celle qu'il aimait sans pouvoir se l'avouer, il reculait encore comme s'il avait peur de se brûler à son contact. France n'y comprenait rien. Elle ne s'attendait pas à ce qu'il saute de joie, mais l'horreur qu'elle lisait dans ses yeux et la répulsion de son corps la brûlaient.

— Fait exprès de quoi, Calixto ?

---

[*]   Écoute-moi.

[**] T'écouter !

[***] Pourquoi ?

– De tomber enceinte. Tu voulais me garder ici, n'est-ce pas ? Tu voulais me retenir, m'empêcher de repartir chez moi après ma thèse de maîtrise ?

– Mais tu es fou, Calixto ! J'aurais aimé, oui, que tu restes ici. Oui, j'aurais aimé te retenir, mais pas de cette façon-là ! Ce bébé, je ne l'ai vraiment pas prévu.

Je me revois si distinctement à ce moment de notre conversation... Conversation, c'est un grand mot pour l'affrontement que nous étions en train de vivre. De la main, j'ai couvert mon ventre, comme pour protéger ce petit être des laideurs du monde et de ses disputes. Il regardait ma main faire des cercles sur le long t-shirt que je portais en guise de robe d'intérieur et, aussi rapidement que l'orage tropical file et disparaît, il s'est tout à coup affaissé sur le sofa, s'est pris la tête entre les mains, et s'est mis à pleurer comme un enfant. J'étais médusée. Mon taureau pleurait à chaudes larmes ! Les soubresauts de ses épaules se confondaient aux battements rapides de mon cœur et je ressentais dans ma propre gorge l'âpreté de ses sanglots. J'avais envie de caresser ses beaux cheveux noirs, mais je n'osais pas approcher ma main, de peur qu'il ne la repousse. Je suis restée debout, à côté de lui, les bras ballants, ne sachant quoi en faire. Je me sentais inutile, désorientée, et une tristesse infinie faisait tranquillement son chemin en moi. Quand enfin ses sanglots ont commencé à faiblir, je me suis agenouillée devant lui, j'ai pris ses grandes mains dans les miennes et, sans un mot, je les ai ouvertes pour y déposer, au creux des paumes, deux longs baisers.

– *Francia*, lui dit-il enfin, d'un ton perché qu'elle ne lui connaissait pas, *te quiero mucho**, tu sais, j'ai du plaisir avec

---

* Je t'aime bien.

183

toi. Je crois que je t'aime plus que juste « bien ». Mais je ne peux pas faire ma vie avec toi.

Il baissa la tête d'un cran, les épaules de plus en plus voûtées vers les genoux, puis ajouta:

– J'ai, au Chili, une femme et un petit garçon d'un an, Miguel.

21

Mon souffle s'est arrêté à mi-chemin, paralysé, incapable de laisser entrer l'oxygène vivifiant dans mes poumons. Je suis restée ainsi plusieurs secondes, incrédule. J'avais l'impression de flotter entre deux mondes : celui de l'amour et celui de la trahison. Cette trahison qui semblait me poursuivre inlassablement depuis mon enfance. Un gouffre d'affliction et d'amertume m'aspirait, cœur premier, vers le fond. Puis, quand mes voies respiratoires ont retrouvé leur rythme vital, je me suis levée pour aller m'enfermer dans les toilettes. Je ne voulais plus le voir, ni lui parler ni même me souvenir de lui. J'ai pris une longue douche, comme pour me laver de cette sale trahison qui me collait à la peau, j'ai soigneusement lavé mes cheveux pour faire disparaître toute trace de son odeur, j'ai savonné plus longtemps que nécessaire mon intimité, pour me purifier de lui.

Quand je suis sortie de la salle de bains, un peignoir jaune minutieusement noué autour de la taille, l'appartement était vide. Il était parti !

— Il me manque déjà tellement, Cathy, je n'avais pas réalisé moi-même à quel point je m'étais attachée à lui.

Cathy était venue rejoindre son amie pour la consoler du mieux qu'elle le pouvait. France était en larmes et semblait à la limite du désespoir.

En constatant le départ de Calixto, je me souviens de m'être effondrée en pleurs. La tristesse que j'avais retenue jusque-là jaillissait et se répandait dans un flot continu de larmes que je n'arrivais plus à contrôler. J'étais dévastée ! J'ai pleuré pendant des heures, recroquevillée sur mon sofa, avec un coussin entre les bras, pour me sentir moins seule. C'est seulement en voyant le jour descendre que j'ai réalisé que je n'avais pas mangé de la journée.

Dans la cuisine, le café avait brûlé dans le fond de la cafetière, complètement croûté. Les croissants que j'avais sortis du congélateur en prévision du petit-déjeuner avaient séché sur le comptoir, les verres de jus d'orange trônaient sur le coin de la table, à moitié vides. Nos petits bonheurs ordinaires s'étaient transformés en un spectacle de déchéance, de décrépitude. Je me suis presque remise à pleurer, mais je n'en n'avais même plus la force. J'ai appelé Cathy à la rescousse. Comme une mère aimante, elle m'a prise dans ses bras et m'a bercée en chantonnant une berceuse. Était-ce pour moi ou pour cette petite fille à peine visible au microscope, qu'elle chantait ainsi ?

— Tout va bien aller, *Frances*. Je sais que c'est très dur pour toi présentement, mais la peine va s'estomper avec le temps. C'est ce que ma mère a toujours dit à chacun de mes chagrins, et elle avait raison. Nous sommes faits pour vivre et connaître la joie, et la joie l'emporte toujours sur la peine, en fin de compte.

France commençait à comprendre pourquoi Cathy respirait tellement le bonheur. Elle avait été élevée dans la croyance de la joie de vivre et cette croyance était imprégnée en elle, dans chacune de ses fibres. Elle continuait à chantonner doucement et la douleur de France s'apaisait lentement, s'engourdissait aux sons harmonieux de la voix de son amie. Cathy continua ses mélodies qu'elle enchaînait l'une après l'autre.

Elle chantait pour France.

Elle chantait pour Daphné.

Elle chantait pour elle-même aussi.

Elle qui aimerait tant connaître l'amour, ce sentiment si intense. Mais était-elle prête à secouer les barreaux de sa prison de bonheur ? À part ses parents et quelques autres couples qu'elle connaissait et qui avaient encore l'air d'être heureux ensemble, ce qu'elle voyait de l'amour l'inquiétait. Il traînait avec lui des vents ravageurs ; en un tour de main il se transformait en haine ; il déchirait avec insouciance les sentiments les plus nobles. Pourquoi s'y risquer ? Pourquoi l'amour finissait-il par faire si mal ?

— *Francia*, je n'aurais pas dû partir comme un voleur, hier, je suis désolé.

Calixto se tenait debout devant la porte de son appartement. Il avait attendu là qu'elle revienne de son travail et l'avait prise au dépourvu. Elle se sentait fondre sous son regard de feu, elle s'effritait sous la force de taureau de son homme.

– Laisse-moi entrer, *por favor**. J'ai besoin de te parler. *Es muy importante***.

En tremblant, elle réussit à insérer la clé dans la serrure, et lui ouvrit sa porte. Il resta sur le pas quelques instants, comme s'il y venait pour la première fois, et entra finalement, d'un pas hésitant. Au lieu d'enlever ses bottes et son manteau et de venir s'asseoir au salon, comme il le faisait toujours, il s'adossa à la porte qu'elle venait de refermer derrière lui. Tout en regardant ses pieds, il retira lentement sa tuque et ses mitaines, qu'il fourra dans la poche de son manteau, sans lever, ne serait-ce qu'un instant, les yeux vers elle. Quand elle sentit qu'il ne la suivait pas à l'intérieur, elle regarda derrière et fit demi-tour. Plantée devant lui, elle attendait.

Le silence est d'or, ma fille, ne l'oublie pas.

– *Francia*, je te demande de te défaire de ce bébé, lui dit-il enfin, toujours en fixant le sol.

– QUOI ???

Elle avait hurlé du plus profond de son être. *Regarde-moi, au moins, espèce de salaud !*

– Comprends-moi, *Francia*. Je vais retourner chez moi dans dix-huit mois. Si je sais que j'ai un autre enfant au Canada, je ne pourrai plus jamais vivre en paix et être complètement heureux.

– Et mon bonheur à moi, qu'est-ce que t'en fais, *hijo de puta**** ??!

---

*   S'il te plaît.

**   C'est très important.

*** Fils de pute.

Son corps entier tremblait comme une feuille. Ce n'était plus d'amour et d'espoir, mais d'une colère indescriptible, comme si, tout à coup, le cerbère en elle faisait surface avec une violence inouïe. Sans même qu'elle s'en rende compte, sa main s'élança et le frappa au visage avec une force qu'elle ne se connaissait pas. Elle vit les quatre doigts de sa main s'imprimer lentement en rouge sur la joue hâlée de Calixto.

– Entends bien ce que je te dis, Calixto. Cet enfant est le mien et je le garde. Tu n'as absolument aucun droit de veto là-dessus. Tu m'as menti par omission. Alors, *querido**, lui lança-t-elle d'un ton sarcastique, garde tes remords pour toi. Je n'ai rien à foutre de tes problèmes de conscience. ABSOLUMENT RIEN !

Elle avait pointé un index menaçant et rigide sur le bout de son menton. Au contact de son doigt sur la peau douce et imberbe de Merlin l'enchanteur, de son Gros Matou, elle se mit à regretter tout ce gâchis. Comme elle aurait voulu se blottir encore dans ses bras ! Frôler du bout des doigts son nez aquilin, sa poitrine, son ventre, l'intérieur de ses cuisses fermes, et remonter langoureusement jusqu'à son pénis érigé et luisant d'excitation. Tout son corps appelait cet homme qui l'avait ensorcelée : elle était moite de désir pour lui, là, malgré la haine qui l'envahissait. Son esprit était en pleine révolte. Elle se détestait d'avoir tellement envie de cet homme à un moment pareil. Elle se trouvait ignoble d'être si faible et vulnérable devant lui. Son corps était subjugué d'amour pour Calixto et son âme le haïssait à en perdre le souffle et la raison.

Étourdie par tant de contradictions, elle dut s'accrocher au portemanteau pour garder son équilibre.

Calixto, lui, comprit très vite, à voir les yeux brillants de désir de France, à entendre sa respiration haletante, qu'elle

---

* Chéri.

ne pourrait s'empêcher de s'offrir à lui tout entière, au moins une dernière fois. Il connaissait parfaitement l'odeur âcre dégagée par son corps, dans ces moments-là. Lui aussi en avait envie, elle le savait à la façon dont sa lèvre inférieure se gonflait et devenait luisante. L'extrême tension entre eux créait une fièvre à la limite du supportable.

Sans trop savoir comment, ils se retrouvèrent sur le tapis du salon. Elle avait presque arraché son manteau pendant qu'il enlevait ses bottes.

Leurs vêtements étaient éparpillés un peu partout dans la pièce. Ce fut intense et brutal. France déploya dans ces moments tout l'amour et toute la haine qu'elle ressentait pour lui, sans plus réfléchir. Elle mordit à belles dents l'épaule qu'elle léchait tendrement. Il répliqua par une tape sèche, du bout des doigts, mais qui agissait comme un coup de fouet, sur sa croupe qu'il tenait à pleines mains. Ce combat les épuisait et les vivifiait à la fois. Quand il entra en elle de toute la force de sa rage, ce fut d'un coup si sec qu'elle lança un cri de douleur, d'une douleur délicieuse. Ce cri s'est très vite transformé en une longue et vive plainte de plaisir, d'une jouissance quasi insoutenable. La plainte de l'homme se confondit à la sienne dans un long moment d'éternité, et puis ce fut tout. Le silence emplissait maintenant la pièce de tous les mots d'amour qui ne passeraient plus ses lèvres, de tous les cris de plaisir désormais enfouis au cœur de la trahison.

Nous nous étions endormis tous les deux, épuisés par tant d'émotions. En me réveillant, j'ai senti sa jambe passée par-dessus ma taille, et son bras refermé sur mes épaules. Je me suis dégagée tranquillement.

L'orage s'était retiré de moi pour laisser place à un arc-en-ciel de quiétude intérieure. Je me suis levée délicatement, pour ne pas le réveiller, et je me suis rhabillée sans hâte, comme si ma vie tournait au ralenti.

C'est peut-être l'odeur du café qui l'a sorti de son sommeil. Après avoir passé son pantalon, il est venu me rejoindre à la cuisine, torse nu. La familiarité de nos petites habitudes semblait lui rendre son aise naturelle. De son pas nonchalant, il s'est avancé vers moi pour me donner un baiser sur le front. Je me sentais étrangement détachée, comme si je voyais la scène de l'extérieur. J'ai vu ma tête se détourner de lui, mon bras s'étendre et ma main lui faire signe d'arrêter. Du calme qui m'enveloppait émanait la solidité d'un roc, je n'ai pas eu à insister. Calixto est resté en suspens au beau milieu de la cuisine, sachant qu'il n'avait plus sur moi le moindre ascendant.

Je lui ai dit très doucement, comme si j'avais peur que le son de ma voix ne brise ma nouvelle sérénité :

— Pars maintenant, Calixto. Et ne reviens plus. Je vais garder ce bébé, que tu sois d'accord ou non.

Toujours au ralenti, je l'ai vu ramasser ses effets sur le plancher, s'habiller et se diriger vers la porte. En mettant la main sur la poignée ronde, il s'est retourné une dernière fois, et j'ai vu poindre dans cet ultime regard une lueur de nostalgie.

Je ne l'ai plus jamais revu.

Je ne suis jamais retournée au Centre espagnol de l'université.

J'ai délaissé mes amis latinos et je me suis concentrée sur le groupe d'amis autour de Cathy.

Calixto n'a même pas essayé de me revoir. À mon regret, je l'avoue...

J'ai tant parlé de son père à cette petite fille qui se développait en moi. De ce père qu'elle ne connaîtrait jamais.

À Saskatoon, les journées d'hiver sont très courtes. Il faisait encore nuit quand je me suis levée pour aller au travail, le lendemain de cette dernière soirée. J'ai toujours détesté me lever à la noirceur, mais ce matin-là, la joie de porter ma fille inondait les désagréments quotidiens, telle une grande marée venant recouvrir et effacer toutes les traces de pas sur la plage. Le soleil se levait tranquillement alors que je travaillais à la traduction de ma troisième annonce publicitaire.

Au moment où un rayon de soleil se déposait sur ma machine à écrire, j'ai su que j'allais suivre le conseil de Cathy et devenir traductrice.

22

Séville, mars 1637

Mariana grandissait en grâce, en beauté et en détermination. Les cheveux au vent, les mains fermement agrippées aux rênes de cuir, assise à califourchon sur Estrella del Mar, sa jument, elle s'abîmait dans le sentiment de profonde liberté que lui procurait le galop.

Comme c'était bon !

Ce souffle tiède de printemps lui caressant presque furieusement le visage et le cou, cette vitesse rédemptrice la délivrant de ses frustrations, cette évasion quotidienne la nourrissant d'une joie intense.

Même Ricardo ne pouvait soupçonner l'euphorie que faisaient naître en elle ces escapades.

À califourchon ! Si son père venait même à suspecter sa façon inconvenante de monter à cheval, il ne la laisserait plus s'approcher de l'étable. Pire, il vendrait sûrement Estrella pour s'assurer l'obéissance de sa fille. Cette éventualité ne laissait pas d'inquiéter Mariana, mais elle ne pouvait s'empêcher de jouer avec le feu.

Le goût du risque courait dans ses veines. Pas tant pour le risque lui-même, que pour le besoin d'échapper au carcan imposé.

D'ailleurs, elle prenait toutes les précautions nécessaires. Elle montait sagement en amazone, avec gants et chapeau, et se promenait à petit trot, le dos droit, tant qu'elle n'avait pas atteint la limite des terres de son père. Puis elle faisait sauter sa jambe gauche de l'autre côté de la bête, enlevait gants et chapeau, les rangeait dans les sacoches qui se balançaient de chaque côté du cheval, se penchait sur l'encolure de sa compagne et lui criait : « Va ! Va ! »

Estrella, qui adorait galoper, n'attendait que le signal de sa maîtresse pour prendre enfin son élan.

– Bonjour *mamá* !

Mariana courut vers sa mère et déposa un baiser plein de tendresse sur sa joue.

Elle était depuis quelques mois aussi grande que Luisa. C'était arrivé comme ça, presque clandestinement, comme si elle avait grandi furtivement, sans trop s'en rendre compte. Puis, un matin, en descendant rejoindre sa mère au jardin, c'était arrivé. Luisa était agenouillée dans son jardin d'herbes aromatiques. Elle s'était relevée avec un volumineux bouquet de lavande dans les bras pour arriver debout à la même hauteur que Mariana. Quelle émotion que de se savoir tout à coup aussi grande que sa mère !

Elle avait vécu la tristesse de la perte définitive de son enfance.

Et la joie de pouvoir enfin aspirer à entrer dans le monde idéalisé des adultes.

– Bonne randonnée ?

– Oui, *mamá*. Merveilleuse.

Luisa plongea ses yeux dans ceux de sa fille. La fièvre qu'elle y découvrit l'inquiéta. Ce cheval lui faisait perdre toute trace de Mariana pendant des heures.

– Où es-tu allée, aujourd'hui ?

– Je me promène ici et là, tu le sais. Pourquoi me poses-tu toujours la même question ?

– Pour pouvoir répondre à ton père, s'il finissait par se rendre compte que tu disparais plusieurs heures par jour.

À ces mots, Mariana se figea.

Irma trottina à la rencontre de sa maîtresse et la jeune fille s'assit à même le sol pour mieux caresser sa chienne. Avec les années son menton s'était orné de quelques poils blancs, mais elle avait encore vive allure, l'œil rayonnant et le corps agile.

– Dis, *mamá*, tu ne vas pas en parler à *papá*, non ?

Luisa ramassa un coussin de satin bleu océan bordé d'un cordon or. Elle le déposa à côté de sa benjamine et s'y assit délicatement, comme on le lui avait appris dans sa jeunesse.

– Bien sûr que non. Entre femmes, on peut garder certains secrets. Mais je m'inquiète. Tu ne fais rien comme les autres filles de ton âge, tu refuses de rencontrer ton futur fiancé...

– Ah ! lui cria-t-elle, Je ne veux pas en entendre parler !

Elle planta les doigts dans le long pelage emmêlé de sa chienne et la serra si fort qu'Irma eut un petit couinement.

– Ne crie pas, Mariana. Ça ne sert à rien. Et tu fais peur à Irma. Trouve-toi chanceuse que le sieur Olivera-Navarro ne soit pas pressé de fiancer son fils. Il a réussi à faire attendre ton père l'an dernier, mais ça ne durera pas éternellement.

– Mais je ne veux pas de lui ! C'est un pervers cruel, je le hais ! Vous ne pouvez pas me marier à quelqu'un que je hais !

– Tu sais très bien que oui. C'est ton père qui décide. Ton caractère, disons, intempestif, te précède, ma fille. C'est d'ailleurs la raison principale de l'hésitation du sieur Olivera-Navarro. Heureusement que notre nom a du prestige dans la région.

– Eh bien, tant mieux si je ne suis pas mariable ! Je n'aurai pas à subir le sort de la plupart des femmes. Toi, *mamá*, tu ne peux pas convaincre *papá* ?... Comment pourrais-tu supporter de me savoir malheureuse ?

– Je t'en prie, Mariana, ne tourne pas le fer dans la plaie.

– Ah ! Je savais bien que toi non plus, tu ne souhaites pas ce mariage.

– Non, c'est vrai. L'année dernière, j'étais presque d'accord avec ton père. J'avais peur pour toi, ma chère enfant, si sauvage, si intense. J'ai cru que le mariage pourrait te sauver de toi-même...

– *Mamá* ! Comment peux-tu dire une chose pareille ? Tu crois vraiment que je dois être sauvée de moi-même ? Pourquoi ? Je pensais que tu me comprenais, mieux que quiconque.

Luisa frissonna. Elle se revit quinze ans plus tôt, excessive, presque violente dans l'amour qui l'animait... Elle avait tant souffert.

Elle avait cru en mourir.

Et elle avait compris quelques semaines plus tard qu'une vie naissait de cet amour et qu'elle devrait vivre pour permettre à ce petit être de grandir. Tout à coup, elle ne se sentait plus le courage de supporter le poids de son secret. D'une voix tremblante d'émotions depuis si longtemps refoulées, elle demanda :

– Qu'est-ce qui te fait croire que je peux te comprendre ?

Contre toute logique, elle espérait que sa fille avait percé à jour ce qu'elle gardait verrouillé au fond de ses entrailles.

– Je ne sais pas, *mamá*... Mais pourquoi pleures-tu, parfois ?

Irma, couchée sur les genoux de sa petite maîtresse, étira le cou et se mit à lécher la main de Luisa.

– N'encombre pas ta jeune tête, ma petite...

– Je viens d'avoir quatorze ans, *mamá*, et tu dis souvent que je suis très mature pour mon âge. Je sais qu'on se ressemble... C'est ça qui t'inquiète... C'est ça qui inquiète *papá*.

– Peut-être...

– Est-ce qu'on t'appelait « la louve », toi aussi ?

Irma se laissa glisser au sol et partit à la recherche de la balle que Mariana lui avait confectionnée en enroulant des languettes de tissus découpées dans de vieux vêtements.

– Non. Tu as raison : je t'ai légué mon élan, mon ardeur, mon feu, mais en moi, ils étaient plus... diffus, je dirais.

Moins redoutables.

Toi, tu es comme une pierre à l'état brut ou encore un animal sauvage.

Indomptée, non polie, mystérieuse, immodérée.

Je sais si bien ce qui dort en moi. Comment ne pas me tourmenter quand je vois tout ça bouillonner en toi ?

La tête haute, la queue frétillante, Irma vint déposer sa balle sur les genoux de Mariana. Distraitement, la jeune fille l'attrapa et la lança. La balle rebondit à l'autre bout de la pièce, suivie de près par Irma. Puis, Mariana revint à ses préoccupations.

– *Mamá*... je ne veux pas épouser Basilio. Jamais de toute ma vie, quoi qu'il arrive, je n'accepterai de m'unir à lui.

Depuis un an, son cœur ne palpitait que pour un certain Gitan...

23

Il se sentait agité et sa fébrilité le rendait irritable. Ils étaient de retour à Séville, ce dont Paco rêvait depuis un an... mais serait-elle là, perdue dans la foule ?

Juan, Esteban et Mateo soupiraient en se jetant des regards en coin. Ils n'avaient jamais vu Paco dans un état pareil.

– Calme-toi, *amigo*. Qu'est-ce qui t'arrive ?

– Fichez-moi la paix !

– Eh bien, on ne peut pas dire que tu sois loquace, ces jours-ci !

– Moi, s'amusa Esteban, je connais seulement une chose qui dérange un homme à ce point.

– Hmmm... je crois bien que tu as raison, Esteban. Mais si ton argument est exact, c'est un sacré cachotier, notre Paco !

Mateo eut un petit ricanement qui tomba sur les nerfs de Paco.

– Mais de quoi vous mêlez-vous donc, tous les deux ?

Paco se sentait stupide et humilié. Comment pouvait-il leur raconter qu'il était amoureux d'une petite Espagnole aux yeux verts, aperçue une seule fois dans la foule l'année passée ? Surtout que cet amour était impossible...

Simplement parce qu'ils étaient de tribus différentes, Julio, le grand ami de Paco, et Leila, son épouse, avaient dû utiliser des trésors d'arguments et de persuasion pour amadouer leurs parents et leur faire accepter leur choix. Alors une Espagnole, une *gadji*, c'était presque impensable.

Sa tribu n'accueillerait pas une pure étrangère.

Quant à sa famille à elle, elle n'accepterait certainement jamais un Gitan... À quoi bon rêver ?

Mais il continuait d'espérer. Un lien profond, incompréhensible, l'unissait à cette jeune fille. Sa mère, Mercedes, portait au petit doigt de la main droite une bague ornée d'un magnifique péridot. De la couleur des yeux de l'inconnue. Il y avait perçu un signe. Une sorte de *patrin**. Les gens de son peuple utilisaient des *patrins* fabriqués de feuillages et de bouts de bois pour indiquer la direction qu'ils prenaient, afin que d'autres familles sachent où les rejoindre. La bague de sa mère lui indiquait le chemin pour rejoindre l'élue de son cœur.

Il ne croyait pas au hasard.

– Arrêtez donc de vous chamailler pour des histoires d'amour et préparez-vous, les gars.

---

* Terme gitan signifiant « signe », « moyen de communication ».

Juan, penché sur sa guitare, une mèche de cheveux lui tombant sur la joue, faisait vibrer les cordes de son instrument une à une afin de les accorder. Il aimait par-dessus tout l'harmonie des notes, des sons, qui tintaient pour s'envoler aussitôt dans l'espace. Ces notes qui naissent et qui meurent, éphémères et pourtant immortelles dans l'âme de ceux qui les ont entendues. C'était ça, son cadeau à l'humanité. La musique.

Sa musique.

Peu importe les différences entre *gadjos* et Roms, tous avaient des oreilles et un cœur. Tous pouvaient entendre et s'émouvoir d'une note lancée dans le temps et qui se répercute dans l'infini.

— Tu as raison, Juan. César a presque terminé son numéro avec l'ours. Allons-y, *amigos*, répondit Paco, qui avait de plus en plus de mal à se contenir.

Depuis trois jours que le cirque des Gitans se produisait en ville, Mariana attendait impatiemment que Ricardo ait le temps de l'accompagner. Depuis que son frère jouissait d'un amour réciproque et qu'il avait obtenu du sieur Serrano-Ramirez la promesse de la main de la jeune et vive Ana-Clara, Mariana devait s'en remettre de plus en plus souvent au chaperonnage presque tyrannique de Bianca. La nouvelle gouvernante, qui venait de Madrid, avait une philosophie beaucoup plus stricte de la vie que ces Sévillans à la morale douteuse. Elle avait trouvé en Alvaro Estrella-Rubio un patron impeccable, digne de ce nom. Elle l'admirait et le servait avec rigueur, prenant son travail avec un sérieux de moine et une austérité toute catholique.

– Pauvre Amanda, pensait Mariana. Dommage que ses jambes ne la supportent plus très longtemps. C'était tellement agréable de sortir avec ma vieille nounou. Elle, au moins, savait fermer les yeux de temps en temps.

Pas que Mariana utilisait le temps ainsi dérobé pour rencontrer des jeunes gens, non. C'était pour le simple plaisir de marcher dans les rues, d'entrer dans les échoppes, d'aller au port y ressentir l'activité, sans aucune surveillance. Encore ce besoin de liberté qu'elle cherchait à combler aussi souvent que possible. Elles s'étaient entendues et leur accord satisfaisait aussi bien la jeune que la vieille. Car Amanda, elle, en profitait pour s'asseoir dans un café et boire une limonade bien fraîche. Mais ce temps était révolu et il était hors de question qu'elle se rende au cirque accompagnée de Bianca. Elle devait donc attendre au lendemain que Ricardo puisse l'y accompagner.

Debout dans sa chambre devant le miroir sur pied, elle examinait attentivement l'effet d'ensemble. Elle avait soigneusement rehaussé ses paupières de khôl noir et en avait aussi étalé une ligne au-dessous de ses yeux verts pour rendre son regard plus saisissant. Ses quatorze ans tout neufs rayonnaient comme un soleil de juillet.

– C'est sûrement un signe, se dit-elle, que le cirque passe toujours à Séville au moment de mon anniversaire... Bon, voilà pour les yeux !

De son voile, ainsi que l'exigeait la mode andalouse, elle couvrirait son œil gauche pour donner encore plus de pouvoir au regard de l'œil droit. Quand on n'a qu'un œil pour se faire remarquer, vaut mieux le rendre le plus attrayant possible.

Sa robe de satin aubergine, très simple, était presque entièrement dissimulée sous un voile soigneusement enroulé autour de son corps. Les femmes andalouses, coquettes, avaient appris l'art de s'envelopper de la tête aux pieds tout en divulguant savamment la plus fine de leurs courbes. Ce qui était une obligation religieuse chez les musulmanes avait été transformé par les femmes espagnoles en un jeu sensuel.

Mariana adorait ce jeu !

Se dissimuler pour mieux se dévoiler !

Aujourd'hui, elle arborait son tout premier voile de soie. Noir, garni de fleurs turquoise et d'arabesques aubergine, pour s'harmoniser à sa robe, il était agrémenté de fils d'or tissés avec la délicatesse turque. Personne n'avait vu sa nouvelle parure. Elle pourrait donc passer inaperçue aux yeux de tous, même des plus fins observateurs.

Avec fierté, elle repensa à la ruse qu'elle avait mise au point pour réussir un tel exploit. Alors qu'elle se trouvait avec Bianca dans l'échoppe de tissus importés de pays arabes, Mariana avait choisi l'étoffe aubergine afin que la couturière lui confectionne une nouvelle robe. Tout en fouillant dans les piles de tissus, elle avait découvert le haïk de soie qui s'agençait si bien avec le satin de sa robe. Au moment d'acheter le tout, elle avait envoyé la gouvernante se procurer le chocolat que sa mère avait demandé et en avait profité pour dissimuler le voile dans le tissu. Son père n'aurait certainement pas approuvé une telle tenue. Il la considérait encore comme une enfant alors qu'elle se sentait maintenant une jeune femme et souhaitait se vêtir comme telle.

– Pas mal, pas mal... Non, mes cheveux sont trop cachés.

Du petit doigt, elle fureta sous le voile et accrocha une mèche noire ondulée et volumineuse. Elle étudia avec soin la façon de la faire retomber innocemment sur son visage, s'examina et fut contente du résultat. Elle repiqua sur le côté gauche de sa tête la broche d'or et de turquoise qui retenait son voile. Elle devait en tout temps avoir la possibilité de le faire glisser légèrement afin de découvrir sa bouche et son œil, gardés jusque-là soigneusement camouflés.

– Je suis prête, dit-elle joyeusement à son reflet.

À ce moment précis, Ricardo fit son apparition dans la chambre de sa sœur.

– *Cara* ! Comme tu es belle. Si tu souhaites séduire ton Gitan, tu ne pouvais pas faire mieux !

– Chut... si quelqu'un t'entend, au diable la sortie !

Mariana éclata d'un rire perlé quand l'homme fit mine de vouloir faire passer l'énorme bête dans un tout petit cerceau. L'ours devait se contorsionner, passer d'abord une patte, se pencher, essayer d'y passer la tête. Ses épaules massives entravaient son mouvement et la foule riait de bon cœur. L'animal avait bien appris son rôle et après plusieurs minutes à faire semblant de vouloir passer dans le trou, il finit par saisir le cerceau et obligea le dompteur, à coups de patte sur les fesses, à sauter dans le cercle.

– Je n'avais pas tant ri depuis longtemps ! s'écria Mariana à son frère qui se tenait lui-même les côtes. Oh là là ! Je vais faire couler mon khôl si je continue. Vérifie, Ricardo, s'il te plaît.

– C'est bien les filles, ça ! Ana-Clara est pareille. Non, il ne coule pas, ton khôl. De toute façon, tu es, à part Ana-Clara, bien sûr, la plus belle femme que je connaisse. Cesse de t'inquiéter... Et puis... il n'y est peut-être pas, ton danseur, cette année. Tu ne sais pas, il est peut-être marié...

– Impossible ! Je le sentirais si c'était le cas.

– Mariana... écoute, je joue ton jeu, mais nous savons tous les deux qu'il n'y a vraiment aucune issue à cet amour illusoire que tu entretiens vainement depuis un an.

– Ce n'est pas vain. Je ne peux pas te l'expliquer, j'ai déjà essayé mille fois, mais je l'aime, c'est tout !

– Ce n'est pas tout. Jamais *papá* ne te laisserait partir avec un Gitan... Tu te rends compte, Mariana ? Un Gitan ! Si au moins tu avais choisi un pauvre mais honorable hidalgo de Madrid, la réputation aurait compensé la bourse. Mais un Gitan !!!

À ce moment, les notes pures et nostalgiques de la guitare de Juan se firent entendre.

24

La bouche entrouverte dissimulée sous la soie légère, Mariana retenait son souffle. Elle avait partiellement dénudé son œil gauche afin de ne perdre aucun des mouvements de cet homme qu'elle avait cajolé de mille pensées tout au long de l'année. Elle avait été surprise de constater la fidélité de son souvenir, malgré le contact si bref qui les avait mis en présence l'un de l'autre. Son cœur bondissait d'une joie sauvage, cristalline, instinctive.

Son âme exigeait qu'elle s'approche de lui pour humer son odeur, fouiller dans son regard à la recherche d'une reconnaissance quelconque, saisir la réalité immatérielle qui émanait de son être.

Son cœur avait pris le contrôle et n'y renoncerait plus.

Son corps frémissait comme si la seule vue de cet homme était la plus douce des caresses, la plus exaltante des expériences sensuelles. Ses mains moites tortillaient la soie noire qui épousait son corps, sa peau fourmillait comme si toutes les émotions qu'il lui faisait vivre dansaient et se bousculaient là, juste sous l'épiderme.

Qu'il était gracieux et imposant !

Noble aussi.

Oui, d'une noblesse pure, réelle. Une noblesse engendrée par le courage et la fierté.

Peu importait à Mariana qu'il soit le rejeton d'une peuplade répudiée et critiquée. Elle l'aimait ! Sans comprendre pourquoi.

Avait-elle besoin d'une raison quand tout son être vibrait d'une telle intensité ? Elle *savait*. Elle n'avait besoin de rien de plus.

À la seconde même où il avait fait son apparition sur l'estrade, marchant dignement, scrutant la foule de ses yeux d'ébène, le cœur de Mariana avait bondi dans sa poitrine. Était-ce elle qu'il recherchait ? Ou avait-il l'habitude de conquérir l'attention du public par son regard profond ? Quoi qu'il en soit, il ne l'avait pas vue. Elle devrait, le moment venu, légèrement repousser son voile et révéler son visage ainsi qu'une partie de sa chevelure.

Il était heureux ! L'allégresse de la danse s'était emparée de son être, comme chaque fois. Elle le tenait par les tripes. Lui, Paco, s'était insinué dans chaque note jouée par les deux guitaristes. Il accordait son rythme à celui de Mateo, qui tapait sur son tambourin.

Au diable la fille aux yeux verts, au diable le soleil, au diable leur départ prévu dans deux jours. Il danserait dans une autre ville, un autre bourg, pour d'autres gens...Et la vie continuerait. Mateo avait peut-être raison, après tout. Son attirance envers cette *gadji* n'était probablement qu'une question de sexe. Un pressant besoin du corps, attisé par l'inégalité sociale et par les yeux clairs de l'inconnue.

Au dernier accord de la musique, Paco laissa tomber son torse en une profonde révérence. Quand les applaudissements et les cris d'enthousiasme commencèrent à s'estomper, il se releva.

Et il la vit.

Belle, fraîche, sensuelle. La chaude sensualité d'une femme qui commençait à poindre au sein d'une enfance presque volatilisée.

Était-il possible qu'un simple besoin du corps se propage ainsi dans chaque espace libre de son cœur, de son âme ? Qu'il se glisse jusque dans son sang ? Qu'il s'infiltre dans sa tête et ses pensées ?

Depuis un an qu'il imaginait cette rencontre, qu'il jouait avec les images, les transformait, les remodelait chaque soir sur sa paillasse, il ne l'avait jamais prévue de cette façon. Le désarroi s'empara de lui et lui fit connaître les plus grands doutes de son existence.

Il avait tant souhaité ce moment et maintenant, il avait le goût de fuir le plus loin possible, le plus vite possible. Cette fille n'était pas pour lui. Une enfant... malgré le haïk. Et une *gadji*, une étrangère au peuple gitan. Dans un effort de volonté presque surhumain, il détourna son regard des yeux merveilleusement verts qui l'obsédaient depuis un an.

Résolument, sans se retourner, il marcha vers la tente qui les abritait tous.

Sur l'estrade se produisait maintenant une chanteuse d'une quarantaine d'années, accompagnée par les mêmes musiciens que le danseur.

Mariana, immobile, prenait note de la scène devant elle avec le même détachement qu'un fonctionnaire royal comptant le nombre de barils de cacao qui sortait d'un galion en provenance d'Amérique.

Il l'avait reconnue, elle en était sûre ; elle avait décelé le bref éclair de souvenir qui avait zébré sa pupille au moment où il posait les yeux sur elle... Et il s'était détourné, s'était éloigné.

Il ne voulait pas d'elle.

L'expression de son visage avait divulgué ses pensées.

Elle en était tellement sidérée qu'elle en avait perdu le souffle. Ses larmes se refusaient à déverser sur ses joues la détresse naissante qui s'amplifiait en elle avec la force d'un cyclone.

Elle fut brutalement ramenée à la réalité en voyant Basilio Crespo-Olivera s'approcher d'elle à grandes enjambées. Dans un mouvement adroit, elle glissa rapidement le haïk de soie sur sa chevelure et son visage, ne laissant que l'œil droit à nu. C'était encore trop. Ses yeux d'un vert éclatant étaient trop rares pour ne pas être remarqués. Elle baissa la tête promptement dans une attitude d'humilité et se glissa prestement au beau milieu de la foule protectrice, sans plus penser à Ricardo qui ne l'avait même pas vue disparaître. Elle s'aperçut, en jetant un bref coup d'œil derrière elle, qu'il avançait toujours dans sa direction. Il la regardait. Mais l'avait-il reconnue ? Ce morpion de Basilio était un coureur notoire qui ne manquait jamais l'occasion de charmer une belle jeune fille. Qu'il l'ait identifiée ou non, il avait de toute évidence l'intention de l'aborder et il approchait dangereusement vite. Il la touchait presque quand, dans sa hâte à s'échapper, elle écrasa le pied d'un paysan costaud.

C'est ce qui la sauva.

Le bonhomme, ramené à ce qui se passait sur son pied plutôt que sur la scène, vit déguerpir une forme charmante enrobée d'un voile noir, suivie de près par un blanc-bec qui se précipitait avec l'air d'un requin prêt à fondre sur sa proie. Mine de rien, le paysan étendit quelque peu la jambe et le jeune homme, qui percuta le pied entravant son chemin, tomba de tout son long.

Le paysan, plein de commisération, l'aida à se relever tout en le tenant fermement par le bras.

– Oh ! *Señor*. Vous n'êtes pas blessé, au moins ?

– Lâchez-moi donc, espèce d'abruti ! cria Basilio en se démenant pour échapper aux pinces de l'homme.

– Laissez-moi donc épousseter votre pourpoint, il est tout poussiéreux sur la manche, voyez.

Tout en se jouant du malotru, il s'assurait que la fille ait le temps de se volatiliser. Il n'aimait pas la tête du jeune homme qu'il avait reconnu : c'était le fils d'un seigneur pour qui il avait déjà travaillé, plusieurs années plus tôt, et qui l'avait fait punir pour une faute que l'enfant avait inventée de toutes pièces. Une petite vengeance s'imposait donc...

25

Basilio comprit finalement que la jeune fille qui l'avait aguiché avec ses courbes douces avait eu amplement le temps de détaler comme un lapin.

Une de perdue, dix de retrouvées, se dit-il.

Mais il écumait comme un taureau. Pas d'avoir perdu l'occasion de draguer une fille de plus ou de moins, non. Mais avoir été le jouet d'un paysan le faisait fulminer d'une rage sourde en pensant à l'humiliation imposée.

Mariana, affolée, se glissa rapidement, sans réfléchir, sous la première tente qu'elle atteignit. Son cœur cognait à grands coups dans sa poitrine, elle devait reprendre haleine. Tout d'abord, elle ne vit rien d'autre que quelques flammes dansantes tout près du sol. Puis ses yeux s'habituèrent à la pénombre environnante et son rythme cardiaque retrouva sa cadence normale.

Le premier moment de surprise passé, elle se rendit compte qu'elle se trouvait dans le salon d'une diseuse de bonne aventure. Instinctivement, elle eut un mouvement de recul mais la peur de se trouver face à face avec Basilio la cloua sur place.

– Viens... Je t'attendais.

La femme, assise les jambes croisées sur un ample coussin de satin, chatoyant comme un rubis, lui tendait aimablement la main. Sa jupe aux multiples couleurs semblait se déverser sur le sol comme le flot calme d'un ruisselet filant en cascade. Sa blouse échancrée, d'un vert émeraude, rehaussait son teint basané, de nombreux bracelets d'or paraient ses poignets et ses oreilles arboraient d'énormes anneaux également en or. Des mèches de cheveux blancs s'échappaient d'un foulard multicolore. De profonds yeux noirs étaient fixés sur Mariana. Devant elle, une boule de cristal trônait sur une table basse de cuivre. Plusieurs chandelles apportaient une lumière tamisée dans l'espace sombre. La femme désigna le coussin en face d'elle.

– Assieds-toi, petite, nous avons à parler.

– Mais...

– Chut... Laisse-moi commencer.

Tout à coup, devant l'autorité naturelle de la Gitane, Mariana retrouva son aplomb et son cran habituels. Elle s'assit sur le coussin disponible, plongea son regard dans les yeux opaques, encore assombris par la bordure de khôl, de son interlocutrice et lui fit comprendre qu'elle acceptait l'entretien.

– Ton regard est droit, ma fille. Ça me plaît.

La femme entoura de ses mains la boule de cristal et sembla s'y enfouir tout entière.

– Tu es courageuse, frondeuse, même. Par contre, tu n'as pas encore appris à te protéger des coups de la vie. Dans ton âme pure, il n'y a pas de place pour la mesquinerie, ce qui fait que tu ne peux pas la prévoir et t'en abriter.

Elle leva les yeux sur sa jeune cliente.

– Je dois te prévenir... Tu vivras de très grandes peines, mon enfant.

À ces mots, Mariana se raidit. La voyante lui prit la main, délicatement. Elle en ouvrit la paume et la caressa de son index. Elle longea lentement la ligne de destinée, effleura la ligne du cœur et redescendit le long de la ligne de vie de la jeune fille. Puis, d'un geste sec, contrastant avec sa douceur précédente, elle déposa la main de Mariana sur la table. Après un lourd silence, elle déclara :

– Ce que tu souhaites est très dangereux. Presque impossible. Trop de choses vous séparent, petite. Je vois un serpent qui se dresse entre vous deux... Il te mordra sans scrupule. Souviens-toi de ce que je te dis. Je sais que je n'arriverai pas à te détourner de ton désir, ton choix est fait. Alors tu devras être très prudente, très, très prudente. Et très courageuse.

Mariana retira précipitamment sa main et croisa les bras sur sa poitrine. Pouvait-elle défier le sort en faisant fi de l'histoire inscrite sur les pages de ses paumes ? C'était enfantin et irréaliste, elle le savait. Pourtant, tout en elle cherchait à se soustraire aux paroles de la diseuse de bonne aventure. Elle se leva d'un bond pour s'enfuir.

– Reste, petite ! Te sauver ne servira à rien. Il est plus sage pour toi d'y faire face.

– Je l'aime ! s'écria Mariana, le souffle court comme si elle venait de courir un long chemin. Je sais que je n'aimerai jamais personne d'autre que lui. Plutôt mourir que vivre sans lui !

Elle enfouit son visage dans ses mains et laissa enfin toutes ses larmes déferler comme une avalanche sur ses joues. Ses sanglots rebondissaient en saccade sur la toile de la tente, s'envolaient jusqu'au plafond et semblaient retomber sur elle avec une force renouvelée. Elle pleura ainsi pendant de longues minutes, incapable de contenir sa peine, d'emprisonner plus longtemps cet amour silencieux et soigneusement camouflé.

— De toute façon, il ne m'aime pas, s'entendit-elle déclarer, entre deux sanglots. Il s'est détourné de moi.

— Peut-être est-il simplement plus réaliste que toi, mon enfant. Il ne veut pas te faire souffrir... Et il ressent la fatalité. Il veut t'en protéger.

— Comment savez-vous tout ça ?

— C'est un don que j'ai reçu de Dieu, ma petite. Je vois, je ressens, je sais...

— Il *doit* y avoir une solution, madame. Ne la voyez-vous pas ?

— Humm... Ton cœur est pur et le sien aussi, vous serez donc aidés. Mais souviens-toi, tu traverseras des moments très difficiles. Tu devras être courageuse, et surtout, garder la foi. Je sais que certains événements pourront te la faire perdre. Si tu perds la foi, tu ne pourras y survivre. Tu m'entends ?

La Gitane avait agrippé les épaules de Mariana en se penchant par-dessus la boule de cristal.

— Tu dois *absolument* garder la foi. Et je te le redis, elle sera mise à rude épreuve.

Elle se rassit sur le coussin, en recroisant ses jambes devant elle.

– Il y aura des voyages... loin... En Amérique. *Dios !!* s'écria-t-elle tout à coup. Je vois aussi des voyages dans le temps ! Dans le passé.

– Vous vous moquez de moi, madame ! Je ne veux pas en entendre plus...

– Je peux t'aider, mais tu dois me laisser parler. Et écouter. Alors, ouvre tes oreilles. Je disais donc... Des voyages dans le passé... Pas pour toi. Ces voyages, c'est une femme du futur qui les fera, dans son passé à elle. Elle te retrouvera... grâce à un médaillon. Je la vois danser... Elle est une Gitane dans l'âme, tout comme toi. Ça vous vient toutes les deux de vies passées. N'essaie pas de comprendre, essaie seulement de ressentir ce que je te dis. Au-dedans de toi, petite, qu'est-ce que tu ressens ?

Mariana ferma les yeux. Une bataille faisait rage en elle. Sa tête lui disait que tout ce qu'elle venait d'entendre n'était que sornettes, mais, dans sa poitrine, là où le cœur bat, un germe de reconnaissance se développait dans le tumulte, commençait à balayer les objections, à percer la croûte de méfiance et d'incrédulité.

– J'aimerais tellement vous croire, soupira-t-elle enfin.

– Alors à 6 h, ce soir, va te recueillir dans l'église Santa Maria Teresa.

– Mais je ne peux pas, je dois retrouver mon frère Ricardo. Il m'attend déjà certainement pour me ramener à la maison.

– Fais ce que tu veux, petite, ton destin ne m'appartient pas. Ton amoureux y sera, lui... Il t'attendra jusqu'à la nuit tombée. Si tu n'y es pas, vous ne vous reverrez plus jamais.

217

Sur ce, elle se leva et raccompagna la jeune fille jusqu'à la porte de sa tente.

– *Madona* ! Qu'est-ce que tu faisais, *hermana* ? Je t'attends depuis des heures ! Tu es folle ou quoi de me laisser m'inquiéter autant ?

Quand il vit le visage livide de sa sœur, il prit ses deux mains dans les siennes.

– Ma parole, tu es gelée ! Que t'est-il arrivé ? Je n'aurais jamais dû détourner mon regard de toi ne serait-ce qu'un instant, et te laisser l'occasion de partir seule. S'il t'arrivait quoi que ce soit, j'en serais responsable.

– C'est toutefois ce que je vais te demander, Ricardo. De me laisser seule. Je veux me rendre à l'église ce soir.

– Je ne peux pas t'accorder ça. Je t'ai assez obéi pour aujourd'hui, petite sœur ! Je ne sais pas ce que tu manigances, mais je dois te ramener à la maison. Allons, viens !

– Non ! Retournes-y si ça te chante. Moi, je reste.

– Tu sais que je ne peux pas rentrer sans toi. Je te l'ai dit, tu es sous ma surveillance, donc ma responsabilité.

– Eh bien, tu leur diras que je t'ai échappé par un subterfuge de ma part.

– Mais tu es folle ! Tu n'auras plus jamais le droit de t'éloigner de la maison si tu fais ça ! *Papá* attachera un cerbère à ta cheville !

– Aide-moi, Ricardo. Il faut que j'aille à cette église avant la nuit tombée.

Le jeune homme soupira comme si tout l'air de ses poumons devait se frayer un chemin à l'extérieur. Pourquoi aidait-il sa sœur dans ses projets insensés ? Il la savait si vulnérable dans sa quête de liberté, mais en même temps si profondément vivante.

Il ne pouvait se résigner à étouffer la vie en elle.

Il la connaissait assez bien pour savoir qu'elle ne pourrait jamais survivre, enchaînée. Encore moins enchaînée à Basilio Crespo-Olivera.

Il se maudissait intérieurement de sa faiblesse tout en exultant de pouvoir aider sa sœur dans la quête qu'elle s'était imposée.

– Viens. Nous trouverons une solution en carrosse pendant notre retour. Mais pour l'instant, nous devons nous en aller.

À genoux devant le lampion qu'il avait allumé, Paco se disait que ce qu'il faisait là était folie pure. Mais Angela lui avait assuré la pureté du cœur de la petite Espagnole. C'était tout de même une folie, se répétait-il sans cesse. Il savait par Angela, la voyante de leur tribu, que cette aventure pourrait les tuer tous les deux. Cet amour était proscrit, autant dans sa société à elle que dans la sienne. En plus, il serait envié par un serpent venimeux. Et très sournois.

Il devrait fuir, *maintenant* ! Sortir de cette église et permettre ainsi à la jeune fille de connaître un destin plus doux que celui qui les attendait. À plusieurs reprises il avait voulu se lever et s'en aller, mais il n'y arrivait pas.

Lâche ! se disait-il. *Tu ne penses qu'à ton désir de la sentir près de toi. Quelle sorte de vie pourrais-tu lui donner, hein ? C'est une jeune fille habituée au confort, à la facilité. Pourquoi ne pars-tu pas maintenant ?*

Il regarda dehors par une des fenêtres en vitrail et s'aperçut que la nuit tombait. Se pouvait-il qu'il soit agenouillé devant cet autel depuis deux heures déjà ? Il n'avait pas vu le temps passer, tant les sentiments et les pensées s'étaient heurtés dans sa tête et son cœur. En voyant la noirceur s'installer, il se disait que, finalement, il n'aurait pas à la repousser. Elle avait fait son choix : un choix prudent, raisonnable. Elle ne viendrait pas.

Il sentait une sorte de nausée monter en lui, autant de soulagement que d'abattement et de tristesse. Angela lui avait bien dit que s'ils ne se rencontraient pas ce soir, leurs chemins seraient à jamais séparés.

Elle n'était pas là. Le sort en était jeté ! Il ne la reverrait plus jamais. *Ainsi soit-il*, se dit-il. C'est mieux comme ça. Il prit une grande inspiration et se leva. À ce moment, la porte de l'église s'ouvrit en cliquetant dans le silence. Son cœur ne fit qu'un bond. Mais ce n'était pas elle.

Un jeune garçon timide s'avançait lentement vers l'autel, les yeux rivés au sol. Au moment où ils se croisèrent, le garçon leva la tête et Paco en perdit le souffle. Il aurait reconnu ces yeux partout au monde !

Le temps suspendit son vol. Les deux jeunes gens buvaient l'autre du regard, voulaient absorber chaque instant de cette rencontre, chaque lueur dans le regard, chaque grain de peau, chaque frémissement au coin des lèvres de l'autre. Après un long moment, sans un mot, ils se dirigèrent tous les deux vers l'autel et s'agenouillèrent côte à côte.

– Notre-Dame de Macarena, commença Mariana, je te supplie d'entendre ma requête. Tu m'as dotée à la naissance d'un fort besoin de liberté et d'un tempérament volontaire. Tu as mis cet homme sur mon chemin et tu m'as donné un cœur pour l'aimer sans même le connaître. Tu sais mieux que moi ce qui nous unit. Je t'en prie, protège-nous.

– Santa Sara-la-Kali, continua Paco en priant la patronne des Roms, nous voici face à nos premiers pas dans l'aventure qu'Angela m'a prédite. J'ai perdu mes repères habituels. Je te demande de me guider, de nous guider. Je t'en prie, éclaire notre chemin, montre-nous la voie.

À genoux, côte à côte, il tourna son visage vers la jeune fille et elle leva les yeux vers lui.

– Je suis Paco, fils d'Émilio et de Mercedes.

– Je suis Mariana Moreno-Estrella.

26

Cantons-de-l'Est, de nos jours

De l'irritation. Oui. Malgré sa grande amitié pour Michelle, c'était ce que France ressentait à ce moment précis, les bras croisés sur la poitrine.

— Comment ça, une farce ?

Michelle, assise sur le tabouret derrière le comptoir de sa boutique, tournait et retournait dans ses mains une feuille de papier toute jaunie, froissée et déchirée en plusieurs endroits. À l'endos, une écriture ancienne, exécutée à la plume, indiquait le nom exact et l'adresse actuelle de son amie. Curieusement, un timbre espagnol de l'année en cours était apposé sur le coin droit de l'enveloppe dans laquelle avait été envoyée la lettre. Cela produisait un effet des plus insolites et donnait à Michelle la chair de poule. Voilà pourquoi elle refusait de croire à ce qu'elle avait sous les yeux.

— France, tu vois bien que quelqu'un veut te jouer un tour !

— Parce que tu trouves ça drôle, toi ?

– Ce n'est pas ce que je te dis. Mais comment veux-tu qu'une missive arrive de la nuit des temps jusque dans ta boîte aux lettres ?! Avec une enveloppe et un timbre neufs, de surcroît !

– Je ne le sais pas plus que toi, mais tu vois bien que c'est une vieille lettre. L'encre est décolorée, le style de calligraphie ancien, le papier grossier et jauni.

– Humm... Rien n'empêche que tout ça pourrait être reproduit par quelqu'un qui tient à te jouer un tour.

– Justement ! Qui ça pourrait être, hein ? Et pourquoi ?

– T'as parlé à beaucoup de monde de ton petit voyage dans le temps ?

– Non. Bien sûr que non. Sapristi ! Tu veux qu'on me prenne pour une folle ?

– Ne te fâche pas, j'essaie seulement de trouver une explication.

Michelle examina encore l'enveloppe ainsi que la lettre qu'elle en avait extirpée. Une lettre écrite en toute hâte, à ce qu'il semblait, pas terminée, pas signée. Un appel à l'aide... Elle l'amena sous son nez et la sentit. Le moisi. Aucune odeur de parfum, d'encens ou de lavande. Seulement cette odeur rance de renfermé. Comme si elle avait croupi très longtemps au fond d'une cave.

France tendit la main vers son amie pour reprendre la feuille de papier.

– Les explications, dans toute cette histoire, ne répondent à aucune logique. Je te dis seulement que je suis certaine que cette lettre est reliée à Mariana, à ce passage dans le temps que j'ai vécu l'autre soir. Merde ! Depuis une semaine, ça n'arrête pas ! Comment ça se fait que tout arrive en même temps ? On dirait qu'une valve s'est ouverte quelque part, qu'un raz de marée s'est déclenché, inondant mon présent d'une vie passée.

– Ça, ma chère, ça fait partie des synchronicités de la vie. Tu connais ça, pourtant.

Elle déplia la feuille et lut pour la énième fois la missive en espagnol, aux mots tracés avec une encre qui était devenue d'un brun-rouge.

Séville, 12 mai 1640

« Je n'ai pas beaucoup de temps et je dois vite écrire cette lettre. J'ai rêvé, cette nuit : j'étais dans une sorte de prison et un grand phénix s'est infiltré dans ma cellule par les barreaux de ma fenêtre et s'est déposé au pied de mon lit. Encore un phénix ! Ce ne peut être une coïncidence... Il tenait dans son bec un bout de papier enroulé. Manifestement, il me le tendait. Toujours dans mon rêve, j'ai pris et déroulé la feuille. Il y avait un nom inscrit dessus : le tien, *Francia*. Comment aurais-je pu oublier l'amie imaginaire qui a grandi avec moi ? Quant aux autres mots, sous ton nom, je n'y comprends rien, mais je crois que c'est ton adresse. Une adresse comme je n'en ai jamais vu. Je me suis empressée de tout noter à mon réveil avant d'oublier.

Cette idée, de t'envoyer une lettre au travers du temps, c'est complètement fou... et pourtant, je sais que je dois le faire. Toi seule pourras nous aider, mon Paco et moi.

France, où que tu sois, prends garde à cet immonde Basilio. Je ne me suis pas assez méfiée de lui. Il m'a juré de se venger éternellement de l'avoir repoussé. Éternellement, *Francia* ! Il pourrait... »

Vers treize heures, alors que France se préparait un sandwich au thon, Vénus s'était mise à japper comme elle le faisait chaque fois qu'une automobile s'arrêtait devant la maison. Sa maîtresse avait regardé par la fenêtre pour apercevoir le facteur étirer le bras hors de sa voiture et déposer du courrier dans la boîte aux lettres.

– Ce doit être encore des comptes, comme d'habitude. Vénus, quand j'aurai fini de manger, on ira faire une promenade et je ramasserai ça en même temps.

Sur le chemin du retour, elle avait ouvert la porte métallique de la boîte rurale, postée comme une sentinelle au bord du chemin, et en avait retiré quelques enveloppes : un compte de téléphone, celui de l'assurance-auto, un feuillet publicitaire annonçant des soldes et...

– Mais qu'est-ce que c'est que ça ? s'était-elle demandé avec perplexité en tenant de la main gauche une enveloppe avec un timbre de l'Espagne. Elle avait rapidement fourré dans la poche de son manteau les autres lettres et avait retiré ses gants pour serrer à deux mains cette étrange missive. Pas d'adresse de retour, mais un tampon postal de Séville.

Après avoir couru, elle était entrée en trombe dans la maison, le cœur serré. Du bout du pied, elle avait sans ménagement lancé ses bottes dans un coin de l'entrée et son manteau avait atterri sur une chaise pendant qu'elle s'élançait vers le sofa, s'y laissant tomber lourdement, l'enveloppe tenue vigoureusement sur son cœur.

Elle avait pris le temps de reprendre son souffle, sans toutefois éloigner de sa poitrine la dépêche. Sans savoir pourquoi, elle n'arrivait pas à se séparer de cette lettre, ne serait-ce que pour y jeter un coup d'œil. Enfin, après plusieurs minutes, ses mains avaient accepté de se décrisper.

France avait tourné l'enveloppe dans tous les sens avant de prendre un coupe-papier et de le glisser sous le rabat.

Elle avait délicatement sorti une feuille de papier aux coins racornis et lu la missive. Elle ne doutait pas une seconde que cette lettre avait été écrite par Mariana... Mais comment lui était-elle parvenue ? Et pourquoi ? Même si, comme l'avait affirmé la voyante Huguette, elle était bel et bien la réincarnation de cette jeune fille, pourquoi ne vivaient-elles pas simplement chacune leur vie, dans leur temps respectif ?

L'année dernière, elle avait suivi des thérapies basées sur les régressions dans les vies antérieures. Jamais elle n'avait vécu ce sentiment d'intimité, de connivence, avec les personnages rencontrés lors de ces séances. Elle en avait retiré des leçons, des enseignements, qui l'avaient aidée à se libérer de certaines blessures émotionnelles, mais la session terminée, ces différentes représentations d'elle-même ne s'étaient jamais plus manifestées. Étrangement, lors des rencontres thérapeutiques, elle n'avait pas contacté le personnage de Mariana. Comment et pourquoi cette vie était-elle différente des autres ?

Mariana, c'était, en quelque sorte, une histoire non finie, un besoin de guérir le passé, pas seulement lors d'une thérapie, mais dans la vraie vie. C'était sans doute pourquoi elle avait d'abord déblayé d'autres vies avant d'en arriver à celle-ci.

227

La tête remplie d'hypothèses, les idées embrouillées, France s'était mise à trembler. En levant son poing vers le plafond, elle s'écria en direction de l'univers :

— Mais aidez-moi, à la fin ! Qu'est-ce que je dois comprendre de tout ça ? Et où est-ce que je m'en vais dans cette galère ? Donnez-moi des indices, arrêtez de me faire languir, merde !

— Merde ! Qu'est-ce que je suis censée faire avec cette lettre ?

France n'appréciait que très peu ce surcroît de responsabilité envers cette jeune femme d'un autre temps.

— Il me semble que j'ai bien assez de misère à gérer ma petite vie actuelle sans avoir à en gérer une autre dont, évidemment, je n'ai aucun souvenir... ou presque.

Michelle ajouta une dernière branche de gypsophile au riche bouquet de tournesols couché sur son comptoir.

— Regarde ! Les tournesols, joyeux et robustes, semblent s'élever d'un nuage de petites larmes de bébé, blanches et pures. C'est pour l'anniversaire d'une jeune fille de quinze ans. Sa mère a voulu souligner la force et la joie innée de sa fille tout en reconnaissant son côté tendre et délicat. C'est beau, non ?

France jeta un regard absent sur l'assemblage dont son amie était si fière.

— Michelle ! Comment peux-tu me parler de fleurs à un moment pareil ? Qu'est-ce que tu fais de ma lettre ?

– Écoute, France. Ton histoire m'intrigue et elle m'intéresse, vu que je t'aime. Mais ce n'est pas *mon* histoire. J'aime mon travail, la créativité qu'il m'apporte, la joie que ces fleurs fournissent à ceux qui les donnent autant qu'à ceux qui les reçoivent. Tu déboules ici en avalanche, en plein milieu de ma création, qui doit être prête dans dix minutes, soit dit en passant, et tu voudrais que plus rien ne compte que ta lettre. Laisse-moi emballer cette gerbe, la cliente doit passer d'une minute à l'autre.

– D'accord. Excuse-moi, tu as raison. Je suis trop prise par tout ça...

Vendredi, 18 mars

Michelle n'a pas pu venir ce soir et c'est bien ainsi, je suppose. De toute façon, on se voit demain soir pour mon anniversaire. En plus, c'est vrai que c'est mon histoire et que c'est à moi de la déchiffrer. Je me repose peut-être un peu trop sur ce qu'elle en pense au lieu de me concentrer sur mon propre ressenti. Mais voilà ! Mon ressenti joue à la machine à boules ! Il saute à toute vitesse d'une idée à une autre sans arriver à s'arrêter nulle part. J'ai l'impression fâcheuse d'être en train de perdre la partie...

Dans sa lettre, Mariana parle d'un phénix dont elle a rêvé... Moi aussi, cet oiseau m'a visitée en rêve. Qu'est-ce qu'il vient faire dans nos vies ? Qu'est-ce qu'on doit en comprendre ? Il a dirigé Mariana vers moi et il m'incite à retourner vers elle. J'ai cherché la signification de cet oiseau dans le dictionnaire des symboles. Ça parle de résurgence cyclique, d'alchimie au rouge et de régénération, de soleil, de feu, de vie et d'immortalité. Dans certaines traditions, on dit que le défunt devient lui-même phénix. Et que cet oiseau fabuleux symbolise ce qui échappe à l'intelligence et aux pensées. Pour échapper à mon intelligence, ça y échappe tout à fait ! Pas de doute là-dessus !

27

L'effervescence générale provoquait des visions agréables et les bulles de champagne sautillaient allègrement hors des verres effilés qui s'entrechoquaient.

– Bon anniversaire, France ! Et merci pour ton invitation.

– Je me suis fait plaisir, les amis, en vous invitant à célébrer ce jour de fête avec moi.

– Mmm... toujours aussi bon, quand on mange chez toi, France.

Kevin, les yeux fermés, comme tout épicurien qui se respecte, faisait rouler dans sa bouche une bouchée de pintade enrobée de sauce au gingembre, pour l'imprégner de salive. Il avait pris soin de piquer aussi sur sa fourchette un quartier de poire et il savourait le tout en lançant à la ronde des onomatopées on ne peut plus colorées. De sa main gauche, il étreignit avec ferveur celle de Sébastien, son conjoint depuis plusieurs années.

– Mon pou, c'est tout simplement *sublime* !

– Mmhum...

– Comment ça, mmhum ? T'as rien d'autre à en dire ?

Michelle se mit à rire.

– Décidément, on ne s'ennuie jamais avec toi, Kevin. Je remercie notre amie Fanfan de nous avoir réunis ce soir, anniversaire du jour béni où notre amie vint au monde. Ça faisait longtemps que je ne vous avais pas vus, tous les deux. Ça fait du bien. Vous commenciez à me manquer.

France jeta un coup d'œil circulaire pour savourer chaque détail de la soirée. Ses amis encerclaient de leurs natures différentes une table habillée d'une nappe de coton orange brûlé. Le bouquet d'asters blanc et jaune piqué de feuilles de fougères, offert par Michelle, trônait en plein centre. Dans les assiettes jaune soleil aux contours saumon s'étalaient encore quelques languettes de pintade enveloppées de sauce. Asperges et juliennes de carottes complétaient le tout. Bia, la chanteuse brésilienne, chantait doucement sur un CD, régalant l'ambiance de sa voix chaude.

Kevin se tourna vers France et lui demanda:

– Alors, chérie, raconte-nous ton histoire abracadabrante de voyage astral.

Plusieurs heures plus tard, assis tous les cinq au salon devant un porto et quelques chocolats fins, Kevin s'écria :

– Ça ferait un film formidable ! Ou un téléroman.

Simon, inquiet pour son amie, s'exclama :

– Elle est bonne, celle-là ! France se trouve au beau milieu d'une histoire de fous, et toi, tu penses à en faire un film !

Michelle se pencha sur la table basse du salon et tendit la main vers la tablette de chocolat.

France fit tourner délicatement le porto dans son verre. Elle en prit une petite gorgée, tout en réfléchissant.

– Kevin, aide-moi à éclairer ma lanterne. Avec le cours de métaphysique que tu suis, il y a peut-être des choses impénétrables pour mon esprit simple mais que toi, tu comprends. La lettre, par exemple. Qu'est-ce que tu en dis ?

Kevin redevint sérieux.

– Bon. En principe, si on part de l'idée que tu peux te promener dans le temps, ne serait-ce qu'en pensée, comme tu l'as fait inconsciemment une partie de ta vie avec Mariana, une lettre peut faire pareil. D'une façon ou d'une autre, elle aurait même pu passer dans un vortex et se retrouver sans timbre sur ta table de cuisine. Pffft !!! Comme ça. Le contraire ne t'est jamais arrivé ? Un objet que tu déposes quelque part et qui disparaît sans laisser de trace ?

– Hum... un tournevis, une fois. Je ne l'ai jamais revu. Jamais ! Mais cette lettre-là avait un timbre. Pourquoi, d'après toi ?

– Imaginons que ta Mariana se soit, à un moment donné, déplacée dans le futur. De la même façon que toi, la semaine dernière, dans le passé. Est-ce que les images que tu as vues étaient très claires ?

– Oui. Presque comme si j'y étais.

– Alors, dans ce cas, si Mariana fait le voyage inverse, elle peut très bien trouver son chemin jusqu'à toi et t'envoyer une sorte d'appel à l'aide. Le phénix, il est peut-être là pour vous aider à voyager dans le temps, vu qu'il symbolise les cycles répétitifs des vies. En tout cas, c'est un lien entre vous deux puisque tu as rêvé de cet oiseau toi aussi. En ce qui concerne le médaillon, comme tu le portais à ton cou lors de ton « voyage dans le temps »... un détail me chicote. Pourquoi ne t'a-t-il pas fait voyager vers ce Paco – si c'est bien le nom du jeune homme au portrait – plutôt que vers Mariana ?

Il sirota une autre gorgée du Porto 20 ans que Simon avait apporté. Simon avait ses habitudes, et le porto en était une des plus sacrées. Impossible de terminer une soirée sans sa liqueur divine.

– Timbre ou pas, c'est plutôt étrange que cette lettre se retrouve dans ma boîte aux lettres à peine une semaine après mon petit voyage vers Mariana !

– Là, je dirais que c'est une question de synchronicité. Je ne crois pas que ce soit un hasard ou une coïncidence. Ça fait partie de l'ordre cosmique. Tout ça devait arriver *maintenant*.

– Tu vois ! s'écria Michelle. La synchronicité, c'est exactement ce que je te disais, pas vrai ?

– Oui, oui... Et d'après toi, Kevin, pourquoi *maintenant* ?

– Là, tu m'en demandes trop, chérie. Comme on dit : « C'est arrangé avec le gars des vues. » Dans ce cas, le gars des vues, c'est l'univers, qui organise et synchronise nos expériences, quand on est prêts à les vivre.

France, dans sa demi-sobriété, essayait de mettre de l'ordre dans ses idées. Autre chose la taraudait. Elle ne pouvait pas oublier la sensation étrange qui la talonnait depuis quelque temps.

— Vous allez peut-être trouver ça bizarre, mais j'ai souvent l'impression momentanée, fuyante, d'être suivie. Je n'ai jamais vu personne. C'est agaçant. D'après la lettre, Mariana avait éconduit un fiancé. Il aurait juré de se venger éternellement de ce rejet. Si c'était lui... ?

— Hum... D'après ce que j'en ai compris dans mon cours et si j'applique la théorie à ta situation, il peut y avoir plusieurs options. Ta sensation d'être suivie peut venir de quelqu'un qui te suit pour vrai, mais qui se cache bien et que tu n'arrives pas à voir quand tu te retournes. Ça peut aussi être quelqu'un qui vit maintenant et qui, pour une raison inconnue, pense à toi et cherche à te retrouver... Cette situation me semble plausible, si on accepte l'idée de la réincarnation du fiancé de Mariana. L'autre option, ce serait quelqu'un d'une autre époque – un fantôme, en quelque sorte – qui vient fréquemment vers toi. Tu sais, on les appelle des âmes errantes. Personnellement, je penche pour la deuxième option. C'est la plus logique dans ton histoire.

Simon eut un rire acerbe.

— Logique ? Sans blague ! Est-ce que tu t'entends parler, Kevin ? Veux-tu bien me dire ce qu'il peut y avoir de *logique* dans ce que tu viens de raconter ?

France entoura de son bras les épaules de son ami.

— Simon, essaie de comprendre. Je te croyais plus ouvert à ce genre de choses. Qu'est-ce qui t'arrive, ce soir ?

— Ce qui m'arrive ? Je vais te le dire, moi, ce qui m'arrive. Je n'aime pas ça du tout, cette histoire. Oui, je crois à la réincarnation. Oui, je comprends le concept de karma. Oui, je crois aux fantômes, ou aux âmes errantes, mais je m'inquiète pour toi, France ! D'abord, un voyage dans le temps... Ça, à la rigueur, ça peut passer. Le vrai problème pour moi, c'est que quelqu'un te suive ou te veuille du mal. Tu te rends compte ? Je ne pourrai plus en dormir.

– Simon, tu n'es ni mon ange gardien ni mon père. Je suis une grande fille, tu sais. Pourquoi cherches-tu toujours à me protéger, comme si tu avais une responsabilité envers moi ?

Au même moment, Michelle sursauta, comme frappée d'un éclair de génie.

– J'ai une idée ! La meilleure défensive étant incontestablement l'attaque, je pense, France, que tu devrais essayer de recréer ce tourbillon d'énergie afin de retrouver ta Mariana.

– Es-tu folle ?! s'écrièrent de concert France et Simon.

– Ce n'est pas une si mauvaise idée, répliqua Sébastien. Puisque vos vies ont l'air d'être si intimement liées, plus tu en connaîtras sur Mariana, plus tu sauras faire face aux situations de ton présent.

– Bien dit, mon pou, ajouta Kevin tout en frottant de son pied la cheville de son amoureux.

Michelle réfléchissait.

– La semaine dernière, tu dansais en portant au cou ton médaillon ancien. Si c'était une combinaison de la danse et du bijou qui te permettait de rejoindre cette autre dimension ? Tu pourrais essayer maintenant ? Puisqu'on est tous ici, autour de toi, il n'y a pas vraiment de danger. On te servira d'ancrage, en quelque sorte.

28

Dimanche, 20 mars

Il est 1 h 30 du matin et tout le monde est parti. Je suis bien contente de ma soirée ! Vraiment, ma pintade était délicieuse. À noter et à refaire. Je suis très fatiguée, mais aussi survoltée.

Je ne voulais vraiment pas, mais VRAIMENT PAS revivre l'expérience d'un de ces voyages spatio-temporels. Kevin et Michelle ont tout fait pour m'en convaincre. Simon, évidemment, m'aurait ficelée comme un saucisson s'il avait pu, pour m'empêcher de bouger. Sébastien, quant à lui, se contentait de suivre la joute entre Michelle et Kevin d'une part, et Simon de l'autre.

Je m'étais pourtant bien juré de ne jamais RIEN tenter pour provoquer l'ouverture d'un tourbillon d'énergie, alors je ne comprends pas encore ce qui m'a pris. C'était comme un petit frisson d'excitation qui s'est mis à parcourir ma colonne vertébrale, d'abord de façon furtive, imperceptible, mais qui s'est amplifié à mesure que je buvais du porto... Comme j'y suis allée plutôt fort sur la bouteille, je ne vois pas d'autre explication à mon besoin d'en savoir plus sur cette histoire.

Quoi qu'il en soit, le léger frisson s'est, à un moment donné, transformé en raz de marée incontrôlable. Michelle a tout de suite remarqué le changement dans mes yeux et a fait jouer un montage de musiques que j'affectionne particulièrement : « Gypsy Caravan », « Gypsy Obsession » et quelques pièces du vieux film français « La Belle Histoire ». Pendant ce temps, je suis allée chercher le médaillon et l'ai passé à mon cou. Michelle et Kevin se sont mis à taper des mains sur le rythme pendant que Simon était presque à genoux, m'implorant de rester sagement avec eux... Mais je ne l'entendais plus.

Mon bassin, lentement, s'est mis à osciller d'avant en arrière. J'étais, à ce moment, encore consciente de ce qui se passait. Mes jambes ont commencé à esquisser des pas et mes bras se sont élevés dans les airs avec vigueur, mes poignets faisant des rotations et des flexions gracieuses et énergiques. Tout mon corps vibrait aux sons de la musique qui emplissait de sa puissance chaque cellule de mon corps et chaque particule de mon âme. Je continuais à danser, les yeux fermés, dans l'état de transe semi-consciente qui m'habite fréquemment dans ces moments-là, mais rien de plus ne se passait. J'entendais encore les tapements de mains de mes amis et les « Olé », « Allá », « Arriba » d'encouragement de Michelle.

Parfois j'ouvrais les yeux pour les plonger dans ceux de mes amis, assis autour de la pièce. Simon, l'air renfrogné, les bras croisés sur la poitrine, mais le regard alerte, comme s'il s'apprêtait à courir à ma rescousse à la moindre menace. Sébastien, enfoncé dans les coussins du sofa, un bras passé tendrement autour des épaules de Kevin, et Michelle, assise dans la chaise berçante, Vénus à ses pieds. Je maniais adroitement mes moments d'introspection, où je fermais les yeux pour ne vibrer qu'en moi-même, et ceux où je jouais du regard et des hanches pour créer un contact avec mes amis.

Mais rien d'autre ne s'est produit.

Pas le moindre petit souffle pour m'emporter sur les ailes du temps.

Je commençais à me demander si Michelle et moi ne nous étions pas trompées sur la conjoncture du médaillon et de la danse comme billet pour le voyage dans le temps. Ou si je me retenais inconsciemment parce que j'avais trop peur. Ou encore si la force de persuasion silencieuse de Simon, toujours assis bien droit, me clouait sur place. Mon ardeur s'éteignait sur les dernières notes d'une musique de « Gypsie Caravan ». À moitié soulagée et à moitié déçue, j'allais me rasseoir, quand la pièce « Jésus » de « La Belle Histoire » a amorcé ses premières notes, mystérieuses et insondables.

Je n'ai vraiment pas pu résister au plaisir de m'y abandonner. Tout en virevoltant sur moi-même, ma jupe à multiples volants suivant le mouvement de mon corps, je revoyais certaines scènes du film. Entre autres, celle où la femme accouche au son de musiciens gitans faisant vibrer leurs instruments pendant que des femmes dansent autour du lit de la parturiente. Le futur père, héros gitan de l'histoire, explique à un ami non gitan, un « gadjo », qu'un bébé de son peuple doit venir au monde entouré de musique pour s'en imprégner dès ses premiers instants sur terre.

Sur les dernières notes dramatiques de la pièce, le visage de Calixto s'est soudainement substitué à celui du héros et s'est imposé à moi dans toute sa fougue et toute sa grandeur.

Calixto avançant vers moi de sa démarche chaloupée.

Calixto, l'air hébété, un cigarillo éteint entre le pouce et l'index.

Calixto, la lèvre regorgeant de désir, les yeux brûlants comme des feux dans la nuit lors de nos ébats amoureux.

Calixto, pleurant la tête entre les mains, m'annonçant qu'il était marié et père d'un enfant.

Calixto !!!

Tout à coup, c'est un Calixto aux tempes légèrement grisonnantes qui marchait vers moi. Un peu plus lourd, les traits plus prononcés, mais toujours aussi beau. J'avais l'impression qu'il allait me voir d'un instant à l'autre et m'interpeller du ton mutin que je lui connaissais, car il marchait tout droit vers moi, au point où je me suis déplacée. Mais je me suis aperçue que j'étais invisible pour lui.

Des larmes ont commencé à couler le long de mes joues. Michelle, toujours sensible à mes états d'âme, est allée éteindre la musique avant que la plage suivante ne commence.

Calixto. Serait-il la réincarnation de l'amoureux de Mariana ? Celui qui m'a tellement bouleversée quand j'ai vu son portrait ?

Ma fierté blessée m'a toujours empêchée d'essayer de le retrouver. Si j'essayais, maintenant ? Après tout, je ne risque pas grand-chose après toutes ces années...

Mais qui est-ce que j'essaie de berner, ici, franchement ? Je pense encore qu'un seul regard de lui me ferait retomber dans ses bras... Oh là là !

Il y a eu aussi ce soir toutes les révélations de Kevin. Révélations, c'est peut-être un grand mot, mais quoi qu'il en soit, il a mis des mots sur une sensation que j'essayais d'ignorer. Je ne peux plus me mettre la tête dans le sable, maintenant.

Si je commençais à trouver ma vie plate, je ne peux vraiment plus m'en plaindre ! Ça m'en fait même un peu trop d'un coup. Le médaillon, le beau Gitan, la rencontre avec Mariana, le phénix, la lettre et à présent, un inconnu qui me suit.

Kevin doit avoir raison. Le fiancé frustré de Mariana, dans cette vie, cherche à me retrouver. Mais pourquoi ? Et pourquoi maintenant ?

Il semble qu'il se passe dans l'invisible infiniment plus de faits, d'événements que nous le croyons généralement. Ainsi donc, je peux, moi, de façon consciente ou même inconsciente, me déplacer dans l'espace et aller rejoindre une autre personne. Dans ce cas, l'autre personne ressentira ma présence de façon plus ou moins précise.

Je me souviens, après mon retour au Québec, et surtout autour de la naissance de Daphné, d'avoir senti la présence de Calixto comme s'il était vraiment à mes côtés. Il devait penser tellement à moi et au bébé qu'il s'est déplacé, en le sachant ou non, pour me rendre visite. Il m'arrive d'ailleurs encore de le ressentir, beaucoup plus rarement, maintenant. A-t-il lui aussi reçu mes visites ? J'ai tellement pensé à lui ! Et puis, il a bien fallu que je parle à Daphné de son père, que je le lui décrive. J'en savais si peu... J'ai dû me contenter des souvenirs mille fois retournés et fignolés dans mon esprit. Dans mon cœur.

Saskatoon 1986

Dans son appartement situé dans les combles d'une vieille maison victorienne à Saskatoon, France vivait les premiers mois de sa grossesse. Les nausées et la peine d'avoir perdu Calixto s'entremêlaient et l'affligeaient plus qu'elle n'aurait voulu l'admettre.

Elle se forçait tous les matins à aller travailler et se contraignait à se faire des bons repas. Pour le bébé qu'elle portait avec amour, elle avait arrêté de fumer. Elle avait aussi pris rendez-vous avec un médecin pour son suivi de grossesse et l'accouchement. Elle sortait avec Cathy et ses autres amis, mais avait délaissé le Cercle espagnol. Elle essayait d'être heureuse. Elle *voulait* être heureuse. Elle se *devait*, pour le petit être qui grandissait en elle, d'être heureuse. Mais malgré tous ses efforts, le bonheur se jouait d'elle, apparaissant parfois dans un coin de son âme pour se volatiliser sans raison quelques heures plus tard, l'effleurant gaiement pour fuir aussitôt.

Une nuit, en avril, elle s'était réveillée en sursaut.

Avec un sentiment de perte si intense qu'elle en avait de la difficulté à respirer, comme si son cœur était monté dans sa gorge et bloquait sa trachée. Elle avait mal, tellement mal. Elle sentait Calixto se détacher d'elle, s'éloigner, à ce moment précis.

Mais, pour la petite fille en son sein, elle devait faire un effort.

S'obliger à aller mieux.

Elle s'était assise dans son lit, les genoux remontés sur la poitrine, les bras autour des jambes. Rhubarbe, roulé sur l'oreiller d'à côté, avait ouvert un œil, bâillé longuement, s'était étiré et rendormi aussitôt. Seule au cœur de la nuit, elle s'était mise à chantonner doucement :

– Au clair de la lune, mon ami Pierrot... Tu vas voir, bébé, on va s'en sortir. Je te berce, le sens-tu ?

Elle balançait son corps de droite à gauche en sachant que ce rythme la consolait au moins autant qu'il apaisait l'être minuscule lové dans ses entrailles.

– Au clair de la lune, ma belle amie France...

Tu vas voir, ma grande, on va s'en sortir... Ce n'est pas la première fois que tu laisses tout derrière toi pour repartir à neuf. T'es capable et tu le sais !

Oui, mais je l'aime tellement ! Pourquoi est-ce qu'il était déjà marié ?

Penses-tu vraiment que ça aurait été mieux s'il avait été libre ? Tu vois bien qu'il n'est pas très fidèle, tu n'aurais pas voulu vivre ça.

Non, mais là, ma fille n'aura pas de père, et ça me dérange.

Sûr que ça te dérange ! Ça dérangerait n'importe quelle mère, mais as-tu le choix ?

Pas vraiment. Le seul choix que j'aurais eu aurait été de me faire avorter, mais ça, c'était hors de question !

Alors, tu vois bien que tu dois regarder vers l'avenir et continuer ton chemin... Tu as cette force en toi, France.

– Au clair de la lune, mon ami Pierrot... Oui, bébé, on va continuer notre chemin. Tu sais, je me suis déjà inscrite à l'Université de Sherbrooke en traduction pour janvier prochain. J'ai choisi Sherbrooke parce que j'aime beaucoup ce coin-là. On y sera bien, tu vas voir, je te le promets... Prête-moi ta plume, pour écrire un mot... Je peux commencer certains cours en janvier. D'ici à ta naissance, vers la mi-octobre, on va rester ici puisque j'ai du travail. Après l'accouchement, on va rentrer chez nous. Tu seras un oiseau migrateur, mon bébé. Née en Saskatchewan, tu voleras jusqu'au Québec. En avion, bien sûr... Ma chandelle est morte, je n'ai plus de feu... Ça ne sera pas toujours facile et parfois j'ai de la misère à voir clair dans tout ça. J'ai peur, tu sais. Mais on va y arriver... Ouvre-moi ta porte, pour l'amour de Dieu... Ta grand-mère nous a invitées à vivre à la maison pour quelque temps. C'est vrai que, d'un côté, elle n'était pas enchantée par la nouvelle, mais elle nous offre un toit jusqu'à ce que j'entre à l'université. Ça nous donnera le temps de trouver un logement à Sherbrooke.

Oui, je l'ai vraiment senti quand Calixto s'est détaché de moi. J'ai su par des amis qu'il était retourné au Chili à la relâche scolaire. Financièrement, c'était une folie, mais il disait qu'il devait revoir sa femme et son petit garçon. Les retrouver.

D'après Enzo, il était déchiré. Il devait faire tout en son pouvoir pour m'oublier, retrouver la paix d'esprit.

Je me demande si son voyage au Chili lui a apporté la paix qu'il désirait. Et s'il a changé... Peut-on transformer si facilement un crapaud en prince charmant ? Oui, le crapaud ! L'infâme infidèle ! L'irresponsable fils de pute !

Et moi qui l'aime encore ! Vingt-quatre ans plus tard...

Bon, je vais me coucher. C'est fou, mon cœur est plein à rebord de Calixto, ce soir. Demain matin, j'appellerai à la boutique de M. Julien pour voir si c'est ouvert un dimanche. Je dois vraiment essayer d'en savoir plus et l'endroit où j'ai acheté le médaillon me semble être une bonne piste de départ...

29

France rêva de son Calixto une partie de la nuit et se réveilla en sueur, un désir intense vibrant dans son sexe.

Et s'il n'était plus marié, depuis toutes ces années ?

Serait-ce encore possible entre nous ?

Des « Calixto Riviera », il doit y en avoir des tonnes, au Chili. Et le Chili, c'est grand ! Je ne sais même pas de quelle ville il vient.

Mon Dieu ! Je sais que je ne fais pas souvent appel à toi, mais je t'en prie, aide-moi à le retrouver !

Saint Antoine de Padoue ! Voilà ! C'est lui que ma mère implorait quand elle avait perdu quelque chose. Oui, le patron des objets perdus... Bon, Calixto n'est pas à proprement parler un objet, mais il est perdu, non ?

Enfin... il est perdu pour moi, alors, saint Antoine, tu penses que tu peux faire quelque chose pour m'aider ?

Sa tasse de café à la main, France marchait de long en large dans la maison, sous le regard inquisiteur de Vénus qui, elle, attendait sa promenade matinale.

Elle repensa à la soirée de la veille et se sentit essoufflée. Entre sa vie présente, avec le maniaque potentiel qui la suivait et Calixto qui occupait toutes ses pensées, et sa vie passée dans la peau de Mariana, avec son amoureux et le fiancé délaissé, elle ne savait plus où donner de la tête. Elle devait impérativement aller voir M. Julien.

Elle but une gorgée de café bien corsé et regarda l'heure. 9 h 05. Elle ouvrit son porte-cartes et trouva celle de La Pierre Précieuse.

Le téléphone à l'oreille, elle écouta, déçue, le message sur le répondeur de la boutique.

« Vous avez bien joint La Pierre Précieuse. Mes heures d'ouverture sont de 10 h à 17 h les mardis, mercredis et samedis, et de 10 h à 21 h les jeudis et vendredis. À l'exemple du Créateur, je profite du dimanche pour me reposer. Contrairement à lui, j'ai besoin de deux jours de repos par semaine, ce qui explique que La Pierre Précieuse soit fermée également le lundi. Au plaisir de votre visite ! »

– Merde ! Je devrai attendre jusqu'à mardi pour me contenter.

France laissa tomber le téléphone sur la table un peu plus brusquement qu'elle ne l'aurait voulu.

– Il nous reste deux heures avant mon brunch avec Daphné, Vénus. Allons marcher. Ça va me calmer les esprits.

En voyant sa maîtresse enfiler son manteau, la chienne partit à la recherche de sa balle. Elle n'allait jamais marcher sans son jouet préféré, qu'elle délaissait pourtant à mi-chemin pour s'intéresser aux bouts de bois tombés sur la route et surtout aux pistes de chevreuils qui abondaient dans la forêt avoisinante. Le museau au sol, la queue en l'air, elle reniflait avec excitation les odeurs sauvages qui l'entouraient.

Seul, assis dans un restaurant de *fast food* à une petite table près de la fenêtre, il regardait passer les automobiles sur le boulevard Taschereau. Dans son assiette, les œufs, le bacon, la portion de fèves au lard et la tranche de cantaloup semblaient le narguer. Il n'avait pas faim, ce matin. Il avait encore rêvé, la nuit dernière, de la femme rousse qui avait acheté le médaillon. Son inaction le rendait malade. Mais que pouvait-il faire ? Il n'avait aucune piste. Sauf la boutique. Il savait qu'il n'obtiendrait rien de plus du propriétaire. Mais tout à coup, il prit la décision de retourner flâner autour de l'échoppe aussi souvent qu'il le pouvait. Il sentait qu'elle y reviendrait un jour ou l'autre...

Dimanche, 20 mars

Je suis arrivée à la course au restaurant « J'aime ta fraise », où Daphné et moi avions rendez-vous pour déjeuner. Ma fille avait fait un bon choix en sachant que je raffole des crêpes aux fraises, spécialité de la maison. Si Sherbrooke était un peu plus près de chez moi, je crois que je m'y rendrais chaque semaine.

Nous avons discuté de sa relation orageuse avec Guillaume, liaison semblable à celle que j'ai vécue pendant quatorze ans avec Alex. Telle mère, telle fille ! Si seulement il nous était possible de préserver nos enfants des erreurs que nous avons commises !

Quand elle s'est enquise à mon sujet, toutes les paroles que j'aurais voulu déverser à propos de mes dernières expériences ont été capturées et retenues par la terrible peur d'être jugée par ma fille. Je n'ai pas réussi à lui en parler.

Pourquoi est-ce que les relations mère-fille sont souvent si difficiles ? Quand j'étais enceinte, je croyais qu'elle et moi, nous nous comprendrions et nous aimerions inconditionnellement pour la vie.

Peut-être qu'elle aurait compris, après tout. Peut-être est-ce moi qui appréhende sans raison sa réaction. Quoi qu'il en soit, mon secret est resté barricadé en moi et Daphné est repartie insatisfaite – je l'ai bien senti –, car elle avait perçu mon trouble.

En plus, pourquoi est-ce que je n'arrive pas à me libérer du passé ? Et je ne pense pas seulement au passé lointain que Mariana ramène dans ma vie, mais à mes derniers vingt-cinq ans. Je me sens impuissante, tellement impuissante ! Pourtant, je sais qu'en moi sommeillent un grande force, une passion de vivre, un courage méritoire, mais je les laisse dormir.

Encore plus d'une journée à attendre pour aller voir M. Julien ! Et rien ne me dit qu'il pourra me donner une réponse.

Il était trempé. Son t-shirt, ses draps, son *boxer*, même son oreiller étaient mouillés, collants. Il passa avec vigueur ses mains sur son visage pour en effacer les dernières traces de sommeil et les lourdes empreintes du maudit cauchemar qui l'avait mis en nage, encore une fois. La tête lui tournait, il avait le cœur chaviré, comme s'il allait vomir. Une légère odeur flottait sous ses narines... Quelque chose comme de l'orange, mais plus fort. Cette odeur lui rappelait celle des oranges aux épices que sa mère préparait chaque année pour Noël, quand il était enfant.

Il passa son t-shirt par-dessus la tête et fut pris d'un frisson quand l'air frais de la pièce frôla sa peau humide. Il courut à sa chambre, ouvrit un tiroir, sortit un chandail qu'il enfila aussitôt. Puis il se débarrassa de son *boxer* et en choisit un autre. Il retourna à la salle de bains et se lava le visage avec une débarbouillette tiède.

— Y va vraiment falloir que tu retrouves la femme au médaillon, dit-il à son reflet dans le miroir. Sinon, ces damnés cauchemars vont finir par avoir ta peau.

Il passa les mains dans ses cheveux, d'un geste machinal. Les battements de son cœur avaient repris un rythme normal et sa peau avait séché. Il examina avec un certain détachement le regard froid devant lui. Une froideur accentuée par la lumière virginale des ampoules encastrées au-dessus du miroir.

— Quels yeux merveilleux tu as, mon fils, lui avait souvent répété sa mère. D'un gris profond, riche, mystérieux. Tu en feras tomber des cœurs avec ces yeux-là.

Oui, il avait fait tomber bien des cœurs sensibles. Et il n'avait pas fini de le faire. À l'homme dans le miroir, il lança, en ricanant :

— T'as encore belle allure, mon gars. Les cheveux un peu trop fins, mais ça ne se voit presque pas. Aucune bedaine, les épaules musclées, la mâchoire assurée, le regard engageant... Oui, tu plais aux femmes. T'as bien fait de t'inscrire au gym.

Surpris, il remarqua alors dans ses yeux un point d'interrogation, un questionnement quelconque. Avait-il oublié quelque chose d'important ? Pourquoi ces yeux inquisiteurs, comme s'ils cherchaient un détail égaré quelque part dans sa conscience ? Les battements de son cœur s'accélérèrent à nouveau et il se mit à fouiller avec une sorte d'acharnement dans le regard de l'homme qui se reflétait devant lui. Tout à coup, dans les prunelles grises de son image, il vit défiler le rêve qui l'avait éveillé en sueur. Le même que d'habitude, mais avec une variante. La femme, celle du médaillon, s'était transformée en jeune fille pendant sa course folle. Elle portait une robe longue de lin vert, comme la couleur des olives. Il l'avait attrapée et elle se débattait sous lui comme une furie, criait, lui griffait le visage, lui donnait des coups de genou. À son cou, le fameux bijou. Il scintillait et le narguait de son œil rouge unique en son centre. Il avait voulu le lui arracher. Elle l'avait mordu à la main de toute la force de sa rage. C'est à ce moment que la douleur de la morsure s'était faite si réelle qu'elle l'avait réveillé.

France se demandait comment elle allait aborder le sujet avec M. Julien.

« Oh, monsieur, je crois qu'un homme me suit – même si je ne l'ai jamais pris sur le fait – depuis que j'ai acheté ce médaillon dans votre boutique. Qu'est-ce que vous dites de ça ? Pouvez-vous m'expliquer ce qui se passe ? »

Ça n'a vraiment aucun sens, mon affaire. Je devrais prendre la prochaine sortie d'autoroute et retourner à la maison... Qu'est-ce qu'il pourrait bien m'apprendre, de toute façon ?

Mais, en ce mardi matin, une force inconnue lui faisait continuer sa route vers La Pierre Précieuse. Elle arriverait vers 11 h 30, ce serait parfait. Elle sentait confusément la nécessité de s'y rendre, sans savoir exactement pourquoi. Elle suivait son instinct, son Intuition. Ça, au moins, c'est une chose qu'elle apprenait lentement à respecter :

Son Intuition, avec un grand I.

Si elle avait mieux pris soin de cette alliée invisible, au cours des années passées, elle se serait évitée bien des difficultés.

Avec Alex Bohinsky, par exemple, au tout début de leur relation. Daphné n'avait pas encore quatre ans. Ils l'avaient emmenée à la Place des Arts, à Montréal, pour la représentation annuelle de *Casse-Noisette*. Ils devaient ensuite souper chez les Bohinsky avant de revenir à Sherbrooke. Sa capacité d'émerveillement étant très courte, Alex avait trouvé le temps long, beaucoup trop long. Après le spectacle, il faisait preuve d'impatience en suivant la foule qui trottinait vers le stationnement. Il avait hâte d'arriver chez ses parents, de fumer son joint dans la voiture avant d'entrer, de donner un rapide bécot aérien à mère avant de s'asseoir devant une bière froide, accompagné de son père.

En découvrant sa voiture coincée entre deux autres, ses yeux s'étaient emplis d'orage et une colère froide l'avait envahi.

— Attache Daphné dans son siège et saute dans la voiture, on s'en va.

— Mais, Alex, c'est impossible, on est coincés !

— Entre, je t'ai dit. On s'en va. Je n'ai vraiment pas de temps à perdre.

– Calme-toi, chéri. Dans quelques minutes, tous les spectateurs seront arrivés ici et la personne derrière nous s'en ira, c'est tout.

– Il a voulu me coincer en sardine, cet imbécile, il va payer pour !

Sans attendre davantage, il avait sauté sur son siège et s'était mis à reculer et à avancer en fonçant dans les pare-chocs devant et derrière lui.

– Maman, qu'est-ce qu'il fait, Alex ?

– Rien, ma chérie.

– Pourquoi il fonce dans les autos, comme ça ?

– Parce qu'il pense qu'il va sortir plus vite.

Et, de fait, il avait si bien poussé qu'il avait réussi à se créer l'espace nécessaire pour sortir avant que les propriétaires des deux automobiles n'arrivent. France le regardait faire en serrant Daphné dans ses bras.

Et en serrant les dents.

Elle découvrait une partie du caractère d'Alex qu'elle n'avait jamais vue et elle en avait peur. Des frissons étaient nés à la hauteur de son coccyx pour monter le long de sa colonne vertébrale et enfin se répandre dans son crâne.

Ce soir-là, il l'avait laissée devant sa porte sans même l'embrasser et il était reparti en trombe. Elle avait pu prendre la mesure de la violence qui habitait cet homme, mais s'était vite empressée de lui trouver mille et une excuses, au lieu d'écouter ce que sa voix intérieure essayait de lui dire : DANGER !

Aujourd'hui son Intuition la poussait à continuer son chemin vers Longueuil et elle avait acquis la sagesse de ne plus la combattre.

— Et puis, merde ! Je verrai bien en arrivant comment ça se passera. Pourquoi essayer de tout prévoir ?

Irresponsable ! Il ne connaissait pas d'autre mot pour définir son comportement depuis quelques jours. Irresponsable et obsédé. Il bâclait son travail pour passer le plus de temps possible aux alentours de La Pierre Précieuse. En dehors de ses plaidoiries en cour et de ses rendez-vous avec des clients, il passait le plus clair de son temps près de la boutique, quitte à s'apporter du travail à terminer à la maison, le soir.

Comme, de toute façon, il n'avait rien d'autre à faire...

Il était libre pour quelques heures en ce mardi matin printanier et en avait profité pour mettre la clé dans la porte et se rendre à l'échoppe du vieux fou. Son cœur battait plus vite ce matin, comme s'il sentait confusément que la rouquine se rapprochait de lui.

Finalement, il n'était pas seulement irresponsable et obsédé, il commençait aussi à perdre la boule !

Elle y serait dans dix minutes. Une surexcitation s'était emparée d'elle, la faisant respirer plus vite et lui donnant des fourmis dans les jambes. Toutefois, une sourde inquiétude grondait au travers de l'excitation, comme si un danger quelconque la menaçait. Elle en eut un frisson et se demanda si elle devait vraiment se rendre à destination.

Voyons ! Ce n'est pas raisonnable, j'y suis presque, maintenant.

Il regarda sa montre et fit la grimace. Ce maudit rendez-vous l'obligerait à retourner à son bureau très bientôt.

Pourquoi attrapait-elle si souvent les feux rouges ? Ses mains tambourinaient sur le volant alors qu'elle attendait son tour pour tourner à gauche. De son poste, elle voyait très bien la boutique, encastrée entre deux autres. Devant l'échoppe voisine un homme en complet gris et manteau de toile regardait sa montre. Il avait l'air d'hésiter, comme s'il voulait rester mais devait partir. Il jeta un regard circulaire au moment où le feu de circulation passa au vert. France entra dans le stationnement au moment où l'homme commençait à s'éloigner, à pas lents. Elle stationna entre deux voitures. Pendant qu'elle se penchait pour prendre son sac à main sur le siège voisin, il se tourna une dernière fois sans remarquer qu'une automobile venait de se ranger dans un espace vacant.

30

Le même son de clochettes accueillit France à son arrivée et elle eut l'impression de faire rejouer une cassette vidéo. M. Julien apparut de l'arrière-boutique, une tasse de café à la main, exactement comme à sa première visite. Il portait le même jean délavé ou un très semblable, un peu trop grand aux fesses et aux cuisses. Sa chemise, d'un blanc éclatant, épurait le bleu de ses yeux et sa chevelure laiteuse. Il avait l'air presque désincarné, aérien, surnaturel même.

– Bonjour, ma p'tite dame. Hum... je vous reconnais, vous. Une chevelure comme la vôtre, ça ne s'oublie pas. Vous avez des questions angoissantes, n'est-ce pas ?

France, qui s'apprêtait à sortir le médaillon de son sac à main, sans avoir encore choisi les mots pour sa requête, suspendit le mouvement qu'elle venait d'amorcer et ses oreilles se mirent à bourdonner, comme si une colonie d'abeilles venait de s'y loger. D'une main, elle s'appuya au comptoir de verre.

– Tout doux, ma p'tite dame.

Une chaise droite en bois, comme celles qu'on trouvait auparavant dans les écoles, occupait un coin dans le fond de la boutique. En la prenant courtoisement par le coude, M. Julien y conduisit sa cliente.

– Je savais que vous viendriez un jour ou l'autre, j'étais donc prêt pour cette rencontre. Pas vous. Excusez-moi.

– Comment avez-vous su... pour ma visite.

– Disons que je me connecte facilement aux Archives Akashiques.

– À quoi ?

– Aux Archives Akashiques. Vous voulez un café ? J'en ai en arrière, ça vous ferait peut-être du bien.

– Oui, merci, ce n'est pas de refus.

Il déposa sa propre tasse sur le bord d'une étagère et disparut derrière le rideau étoilé, laissant France à ses réflexions.

De l'arrière-boutique, elle entendit M. Julien lui demander :

– Crème, sucre ?

– Un peu des deux, oui. Un soupçon...

Il lui tendit une tasse ébréchée couleur café au lait, pleine à ras bord.

– Tenez, dit-il en revenant à petits pas pour ne rien renverser. Ces Archives, donc, sont comme une bibliothèque, un lieu immatériel où toute la connaissance passée, présente et à venir est entreposée. Ça serait un peu long à expliquer de façon scientifique.

Il tendit le bras, attrapa sa tasse et prit une longue gorgée, en fermant les yeux.

– Disons simplement que tout le monde pourrait y avoir accès, mais que peu de personnes en sont conscientes. Tous les clairvoyants, par exemple, puisent à cette source. Vous-même – pouvez-vous me répéter votre prénom, s'il vous plaît ? –, oui, France... vous-même y avez vos entrées. Vous connaissez le chemin qui y mène.

France avait le regard plongé dans sa tasse de café. Elle essayait de comprendre les explications de M. Julien, mais quelque chose en elle résistait à ces nouvelles notions. C'était plus facile de s'immerger dans son café en se disant qu'avec une cuillère à café de plus de crème, le liquide aurait la même couleur que la tasse... une cuillère et demie, peut-être.

Les clochettes retentirent de leur son joyeux à la porte d'entrée et un homme fit son entrée.

M. Julien se leva pour aller à sa rencontre.

– Prenez le temps d'absorber tout ça pendant que je réponds à monsieur, dit-il à sa cliente avant de s'éloigner.

L'espace d'un instant, France avait sursauté en voyant l'homme apparaître à la porte. Et si c'était lui, le mystérieux inconnu qui la suivait ? N'avait-elle pas ressenti un malaise en route ? Elle s'ébroua vivement pour se dégager du fardeau de ses folles réactions. Ça devenait inquiétant, cette phobie de le voir partout ! Du coup, elle n'avait plus envie d'entendre parler de bibliothèque Akashique, de sa propre connaissance du chemin pour s'y rendre, de tout ce « délire ésotérique ». Ni même de l'homme, réincarné ou non, qui la suivait. Elle sentait que tout un aspect d'elle-même cherchait à se dévoiler depuis le début de cette histoire et elle n'était pas certaine d'être prête à le laisser se manifester. Le connu, même difficile, était plus rassurant que l'inconnu.

Lâche ! se dit-elle. *Tu n'as pas le courage de sortir de ta zone de confort !*

— Chère France. Vous êtes très dure envers vous-même, n'est-ce pas ?

Le vieil homme aux cheveux blancs la contemplait. De ses yeux bleu acier émanaient une douceur, une chaleur bienveillante.

— Décidément, vous êtes un sorcier.

— À mes heures, à mes heures... Mais revenons à nos moutons. Ce n'est pas si compliqué et je sais que vous pouvez comprendre. Donc, cette bibliothèque, on peut s'y rendre consciemment ou non. Parfois, c'est pendant notre sommeil qu'on la visite, et certains rêves veulent nous révéler ce qu'on y a appris. Parfois, on s'y rend de plein gré. Le grand psychanalyste Carl Jung la nomme « l'inconscient collectif ». Edgar Cayce en tirait ses informations ainsi qu'Alice Bailey, Mme Blavatsky et plusieurs autres. Même Rudolf Steiner aurait basé sa philosophie sur des renseignements reçus des Archives Akashiques. Comme nous avons des bibliothèques remplies de livres sur Terre, le Ciel possède sa propre bibliothèque.

— Et vous, vous êtes toujours connecté à ces renseignements ?

— À mes heures, comme je vous ai dit tantôt. Toutefois, en ce qui concerne votre démarche, j'ai aussi des faits matériels à ma disposition.

— Ah oui ?

– Voyez-vous, chère dame, un homme se tenait à l'extérieur de la boutique quand vous avez acquis ceci, dit-il en désignant le médaillon que France gardait dans sa main gauche. Après votre départ, il est entré et m'a demandé vos coordonnées... En fait, *demandé* n'est pas le mot exact. On pourrait dire qu'il m'a menacé pour les avoir.

À ces mots, la main de France s'était crispée si fort autour du bijou que ses jointures avaient blanchi.

– Mais pourquoi ? Je ne comprends pas... Qu'est-ce que vous avez fait ? Vous ne les lui avez pas données, j'espère...

– Bien sûr que non ! On ne montre pas à un vieux singe à faire des grimaces. Puisque la menace semble être son mode de communication, je l'ai menacé à mon tour d'appeler la police. Il s'est fait prendre à son propre jeu.

– Ouf !!!

– Ça ne règle quand même pas votre problème, n'est-ce pas ? Il vous suit toujours, non ?

– Comment il a fait pour me retrouver ?

– Pour l'instant, il n'a pas découvert votre corps physique, ni dans quel coin vous habitez. Par contre, énergétiquement, son esprit vous a rejoint grâce au médaillon. Donnez-le-moi quelques instants s'il vous plaît.

France ouvrit lentement les doigts. À contrecœur, elle tendit la main vers le vieux sage.

Le vieux sage... oui, ce surnom lui allait à merveille.

Devant lui, de l'autre côté de son bureau, un client se plaignait. Il ne l'écoutait que d'une oreille. Depuis son dernier rêve, ça se compliquait. Maintenant, il n'y avait pas seulement une femme, mais deux. La jeune, au teint basané et à la longue chevelure noire, dont il rêvait déjà depuis plusieurs mois. Et l'autre, la plus vieille, il la reconnaissait... C'était la grande rouquine qui avait acheté le médaillon l'autre jour.

L'obsession de la retrouver l'envahissait un peu plus chaque jour. Après ce client, il retournerait au petit centre commercial et attendrait...

— Ce qui vous lie à cet homme provient d'une autre vie.

M. Julien avait couché le médaillon au creux de sa main gauche et l'effleurait de l'index de son autre main. Il en suivait le pourtour ovale, sentant sous ses doigts la dentelle d'or qui l'ornait, s'arrêtant parfois sur le rubis étincelant au centre.

— La même vie que celle de Mariana ?

— Mariana... Oui, oui... celle pour qui le jeune homme avait fait dessiner son portrait.

France lui raconta toute l'histoire depuis le samedi où elle était allée danser à Montréal.

— Votre voyante a raison. Cet homme considère que vous lui avez fait du tort dans cette autre vie et il vous en veut.

— Comment est-ce qu'il sait ça ?

260

– En fait, il ne le sait pas consciemment. Ce sont des souvenirs enfouis dans ses cellules qui se sont réveillés subitement... Pourquoi ? Je ne sais vraiment pas. C'est comme si vous aviez quelque chose à régler d'une vie passée. C'est une histoire de jalousie entre lui et le jeune homme de ce bijou. Ne paniquez pas, ma p'tite dame. Je vois dans vos yeux une lueur d'affolement. Il ne faut pas.

France se sentait tout à coup très fatiguée. Il lui semblait ne pas avoir l'énergie pour réagir à toutes ces nouvelles informations.

– Si la vie vous envoie cette expérience, c'est pour vous obliger à retrouver cette force, cette étincelle vibrante en vous, mais à laquelle vous ne croyez qu'à moitié. Ce monsieur, malheureusement, je ne peux pas vous le décrire en détail. Grandeur et corpulence moyennes. Lèvres plutôt minces. Étant donné qu'il portait un chapeau et des verres fumés, je n'en sais pas plus. Je sais par contre qu'il va vous retrouver. C'est essentiel pour que vous puissiez enfin vous en libérer.

– Mais comment je vais faire pour le reconnaître ?

– Ça ne sera pas facile. Son désir de vengeance est grand et il sait comment s'y prendre. Mais vous y arriverez. Faites appel à vos guides. À votre intuition. À votre courage. À votre compassion... envers lui, bien sûr, mais aussi et surtout envers vous-même.

31

Une puissance inexplicable l'obligeait à retourner, pour la deuxième fois de la journée, à La Pierre Précieuse. En refermant derrière lui la porte de son bureau, un frisson d'anticipation le parcourut. Il avait l'impression qu'aujourd'hui, cette femme était à portée de main. Il n'avait qu'à allonger le bras pour s'en emparer.

LA CAPTURER.

La capturer ? Mais d'où lui venaient donc de telles idées ? Et d'abord, en admettant qu'elle se rende sagement à cette boutique pour se jeter innocemment dans ses filets, que diable en ferait-il ? Il ne pouvait tout de même pas la ligoter et la balancer sur le dos d'un cheval, comme dans un film western !

Bizarre... Il avait l'impression d'avoir déjà accompli ce scénario...

Étourdi, il se retint un instant à la poignée de porte de son bureau.

Une jeune fille à l'épaisse chevelure noire se tenait, les mains attachées derrière le dos, devant lui. Malgré son état de prisonnière, elle le regardait la tête haute, le narguant de son regard fier et hostile. À son cou pendait un médaillon ovale serti d'un rubis.

Un bruit de pas le ramena à la réalité. Sa secrétaire revenait des toilettes et le regardait d'un œil inquiet.

— Tout va bien ?

— Oui, oui. Je sors quelques instants, je ne sais pas au juste quand je serai de retour.

— Merci pour votre aide, M. Julien.

— Tout le plaisir était pour moi, ma p'tite dame. Revenez quand vous voulez. Je n'ai pas souvent l'occasion de bénéficier de telles conversations avec mes clients, ça me change de mon quotidien.

Prise par un élan d'affection soudain, France se leva sur la pointe des pieds et lui effleura la joue d'un léger baiser.

— Ça, ma p'tite dame, c'est mieux que tout ! Une jolie femme qui m'embrasse, ça ne m'était pas arrivé depuis longtemps. Bonne route et revenez me voir !

France fouilla dans son sac à main à la recherche de ses clés, salua du regard le vieil homme et sortit de la boutique, se sentant ragaillardie par la sagesse qu'il transmettait.

Son cœur faillit arrêter de battre dans sa poitrine. C'était elle ! Oui, *elle* ! La chevelure rousse, la grande jupe à volants, ça ne pouvait être qu'elle. À quelque trente mètres ! Il se mit à courir comme un fou. Il se serait jeté sur le capot pour l'empêcher de partir, mais il était trop loin. Impuissant, tout en continuant de courir, il la vit reculer pour sortir de son espace de stationnement, puis repartir dans la direction opposée à la sienne.

Oh !!! Encore ce maudit sentiment d'impuissance !

Debout devant L'éclosion, à Magog, France admirait le spectacle de la vitrine, toujours renouvelé. La devanture éclatait d'un concert de coloris aux multiples nuances. Les couleurs tendres répondaient élégamment aux teintes franches, enjouées. Pour le printemps, Michelle n'avait utilisé que des nuances de rose, des plus pâles aux plus foncées, de celles qui s'estompaient vers le bleu aux roses flamboyants de feu : pastèque, fuchsia, saumon. Différents tons de vert faisaient ressortir la splendeur de cet étalage. Les murs extérieurs étaient peints en vert forêt, le contour des fenêtres et de la porte en crème. Un beau crème riche et velouté.

Elle entra en faisant teinter la sonnette de la porte, ce qui fit sortir Michelle de l'arrière-boutique où elle préparait les différents montages commandés.

– Ah, c'est toi !

La veille, en revenant de Longueuil, France avait trouvé dans sa boîte aux lettres une autre missive provenant d'Espagne. Cette fois-ci, la lettre qu'elle renfermait était récente. La calligraphie aussi, d'ailleurs. Dès son réveil, elle avait voulu la montrer à son amie.

— Décidément, l'Espagne vient à toi ces temps-ci. T'as montré ça à Simon ?

— Pas encore, il est au travail.

— Et moi, je n'y suis pas, au travail ?

Elle tira vers elle son grand cahier à spirale ouvert à la page du jour et le montra à son amie.

— Tiens, regarde-moi toutes les commandes à remplir aujourd'hui ! Bon, laisse-moi lire ça rapidement, après quoi je retourne aux choses sérieuses. Comme tu vois, j'ai du pain sur la planche.

France reprit la lettre des mains de Michelle.

— C'est en espagnol, cocotte. Laisse-moi traduire.

Bonjour madame Carpentier,

J'avoue que je ne sais trop comment commencer cette lettre. En fait, elle ne parviendra peut-être jamais à destination. Si oui, vous avez probablement reçu dernièrement une autre missive de Séville... très particulière, celle-là.

Mon mari a trouvé un coffre de bois en creusant dans notre cour arrière et cette lettre énigmatique se trouvait à l'intérieur, accompagnée d'autres objets. J'ai honte de vous dire que je l'ai gardée quelques jours pour essayer d'en découvrir l'origine. Je savais qu'elle ne m'appartenait pas, mais comme mon terrain est situé sur l'emplacement d'une ferme familiale ancestrale, j'en ai conçu une vive curiosité. Je l'ai fait analyser par une amie qui affirme qu'elle a été écrite il y a trois cents à quatre cents ans environ. La date de 1640 qui y est inscrite semble donc juste. J'aurais voulu en savoir plus, mais mon mari, offusqué que je conserve quelque chose ne m'appartenant pas, l'a postée à mon insu. Je l'ai cherchée plusieurs jours avant qu'il avoue l'avoir envoyée.

Je crois qu'il serait intéressant pour vous d'en savoir un peu plus sur ma famille, et pour moi de connaître votre implication dans cette histoire. Je vous laisse le loisir de me contacter, si vous le souhaitez, à l'adresse électronique suivante : marta.r.p@hotmail.es

En espérant recevoir de vos nouvelles,

Marta Ramirez

Michelle avait écouté, tout en préparant un corsage de lys blancs, décoré d'un ruban coquille d'œuf.

— J'ai l'impression que tu as toi aussi du pain sur la planche, ma chère. Tu vas répondre à cette Marta ?

— Évidemment, qu'est-ce que tu penses ! Elle habite Séville et elle trouve cette lettre sur son terrain peu de temps après ma sortie de corps. Ça fait beaucoup, tu ne trouves pas ? Tant de coïncidences, ce n'est pas un hasard.

— Ouais... j'avoue. Au fait, tu ne m'as pas reparlé de ta visite chez le brocanteur...

— Ah ça ! Il dit que c'est une histoire karmique, comme l'avait mentionné Huguette. D'après lui, le futur n'est pas coulé dans le ciment ; on en fait ce qu'on choisit d'en faire avec nos actions et pensées présentes. Alors Mariana a peut-être encore besoin de moi, comme elle peut avoir réussi à s'en sortir toute seule. Même alors, par contre, il reste un karma nous reliant, entre autres à cause de cet homme qui semble me suivre. Il paraît qu'on va se retrouver et avoir à régler des comptes. Bientôt ! M. Julien croit que je devrai agir et penser avec amour et pardon... La belle affaire ! Apparemment, si je commence à me venger du fait qu'il se venge lui-même, il continuera à se venger et ainsi de suite. Je vais seulement entretenir la roue karmique de la haine et de la vengeance. Toujours d'après le vieux sage, il n'y a que l'amour qui peut guérir. Transformer le karma en dharma.

– Dharma ?

– C'est ce qui fait cesser les conflits et amène l'unité et l'harmonie. C'est la loi universelle divine qui met fin à toute souffrance physique ou mentale.

– Wow ! En théorie, c'est bien beau, mais comment t'appliques ça, dans la vraie vie ?

– Aucune idée, mais ça m'a tout l'air que je vais bientôt être plongée jusqu'au cou dans une situation pour l'apprendre. M. Julien est d'avis que j'ai encore le choix entre continuer la loi du « œil pour œil, dent pour dent » ou apprendre le pardon et l'amour inconditionnel... Pas facile, comme choix !

Mercredi, 23 mars

· L'amour inconditionnel ! Ce terme est dans tous les livres, tous les ateliers et dans la bouche de tous ceux qui parlent du « nouvel âge ». Aimer inconditionnellement, ça veut dire quoi ? Je n'aime pas tellement l'idée de présenter ma joue gauche quand on m'a frappé la droite.

J'ai déjà assez reçu de coups comme ça, merci ! PARDONNER. Ça aussi, ça m'embête. Merde ! Avant de pardonner à un étranger que j'ai connu dans une autre vie, faudrait peut-être que je règle mes conflits avec Alex. Parce que j'ai encore beaucoup de colère envers lui. C'est sa faute, en grande partie, si ma sécurité financière est compromise, aujourd'hui.

Il n'a jamais voulu que je travaille, tout le temps où nous avons été mariés. Il faisait assez d'argent, qu'il disait. Il ne s'était pas marié pour avoir une femme qui s'occupe plus de son travail que de lui. Ah ! Encore le passé qui remonte à la surface ! Je ne comprends pas ce qui m'arrive ces temps-ci. Un passé d'il y a trois cents ans alterne avec mon passé récent et je ne sais plus où j'en suis. J'aimerais bien pouvoir vivre mon présent et savoir un peu où mon avenir me conduira.

M. Julien disait aussi que régler des karmas équivaut à réparer les brèches du passé, pour créer sur des bases solides un meilleur futur.

Je comprends le principe, mais l'appliquer, c'est autre chose.

Juste mes amours, tiens. Quel karma ! Est-ce que j'ai eu une seule fois dans ma vie un homme qui m'ait vraiment aimée ? J'ai l'impression d'avoir été dupée dans chacune de mes relations. J'ai été une amante, une cuisinière, une femme de ménage, une mère, et on m'a aimée pour tous ces rôles. Mais en fait, on n'a jamais cherché à connaître la femme que j'étais réellement, dans la mesure où je faisais ce que l'on attendait de moi.

Pour Alex, je suis vite devenue un meuble dans la maison. Il rentrait très tard du bureau, mangeait sans dire un mot, puis s'assoyait devant la télé avec les écouteurs sur les oreilles. Plus de « Bonjour mon amour », de « Comment ça va, chérie ? ». Quand j'avais à lui parler, il faisait la sourde oreille. Quand j'insistais, il me disait que tout ce qu'il voulait, dans la vie, c'était la sainte paix. De rebuffade en rebuffade, l'indifférence a fini par me gagner. De l'indifférence est né un besoin de sortir de la maison et de ce besoin, celui de changer de vie.

Il a été surpris et ne pouvait pas s'expliquer ma décision de partir. Ça prouve à quel point il m'écoutait lorsque je lui parlais ! Et comme il n'a pas compris, il m'a tout mis sur le dos. Du moment où j'ai cessé d'employer ma vie à servir la sienne, je suis devenue une putain, une paresseuse, une mauvaise mère, une bonne à rien.

Lui qui n'a pas voulu que je travaille pendant toutes ces années a refusé de me payer une pension alimentaire. Et moi, grande tarte, je ne me suis pas battue, parce que je ne voulais pas de chicane, mais aussi parce que je ne croyais pas mériter mieux. J'ai toujours pensé que je ne valais pas grand-chose. Pourquoi ? D'où me vient cette croyance ?

Je n'avais pas encore réalisé à quel point il était difficile de revenir sur le marché du travail après tant d'années d'absence.

Ça me fait encore mal d'avoir été traitée uniquement en fonction de ce que j'apportais à mon mari, mais ce qui me tue, c'est de tirer le diable par la queue maintenant, alors que lui gagne les gros salaires.

Alors, les pardons, je n'ai pas fini d'en faire si c'est ce que ça prend pour colmater mon passé... Mes passés !

Malgré lui, ses pas le ramenaient inlassablement vers la boutique ésotérique, comme s'il s'approchait de la femme rousse en repassant devant l'endroit où il l'avait vue deux fois déjà.

Il enrageait à la pensée qu'il l'avait manquée de si peu la veille.

Depuis le jour où il l'avait vue dans cette boutique, tenant le bijou sur son cœur, il sentait confusément que chaque fois qu'il défendait un homme dans un cas de divorce, il se vengeait d'elle. En fait, il s'était vengé d'elle par le truchement de toutes les femmes avec qui il avait eu des relations. Mais pourquoi ? Il ne savait même pas qui elle était ! Cette histoire le rendait dingue.

Que ferait-il si la vie la ramenait devant lui ?

Lui ferait-il la cour pour l'amadouer ? La suivrait-il pour découvrir où elle habite ? Comment s'y prendrait-il pour reprendre le médaillon ? Le médaillon... S'il n'y avait que ça ! Depuis qu'il avait rêvé à la superposition des deux femmes, la rouquine et la jeune aux cheveux d'ébène, une certaine lubricité s'était emparée de lui, faisait bouillir son sang. De plus en plus, il avait envie de faire mal à la rouquine qui représentait les deux femmes de son rêve. Il désirait la violer, la forcer à lui appartenir.

Il ne se reconnaissait plus. Son penchant naturel l'avait toujours amené à bafouer les femmes, mais de là à les violer...

32

Séville, décembre 1637

La procession des six petits chanteurs, *Los seises*, habillés de blanc et de bleu passait dans les rues sous le pâle soleil d'hiver pour se rendre à l'église. Là, les garçons chanteront pour la fête de l'Immaculée Conception. Basilio, vêtu de ses plus beaux habits et de son chapeau de feutre rouge, les voyait défiler, d'un œil absent. Les mains dans les poches de ses hauts-de-chausses, il affichait l'air détendu et supérieur que son rang de jeune seigneur lui conférait. Mais au-dedans, il bouillait de rage en se rappelant sa journée d'hier. Juste à penser à la manière dont Mariana l'avait provoqué le jour de leurs fiançailles, l'indignation empourprait ses joues encore presque imberbe.

Quelle petite garce que cette Mariana Moreno-Estrella ! Il lui ferait comprendre qui domine, dans un mariage. Il allait la dompter, cette petite sauvage ! L'assujettir.

Assise à côté de sa cousine Alicia autour d'une table basse dans un café donnant sur la place centrale, Mariana explosait.

— Jamais je ne laisserai ce crapaud mal famé me toucher ! Il me dégoûte ! Je le hais !

— Ne parle pas si fort, Bianca est juste derrière nous ! Tu ne voudrais pas qu'elle rapporte tes propos à ton père, *prima**.

Alicia, d'un an l'aînée de Mariana, devait accoucher au printemps. Grande, aux formes pleines et rondes, elle arborait la plus belle chevelure que Mariana ait jamais vue. Noire, soyeuse, très légèrement ondulée, elle tombait en cascade dans le bas de son dos. Mariana admirait le grain de beauté qui semblait s'être déposé tout juste au-dessus du coin droit de la lèvre taquine d'Alicia et qui dansait au gré des mouvements de sa bouche. Du sang mauresque, infiltré depuis trois générations dans sa famille, lui avait donné une peau très sombre et un nez légèrement arqué. Ses yeux noirs, ourlés de cils épais et veloutés, faisaient tomber tous les gars de Séville à ses pieds. Elle jeta un regard par-dessus son épaule et s'aperçut que Bianca, tout en restant à distance respectable de ses protégées, regardait des femmes danser. Lascives, aux mouvements souples et suggestifs, aux coups d'œil provocants, les danses d'Andalousie la gênaient et attisaient sa curiosité tout à la fois.

Alicia eut un petit rire et montra du doigt la gouvernante à sa cousine.

— La pauvre ! Elle ne sait plus quoi en penser. Regarde comme elle bouge tout en faisant semblant de rien.

— Laissons-la s'occuper à son goût, au moins ça nous donne le temps de parler à notre aise. Alicia, qu'est-ce que tu ferais, toi, si on avait voulu te marier à un homme que tu détestes ?

---

* Cousine.

Tout en prenant une gorgée de chocolat chaud, Alicia réfléchit.

– Je ne sais pas, vraiment. Je ne suis pas dans cette situation. J'ai la chance d'apprécier Cirilo. Je te plains de tout mon cœur...

– Me plaindre n'arrangera pas les choses. Heureusement, cet odieux personnage partira en septembre pour l'université durant deux ans et il ne voulait pas se marier avant d'avoir terminé ses études. Je sais très bien pourquoi ! Il va s'en donner à cœur joie avec toutes les catins qui tournent comme des mouches autour des universités.

– Tu as au moins deux ans et demi de répit.

Mariana avait l'impression que son cœur allait exploser. Elle ne pouvait plus garder pour elle seule le secret de son bel amour. Ricardo savait, bien sûr, mais, occupé par son prochain mariage avec Ana-Clara, il n'avait plus beaucoup de temps à lui consacrer... De toute façon, frère ou pas, il y a des choses qu'on ne peut confier au sexe masculin. Quant à sa sœur, elle était bien la dernière personne à qui elle avait envie de se livrer.

Mariana épia les yeux de sa cousine. Comprendrait-elle, si elle lui racontait ? Serait-elle loyale ? L'aiderait-elle ? Elle savait qu'elle prenait un risque en se confiant, mais tout à coup, elle était prête à le prendre. Elle était résolue à en prendre de bien plus grands, alors, pourquoi pas ?

– Alicia, jure-moi de tenir ta langue si je te raconte quelque chose.

– Pourquoi ?

– Jure, c'est tout !

Alicia avait appris de son cousin Ricardo certaines façons de jurer peu élégantes, mais qui la ravissaient.

– Juré, craché, tiens. (Elle cracha un petit jet de salive au creux de ses mains.) Maintenant, vas-tu me dire ?

– Tu as une bonne vue sur Bianca. Si tu la vois approcher, tu me le dis.

– Ce que tu en fais, des histoires ! Allez, parle, tu as piqué ma curiosité !

Sous les voiles des femmes présentes à l'église pour entendre chanter *Los seises*, Basilio avait essayé d'apercevoir sa jeune fiancée, sans succès. Il se rendit compte qu'en fait, il ne la connaissait pas. Il ne saurait aucunement reconnaître sa taille, sa démarche, ses mouvements. Le seul indice qu'il possédait, c'était ses yeux d'un vert doré. Dans la masse compacte des gens assis sur les bancs, il n'avait pas eu le loisir de les surprendre.

La foule s'était déversée de l'église dans les rues de la ville pour s'ajouter aux autres passants venus s'amuser en ce jour de fête. Sur la place, des femmes et des hommes dansaient en riant. Il décida de se joindre au groupe et entreprit de faire la cour à une jeune *señorita* au regard de lionne. La lionne se laissa vite mater et d'un clin d'œil, lui fit signe de la suivre.

La vie lui souriait. Au diable sa fiancée récalcitrante ! Il se voyait déjà mordre dans le joli sein de la fille comme il se sentait mordre dans la vie à cet instant même.

– Basilio !

Le jeune homme s'arrêta au son de la voix paternelle, tout en jetant des coups d'œil dans la direction prise par la belle au voile pourpre.

– Oui, papa ?

– Viens-tu assister au *juego de cañas** ? Tu sais que j'y participe.

– Oui, papa, je sais. J'essaierai d'y être présent et de vous voir jouer.

– Tu essaieras ? Qu'as-tu donc de si important à faire pour ne pas venir encourager ton vieux père ?

Basilio baissa les yeux, dans l'espoir peu probable de dérouter son père.

– Ah ! petit chenapan. Une histoire de donzelle ?

– Heu...

– Profites-en ! Tu es jeune, *madona* ! C'est le temps ou jamais.

– Mais...

– En parlant de donzelle, je viens tout juste de croiser ta fiancée, par là... Elle se promenait avec sa cousine, je crois. Bianca les suivait avec l'allure d'un chien de garde. Tant mieux ! Son père voit à ce que sa fille soit neuve pour toi, mon garçon. D'ailleurs, après ce qu'elle a fait hier, je ne comprends pas qu'il l'ait laissée sortir aujourd'hui. Allez ! Amuse-toi bien maintenant.

---

* Jeu de combat de l'Espagne médiévale.

Mais Basilio n'avait plus du tout le goût de s'amuser. Après s'être imaginé mordre le sein de la *señorina*, il avait maintenant l'impression de mordre la poussière. Le goût qui lui restait dans la bouche était amer, tout comme son humeur qui s'était subitement transformée. L'érection qui naissait dans son sexe en poursuivant la jeune lionne, ainsi que les rêves qu'elle faisait germer dans son esprit, l'avaient dérisoirement déserté.

– *Dios !* Pourquoi fallait-il que mon père me parle de ma chipie de fiancée !

33

– Où est donc passée notre fille, ma femme ?

Luisa releva son visage du travail de broderie sur lequel elle s'appliquait. Son mari était debout à ses côtés et promenait les yeux autour du salon, comme s'il essayait de trouver Mariana dans la pièce.

– Elle est partie à la fête de l'Immaculée Conception avec Alicia et Bianca. Jorge les a conduites en ville et les ramènera.

– Hum... Je me réjouis encore d'avoir engagé Bianca quand Amanda est devenue trop vieille. Elle m'enlève bien des soucis. Mais je ne serai vraiment à l'aise qu'après le mariage de notre cadette.

– Tu t'en fais trop, cher mari.

Alvaro jeta un coup d'œil sur la robe de baptême que Luisa brodait pour Fabiano, leur deuxième petit-fils. Il émit un soupir de fatigue. Pourquoi Mariana ne se comportait-elle donc pas comme sa sœur aînée ? Sa vie serait si tranquille ! Après tous les efforts qu'il avait mis à faire de ses filles des femmes respectées et recherchées, les comportements de sa benjamine ne cessaient de l'inquiéter. Encore heureux que les parents de Basilio ne soient pas trop regardants !

La veille, après avoir fait patienter tous les invités, Mariana avait enfin fait son apparition. Alvaro se rappelait le silence jeté comme une chape de plomb sur le salon pendant plusieurs secondes. Bouche bée, il avait dévisagé sa fille pour ensuite loucher vers l'assistance: Luisa avait les yeux remplis de tristesse ; les parents de Basilio, eux, avaient voûté leurs épaules, comme pour parer un dur coup ; Basilio, sidéré, avait le visage tordu par la colère.

Une fois le choc passé, Basilio avait fait mine de se lever, mais son père, assis à ses côtés, lui avait mis la main sur l'épaule et l'avait forcé à se rasseoir. Tous les autres s'étaient mis à chuchoter jusqu'à ce qu'Alvaro impose le silence d'un « Ça suffit ! » tonitruant. Son visage était rouge d'exaspération.

— Mariana, va te changer immédiatement ! Où est Bianca ? Je croyais qu'elle t'aidait à te préparer ?

Les joues empourprées de peur aussi bien que de bravade, Mariana avait gardé la tête haute.

— Je l'ai renvoyée. Je lui ai dit que j'étais bien assez grande pour m'habiller toute seule.

— Pour ça, oui ! Je ne veux plus t'entendre, avait hurlé Alvaro. Si tu n'es pas revenue convenablement vêtue dans dix minutes, je vais te chercher moi-même par le chignon du cou. Luisa, va avec elle et ne la laisse pas une seconde.

En repensant à la scène, Alvaro dut admettre en son for intérieur qu'il n'aimait pas tellement ce Basilio. Quelque chose d'indéfinissable dans son regard le troublait et il aurait volontiers choisi un autre gendre, mais, malgré sa beauté, sa fille faisait peur à bien des jeunes gens. Lui-même, s'il avait mieux connu le tempérament intense de sa femme avant le mariage...

– À quoi penses-tu, Alvaro ?

– À rien, à rien... Je vais à l'oliveraie voir si tout se passe bien. Je rentrerai pour le repas.

Il se pencha et effleura de ses lèvres le dessus de la tête de son épouse avant de partir vers les écuries. Tout en apprêtant son cheval, il ne pouvait s'empêcher de ruminer qu'il n'existe que deux sortes de femmes: les respectables et les autres, légères. La Vierge et la putain. Une épouse devait se rapprocher de la Vierge... Enfin, presque. Il avait eu peur du comportement « putain » de son épouse, au tout début de leur mariage. S'il voulait une putain, il n'avait qu'à s'en payer une ! Il était interdit à sa femme de se comporter comme tel et donc à lui de prendre avantage de cette conduite. Il savait qu'il avait brisé le charmant naturel de Luisa en leur refusant à tous deux l'exaltation des corps. Il s'était donné à l'époque l'excuse de la religion, lui qui venait d'une famille du nord du pays très stricte, mais il avait permis à d'autres, dont c'est le métier, de le faire exulter dans la concupiscence. Quant à son épouse, elle s'était soumise... Elle n'avait pas eu le choix, ni le temps ni la possibilité de faire autrement.

Il s'ébroua et sauta sur son cheval.

Luisa, connaissant bien son mari, savait d'où provenait son humeur maussade. Elle aurait dû, elle aussi, s'offusquer des manières cavalières de sa fille, hier, lors des fiançailles.

Santa Maria ! Mariana leur avait fait honte à tous et avait failli compromettre la cérémonie. Pourtant, elle n'arrivait pas à lui en vouloir.

Cette journée resterait gravée en elle à jamais... Sans s'en apercevoir, elle délaissa la robe de baptême et se laissa glisser dans les souvenirs de cette cérémonie de mascarade.

Pour l'occasion, leur dévoué serviteur, Ahmed, avait magnifiquement préparé le grand salon en nettoyant les tapis et les coussins. Il avait poli les tables de cuivre et de laiton, avait nettoyé les lampes à l'huile, avait épousseté le moindre recoin. Il avait même reblanchi les murs à la chaux. Toute la semaine, il s'était affairé pendant qu'Elena, la cuisinière, préparait porcs, poulets et poissons dans des sauces riches et crémeuses. Elle avait confectionné un fromage caillé du lait de leurs vaches, et préparé aubergines, tomates, haricots et poivrons avec du riz au safran. On avait commandé différentes sortes de pâtisseries, feuilletées et très sucrées.

Pilar était arrivée la première avec Fabiano dans les bras, enroulé dans un drap de satin bleu pâle. Cristobal l'accompagnait en tenant par la main leur fils aîné, Crisanto. Ensuite, Basilio et ses parents, qui n'auraient pas voulu manquer de savoir-vivre, firent leur apparition à l'heure précise de l'invitation. Ils se tenaient tous les trois très droit, à la limite de la rigidité. Flavia, la mère, avait revêtu une robe austère toutefois agrémentée d'un ruban de soie coloré. Ana-Clara, toute jolie et vêtue de couleurs gaies, avait rejoint la famille presque aussitôt, heureuse de revoir son Ricardo. Quelques tantes, oncles, cousins et cousines des deux familles s'étaient joints à la fête. Le curé s'était présenté le dernier, sachant que les familles devaient d'abord briser la glace.

Alvaro, impatient, scrutait l'entrée du salon.

– Mais que fait donc notre fiancée ?

Luisa, qui savait à quel point sa fille refusait ces fiançailles, avait voulu la protéger.

– Bianca finit de la préparer, je crois. Elle se doit d'être très belle aujourd'hui. Laissons-lui encore quelques minutes. Alanis, avait-elle dit à la servante engagée pour l'occasion, va nous chercher des plateaux de hors-d'œuvre. Fais vite !

– Ça alors ! Mais, Mariana, ce que tu souhaites est impossible.

Les yeux d'Alicia étaient agrandis par la surprise et la peur qu'elle éprouvait pour sa cousine.

– Jamais ton père n'acceptera !

Mariana releva le menton et croisa les bras sur sa poitrine.

– Je sais et c'est *justement* pour cette raison que je m'évaderai avec mon Gitan.

– Comment feras-tu ? Tu n'auras pas d'argent et lui non plus ! Tu peux te faire prendre avant de quitter l'Espagne et ton père te le fera payer cher, *prima*.

– Je dois absolument partir avant que Basilio termine ses études. Il n'est pas question que j'épouse ce vil crapaud. Je n'en voudrais pas même si je n'étais pas amoureuse de Paco.

— Es-tu certaine d'aimer ce Gitan, cousine ? Tu ne le connais pas. Tu ne l'as rencontré qu'une seule fois. Comment peux-tu être assurée de tes sentiments pour lui ? J'ai peur que tu fasses une grosse erreur, Mariana.

— Comment t'expliquer ce que je ressens... C'est comme si je l'avais toujours aimé ! Mon cœur se souvient de lui, mon cœur a besoin de lui. Mes sentiments pour lui sont là, c'est tout ! Écoute-moi, Alicia. Tu as promis. J'espère que tu tiendras ta promesse. Tu ne dois en parler à personne !

Alicia jeta un coup d'œil apeuré autour d'elle, en pressant ensemble ses mains moites.

— Mais s'il t'arrive quelque chose et que je n'ai rien dit, je vais m'en vouloir toute ma vie, je vais me sentir coupable !

— La belle affaire ! Pourquoi te penses-tu responsable de mon destin ?

— Mais enfin, Mariana ! En me le disant, tu as fait de moi ta complice. Ai-je le droit de te laisser faire une telle folie ?

Les yeux de la louve lancèrent des éclairs de feu vers sa cousine.

— Tu as promis, alors, tu n'as pas seulement le droit de me laisser faire ce que je t'ai confié, tu en as l'*obligation*. C'est clair ?

Alicia baissa les yeux sur ses genoux, entoura sa taille de ses bras comme si elle avait froid et se berça lentement d'un côté à l'autre.

— Je ne sais pas, Mariana... Je ne m'attendais pas à une révélation aussi grave. Ton comportement d'hier ne laissait sûrement rien présager de bon, mais ça, c'est trop ! Et puis, fais attention à Basilio. Tu l'as humilié publiquement et il cherchera à te le faire payer. Tu t'es mise dans de mauvais drap avec ton tempérament rebelle...

34

— Je sors faire une randonnée avec Estrella, *mamá*.

Luisa se retourna brusquement et fit face à sa fille, en déployant tout le pouvoir maternel dont elle se sentait investie.

— Pas si vite, Mariana. Ton cheval peut attendre. Allons nous asseoir à la fontaine. Je dois te parler et tu le sais.

La louve se raidit instinctivement. *Madre de Dios*[*] ! Alicia n'avait pu tenir sa langue ! Elle avait certainement envoyé un billet à sa mère par un courrier.

Luisa sortit dans la cour intérieure et fit signe à sa fille de la suivre. Sans enthousiasme, Mariana lui emboîta le pas, s'attendant au pire.

— Assieds-toi. Regarde-moi.

D'un geste ferme, elle releva le menton de son bébé, déjà adulte. Mariana prit alors un air de défi bien connu de sa mère. La partie serait rude.

---

[*] Mère de Dieu.

– Pourquoi, Mariana ?

Comme il lui était difficile de regarder sa mère en face, de devoir supporter ses yeux inquisiteurs, de savoir aussi qu'un jour, elle partirait et ne les verrait plus jamais !

– Pourquoi quoi, *mamá* ?

Luisa poussa un soupir d'exaspération.

– Ne fais pas la tête dure ! Tes fiançailles, bien sûr.

Ses fiançailles ? Ce n'était que ça ! Un immense soulagement l'envahit comme une marée montante, recouvrant tous les débris laissés sur la plage par le flux précédent. Ses fiançailles ! Elle avait soudain envie de partir d'un grand éclat de rire qu'elle se dépêcha aussitôt d'étouffer avant qu'il ne dévale en cascade joyeuse hors de sa gorge, de son cœur. Elle s'obligea à retrouver son calme avant de répondre à sa mère.

– Tu le sais très bien, *mamá*. Je ne veux pas me marier avec Basilio.

– Ça, je le sais. Mais ce n'est pas une raison. Tu ne peux absolument rien y faire, pourquoi ne t'inclines-tu pas avec grâce ? Ton père est tellement fâché qu'il se retient de t'adresser la parole depuis deux jours. Il a peur de trop s'emporter. Mais tu sais qu'il ne laissera pas passer ce que tu as fait sans rien dire.

Mariana se disait que la punition serait sans doute salée, mais elle s'en fichait. Il restait encore trois mois avant le prochain passage du cirque des Gitans à Séville, à la mi-mars. Elle savait que l'espoir et l'attente lui permettraient d'endurer n'importe quelle correction.

– Mariana, il veut t'enlever ton cheval.

La jeune louve faillit s'étouffer et pressa les deux mains sur son cœur. Elle n'avait pas prévu que son père lui donne une sanction aussi sévère.

– Quoi ?! C'est impossible ! Il ne peut pas me faire ça, *mamá* ! Estrella, c'est toute ma vie ! Sans elle, je ne pourrai plus respirer. J'ai besoin du vent qu'elle me procure. *Mamá*, fais quelque chose !

– Je n'ai jamais vu ton père dans une telle colère. Il sait très bien que la pire punition qu'il puisse te donner est de t'enlever Estrella. Il tient à ce que tu te souviennes de cette leçon. Il fera connaître sa décision aux parents de ton fiancé dès qu'il te l'aura apprise lui-même.

La voix tremblante, des larmes lui montant aux yeux, Mariana demanda :

– Il ne va pas la vendre, dis, *mamá* ?

– La vendre ? Non. Quatre mois. Sans sortie, sans cheval. Tu devras te consacrer à des activités féminines. Broderies et dentelles. Une femme de ta condition doit s'y adonner. Puisque tu as reçu de l'instruction, tu passeras les quatre prochains mois, six jours par semaine, avec un percepteur qui t'inculquera des notions plus profondes de philosophie, d'histoire et de mathématiques.

Des sanglots incontrôlables montaient dans sa gorge. Quatre mois ! Le cirque serait venu et reparti. Elle ne pourrait pas revoir Paco et il penserait qu'elle avait changé d'idée, qu'elle ne voulait plus de lui. Elle le perdrait... Noooon !!! Elle ne pourrait pas !

Le cœur de Luisa pleurait. Elle ne comprenait que trop bien sa fille. Mais cette fois-ci, la colère d'Alvaro mordait férocement dans les prières de sa femme en faveur d'une certaine clémence envers leur benjamine. Luisa soupira.

— Tu as été trop loin, ma fille. Pourquoi avoir autant provoqué ?

— Je voulais les scandaliser, lui et ses parents. Je voulais qu'ils se lèvent et qu'ils amènent leur fils avec eux. Je voulais ne plus jamais entendre parler d'eux. Je voulais qu'ils me haïssent trop pour me laisser épouser Basilio. Je suis prête à tout pour me sauver de ce mariage.

Dans un soupir, Luisa ajouta :

— Doux, doux, ma fille. On s'habitue à tout, tu sais.

— Toi, *mamá*, tu aimais *papá* quand tu l'as épousé ?

— Je ne sais pas, mais il me plaisait et je voulais être une bonne épouse pour lui.

— Moi, Basilio, m'horripile ! *Mamá*, je vais me tuer plutôt que de me laisser toucher par lui.

— Ne dis pas de bêtises ! Tu sais bien que tu ne le ferais pas.

Mais l'inquiétude commençait à s'emparer de Luisa. Sa fille était si entière, si sauvage, si indépendante !

Et si, par désespoir, elle le faisait ?

Un grand frisson la parcourut.

— Va, Mariana, avant que ta punition soit officielle. Profite de chaque instant, et reviens. Je parlerai à ton père, j'essaierai d'alléger ta sanction. Ne te décourage pas si vite ! La vie sera pleine de promesses pour toi, ne t'en fais pas.

Aucune promesse ne pourrait me satisfaire en compagnie de cet immonde crapaud, pensait Mariana, cheveux au vent, coulant son corps souple au sein des mouvements du galop d'Estrella.

Dans sa fureur, elle avait sauté sur le dos de sa compagne sans même la seller. Ses deux mains agrippées à la crinière brune et rugueuse de la bête, sa tête appuyée sur son cou large, ses jambes accrochées autour de son corps, elle faisait galoper Estrella qui filait comme une étoile. La chaleur de l'animal, qui grimpait le long de ses cuisses pour arriver à son entrejambe, ramenait douloureusement à son esprit l'image de Paco. Cette nouvelle sensation, qu'elle avait déjà ressentie à quelques reprises, lui faisait désirer de tout son cœur, de son corps entier, la présence de son amoureux. Et cet appétit si fort pour le jeune homme lui redonnait confiance. Il la guiderait vers lui, coûte que coûte.

– J'irai te rendre visite tous les jours à l'écurie, Estrella. Ça, *papá* ne l'a pas interdit... Enfin, je l'espère. Tu verras, nous serons bientôt réunies. Je serai très sage dans l'espoir de voir ma sanction allégée.

Le cheval avait légèrement ralenti et monté les oreilles, comme pour écouter les paroles de sa maîtresse.

– Je demanderai à Ricardo de te sortir de temps en temps. Tu vas voir, tout ira bien.

– Luisa, tu m'enverras Mariana dès son retour, je t'en prie. Pourquoi ne l'as-tu pas retenue ?

– La sentence n'avait pas encore été prononcée, mon mari.

– Je vais lui mettre du plomb dans la tête, à cette petite. Quand je pense à son entrée au salon, avant-hier, j'en suis encore tout retourné ! Comment a-t-elle pu nous faire cela ? Se vêtir comme pour des funérailles le jour de sa promesse de mariage, c'est impensable !

– Alvaro, notre fille éprouve un mépris sans borne pour Basilio. S'il te plaît, essaie de comprendre.

L'homme releva le menton et parla avec le ton plein d'assurance du chef de famille.

– Luisa, notre fille, avec ses manières de garçon et ses idées libertines, ne trouvera pas de mari. Tu le sais et tu sais aussi qu'une femme sans mari se voit fermer toutes les portes. Basilio, avec sa fortune en partie dilapidée, aura lui aussi de la difficulté à se caser. Si ses parents n'ont pas relevé l'insulte, c'est qu'ils ont financièrement besoin de cette alliance. Leur fils le comprend aussi et fera le nécessaire. Elle se mariera, compte sur moi ! Et en tant que son père, tant qu'elle vit sous mon toit, je me dois d'afficher une certaine autorité. Cette fois, elle aura ce qu'elle mérite.

L'ombre bienfaisante du grand pin parasol apaisait la brûlure ardente qui consumait les tripes de Mariana. À chacune de ses randonnées, elle avait l'habitude de venir saluer ce pin centenaire et de profiter de sa fraîcheur. Estrella broutait l'herbe à demi séchée de la plaine où trônait l'arbre magnifique et protecteur. Irma, qui avait suivi tant bien que mal, venait de les rejoindre, la langue pendue, en haletant. Elle se coucha aux pieds de sa maîtresse. Le dos appuyé au tronc rugueux du conifère, les genoux repliés, enserrés par ses bras vigoureux, le regard au loin, Mariana se forçait à réfléchir. Elle devait trouver une solution pour revoir Paco.

Tout à coup, assise sous le grand arbre, la fatigue, la peur, la peine faisant leur chemin au cœur de ses émotions, elle se mit à rire, d'une hilarité hystérique, en repensant à son accoutrement lors de la cérémonie de fiançailles.

Tout endeuillée pour l'occasion ! Habillée en noir de la tête aux pieds. Elle s'était aussi couvert le visage d'un voile noir assez opaque pour qu'il soit ardu de voir ses traits.

Elle rit sans fin, lui semblait-il, ses épaules tressautant, ses mâchoires endolories, ses flancs contractés par ce rire qui s'obstinait à l'envahir jusqu'au moment où un énorme sanglot monta du fond d'elle-même pour s'élancer hors de sa gorge, se heurter aux branches du pin majestueux, se faufiler entre les aiguilles vertes et charnues, pour retomber sur ses épaules et la laisser interdite, accablée et désespérée.

Épuisée par trop d'émotions, elle s'endormit, couchée en rond à l'ombre de l'arbre, Irma blottie sur son ventre.

Le soleil commençait à fondre sur l'horizon quand elle s'éveilla pour voir apparaître au loin son amie imaginaire, en culotte bleue très moulante surmontée d'un étrange chandail orange sans manches, à motifs de fleurs jaune soleil.

Habituée depuis son enfance à ces rencontres occasionnelles et gardées secrètes à la suite des conseils d'Amanda, elle lui fit signe de s'asseoir à ses côtés. Encore une fois, elles eurent une conversation.

– Tu sais que mes parents veulent me marier ?

– À quinze ans ? C'est bien trop jeune !

– Mon père m'a fiancée à un garçon qui me dégoûte et je serai mariée dans deux ans.

– Mais, Mariana, tu dois te sauver ! Il le faut !

– Si je savais comment partir avec toi dans ton monde, je le ferais, mais il y a Paco. Je ne peux pas m'enfuir sans lui.

– Eh bien alors, sauve-toi avec lui !

– C'est ce que nous ferons. Tu sais, *Francia*, c'est lui que j'aime, pour toujours.

– Toujours, c'est un bien grand mot, non ?

En se frappant la poitrine de son poing fermé, la louve répliqua :

– Non, pas du tout. Je le sais... Je le sens... ici, dans le plus profond de mon cœur.

Et elle raconta à son amie, qu'elle n'avait pas vue depuis longtemps, toute son histoire d'amour.

– Un Gitan ! s'écria France, éberluée.

– Quoi, tu n'es pas d'accord non plus ?

– Oh non ! Ce n'est pas ça. C'est que j'ai toujours été fascinée par les Gitans et j'apprends que toi, mon amie imaginaire, tu en aimes un. Drôle de coïncidence, tu ne trouves pas ?

France se leva, mit les pouces dans les ganses de son jean et regarda au loin.

Mariana s'était levée elle aussi. Côte à côte, elles embrassaient l'horizon du regard. Spontanément, la main de France chercha celle de Mariana et elles croisèrent fermement leurs doigts. Pour la première fois de leur vie, elles sentaient physiquement le contact de l'autre, comme si l'amie imaginaire s'était en quelque sorte matérialisée. Surprises, elles apprivoisèrent en silence cette nouvelle sensation pendant de longs moments. Tranquillement, le contact devint de plus en plus estompé, vaporeux, et France disparut pour laisser Mariana en proie à une vive excitation.

L'Andalouse venait d'avoir la preuve que tout était possible... Avec Paco, ils trouveraient le moyen de partir ensemble, à l'autre bout du monde, pour vivre leur amour. Jamais elle ne laisserait qui que ce soit les séparer.

Elle se le jurait.

Muni d'une toute nouvelle invention, la lunette d'approche, qu'il avait reçue de son père en cadeau d'anniversaire, Basilio faisait à cheval le tour de la propriété de sa fiancée dans l'espoir de l'apercevoir. Loin de le décourager, l'attitude farouche de la belle Mariana le piquait au vif. Il bandait comme un étalon à l'idée qu'un jour... un jour, il la dompterait, comme on le fait d'un cheval sauvage. Il la dominerait de toute sa force et la rendrait docile comme un chiot nouveau-né.

Il finit par la voir, debout devant un grand pin, la tête haute et l'air résolu. Elle avait l'air tellement sûre d'elle qu'il en eut un frisson désagréable.

Si cette petite peste trouvait un moyen pour ne pas se marier avec moi ?

Puis, il se ressaisit. C'était impossible.

Qu'elle le veuille ou non, elle était à lui et le serait pour toujours.

Soumise.

Il se le jurait.

35

Séville, de nos jours

Marta découvrait avec étonnement le contenu du coffre que son mari venait de trouver dans la cour en creusant pour construire une fontaine. Ils vivaient dans une banlieue de Séville où foisonnait encore la campagne au début du siècle dernier. Elle avait hérité de sa famille ce lot de terrain où elle et Camilo avaient construit leur maison après deux ans de mariage, alors qu'elle était enceinte d'Adamo. Quelques années plus tard, Maya, qui avait maintenant cinq ans, était née. Marta était retournée au travail depuis trois ans pour une société historique d'Andalousie où elle faisait des recherches, et ce coffre venu des temps anciens avait déclenché chez elle une fièvre de découverte. Assise à la table de cuisine, elle le tenait dans ses mains.

– Voyons voir... Le bois du coffre présente un aspect fatigué mais en bon état ; ça ne doit pas être très vieux, quelques centaines d'années tout au plus. Carré, sobre, construit dans de grosses planches brutes. Hum... rudimentaire. Le coffre d'une femme, pour y déposer ses babioles. Fort probablement une paysanne, à en juger par la pauvre qualité du meuble.

Elle souleva le couvercle et fit l'inventaire :

– Trois mèches de cheveux noirs attachées par une petite corde de chanvre ; celles de ses enfants, sans doute. Un très vieil anneau de mariage, une mantille de dentelle noire, un crucifix de bois grossièrement taillé, un bouquet de fleurs séchées et décolorées, abîmées par l'humidité et... Tiens, tiens ! Des boucles d'oreilles très raffinées et une toute petite sculpture.

Elle prit d'abord les boucles d'oreilles, de très belles émeraudes serties dans l'or. Comment une paysanne avait-elle pris possession d'un tel bijou ? L'avait-elle volé ? Interloquée, elle les déposa dans le coffre et, de l'index et du pouce, souleva la statuette et l'examina avec attention. Un oiseau, manifestement un phénix, était assis sur un nid de feu, les ailes déployées et la tête tournée vers la droite.

– Ma foi... c'est en or, si je ne me trompe pas. Qu'est-ce que ces boucles d'oreilles et cette figurine peuvent bien faire au milieu d'un si maigre trésor ?

Elle tourna et retourna le phénix, cherchant une signature ou un signe quelconque lui permettant d'identifier cet objet surprenant. Rien. Tout à coup, elle le laissa retomber sur la table.

– Aïe ! Il m'a brûlée !

Elle agita machinalement la main pour en déloger la douleur et regarda ses doigts légèrement rougis.

– Mais je ne rêve pas ! C'est de la magie ! Qu'est-ce que c'est que cette histoire ?

Comme une enfant qu'on vient de prévenir de ne pas toucher au fer à repasser, elle cacha rapidement sa main derrière son dos et ne bougea plus, éberluée.

– Bon, Marta. Réagis, ma fille. Tu ne vas pas rester figée toute la journée devant un petit morceau d'or, non ?

Elle approcha craintivement le bout de l'index de la statuette et, d'un geste vif, la toucha. Ça ne brûlait pas. Elle essaya de nouveau en laissant son doigt, cette fois, caresser l'objet. Toujours rien. Elle se leva et alla chercher une petite serviette qu'elle déposa, pliée en quatre, dans le creux de sa paume gauche avant de se rasseoir. D'une main hésitante, elle reprit l'objet du bout des doigts et le fit choir sur la serviette.

– Qu'est-ce qui a bien pu me brûler ? Et pourquoi est-ce que ça ne brûle plus ?

– Qu'est-ce que tu dis, chérie ?

Concentrée, elle n'avait pas entendu Camilo entrer dans la cuisine. Elle sursauta.

– Je me parlais, mon cœur. Rien d'important. Les enfants te laissent travailler tranquille au moins ?

Camilo se dirigea vers le frigo avant de répondre.

– Si... si. Adamo tient à faire des concours de pelletage de terre avec moi. Maya, elle, se balance en chantonnant. Il y a des en-cas ? Notre fils a décidé de faire la grève tant que je ne lui apporterai pas de quoi se mettre sous la dent.

– Mhmm... regarde sur la deuxième tablette à droite, il y a des bâtonnets de carottes, des calmars en sauce et une salade aux œufs.

– Tu te joins à nous pour grignoter ?

– Bientôt, chéri. Laisse-moi terminer l'inventaire de ce coffre.

Aussitôt dit, elle oublia l'existence de son mari, de ses enfants et de la collation pour se remettre à l'examen de la statuette au creux de sa main. Heureusement, Camilo ne l'avait pas remarquée, trop occupé à gagner les faveurs de son fils afin d'éviter le débrayage.

Elle désirait ardemment être seule à seule avec cette figurine surnaturelle qui semblait vouloir lui communiquer quelque chose.

Surnaturelle ? Reviens sur terre, voyons. Tu n'es pas devenue un peu dingue, Marta Ramirez, de penser qu'une sculpture essaie de te parler ?

De nouveau, elle sentit la chaleur au creux de sa main, protégée cette fois par l'épaisseur de la serviette.

– Ah !!! Tu as encore voulu me brûler, hein ? Tu es peut-être maligne, petite statue, mais pas autant que moi, mon amie. Je t'ai bien eue avec ma serviette, non ?

Mais aucune réaction ne vint.

Mariana n'avait pas le temps de terminer. Elle n'osait imaginer ce qui lui arriverait si on la prenait à demander de l'aide. Cette lettre devait partir immédiatement !

Le phénix de son rêve lui avait fait comprendre que seule France pouvait l'aider.

Comment cette personne qu'elle n'avait vue qu'en imagination au cours de sa vie, qui s'habillait de façon si différente, qui semblait venir d'un autre monde que le sien, pourrait-elle bien l'aider ? Mais elle devait faire confiance. Oh oui ! Comme elle devait faire confiance ! Le phénix, elle le savait, représentait la force de sa voix intérieure. Son précepteur, le *señor* Hernandez, lui avait enseigné que cet oiseau était un animal mythique qui, d'après Plutarque, était doué d'une extraordinaire longévité. À l'heure de sa mort, il se consumait lui-même avec sa propre chaleur, pour renaître de ses cendres. M. Hernandez lui avait expliqué qu'il était donc le symbole non seulement des cycles de la vie, mais aussi de la Nature Divine. Cependant, contrairement aux enseignements de son précepteur, Mariana avait la conviction que cette Nature Divine, loin de régner du haut du ciel, était nichée en chaque individu. Elle ne savait d'où lui venait une telle certitude, qui ne cadrait en rien avec les enseignements de l'Église.

Le phénix, c'était donc sa propre Nature Divine qui venait à son secours. Elle devait faire ce qu'il lui dictait sans se poser de questions... et avoir une foi absolue. Mais la foi, malgré les avertissements de la voyante gitane, elle l'avait perdue. Depuis plusieurs mois.

— Bon, figurine chauffante, je te dépose sur la table en te demandant de ne pas me brûler, s'il te plaît.

Pour ne prendre aucun risque, Marta glissa toutefois sous l'objet d'or la serviette pliée.

— Comme ça, je serai tranquille pour continuer mon exploration du coffre... Tiens, une lettre...

Une lettre ? Elle savait qu'ici même avait existé une ferme de pauvres paysans, ses propres ancêtres. Mais, comme tous les fermiers de l'époque, ils ne savaient pas lire et encore moins écrire.

Elle prit délicatement la feuille de papier pliée en trois et fermée par un sceau. Elle regarda l'adresse écrite à l'endos. Un soubresaut la secoua. Elle relit et se frotta les yeux, comme pour se libérer d'une vision impossible. Non, elle ne rêvait pas. De cette écriture très ancienne était tracée une adresse tout à fait actuelle, code postal inclus, au Canada. Cette fois, ce fut plus fort qu'elle ; elle s'écria par la fenêtre ouverte :

– Camilo, viens voir ! Dépêche-toi !

36

– C'est toi l'historienne, Marta, prononça Camilo d'une voix calme. Moi, je n'y comprends rien et je n'ai certainement pas envie de me creuser la tête pour ça.

Marta aurait souhaité pouvoir partager ses découvertes avec son mari. Pas seulement les découvertes, mais aussi cet extraordinaire picotement qui s'emparait d'abord de son crâne pour descendre ensuite dans tout son corps. Un frémissement sous la peau, un battement accéléré du cœur, une sensation de froid et de chaud en même temps, des frissons qui la parcouraient de la tête aux pieds. Mais Camilo ne voyait dans l'histoire qu'une série d'événements plus ou moins importants qui avaient fait de la vie ce qu'elle est maintenant. Il ne s'inquiétait ni du passé ni du futur, même dans les mois où son commerce d'ordinateurs se faisait moins prospère.

Légèrement déçue, elle marmonna :

– Bon, je vais téléphoner à ma collègue Bia. Je sais que ça l'intéressera. Tu ne comprends pas, Camilo, ce n'est pas seulement l'histoire, dans ce cas-ci. C'est l'histoire entremêlée au présent, c'est inimaginable, incroyable ! C'est un mystère, de la magie, je ne sais pas, moi. Comme si un transfert de temps s'était effectué. Mais comment ? Ça me dépasse, tout simplement ! *No comprendo**.

— À première vue, on dirait quelques centaines d'années au moins.

Bia, l'œil collé au microscope, examinait la texture du papier et la décoloration de l'encre.

— Est-ce que tu me permets de prélever un échantillon ? Tout petit...

— D'accord. Qu'est-ce qu'on fait avec ça, Bia ?

La jeune femme releva la tête et regarda Marta avec le même intérêt qu'elle venait de donner à la lettre.

— Je n'ai jamais rien vu de pareil depuis le début de ma carrière. On devrait peut-être donner cette lettre et tout le reste à la société d'histoire ?

— Oui, mais tu te rends compte ? C'est une adresse moderne, à l'endos. C'est peut-être important de l'envoyer à la destinataire. En plus, à la société, on va penser que c'est un trucage. Voyons, Bia, ils ne croiront jamais à ça !

— J'avoue que je n'y comprends rien non plus. Ce coffre, par exemple, il devrait être dans un état avancé de décomposition... Le crucifix aussi. Quant à la lettre, je ne veux même pas y penser ! Conservée dans un coffre de métal hermétique,

---

* Je ne comprends pas.

je ne dis pas... mais là, c'est à devenir fou. Regarde-moi ce bouquet de fleurs séchées et les mèches de cheveux : ça ne devrait plus exister, ça devrait être décomposé, dissous, *finito*, quoi !

– Et la figurine, Bia, qu'en penses-tu ?

– Ah là ! Pour tout ce que j'en sais, c'est peut-être grâce à elle que ce bataclan se tient encore...

– Génial ! Tu l'as ! Bravo, Bia !

– De quoi tu parles, au juste ?

– De ta supposition. La réponse ne peut être que ça.

– Mais je blaguais, Marta. Ne me dis pas que tu as pris ça au sérieux ?

– Pourquoi pas ? Tu vois une autre explication, toi ?

– C'est à dormir debout, cette affaire !

– Tu crois qu'on devrait décoller le sceau pour en savoir plus ?

Marta se grignotait l'ongle de l'index du bout des dents. Merde ! Elle abîmait son vernis tout neuf de ce matin.

– *Dios !* Quelle décision difficile à prendre ! Je n'en sais rien, Marta. D'un côté, je suis très curieuse de savoir qui l'a écrite et pourquoi. D'un autre côté, cette France Carpentier doit exister puisque l'adresse semble actuelle, et c'est peut-être très important qu'elle reçoive cette lettre. Là encore, comme c'est un document historique, je suis toujours d'avis de la donner à la société d'histoire.

– Non, Bia ! Je t'en prie, ne fais pas ça ! Si j'avais su, je ne te l'aurais pas montrée. Si ce n'était qu'une vieille lettre avec une ancienne adresse, je dirais oui tout de suite. Mais ce n'est pas le cas. Tu le vois bien toi-même.

– D'accord. Commençons par l'ouvrir. Si tu tiens à l'envoyer, on aura qu'à la recoller. Au moins, on saura ce qu'elle contient.

Marta s'exécuta sans se faire prier une seconde de plus.

– Ce n'est pas signé, mais on a une date : 19 mars 1641. Ça fait un bail !

Les grands yeux noirs de Bia, délicatement soulignés au pinceau, brillaient d'excitation. D'un geste énervé, elle repoussa une mèche de ses épais cheveux.

– Je n'en crois pas mes yeux ! Marta, c'est un appel à l'aide ! Dans quelle histoire de fous sommes-nous tombées ?

– C'est une histoire de fous, ça ! Ne me dis pas que tu y crois, Marta ? C'est dingue ! Tu ferais mieux de t'ôter tout ça de la tête au plus vite.

Camilo esquivait commodément et automatiquement tout ce qu'il ne comprenait pas. Les ovnis, les extraterrestres, la réincarnation, la clairvoyance, les pressentiments... et même Dieu, dans une certaine mesure. Marta et lui coulaient des jours tranquilles, simples et généralement agréables. Pourquoi chercher autre chose ? L'obsession de sa femme par rapport à cette lettre, sans parler d'un objet qui lui avait brûlé les doigts, le dérangeait grandement. Un objet brûlant ! Elle se pensait peut-être dans un roman d'Harry Potter ? Depuis quatre jours, elle ne parlait plus que de ça, comme si lui et les enfants n'existaient plus. Il en avait assez. Par la fenêtre de la salle à manger, il contemplait le ciel rosé du soleil couchant, sans toutefois ressentir l'apaisement quotidien que ce spectacle lui procurait habituellement.

Marta décida de rester calme et s'efforça de bien mastiquer la bouchée de porc qu'elle avait dans la bouche avant de rétorquer. Elle s'allouait ainsi le temps de réfléchir à sa riposte... mais pour dire quoi ? Pourquoi essayer de le convaincre ? Comment briser le rempart – la muraille de Chine, en fait – qu'il avait construit autour de lui et de sa famille pour se protéger de l'inattendu ? Cette lettre mystérieuse, elle le savait, représentait pour lui un monde inconnu, donc un danger. Elle-même, n'avait-elle pas passé des années entières, heureuse de se laisser dorloter au cœur de leur facilité quotidienne ? En commençant tout doucement à se transformer, elle changeait les règles du jeu établies. Elle jouait avec le feu, un feu qui pouvait détruire leur couple, mais l'attraction que représentait sa trouvaille était plus forte que tout. Il ne lui restait qu'à espérer la tolérance de son mari.

– Camilo, s'il te plaît, essaie de comprendre.

– Je n'ai pas envie de comprendre ! Je veux que tu me fiches la paix avec cette sacrée histoire.

– Bon, si c'est ce que tu souhaites. Je ne t'en parlerai plus. En revanche, je suis incapable de laisser tomber, de faire comme si de rien n'était, de recoucher la lettre au fond de son coffre et de remettre le coffre en terre. Je ne veux pas, je ne *peux* pas enterrer cette histoire. Je me sens responsable, d'une certaine façon, de cette missive.

– Responsable ! Elle est bonne, celle-là !

Camilo jeta sa serviette de table dans son assiette vide, repoussa sa chaise qui grinça sur les carreaux de céramique et se leva de table.

– Venez, les enfants. Une demi-heure de jeu avant le dodo.

37

Séville, mars 1638

Avec le retour du printemps et du soleil de mars, tous dormaient l'après-midi dans la fraîcheur relative de leur demeure. Alvaro, lui, avait glissé dans une légère somnolence, tout en gardant une surveillance attentive sur les bruits de la maison. Il n'avait pas l'esprit tranquille aujourd'hui – il connaissait trop bien le caractère sauvage et indépendant de sa fille pour s'assoupir –, ni en ce moment ni pour les deux semaines suivantes, d'ailleurs. Il devrait rester vigilant.

Sur son lit étroit, Mariana se refusait aux larmes qui lui brûlaient la poitrine. Pleurer l'empêcherait de réfléchir, et réfléchir était sa porte de salut. S'apitoyer sur son sort ne l'aiderait pas à trouver une façon de s'esquiver assez longtemps pour rejoindre Paco, arrivé en ville la veille. Il était hors de question qu'elle le laisse repartir sans l'avoir revu au moins une fois. Depuis leur rencontre l'année précédente, sa détermination n'avait aucunement diminué. Au contraire : ses fiançailles avec Basilio l'avaient projetée dans l'urgence de leur fuite. Le mariage la séquestrerait aussi sûrement que le couvent ou la prison. Elle avait encore deux ans de liberté, deux années de grâce où son fiancé partait pour l'Université de Valladolid, loin d'elle, Dieu merci ! Mais elle devait en aviser son Paco. Deux ans pour planifier leur fuite ne serait pas de trop.

Malgré l'interdiction de sortir à cheval, Mariana rendait visite à Estrella tous les jours depuis deux mois, entre les cours du précepteur, et lui parlait autant qu'elle le pouvait. Elle lui avait raconté ses premières journées de punition, où la révolte l'avait emporté sur la sagesse. Oui, elle avait lancé au visage de son père le mépris qu'elle avait pour Basilio et la promesse qu'elle s'était faite de ne jamais l'épouser, quitte à se tuer. Elle avait refusé tous ses repas pendant quatre jours, ne buvant que de l'eau. Elle avait dédaigné les enseignements du précepteur en n'y portant aucune attention. Elle avait aussi raconté à sa jument comment son père restait imperméable à ses manifestations dissidentes et inflexible quant à son châtiment.

Peu à peu, la colère s'estompant, elle s'était aperçue que l'affrontement avec l'auteur de ses jours ne ferait que lui nuire. Elle s'était alors forcée à respirer calmement, à ralentir les battements de son cœur et à chercher en elle la solution à son problème. Un matin, elle avait confié à sa jument :

– Tu vois, Estrella, je dois me faire sage et repentante, pour endormir la méfiance de papa. Il ne doit pas se douter le moins du monde de mes projets de fuite. Je vais essayer de l'amadouer afin qu'il réduise ma peine, sans qu'il comprenne mon désir, encore moins mon besoin, d'aller au cirque.

Le calme enveloppant la maison rassurait Alvaro. L'heure de la sieste s'achevait sans qu'il ait eu à subir les récriminations de sa fille. Elle avait bien cherché à lui cacher son mécontentement, à simuler la soumission, mais il n'en avait pas été dupe. Ses quatre mois de punition incluaient délibérément le passage du cirque gitan à Séville. Il avait remarqué, depuis quelques années, l'intérêt grandissant de Mariana pour ces bohémiens sans foi ni loi et il ne la laisserait pas se gorger de leur influence. Dans deux semaines, après leur départ, il pourrait faire la *siesta* en paix.

Après s'être levée discrètement, Mariana tendit la main vers la robe de lin bleu ciel qu'elle avait déposée sur le prie-Dieu avant de s'allonger. Le miroir sur pied lui reflétant son image, elle suspendit son geste et ramena la main sur son ventre. Doucement, elle la fit tourner autour du nombril et agrandit les cercles de caresses jusqu'à l'endroit où des poils noirs et frisés descendaient en pointe jusqu'à l'endroit intime, chaud et humide, qu'elle avait exploré à quelques reprises. Les joues en feu, pendant que ses doigts se frayaient un chemin vers le petit bouton sensible qu'elle avait découvert, elle pinça de l'autre main son mamelon avide et déjà dilaté. Une décharge électrique secoua son corps. Longtemps, dans le silence de la maison, elle cajola son bouton de rose avant d'introduire dans l'étroite fente un doigt audacieux.

Dans ces rares moments, elle se sentait partagée, fragmentée, comme si une partie d'elle-même appelait le plaisir de tout son corps et de toute son âme, alors qu'une autre partie la regardait de haut, l'œil sévère et accusateur. Bianca aurait sans doute expliqué que l'ange et le démon se faisaient la guerre. La plupart du temps, l'ange s'en sortait haut la main, mais certains jours où elle voyait en pensée sa fuite et sa vie avec Paco, le démon l'emportait irrémédiablement dans sa débâcle. C'était comme ça, elle n'y pouvait rien.

Quand enfin elle fut apaisée, contrairement aux autres fois où une chape de culpabilité s'abattait sur ses épaules, elle sentit un étrange frémissement de bonheur, de liberté, de certitude la parcourir de la tête aux pieds. Malgré son confinement, elle savait comment revoir Paco. Sa patience la paierait sous peu...

Dans son cœur tintaient les notes magiques et ensorcelantes des guitares et miroitait le corps de Paco dans les mouvements de sa danse.

Entouré d'un public fasciné, Paco fouillait la foule de son regard d'aigle.

Rien.

Quatre jours avaient passé depuis leur installation à Séville et Mariana n'était toujours pas venue.

Dios ! Avait-elle changé d'idée ? À cette pensée, son cœur se serra si fort qu'il eut du mal à respirer. Il se rendit compte qu'il n'entendait même plus la musique de Juan et d'Esteban. Ça, c'était mauvais. *Paco, mon gars, reprends-toi.* Il aurait toujours le temps de s'inquiéter plus tard. Pour le moment, il devait livrer sa danse, se livrer lui-même à travers elle. Mais comment se consacrer à son public alors que l'appréhension le rongeait ?

Julio et Leila s'étaient mariés en mai dernier aux Saintes-Maries-de-la-Mer, et Paco voulait de tout son cœur vivre cette expérience avec Mariana. Il savait au plus profond de lui que cette jeune fille deviendrait sa femme.

Tout en dansant, il revoyait Julio qui recevait dans sa main gauche, avec une vénération sans borne, le bout de pain dans lequel s'enfonçait rapidement une goutte de sang.

Le sang de sa bien-aimée, Leila.

Julio l'avait regardée se piquer avec l'aiguille prévue à cet effet et déposer cérémonieusement sur le pain la goutte de sang qui avait perlé sur son doigt. Leila, une lueur victorieuse dansant dans ses grands yeux noirs, avait fermement accroché son regard à celui de son nouvel époux. Elle tenait dans sa propre main gauche le morceau de pain imbibé d'une goutte du sang de Julio, qu'il venait de lui tendre, amoureusement. D'un commun accord, ils mangèrent chacun leur croûton.

– Leila, tu es mon épouse, maintenant. Ensemble, nous construirons une merveilleuse famille. Je te promets de toujours t'aimer et de prendre soin de toi.

– Julio, cette journée fait de toi mon époux. Je te promets de toujours t'aimer et de t'être fidèle. Je serai pour nos enfants une bonne mère, et pour toi une épouse dévouée.

La mère de Leila, Catalina, s'était approchée d'elle.

– Viens ici, ma fille. Il est temps de défaire tes tresses d'enfant.

Catalina, de ses doigts agiles, avait dénoué avec lenteur et majesté les longs cheveux de Leila. Ce rituel terminé, elle avait noué autour de sa tête un foulard de soie mauve et turquoise, plié en triangle.

– Voilà, ma fille. Tu commences maintenant ta vie d'adulte.

Salvador, le père du nouveau marié, s'était alors écrié :

– Musique !!!

Les chants et les danses avaient accompagné la musique. Le vin avait coulé à flots, quelques porcs avaient été mis à griller sur des broches au-dessus du feu. La veille, des hommes avaient eu de la chance. Ils avaient réussi à chasser trois beaux gros hérissons, mets de choix chez eux. Enrobés d'argile, ils reposaient sur les braises bien rouges. Iberio jubilait.

— C'est moi qui ai attrapé le plus gros, là, à gauche ! Ah ! Paco. Te voilà. C'est quand ton tour, à toi ?

— Mon tour...

— De te marier, *madona* !

Julio, qui était arrivé derrière son ami, lui avait entouré les épaules de son bras droit.

— Il a raison, Iberio. Faudra que tu y penses tôt ou tard, *amigo*.

Ils s'étaient éloignés ensemble pour parler en privé.

— Sans blague, crois-tu vraiment pouvoir épouser la fille au sang bleu ?

— Il le faut, Julio. Il le faut.

En disant cela, il revit deux immenses yeux verts, si verts, dans un visage fin entouré d'une chevelure noire désordonnée.

38

Le soleil dardait ses rayons ardents sur la place centrale de la ville, animée par le cirque. La musique, les cris et les rires s'entremêlaient dans un joyeux brouhaha et stimulaient la bonne humeur de Basilio. La punition sévère de sa fiancée avait l'avantage de lui laisser tout loisir de son temps.

Il s'approcha, d'un pas décidé, de la jeune fille au voile rose parsemé de fils d'argent qui marchait devant lui. Ainsi enroulé dans l'étoffe souple, son corps gracieux éveillait les sens du jeune homme fringant. Sa démarche sensuelle provoquait en lui un désir ardent. Elle se dirigeait vers l'estrade où un Gitan dansait, le corps félin ondoyant, le regard scrutateur et soucieux. Toutes les jeunes filles étaient attirées par ce danseur ; ça le rendait malade ! L'année dernière, il avait aperçu le visage de Mariana rivé sur ce bohémien comme si sa vie en dépendait. Lui, elle ne lui adressait même pas un regard. À cette pensée, son sang se mit à bouillir.

Et si cette jeune fille était Mariana ? La forme des hanches, l'allure voluptueuse, le maintien noble rappelaient sa fiancée à Basilio. Non, impossible... Elle aurait réussi à déjouer le paternel ? Il devait s'en assurer immédiatement. Si c'était elle, elle le paierait cher, sinon il s'amuserait un peu. Il se mit à avancer plus vite et agrippa l'épaule menue voilée de rose.

Pendant que le public applaudissait frénétiquement, Juan, les bras appuyés sur sa guitare, leva un sourcil interrogateur vers Paco. Esteban haussa les épaules.

— Je ne sais pas ce qui lui arrive, *amigo*. T'as remarqué son air depuis notre arrivée dans cette ville ?

— *Si*. Malgré sa réserve maladive, il ne peut pourtant pas nous cacher que quelque chose le chicote.

— Une histoire d'amour ?

— Si c'est ça qui le tracasse, il ferait mieux de les oublier, ses amours, parce que sa danse en prend un coup.

Esteban se pencha vers Juan d'un air conspirateur.

— Tu penses qu'il pourrait être amoureux d'une fille de cette ville ? Une *gadji* ?

— *No se*.

Les deux amis observèrent furtivement l'expression du visage de Paco qui s'était tourné dos au public après de nombreuses salutations. Juan accrocha le regard du danseur et lui transmit un avertissement silencieux : « *Hombre*, fais ce que tu as à faire. »

Paco perçut la mise en garde et, d'un regard pénétrant, fit comprendre à son ami qu'il ferait de son mieux.

Ils étaient prêts pour la dernière danse du spectacle.

Surprise par cette main ferme qui venait de s'accrocher à son épaule, la jeune fille se retourna. Basilio en resta bouche bée. Devant ce visage stupéfait, il ne savait plus s'il avait souhaité que ce soit sa fiancée ou non. Il se sentait légèrement étourdi et prit quelques instants pour se remettre du choc.

D'une beauté rare, la peau claire de la jeune fille trahissait des origines du nord. Castillane ? Deux grands yeux sombres mangeaient ses joues rosées. La bouche, elle, dissimulait ses charmes sous la soie. Il ne l'avait jamais vue, mais il n'y avait rien de surprenant à cela: plusieurs habitants des villages voisins se déplaçaient pour le cirque. Il lui sourit de son sourire le plus séducteur et se présenta en faisant la révérence. Pfft ! Oubliée, cette Mariana ! Après tout, il s'amuserait !

Le soulagement qu'Alvaro ressentait depuis peu était teinté d'un léger malaise. Dans quelques jours, le cirque serait reparti et il pourrait enfin se livrer à une *siesta* de tout repos, mais quelques jours plus tard, la punition de Mariana serait levée et célébrée par un repas dans la famille de son fiancé. Il craignait une récidive malgré son apparente soumission. Il décida d'en ouvrir son cœur à sa femme et se rendit au bord de la fontaine où elle était assise, broderie à la main, comme toujours. Elle ne semblait vraiment heureuse que dans cet endroit, où le chant des oiseaux rivalisait avec le son cristallin de la cascade d'eau.

– Pourrais-je m'asseoir près de toi quelques instants ?

Luisa leva les yeux de sa broderie pour les déposer sur son mari. Malgré l'âge et les difficultés, elle le trouvait encore beau avec son allure noble et droite.

– Certainement... Tu n'as pas l'habitude de me demander la permission, Alvaro.

– Non, c'est vrai. C'est que je voudrais interrompre ta broderie pour te parler de notre fille.

– Elle se comporte de façon impeccable, n'est-ce pas ?

Tout en s'assoyant, Alvaro détourna les yeux.

– Un peu trop, si tu veux mon avis.

Surprise, Luisa déposa son ouvrage sur le banc à côté d'elle.

– Mais, Alvaro, n'es-tu pas satisfait de sa conduite ?

– Ce calme est trop soudain. Il abrite sûrement une tempête et je me méfie des airs angéliques de Mariana.

Luisa mit une main sur celle de son mari et la tapota doucement.

– Allons donc, mon mari. Cesse de te morfondre. Regarde, j'ai presque terminé la robe de baptême du bébé d'Alicia. La petite Olivia sera très mignonne.

Après un sommeil léger entrecoupé de longs moments d'éveil, Mariana ouvrit les yeux sur la journée qu'elle attendait impatiemment depuis douze jours. Elle sauta à bas de son lit, passa un ample caftan et se dirigea rapidement vers la salle des bains. Chaque jour, elle remerciait secrètement les Turcs pour ce cadeau inestimable : les bains.

— Ah ! te voilà déjà, ma fille.

— *Mamá*, c'est une grande journée. Alicia n'est pas seulement ma cousine, elle est aussi mon amie et ma confidente. Le baptême de son premier bébé est très important pour moi. J'ai hâte à la cérémonie, à la fête. Et puis, je n'ai pas encore vu la petite Olivia. Je vais pouvoir la prendre dans mes bras, dis ?

— Bien sûr, *cara*. Viens que je t'éponge le dos. C'est vrai, c'est une grande journée, réjouissons-nous, ma fille.

— Comme tu es radieuse, Alicia !

— Mariana ! Je suis si heureuse de te voir ! Tu m'as manqué. Viens voir ma petite Olivia, vite. C'est le plus beau bébé du monde !

La jeune maman sortit le poupon du berceau et le déposa doucement dans les bras de Mariana.

— Elle est splendide, Alicia ! Autant que toi.

Alicia rosit sous son teint mat.

— Allons, cesse les flatteries, *prima*.

— Mais ce ne sont pas des flatteries, cousine, je t'ai toujours envié ton petit grain de beauté au-dessus de la lèvre...

et ta chevelure, alors ! Soyeuse, ondulée, généreuse. Regarde, mes cheveux sont indisciplinés, je n'arrive jamais à les faire tenir dans un ruban.

— Tes cheveux sont parfaits pour toi, Mariana. Ils te ressemblent. Et tu es très belle aussi. Moi, ce sont tes yeux verts que j'envie depuis toujours.

Dans un haussement d'épaules, Mariana effleura de ses lèvres les joues rebondies du bébé.

La fête, qui bourdonnait de rires et d'exclamations enthousiastes sur la nourriture et les bons vins, se déroulait à merveille. Même Alvaro avait fini par se détendre assez pour jouer avec ses petits-enfants et cesser de guetter les allées et venues de sa fille.

Mariana, qui s'en était aperçue, en profita pour s'éloigner au jardin avec sa cousine Alicia.

— Ce que tu me demandes, Mariana, est de la folie pure ! Tu sais bien que t'aider à revoir ton Gitan va à l'encontre de la volonté de ton père.

— Bien sûr que je le sais ! Tu crois que je te demanderais ton aide si mon père me donnait sa bénédiction ?

— Ne te fâche pas, *prima*. Tu sais que je le ferai. Tu en as toujours eu la certitude, non ?

Mariana regarda sa cousine avec un sourire triomphant.

— *Si, yo se*. Je ferais la même chose pour toi si c'était nécessaire. Merci, Alicia ! Merci ! Tu me sauves la vie et je te serai éternellement reconnaissante pour l'immense service que tu me rendras !

Le dos appuyé sur le mur extérieur de l'écurie, Paco tenait fougueusement Mariana dans ses bras. Il avait peur, s'il desserrait son étreinte ne serait-ce qu'un tout petit peu, de la perdre à tout jamais. Après un long moment de silence où chacun s'était mis à l'écoute de l'autre, des battements de son cœur, du sang qui coulait dans ses veines, des frémissements sur sa peau, Mariana chuchota dans un long soupir :

– Tu es venu, *mi amor*.

– J'ai eu peur, *cara*. J'ai cru tout au long de ces jours que tu ne voulais plus de moi.

Elle lui raconta d'une traite ses fiançailles, sa punition et comment elle avait déjoué la vigilance de son père. Irma tournait autour de sa maîtresse et reniflait les jambes de l'inconnu tout en couinant doucement.

– Chut, Irma.

– C'est ton chien ?

– Oui. Si je l'avais laissée à la maison, elle aurait jappé. Comment es-tu venu, Paco ?

– À cheval. Je l'ai laissé au tournant du chemin pour ne pas me faire entendre et j'ai parcouru le reste à pied. Toi, comment as-tu fait pour sortir de la maison ?

– Ma vieille nounou, Amanda, m'avait montré à confectionner des teintures de plantes avant de mourir. Elle les utilisait avec succès pour toutes sortes de malaises, grands et petits. Ma mère disait d'elle qu'elle était une sorcière. J'ai préparé une teinture de valériane que j'ai versée dans le thé de mes parents et de Bianca, la nouvelle gouvernante. À l'heure qu'il est, ils doivent dormir comme des bébés, mais nous devons tout de même être prudents. Il reste Ahmed, le serviteur et la cuisinière Elena qui ne prennent pas le thé avec nous.

Paco pressa délicatement la jeune fille sur sa poitrine.

— J'entends battre ton cœur, *querida*. Laisse-moi apprendre ton rythme et l'assimiler en moi. Comme ça, il me tiendra compagnie pour l'année à venir.

De ses mains souples, il lissa son épaisse chevelure, fit jouer ses doigts sous les boucles désordonnées, caressa tendrement la nuque de sa bien-aimée. Il la sentit frissonner sous le contact de ses mains.

Il descendit les mains le long des bras de sa belle, prit délicatement ses doigts qu'il monta à ses lèvres, et les baisa un à un avant d'appuyer la main de Mariana sur sa propre poitrine.

— Vois, *mi amor*, comment bat mon cœur pour toi.

— Oh ! Paco. Le mien bat aussi fort pour toi !

Légèrement embarrassé, il descendit les mains le long de son dos pour se rendre là où la rondeur ferme des fesses commence. Contrairement à ses craintes, il sentit son amoureuse se coller encore plus fermement contre lui et il chavira.

Soudain, il prit son visage entre ses mains et appuya presque violemment ses lèvres sur celles de Mariana. Il dévora cette bouche qu'il désirait ardemment depuis si longtemps.

D'une langue énergique, il lui ouvrit les lèvres, s'insinua volontairement entre ses dents en quête de sa langue à elle, de sa saveur, de son arôme. Ses mains descendirent tout le long du dos de la jeune fille qui agrippa les cheveux de son amoureux. Il la serra encore plus fort dans ses bras, collant ce corps fébrile contre le sien, sentant l'excitation croître en elle autant qu'en lui-même.

Un bruit venant de la maison les arracha à leur étreinte.

– *Dios* ! Qu'est-ce que c'est ?

Une forme ronde tenant une chandelle apparut à une fenêtre. À cet instant, Irma, la queue frétillante, aboya. Elena passa la tête par la fenêtre.

– Ah, c'est toi, Irma. Il me semblait avoir entendu du bruit. Mais qu'est-ce que tu fais dehors à cette heure-ci ? Allez vite, rentre à la maison !

Mariana poussa la chienne du pied, mais elle ne voulait pas bouger.

– Allez, viens, je t'ai dit, répéta la cuisinière.

Mariana s'était penchée pour chuchoter à l'oreille de la chienne l'ordre de retourner à la maison, mais rien n'y faisait.

– Et ta maîtresse, elle est où ? C'est elle qui t'a laissée sortir ? Viens, je te dis, que je retourne me coucher.

Irma se mit à japper de plus belle, regardant tour à tour sa maîtresse et la cuisinière, sans savoir que faire.

D'autres bruits de pas se firent entendre dans la maison.

– Oh non ! Qu'allons-nous faire ?

Le Gitan, habitué à des situations où il devait s'enfuir ou se cacher, tira Mariana par le bras pour lui faire contourner le coin de la bâtisse. Ils entendirent la voix d'Elena.

— Ce n'est rien, Ahmed. C'est seulement cette petite sotte d'Irma qui ne veut pas rentrer. Mlle Mariana n'aimerait pas la savoir dehors, alors je l'appelle mais elle ne veut pas venir.

— Vous voulez que j'aille la chercher ? répliqua une voix d'homme.

— *Si*, Ahmed. Ça ne vous dérange pas trop ?

— Pas le moins du monde.

Les amoureux entendirent la porte de la cour intérieure s'ouvrir et les pas de l'homme se diriger vers eux. Paco plaqua sa main sur la bouche de Mariana et serra sa compagne contre lui de toutes ses forces tout en l'entraînant le long du mur.

Ahmed approchait dangereusement. Paco adossa Mariana au mur et lui fit signe de rester là. Il s'accroupit, prit la chienne dans ses bras et la poussa de l'autre côté du coin où Ahmed la verrait.

— Ah ! te voilà coquine. Qu'est-ce que tu fais toute seule dans la nuit ? Viens, chien-chien. Ahmed va te ramener à la maison.

Paco, blotti le long du mur, retenait sa respiration. Il n'avait pas le temps de s'éloigner sans attirer l'attention du serviteur. Comme Irma ne bougeait plus, l'esclave se rapprochait toujours en imitant le sifflement de Mariana quand elle hélait sa chienne. La sueur coulait dans le dos du Gitan. Dans quelques secondes ils seraient découverts.

Tout à coup, au grand étonnement du jeune homme, Irma se décida à répondre aux appels de l'esclave et se dirigea, tête haute, vers la maison.

– On l'a échappé belle !

Mariana, tremblante, s'était blottie dans les bras de Paco dès qu'ils avaient pu revenir l'un vers l'autre, après avoir entendu Ahmed refermer la porte derrière lui. Puis, se jetant à genoux, les mains jointes sur la poitrine, elle murmura :

– Merci, Amanda, de m'avoir enseigné tes recettes. Jamais mon père n'aurait traversé ce tapage sans se réveiller.

Paco la prit par les mains, l'aida à se relever et lui lança un regard admiratif.

– Tu es pleine d'astuces, *mi amor*.

– En parlant d'astuces, raconte-moi comment ma cousine Alicia a fait pour se rendre jusqu'à toi.

– Ah, ça ! Elle s'est faufilée jusqu'au premier rang, comme toi la première fois. Voilée jusqu'à l'œil, j'aurais pu la prendre pour toi si ce n'est qu'elle est plus grande et que ses yeux sont noirs. Elle m'a avoué n'avoir jamais donné tant de coups de coude de sa vie ! Comme elle était sortie pendant la sieste du bébé, elle n'avait pas beaucoup de temps, alors dès que j'ai eu terminé mon numéro de danse, elle a sauté sur l'estrade et m'a agrippé par le bras.

– Elle n'y est pas allée de main morte !

– Ça, non. J'étais tellement surpris de me faire accrocher de la sorte, j'ai failli lui donner un coup de poing à l'estomac. Dieu merci, je me suis retenu à temps. Ma surprise n'en a pas été diminuée pour autant. J'allais lui demander ce qu'elle me voulait quand elle a prononcé ton nom en me tirant énergiquement derrière le rideau pour être à l'abri des regards curieux. Vous êtes toutes comme ça, dis donc, dans ta famille ?

Mariana le fit taire d'un puissant baiser, laissant la passion la submerger.

39

Cantons-de-l'Est, de nos jours

Assise sur la véranda, France se laissait bercer par la chaleur printanière. Le soleil caressait sa joue gauche, son cou, son épaule, sa main. Elle savourait chacun des milliers de rayons de soleil qui descendaient sur son être encore engourdi, endormi par les froids de l'hiver. Kashmelle bondissait sur une feuille de l'automne dernier que l'hiver avait épargnée et qui courait dans la brise sur l'herbe encore jaunie. Vénus, elle, faisait le tour du terrain, nez au sol. Elle se réappropriait les odeurs familières longtemps camouflées par une épaisse couche de neige.

France avait déposé sur le bras de sa chaise Adirondack une soucoupe dans laquelle elle avait déposé une brioche aux poires et sirop d'érable ainsi que sa tasse de café encore fumant. L'oubli bienfaisant l'enlaçait dans ses voiles. Comme ça faisait du bien de ne penser qu'à l'ardeur du soleil sur sa peau ! De se laisser bercer par les chants des premiers oiseaux arrivés pour l'été ! De respirer la douceur de l'air ! Oui, encore une fois elle avait survécu à l'hiver et à ses trop courtes journées.

Elle avait pris son temps, ce matin, et flânait délicieuse-ment. Puisque le temps le permettait, elle avait fait ses exercices d'étirement et son Qi Gong sur la véranda, était entrée prendre une douche et se laver les cheveux pour ressortir au soleil avec son déjeuner. Comme elle prenait sa première bouchée de brioche, le téléphone sonna.

– Merde ! Ça n'aurait pas pu attendre quinze minutes ?

Elle se leva délicatement pour ne pas briser l'équilibre précaire de son repas sur le bras de la chaise et se rendit au téléphone qu'elle trouva sur le bout du comptoir à la cinquième sonnerie.

– Allô.

– France ? Martin Guillemet. Écoute, j'ai peut-être quelque chose pour toi.

– Vous ne devinerez jamais !!!

À peine entrée dans la salle du centre communautaire où se donnait le cours de danse, France fonça sur Michelle et Simon, les joues rosies par l'excitation. Elle exultait !

Simon leva un sourcil et jeta un coup d'œil éloquent vers Michelle.

– Non, mais je sens que tu ne tarderas pas à nous le dire. D'ailleurs, tu es en retard, ma chère ! Tu as manqué l'explication des pas de base de la salsa.

– Je sais, et il y a une bonne raison à ça. D'ailleurs, Simon, c'est un peu grâce à toi.

– À moi ?

328

– Oui, c'est toi qui m'en as donné l'idée, tu te souviens ? Tu m'as dit, un jour, que je devenais trop casanière. Tu m'as exhortée à sortir de chez moi, à voir du pays. Alors... Tadam ! Je m'en vais en Espagne dans quelques semaines !

– Quoi ???

Michelle et Simon s'étaient écriés en même temps, les yeux grands comme des assiettes. Simon fut le premier à se ressaisir.

– Tu ne pouvais pas nous le dire plus tôt ? Pour combien de temps ? Tu pars quand ? Tu vas y faire quoi ?

Sourire en coin, les yeux pétillants, France mit ses mains sur ses hanches.

– Pour répondre à ta première question, je viens tout juste de l'apprendre. Ensuite, dans l'ordre, deux à trois semaines, le 10 mai, et je vais travailler à une traduction chez une femme un peu bizarre. C'est tout comme questions ?

Après le cours de danse, tous les trois se rendirent à pied à un bistro des environs pendant que France leur donnait des détails sur son voyage.

– J'ai appelé mon patron, Martin Guillemet. Je ne vous en ai pas parlé parce que je voulais attendre d'avoir des nouvelles. Il m'a rappelée ce matin. Figurez-vous qu'une vieille excentrique veut faire traduire l'arbre généalogique de sa famille en français, sous surveillance constante. Elle ne fait confiance à personne.

Simon, les mains dans les poches, détourna son regard du lac Memphrémagog où flottait encore une glace de plus en plus fine pour le porter sur son amie.

— Et pourquoi toi, une Québécoise ? La France est bien plus proche !

— Paraîtrait qu'une branche de sa famille a émigré ici il y a une centaine d'années. C'est sentimental, je pense. Elle est pleine aux as, alors un voyage de plus ou de moins à payer pour mon déplacement, ça n'a pas l'air de faire une grosse différence dans son portefeuille.

Assis au bistro Van Houtte, chacun devant un bol de café au lait et une pâtisserie, Michelle taquinait France.

— C'est une bonne nouvelle, ton départ pour l'Espagne. Il est temps que tu te dégourdisses les jambes et le cerveau.

— Ah oui ? Ça veut dire quoi, ça ?

— Ça veut dire qu'une fois là-bas, avec Marta, tu pourras peut-être éclaircir bien des zones d'ombre. Moi, je ne t'aurais jamais crue capable de laisser ta maison et tes bêtes à poil ! Au fait, tu en fais quoi, de Vénus et de Kashmelle ?

— Hum... justement... Tu ne pourrais pas les prendre chez toi ?

Michelle remit lentement son bol dans la soucoupe, tout en faisant des yeux ronds à son amie.

— T'es folle ? Tu as pensé à mon tapis blanc cassé ? À ma collection de grenouilles en porcelaine sur la table basse du salon ? À mes planchers de bois franc ?

— Bon, je demanderai à Daphné de venir habiter à la maison durant mon absence. Après tout, ça lui fera certainement du bien de passer quelques semaines à la campagne, loin de Guillaume. Puisque ses cours à l'université sont terminés, elle devrait pouvoir se libérer.

L'homme au regard gris d'acier se sentait pris au piège de son obsession : elle le traquait de plus en plus souvent. Une sensation d'urgence résonnait en lui comme une sonnette d'alarme. Quelle urgence ? Pourquoi maintenant ? Pourquoi cette femme ? Ce bijou ? Ce sentiment d'avoir été trompé, repoussé ? Cette colère de plus en plus intense ?

Il avait mal à la tête. Ses tempes ressemblaient à des tambours sur lesquels un esprit malveillant frappait à grands coups. Il ne pouvait plus continuer ainsi.

Il devait retrouver cette femme. Mais où ? Comment ?

– Crisse ! dit-il en enlevant ses souliers, avant de s'enfoncer dans l'épaisseur calfeutrée du sofa. J'ai seulement des questions et pas de réponse !

Une idée folle lui passa soudain par la tête: s'il allait rencontrer une voyante ?

Je dois être à la limite du désespoir pour penser à m'entretenir avec ce genre de mystificatrice... Après tout, pourquoi ne pas essayer, je n'ai vraiment rien à perdre !

Un long frisson glacé monta dans le dos de France alors qu'elle reposait sa tasse sur la table ronde.

– Ah non !

– Quoi ?

– Encore cette sensation d'être suivie, épiée. Comme si les petits poils sur ma nuque se mettaient à frémir. Ça vous est déjà arrivé de vous retourner en étant certains que quelqu'un vous regardait ?

Des yeux, elle fit le tour de la salle. Ça pouvait être n'importe lequel des clients assis là, tranquillement, à siroter un café. Ou encore, comme l'avait précisé Kevin, l'énergie de quelqu'un. Cet homme, sûrement : celui qui s'était précipité à La Pierre Précieuse après leur départ à toutes les trois. Si au moins elle l'avait aperçu, même brièvement...

France s'agitait. Elle qui avait toujours cherché à se simplifier la vie avait envie de renoncer et de laisser Mariana choir aux oubliettes. Après tout, même un ancien amoureux réincarné ne valait pas autant de peine. Sans s'en rendre compte, elle termina tout haut sa pensée :

– Il est où, d'ailleurs, ce soi-disant amoureux transi ?

Michelle réprimanda gentiment son amie.

– Tss... tss... Impatiente ! La voyante t'a parlé du printemps. À ce que je sache, on l'entame à peine ! Du calme, cocotte.

France n'écoutait plus. Sa tête, son cœur, son âme elle-même venaient de s'envoler vers celui qu'elle n'avait jamais cessé d'aimer. Comment pourrait-elle vraiment en aimer un autre ? Malgré elle, ses yeux s'embuèrent.

– Ma foi, tu pleures, France ! Qu'est-ce qui t'arrive ?

Simon prit la main de France dans la sienne pour lui faire sentir son soutien.

– Ce n'est rien... Je me sens si seule, tout d'un coup ! Moi aussi j'ai perdu l'homme que j'aimais. Comme Mariana.

L'homme sortit du congélateur une pizza Splendido qu'il fit glisser dans une assiette avant de la mettre au micro-ondes. Pepperoni et triple fromage, sa préférée.

Grâce à Internet, il avait déniché une voyante tout près de chez lui et avait pris rendez-vous. Dans deux jours, il espérait en apprendre assez sur cette femme pour la retrouver.

40

Samedi, 23 avril

Quelle idée m'a prise d'accepter un travail en Espagne. Merde ! Je ne sais plus où j'en suis dans toute cette histoire.

Simon disait que je me plaignais le ventre plein. « De quoi tu te plains ? Tu n'es pas contente de faire un beau voyage aux frais d'une riche excentrique ? »

Sûr que je suis contente. L'Espagne, l'Andalousie par-dessus le marché, ça fait vingt ans que j'en rêve ! Mais j'aurais préféré des circonstances différentes. D'un autre côté, ce voyage va m'éloigner de l'homme de l'ombre, comme Simon l'appelle. Il me donne la trouille, celui-là !

Séville, mars 1639

Tout était prêt. Mariana promena une dernière fois son regard autour d'elle. Elle jeta un coup d'œil mélancolique vers son lit de plumes d'oie, coula son attention jusqu'au tapis de Turquie sur lequel elle s'était si souvent agenouillée pour prier, remonta les yeux vers le bureau où une paire de chandeliers en or occupait la place d'honneur, fit le tour des murs blancs peints à la chaux et s'arrêta sur son miroir sur pied. Par la fenêtre, elle vit la cour intérieure occupée en son centre par la fontaine volumineuse d'où s'écoulaient des cascades d'eau rieuses. Rire ! Depuis combien de temps n'avait-elle pas ri aux éclats ? Depuis deux ans au moins. Depuis qu'elle et Paco avaient commencé à planifier leur fuite. Ils devaient partir maintenant, c'était leur dernière chance. Une année plus tôt que prévu.

Paco se savait fort, énergique et courageux. D'où lui venait donc ce tressaillement des entrailles qu'il n'arrivait pas à contrôler ? Il devait se l'avouer, il avait peur. *Peur ?* Lui, élevé à la dure, habitué dès son plus jeune âge aux situations périlleuses et à se défendre ? Oui, il avait peur.

Pour se réconforter, il avait décidé de rendre visite à Angela, la femme sage de la communauté.

– Ah ! Te voilà. Je t'attendais, petit.

Angela se trouvait au centre de leur campement où elle allumait sa pipe avec un bout de bois enflammé à même le feu.

– Viens avec moi.

Ils marchèrent en silence jusqu'à sa verdine, où elle s'assit sur les marches de bois peintes d'un bleu cobalt. La vieille donna une petite tape de la paume sur la marche, à côté d'elle. D'une voix rauque tapissée par la poussière andalouse depuis tant d'années, elle invita le jeune homme à se confier.

– Assieds-toi ici. Vide ton cœur, mon garçon.

– Si tu savais comme j'ai peur, *Bibi**. Je suis un poltron, je n'ai pas de couilles.

La vieille magicienne ferma les yeux, tira une bouffée de sa pipe et couvrit de sa main gauche celle de Paco. Elle invoqua intérieurement la Déesse Mère ainsi que sa représentante sur Terre, Santa Sara-la-Kali, puis attendit patiemment, avec foi, dans le calme relatif du campement. Depuis sa tendre enfance, elle avait appris de sa mère, ancienne *Bibi* de leur clan, à trouver en elle l'espace béni où règnent toujours la quiétude et la maîtrise de soi. Elle se souvenait parfaitement des paroles judicieuses de sa mère.

– Angela, le monde extérieur ne connaît jamais le calme, le silence parfait, ni la paix et la béatitude absolues. Les hommes sont trop occupés à agir et à diriger pour s'accorder des instants de bonheur au plus profond de cet espace sacré. La plupart des femmes doivent y plonger au moment de l'accouchement, elles en connaissent donc le chemin, mais l'oublient souvent dans leur course quotidienne. Toi, future *phuri daï***, ou *Bibi*, comme on nous appelle, tu te dois de le découvrir, d'en faire ton temple journalier. Car c'est là, ma fille, que repose l'Akasha, la connaissance de tous les mondes. Sans l'expérience intime de ce lieu, la sagesse t'échappera toujours. Tu ne pourras aider, guider ou soutenir ton prochain que portée par cette conscience supérieure.

---

* Mot qui signifie « tante » et qu'on utilise aussi pour désigner la femme sage chez les Gitans.

** Femme sage, à qui on demande conseil.

La *Bibi* resta donc immobile et tout son être se glissa doucement au centre de sa zone de paix. D'après l'enseignement de sa mère, ce n'était qu'au cœur de cette harmonie que les dieux et déesses arrivaient à se faire entendre des humains. La Déesse Mère se présenta, enrobée de voiles blancs aux reflets d'or, parsemés de fleurs aux teintes magnifiques. Dans son visage doux, deux grands yeux bleus saluèrent la vieille femme. Elle prit une grande inspiration, arrondit ses lèvres roses, boursoufla ses joues et communiqua à la vieille, de son souffle puissant, sérénité, confiance, assurance et bravoure. À son tour, Angela dirigea ces merveilleuses énergies vers Paco qu'elle sentait de plus en plus calme sous sa main. Paco, sans un mot, recevait ce vent chaud venu des entrailles de la vieille et son grand corps se détendit peu à peu. Angela, émue, prit quelques secondes pour remercier la Déesse Mère de son offrande.

Au moment où les tremblements de Paco cessèrent tout à fait, Santa Sara la Noire vint la saluer et parla d'une voix feutrée :

– Angela, ce jeune homme et la jeune femme qu'il aime auront besoin de toute notre aide. Le Haut Conseil des Guides et des Maîtres Ascensionnés a convenu d'envoyer le phénix, représentant de l'éternel présent et de l'éternel renouveau, pour qu'il agisse en leur faveur. Mais, Angela, et tu le sais aussi bien que moi, ils vivront des moments difficiles, ils perdront courage, ils douteront d'eux-mêmes aussi bien que de la guidance divine. Cela fait partie de leur parcours et nous ne pouvons malheureusement rien pour les en soustraire. Par contre, nous les aiderons de bien des façons à chaque nouvelle étape. Entre autres, écoute ceci : nous leur avons concocté un petit tour de magie, un charme, spécialement pour eux. Voici ce que tu dois faire, *Bibi*, avant leur départ...

✦   ✦
✦

Les pas de Luisa sur les dalles de la véranda firent sursauter Mariana.

Sa mère. Sa mère chérie.

Elle lui manquerait tellement ! Tellement ! Sa mère et son cher Ricardo étaient les deux êtres de qui il était pénible de se séparer. Il y avait aussi Alicia, bien sûr, et Irma... Depuis deux ans déjà, elle essayait d'apprivoiser, sans succès, la déchirure de son prochain départ. À certains moments, en pensant à ces êtres chers, elle avait failli reculer, accepter sa défaite et rester avec sa famille.

Le départ de Basilio l'année dernière pour l'Université de Valladolid lui avait laissé un répit. Elle avait cru à deux ans de répit. Deux années entières à planifier son départ avec Paco. Avec l'inconscience de sa jeunesse, une éternité s'étendait à ce moment devant elle... Une éternité avant de devoir dire adieu à tous ceux qu'elle aimait. La menace de son mariage s'étant doucement dissipée comme une brume matinale, son exil forcé pour suivre le grand amour semblait lui aussi perdre de sa consistance, de sa réalité. Peut-être pourrait-elle rester...

Mais, après un an d'absence, Basilio était revenu avec une nouvelle qui allait changer sa vie sur-le-champ.

— Es-tu certain de faire la bonne chose, mon garçon ?

Mercedes, à genoux, était en train de laver la jupe rapiécée d'une de ses filles. Paco se rendit compte qu'il n'avait pas assez porté attention à ses jeunes sœurs, qu'il quitterait bientôt.

Il eut envie de pleurer sur les épaules voûtées de sa mère, sur les regards innocents de ses sœurs, sur le chagrin silencieux de son père.

— *Mamá, mamá* chérie, tu vas me manquer. Plus que tu peux l'imaginer. Vous tous...

De son bras, il engloba le campement.

— Es-tu bien sûr, Paco ?

— Oui, *mamá*.

Les épaules frêles de Mercedes s'affaissèrent encore un peu.

— On est habitués, chez nous, à perdre nos filles qui se marient dans d'autres clans. Toi, tu es mon fils aîné, Paco, et je n'avais jamais imaginé être privée de toi un jour. Plusieurs années passeront avant que ton petit frère ne prenne la relève.

— Je sais, *mamá*. Je sais.

Il s'approcha de sa mère, s'accroupit derrière elle et entoura de ses bras forts ses épaules fatiguées. Tendrement, il déposa un baiser sur son cou.

— Je t'aime et je t'aimerai toujours, *mamá*, mais je dois partir avec Mariana. Jamais nous ne pourrions vivre ensemble dans ce pays. Il serait trop dangereux de rester en Espagne. Après-demain, elle devra marier un homme qu'elle déteste. Si jamais sa famille la retrouve, elle n'y échappera pas. *Mamá*, je ne sais pas comment t'expliquer... Je ne comprends pas trop moi-même. C'est une attirance irrésistible.

Mercedes se défit à contrecœur des bras de son fils, retira la jupe de la bassine, l'examina, fut satisfaite et la plongea dans la bassine d'eau de rinçage avant de la tordre vigoureusement. Paco attendait. Il attendait l'apaisement qui germerait inévitablement de ces gestes quotidiens.

– *Bibi*, elle voyage dans le temps, tu sais ?

– Oui, toutes les *Bibi*s ont ce pouvoir.

Elle saisit une autre jupe, l'immergea dans l'eau savonneuse et se mit à la frotter. Paco s'assit à côté d'elle :

– Elle m'a dit que nous devions nous retrouver, Mariana et moi. Que nos âmes se cherchent depuis longtemps.

– Et comment ça se pourrait, puisque vous ne vous connaissez pas ?

– *Bibi* appelle ça d'autres vies dans d'autres temps.

– Qu'est-ce que c'est que cette histoire d'autres vies ?

– Je ne sais pas trop. Elle m'a dit que je comprendrais un jour. Elle dit que nous nous aimons depuis longtemps sans jamais avoir pu vivre cet amour. Tu sais, nous avons fait notre choix...

Mercedes laissa couler la jupe dans le fond du bac, repoussa de son avant-bras une mèche de ses cheveux noirs collée au front, et regarda son fils, une lueur de curiosité dans l'œil.

– De quel choix parles-tu, Paco ?

– *Bibi* nous a donné rendez-vous dans une église, il y a deux ans. Nous pouvions y aller ou non. Si l'un de nous n'y allait pas, ça en aurait été fini pour cette vie... On aurait alors dû en attendre une autre...

– Et vous y êtes allés tous les deux.

Paco entoura de ses deux mains le visage de sa mère. Il scruta ardemment ses yeux d'ébène pour lui transmettre tout son amour.

– Oui. Nous avons choisi, *mamá*.

– Eh bien, que Dieu te bénisse, mon fils. Et ta Mariana aussi. Comme nous en avons déjà discuté, vous irez vous cacher dans notre grotte jusqu'à ce que vous puissiez prendre un bateau pour l'Amérique. Nous, nous devons continuer notre route. Quand nous y reviendrons, à l'hiver, vous serez déjà partis. Puissiez-vous être heureux !

Ils se levèrent d'un commun accord, elle le prit dans ses bras, l'étreignit longuement, puis retourna à son lavage, consciente qu'elle ne pouvait rien contre le destin.

41

Lors de son départ pour l'université, un an et demi plus tôt, Basilio avait reconnu dans les yeux de sa fiancée une étincelle insolente et victorieuse qui l'avait alarmé. Était-elle simplement heureuse de le savoir loin d'elle pour deux ans ou lui cachait-elle quelque chose ? Si ce n'était que de lui, il aurait annulé ce stupide mariage, mais son père en avait décidé autrement, à cause de l'argent et de la réputation de la famille Moreno-Estrella. Sa propre famille, endettée mais de sang noble, devait se renflouer. Mariana Moreno-Estrella, que d'autres jeunes hommes avaient refusé d'épouser à cause de son fort tempérament, ferait donc l'affaire. Et puis, elle était vraiment jolie. Sans compter le fait que le sang de Basilio coulait plus vite dans ses veines rien qu'à penser à la dompter. Oui, ce serait amusant, tout compte fait. Mais cette lueur malicieuse n'augurait rien de bon. Il faudrait y voir de plus près.

— Mais qu'est-ce que tu fais dans tes vêtements d'équitation ?

Luisa faisait irruption dans la chambre de sa fille, souriante, sans se douter du drame qui se préparait sous ses yeux.

Mariana tressaillit et se posta maladroitement devant le bureau, où la lettre qu'elle avait écrite à sa mère était glissée sous l'un des deux chandeliers. Elle avait pensé la déposer sur son lit, mais après mûre réflexion, elle avait choisi un endroit plus discret où sa mère la trouverait sûrement, mais pas trop tôt. Elle s'en félicitait maintenant.

— Je vais me promener avec Estrella.

— À l'avant-veille de ton mariage, ce n'est vraiment pas convenable. Tu devrais prendre des bains, te huiler, laver tes cheveux...

— J'ai tout le temps demain pour ça, *mamá*. Je me lèverai très tôt. Laisse-moi ces derniers instants de liberté, je t'en prie. Ne t'inquiète pas, je serai partie plusieurs heures. Je tiens à faire le tour de notre domaine, à m'asseoir sous le gros pin une dernière fois, à dire adieu à ma vie de jeune fille.

Mariana détourna les yeux. Elle détestait ces mensonges de plus en plus fréquents depuis quelques années. Heureusement, tout cela achevait.

Aujourd'hui.

Dans quelques heures à peine.

Même si cela l'avait prise au dépourvu, elle bénissait aujourd'hui l'impatience de Basilio qui avait demandé à devancer leur mariage, en prétextant qu'il pouvait tout aussi bien étudier marié que célibataire. Basilio voulait profiter des fêtes de Pâques pour le mariage.

Alvaro, trop heureux de confier sa fille à un autre homme, avait rapidement accepté.

Luisa observa sa fille. Quelque chose n'allait pas. Elle avait bien constaté des changements chez sa cadette depuis deux ans. Plus secrète, moins rieuse, une tristesse permanente dans le regard. Mariana était parfois distante et froide comme les jours d'hiver pour, tout à coup, tomber à genoux et déposer amoureusement sa tête sur les cuisses de sa mère tout en lui disant des mots tendres. Dans ces moments, une fébrilité exagérée s'échappait de tout son corps pour se transmettre à celui de sa mère. L'instinct maternel de Luisa l'avertissait d'une grande menace, mais sa logique amenuisait le présage : ce n'était que son mariage forcé qui affectait sa fille chérie, son bébé. Elle étendit le bras et pinça affectueusement la joue de sa fille :

– Bon, puisque tu y tiens. Tu sais, Mariana, tu seras toujours ma petite louve chérie.

Ça avait été un jeu d'enfant de faire suivre Mariana par des amis fidèles après son départ pour l'université. Bien sûr, ses compagnons de jeunesse n'avaient pu l'épier à chaque instant, mais Basilio avait toutefois su ce qu'il voulait savoir. Carlos lui écrivait régulièrement pour le tenir au courant de leurs efforts.

Sa jeune fiancée s'était pratiquement consacrée à une vie de nonne, allant aux leçons de ses précepteurs, aidant sa mère à la maison et visitant occasionnellement sa cousine Alicia, avec qui elle semblait très bien s'entendre. À part ses folles randonnées à cheval, elle agissait en jeune fille parfaite. Son père, depuis les fiançailles, gardait sur elle une surveillance vigilante. Accompagnée de Bianca quand elle sortait, elle marchait les yeux au sol et ne regardait aucun jeune homme. Parfait ! Elle avait peut-être compris la leçon, après tout.

À chacune des lettres qu'il recevait, Basilio se frottait les mains de plaisir, tout en ressentant une légère déception. Il ne la voulait pas trop soumise, une partie de son plaisir étant de la mater. Bof ! Il pourrait commencer par la priver de son cher cheval, il verrait bien après.

Seule Alicia connaissait le projet secret de sa cousine. Mariana n'en n'avait soufflé mot à personne d'autre, même pas à son frère. Malgré sa fidélité envers elle, il ne l'aurait certainement pas laissée se mettre dans un pétrin pareil.

Dios ! Partir seule avec un homme qu'elle connaissait à peine, qui n'avait pas d'argent et qui était un *Gitan* par-dessus le marché. Personnellement, Ricardo n'avait rien contre eux. Il ne croyait pas tous les ragots qu'on racontait sur ce peuple énigmatique. Bien sûr, la ville souffrait de menus larcins ici et là lors de leur passage estival, mais comment ajouter foi à la légende qui faisait d'eux des voleurs d'enfants ? Leurs jeunes femmes paraissaient plutôt fertiles avec les ribambelles d'enfants accrochés à leurs jupes ou courant partout sur la place du cirque. Des enfants incontestablement gitans, à en juger par leur peau très sombre et leurs yeux profonds comme l'éternité. Non, ils ne pouvaient porter tous les péchés du monde comme plusieurs le pensaient, mais de là à laisser partir sa sœur avec l'un d'entre eux, il y avait un gouffre.

Mariana le savait. Ricardo et elle avaient eu des discussions animées à ce propos le soir où, deux ans plus tôt, il l'avait aidée à rencontrer son danseur à l'église Santa Maria Teresa. Tout en tripotant pour la centième fois la lettre adressée à sa mère, elle repensait à leur retour à la maison ce soir-là.

346

– Je suis fou, *hermana*, de t'avoir conduite dans cette église. Tu m'as eu avec tes larmes et tes supplications, mais j'ai agi sans réfléchir. Je suis prêt à presque tout pour toi, tu le sais, mais ça, c'était trop !

– Écoute-moi, Ricardo...

– Non, je ne veux plus t'écouter, Mariana. Tu me fais faire des bêtises et je le regrette déjà.

– Tu ne me laisseras quand même pas épouser ce rustre de Basilio ! ?

– Ça n'est pas la question. Je te parle de ton Gitan, pas de ton fiancé.

– Moi, je te parle des deux, tête de mule. J'aime Paco et je déteste Basilio.

Sur le coup, Ricardo avait éclaté d'un grand rire. Même si, à cause de l'obscurité, il ne pouvait voir les joues de sa sœur s'empourprer, il les devinait avec plaisir. C'est ça qu'il aimait tant chez sa sœur ! Elle s'emportait comme un feu de paille et le traitait de tous les noms. Pour lui, c'étaient des mots affectueux, parce que sa sœur ne vociférait qu'envers ceux qu'elle considérait.

– Je te reconnais bien là, petite sœur ! Mais ça ne change rien. Ne compte plus sur moi pour t'aider à rencontrer ton Gitan. Quant à Basilio, tu devras l'épouser. Je n'ai pas réussi à faire changer notre père d'idée au sujet de ce mariage. J'en suis sincèrement désolé pour toi.

– Désolé !!! C'est tout ce que tu trouves à dire de cette ignominie ?

– Je sais, tu le détestes. Mais il est possible que tu reconnaisses ses qualités un jour, après t'être habituée.

– Jamais, tu m'entends ? Jamais je ne l'épouserai !

Elle vérifia une dernière fois l'ourlet de sa robe, lourd des bijoux qu'elle y avait insérés. Par bonheur, elle avait commencé ses préparatifs de fuite longtemps à l'avance, sinon elle aurait vraiment été prise au dépourvu. Elle aurait été mieux organisée l'année prochaine, mais le destin avait précipité son départ. La honte l'étreignait d'avoir volé peu à peu de l'argent dans le bureau de son père. Pour ne pas trop en souffrir, elle se répéta pour la énième fois :

– Je lui remettrai tout ce que j'ai pris dès que je le pourrai. Avec Paco, on trouvera bien à gagner dans ce nouveau continent empli de promesses.

Avec un soupir et un sanglot dans la gorge, elle prit son baluchon, l'installa sous son bras et sortit de la maison où elle était née, pour sa soi-disant promenade à cheval...

Deux jours ! Dans deux jours, il serait marié. Malgré les lettres réconfortantes de Carlos, le regard narquois de sa fiancée s'insinuait constamment dans ses pensées pour le contrarier. Il sentait confusément qu'elle lui cachait quelque chose. À chacune de leurs rencontres, quand il retournait à Séville, son air hautain et son sourire mordant semblaient lui dire : « Je ne serai jamais à toi, entends-tu ? Jamais ! » C'est pourquoi il avait devancé son mariage. Il ne pouvait oublier l'admiration qu'il avait lue dans le yeux de Mariana lorsqu'elle contemplait le danseur gitan.

Il en était malade de jalousie.

– Julio, tu peux dessiner une miniature de ma tête ?

– Une miniature ? Mais pourquoi donc, *amigo* ? Tu as l'intention de la transporter avec toi dans le Nouveau Monde ?

– J'en ai besoin tout de suite.

Julio s'aperçut que son ami était sérieux et que le temps pressait.

– Grande comment, ta miniature ?

Paco sortit de sa poche un bijou en or ovale, serti d'un rubis en son centre. Il glissa son doigt dans une fente mince et ouvrit le médaillon.

– Grande comme ça, Julio. Elle doit tenir ici.

– Ce bijou appartient à ta mère, non ? Je le lui ai déjà vu au cou. À mon mariage, entre autres. C'est petit... Du travail minutieux.

– D'après *Bibi*, ça n'a pas besoin d'être parfait, pourvu que ça me représente. Elle dit que c'est mon portrait dans le médaillon qui provoquera la magie. Allez, tu peux le faire maintenant ou non ?

– Pour qui me prends-tu, *amigo* ? Si *Bibi* te l'a demandé, c'est que ça doit être drôlement important. Viens, je prends un crayon et un bout de papier chez moi et je te fais ça avant même que tu aies le temps de te mettre à te tortiller d'impatience.

Les deux sacs de selle débordaient des minces possessions que Mariana pouvait apporter avec elle. Elle grimpa sur Estrella et partit au galop.

Après avoir fait ses adieux à son vieil ami Julio, Paco examina une dernière fois son image : très bien réussie. Julio avait vraiment du talent. Il referma le médaillon et attendit l'arrivée de celle qu'il aimait plus que tout au monde. Son cheval était prêt.

42

Pour arriver plus vite à destination, Mariana avait poussé sa jument au galop, mais elle devait ralentir.

– Au trot, Estrella, au trot...

Surtout, ne pas attirer l'attention.

Toute sa vie se jouait à cet instant. Si on l'attrapait maintenant, c'en était fini de ses rêves, de sa liberté, de sa vie elle-même !

Elle s'efforça de respirer calmement tout en regardant droit devant elle. Elle ne devait plus penser à sa vie passée. Plus tard, peut-être, mais pas maintenant. Des sanglots de tristesse et de peur, entremêlés d'une joie sublime, étouffaient sa gorge. Malgré sa hâte de retrouver son grand amour, elle n'avait jamais cru le départ aussi déchirant. Depuis sa plus tendre enfance, ses rêves de voyages et de liberté la transportaient d'allégresse, l'enveloppaient de béatitude. Jamais elle n'avait imaginé le moment précis de la séparation nécessaire à la réalisation de ses rêves les plus fous. Elle avait vécu dans l'illusion d'un départ sans abandon ni renoncement, croyant acquérir la liberté sans avoir à couper les amarres de sa captivité. La réalité de sa situation était tombée sur elle comme un coup de massue. À califourchon sur sa jument, elle laissa finalement les larmes couler le long de ses joues.

Après avoir traversé les terres de son père par le sud, elle avait rejoint la route qui menait à Séville. Étant donné que les Gitans campaient près du fleuve, elle n'aurait pas à entrer trop profondément dans la ville, ce qui la préserverait de faire des rencontres importunes. Tout en trottant vers sa liberté, elle priait de tout son cœur.

Comme elle n'avait jamais prié auparavant.

Si Dieu existait, comme elle le croyait, Il la guiderait. Il la protégerait.

Ils avaient dû s'organiser très vite quand Mariana était venue à lui dès leur arrivée en ville, affolée, pour annoncer le devancement de son mariage avec Basilio. Paco avait su à cet instant qu'ils n'avaient pas une minute à perdre et qu'ils devraient être loin avant même que le cirque ne reprenne la route. Trop surveillée par son fiancé, son père et sa gouvernante, Mariana ne pouvait en aucun cas prendre le risque de revenir le voir au cirque. C'était trop imprudent.

Ils n'avaient donc bénéficié que de cette seule rencontre pour tout organiser.

Grâce à la vivacité d'esprit de Paco, presque tout avait été décidé sur le coup, dans la tente derrière l'estrade.

Pour les détails, Alicia, toujours fidèle à sa cousine, avait porté quelques messages. Mais elle aussi devait être prudente.

Toute la famille connaissait sa complicité de toujours avec Mariana.

Paco avait affirmé à Mariana qu'il passerait le mot pour qu'on la laisse entrer dans leur camp le jour venu, ce qui serait difficile, voire impossible autrement. Maintenant, il attendait avec fièvre son arrivée.

– *Dios*, pourvu qu'il ne lui soit rien arrivé !

Tous ses cheveux étaient fermement retenus par un ruban et camouflés sous un foulard aux couleurs neutres. Sa coiffure désordonnée aurait pu la trahir. Quant au voile qui lui aurait plus ou moins assuré l'incognito, elle avait dû y renoncer ; on ne le portait pas à cheval.

C'est ainsi qu'il la vit arriver, vêtue de couleurs sobres, le visage à demi enfoui dans le châle qu'elle avait jeté sur ses épaules.

Il libéra enfin l'air comprimé dans ses poumons par l'angoisse de l'attente et accourut vers elle. Dès qu'il fut à ses côtés, il l'aida à descendre du cheval en la prenant par la taille et la déposa par terre.

Une fillette en guenilles suivie d'un chien jaune s'approcha d'eux d'un air craintif et considéra l'inconnue de ses yeux inquiets. Puis elle partit en courant pour revenir quelques instants plus tard, accompagnée d'Esméralda et de Carmen. L'aînée des deux sœurs toisa la jeune femme de haut en bas.

– C'est pour elle que tu nous quittes ?

Paco ignora la question de sa sœur.

– Esméralda, Carmen, je vous présente Mariana.

La petite Carmen se mit à pleurer.

– *Mamá* dit que tu ne reviendras plus, Paco. C'est vrai que je ne te reverrai plus jamais, jamais ?

– C'est vrai, *hermanita.*

Il se pencha et la prit dans ses bras pour la serrer tout contre lui. En sentant le corps frêle de sa sœur blotti contre le sien, il laissa enfin s'exprimer son chagrin.

– Tu pleures, toi aussi, Paco ? Alors pourquoi tu pars si ça te fait de la peine ?

Paco enroula une boucle de cheveux de sa sœur autour de son index.

– C'est trop difficile à comprendre pour une petite fille comme toi. Parfois, dans la vie, nous devons faire des choix. Ces choix peuvent être heureux et douloureux à la fois.

– Moi, je ne peux pas rire et pleurer en même temps. Quand je suis joyeuse, je ris. Quand je suis triste, je pleure. Comment tu peux être heureux et triste en même temps, Paco ?

Mariana pleurait aussi. Elle n'avait même pas eu la chance de faire ses adieux à sa famille. Elle avait dû les fuir dans le mensonge et l'hypocrisie. Les abandonner avec une simple lettre, des mots couchés sur une feuille de papier.

Sa mère presserait sûrement la lettre sur son cœur pour de nombreuses années, mais jamais Mariana ne pourrait lui dire au revoir. À cette pensée, elle implora silencieusement sa mère : *Pardonne-moi,* mamá. *Je t'aime de tout mon cœur.*

Lentement, plusieurs personnes du campement s'approchèrent aussi du jeune couple. Mariana remarqua une belle femme au nez aquilin, les cheveux déferlant hors d'un foulard bleu et jaune, un bambin accroché à ses jupes, les bras croisés sur la poitrine, comme en mesure de protection. Elle se tenait légèrement hors du cercle des curieux mais sa présence excédait celle de tous les autres. Des larmes coulaient sur ses joues. Mariana se sentit attirée vers elle comme par une force d'attraction fascinante, surnaturelle, et se dirigea vers cette femme qu'elle savait être la mère de Paco. Le jeune homme suivit des yeux la direction prise par celle qu'il aimait et la vit s'agenouiller devant sa mère.

– Relève-toi, ma fille.

Mariana leva le visage vers celle qui avait mis au monde son Paco, les joues inondées de larmes, et se releva.

– Je vous demande pardon de vous prendre votre fils, madame.

– Tu n'as rien fait de mal. Ton seul tort est de ne pas être des nôtres. Mais l'amour ne se commande pas, c'est lui qui ordonne, décrète et s'impose.

Mercedes prit les mains de la jeune femme.

– Dieu a déposé cet amour dans vos âmes, mes enfants. Puissiez-vous le faire grandir.

D'un geste, elle fit signe à son fils d'approcher.

– Viens par ici, Paco. En l'absence de mon mari Émilio, qui est présentement au cirque, je vous bénis tous les deux. Que Dieu vous protège.

Paco embrassa du regard son clan. Du bras, il fit un dernier signe d'adieu à tous ceux qu'il aimait. Il vit sa mère flanquée de ses deux filles et du petit Antonio. Il vit Julio, jambes écartées, luttant contre la peine de son départ. Et Leila, le ventre rond, à ses côtés. D'un geste brusque, il monta Mariana sur sa jument, sauta sur *Rojo*, son cheval au pelage brun-roux, et sortit du campement en direction de Grenade.

Une fois hors de la ville, ils se mirent à galoper. Mariana, qui sortait de Séville et de ses environs pour la première fois, suivait Paco. D'instinct, elle se retournait régulièrement pour voir s'ils étaient suivis. C'était absurde, puisque personne ne pouvait encore avoir remarqué son absence, mais elle se sentait traquée. Elle savait qu'ils le seraient bientôt et anticipait la poursuite. Bizarrement, la peur et la tristesse avaient fait place à une détermination sans pareille. Elle ne laisserait personne briser les rêves que Dieu lui avait confiés, personne s'interposer entre Paco et elle. Ensemble, ils verraient le Nouveau Monde. Ensemble, ils commenceraient une vie nouvelle.

Après une heure de course, Paco fit ralentir son cheval et trotta côte à côte avec Mariana. Ils avançaient en silence, perdus dans leurs propres pensées, pleurant ce qu'ils venaient de laisser derrière et imaginant la vie devant eux. Après un certain temps, Paco remarqua l'inquiétude de sa compagne.

– Ils ne peuvent être déjà à nos trousses, *mi amor*. Cesse de te retourner constamment, tu vas te donner un mal de cou.

– Je sais. Mais c'est plus fort que moi. J'ai un mauvais pressentiment.

– N'en parle pas. Nous devons nous concentrer sur notre réussite, pas sur notre échec.

Après un autre regard en arrière, elle lui demanda ses plans de fuite.

– Nous avions décidé que je te rejoigne à ton campement aujourd'hui. C'était la chose la plus logique à faire. Mais maintenant, comment irons-nous jusqu'au royaume de France ?

– D'abord, nous allons à Grenade, où mon clan habite pendant les mois d'hiver. Ce soir nous dormirons dans la grotte de ma famille.

Mariana haussa les sourcils de surprise.

– Vous vivez dans des grottes ? Pour vrai ? Je l'avais entendu dire, mais je n'y croyais pas.

Un sourire taquin releva les coins de la bouche de Paco.

– Ah non ? Et pourquoi cela ?

– Parce que ça me semble impossible de vivre dans une caverne, sans aucun confort.

Cette fois, Paco éclata d'un grand rire franc.

– Tu sais, notre confort est peut-être différent du vôtre, mais nous en avons. Il n'y fait jamais froid l'hiver et jamais trop chaud l'été. En fait, la température reste sensiblement la même tout au long de l'année.

– Et sur quoi dormez-vous, comment faites-vous à manger ?

— Nous dormons sur des paillasses et nous faisons à manger dans un foyer. La pierre de nos grottes est friable et nous y ouvrons des cheminées.

Mariana regarda autour d'elle. Le paysage commençait à changer.

— Nous arriverons tard. Je crois que nous devrions nous arrêter un peu plus loin pour manger, nous reposer et donner une pause à nos bêtes.

— Je n'aime pas avoir à m'arrêter. J'ai peur qu'on nous rattrape.

— D'abord, tu as averti ta mère d'une longue promenade. Elle commencera à s'inquiéter seulement vers l'heure du repas.

— J'ai tellement honte, Paco, de lui avoir menti de la sorte.

Mariana vit les épaules de Paco se raidir, puis il tourna la tête vers elle.

— Regrettes-tu ton départ, Mariana ? Nous pouvons retourner si c'est ton souhait. Personne ne saura jamais que tu as voulu t'enfuir avec moi.

— Oh non, Paco ! Je veux de tout mon cœur partir avec toi ! C'est la façon dont j'ai dû le faire qui me fait de la peine. Je n'ai pas pu dire adieu aux miens, comme toi.

Le regard du jeune homme s'adoucit.

— Oui, ça doit être difficile. Très difficile. Les adieux m'ont accablé, mais au moins j'ai pu regarder les miens droit dans les yeux. J'ai pu les prendre dans mes bras. Oui, Mariana, je crois que je te comprends.

Mariana apercevait loin au sud des montagnes se dessiner. Un halo de chaleur flottait paresseusement à leur sommet. Soudain, elle se sentit lasse.

– Tu as raison, Paco. Nous devrons faire halte. D'ailleurs, tout le monde doit dormir à cette heure-ci. Si j'étais chez moi, je me reposerais sous le grand pin.

Paco tendit le bras vers le côté de la route.

– Regarde là, nous serons bien pour faire la pause. Viens...

Il sauta à terre et courut aider sa compagne à descendre de sa jument. D'un ton de défi, elle lui dit :

– Je peux très bien le faire moi-même, tu sais. Je n'ai pas besoin de ton aide.

Saisi, il baissa les bras et retourna à son cheval pour fouiller dans les sacs à la recherche d'un bout de pain et d'un morceau de fromage. Mariana, une fois à terre, rapporta de la viande salée et séchée. Sans un regard vers elle, Paco lui tendit ses provisions.

– Excuse-moi, Paco. Je n'ai pas voulu t'offenser...

– Moi non plus, je voulais seulement t'aider. On m'a toujours appris à respecter les femmes.

Ce fut au tour de Mariana d'éclater de rire, d'un long rire pur et cristallin, rappelant une cascade joyeuse. Le cœur du jeune Gitan se mit à battre plus vite. Comme il avait envie d'elle ! Lui qui avait canalisé une partie de son énergie sexuelle dans la danse, il devait bien reconnaître que ce n'était pas si facile tout près de Mariana.

– Tu sais, Paco, je ne crains pas ton manque de respect. Mais je suis... différente de bien des femmes. On me l'a toujours dit. Je crois que Dieu a mis dans mon âme des désirs d'homme.

Paco ouvrit les yeux tout grands, éberlué.

– Des désirs d'homme ?

Elle s'assit les jambes croisées auprès de lui et lui offrit de ses deux mains – comme s'il s'agissait d'un rite – de la viande séchée.

– Comment t'expliquer ? J'ai toujours eu soif de liberté, de grands espaces, de voyages. Chez moi, on m'avait surnommé « la louve », tu vois ?

– Hum... Je suis donc tombé follement amoureux d'un animal sauvage ?

– En quelque sorte, oui... Ça t'inquiète ?

– Pas le moins du monde. Si tu connaissais nos femmes, tu comprendrais. Elles sont soumises en apparence, mais nous savons tous, les hommes, que ce n'est que pour épargner notre orgueil. Ce sont elles qui dirigent la vie familiale et celle du clan, même si elles nous laissent croire que nous sommes les chefs.

Subitement, il se leva, l'attrapa par les mains et se mit à courir de ses longues jambes. Mariana riait aux éclats. Ça faisait tellement de bien ! Son cœur cognait si fort dans sa poitrine que les coups se répercutaient jusque dans ses oreilles.

Comme elle courait à perdre haleine pour rejoindre Paco, qui était plus rapide qu'elle, Mariana, buta contre un monticule et s'affala de tout son long, le visage dans la terre sèche et craquelée. Paco, qui revenait en courant vers elle, s'aperçut qu'elle riait à gorge déployée. Soulagé, il s'agenouilla et l'aida à se relever. Mariana s'esclaffait d'un rire de plus en plus aigu, proche du délire, et son corps se mit à trembler. Au moment où il la prenait dans ses bras, le rire se transforma en vifs sanglots. En se laissant bercer par le mouvement du corps de l'homme qu'elle aimait, elle pleura toutes les larmes retenues depuis si longtemps, toute la peine d'abandonner sa famille, toute la joie d'avoir échappé à un mariage tant refusé, toute l'allégresse d'une liberté nouvelle et inconnue. Tranquillement, son souffle redevint calme et son corps cessa de tressaillir. Paco desserra son étreinte et regarda sa compagne dans les yeux.

– Ça va mieux, maintenant ?

Elle essuya une dernière larme du revers de sa manche.

– Oui, ça va mieux.

– Tu as faim ? Retournons sous l'arbre pour manger.

Allongés sur le dos côte à côte, ils admiraient les étoiles scintillant sur leur première nuit ensemble. Derrière eux, l'ouverture de la grotte reflétait les faibles rayons de la lumière provenant de la lampe à l'huile que Paco avait allumée en frottant deux silex.

Mariana avait été éblouie par son habileté tout autant que par l'allure de la grotte, décorée de roues, tambourins, plateaux de cuivre et couteaux divers. Quelques jupes colorées, cousues dans des carreaux de laine, étaient également suspendues aux murs de cette demeure inusitée. Un charme troublant, une chaleur invitante se dégageait de ces murs de pierre blanche. Tout à coup, elle eut une impression de déjà-vu, comme si elle connaissait cette grotte. Comme si cette vie de bohémien coulait dans ses veines. L'espace d'un bref instant, elle se sentit ballottée sur une route cahoteuse, assise entre des enfants, regardant par les toiles ouvertes d'une roulotte le filet de route qu'ils laissaient derrière eux. Elle s'ébroua pour chasser cette vision incompréhensible et trouble.

– Qu'as-tu, ma douce ?

La voix ondulante de Paco la ramena tout à fait dans l'instant présent.

– Rien... ou plutôt, une drôle de vision, trop brève pour me permettre d'en comprendre le sens.

Paco, peu porté sur les visions, qu'il préférait laisser aux femmes et particulièrement à Angela, pensa à l'aspect pratique de leur situation.

– Il ne doit pas rester grand-chose dans le garde-manger. Je vais voir si je peux dénicher quelques sardines en saumure.

Il se pencha vers une anfractuosité dans le mur et en sortit deux pots de grès.

– J'ai dans ce pot des sardines et dans celui-ci du lard salé. C'est mieux que rien pour ce soir. Demain, j'irai à la rivière nous pêcher des poissons et, avec un peu de chance, je pourrai chiper quelques oranges. Je poserai des pièges pour attraper des lièvres et des hérissons.

Ils mangèrent ces maigres provisions accompagnées d'un pain aux olives que Mariana avait pris à la cuisine presque sous le nez de la cuisinière. Paco déboucha une bouteille de vin rouge qu'il avait également extirpée du garde-manger, en attendant qu'il descende à la source pour rapporter une cruche d'eau.

— Tu vois cette étoile, Mariana ? C'est l'étoile du nord. Elle nous guidera dans notre voyage. Nous partirons dans quelques jours.

— Pourquoi ne repartons-nous pas demain ?

— Nous devons avoir des provisions pour entreprendre ce voyage. Je préparerai de la viande et puisque tu as un peu d'argent, nous achèterons aussi du fromage.

— Tu es certain de connaître le chemin pour se rendre au royaume de France ?

Paco se tourna vers celle qu'il aimait et fixa son regard dans celui de la jeune fille.

— Bien sûr. Nous y allons tous les ans depuis des siècles pour un rassemblement annuel.

Mariana sursauta. Elle n'en revenait pas.

— Vous allez si loin chaque année ?

— Ce n'est pas si loin, ma douce. Et puis, nous ne sommes que deux et avons des bons chevaux.

— Mais pourquoi prendre cette direction alors que nous étions collés sur la Méditerranée, d'où il était facile de prendre un bateau pour le Nouveau Monde ?

Paco caressa paresseusement la joue douce qu'elle lui offrait.

– Justement, ce serait trop facile. C'est le premier endroit où ils nous chercheront. Nous devons au contraire nous éloigner du sud de l'Espagne le plus vite possible.

Tout à coup, il devint solennel. Il s'assit sur le pas de la caverne, prit les mains de Mariana et l'installa devant lui.

– Tu sais, là-bas, aux Saintes-Maries-de-la-Mer, nous avons des coutumes. Tous les ans, pendant le grand rassemblement, nous célébrons mariages et baptêmes. Une communauté des nôtres est installée à cet endroit et nous y trouverons refuge et aide.

Sa voix devint sourde.

– Mariana, hum...Veux-tu m'épouser quand nous arriverons dans cette ville ?

Grâce à la lumière argentée projetée par la lune devant la grotte, il vit un large sourire épanouir les traits crispés de celle qu'il considérait déjà comme sa fiancée.

– Oh, Paco ! Ai-je vraiment besoin de te dire oui ?

Elle se leva et se mit à danser et tourner, baignée par la lune et les étoiles.

– OUI, OUI, OUI, OUI et encore OUI !

Il se mit à rire, se leva à son tour, se campa devant elle et sortit de sa poche un médaillon en or. D'un air redevenu sérieux, il déclara :

– Ce médaillon, ma douce, appartenait à ma mère. Elle me l'a donné pour toi. Il glissa un ongle dans la fente et l'ouvrit. C'est Julio, mon meilleur ami, qui a dessiné cette image de moi ce matin même.

Mariana, bouche bée, admirait le dessin du visage aimé tout en écoutant Paco.

– Angela – tu te souviens d'elle, la diseuse de bonne aventure que tu as rencontrée dans une tente ? – a pratiqué un charme sur ce bijou. Où que nous soyons, si nous nous perdons dans cette fuite, chacun pourra retrouver l'autre grâce à lui.

Éberluée, elle promenait son regard du médaillon au visage de Paco.

– Mais comment ? C'est de la magie ?

– Chut... Relève tes cheveux, ma fiancée, que j'accroche ce charme à ton cou.

43

Luisa tenait fébrilement le billet qu'elle avait découvert sous le chandelier, la veille au soir. L'écriture saccadée dansait de façon macabre sous ses yeux encore éberlués.

Sa fille, son bébé.

Partie.

Elle aurait dû s'en douter et ne se pardonnait pas d'avoir été si peu attentive aux états d'âme de sa cadette. Pourtant, maintenant, elle se rendait compte que tout, dans le comportement de Mariana, criait la révolte, fût-elle déguisée en soumission. Alvaro avait eu raison, cette fois. Elle relut pour la centième fois ces mots écrits dans l'agitation et la nervosité, à en juger par les lettres couchées vers la droite comme si elles voulaient sortir de la page au même titre que Mariana avait hâte de fuir sa demeure familiale.

24 mars 1639

Ma très chère *mamá*,

Je sais que la peine immense que je te cause aujour-
d'hui sera très difficile à surmonter et je m'en excuse
de tout mon cœur. *Mamá*, je t'aime. Je t'aime et je
t'avoue que cette séparation est aussi très pénible
pour moi.

Combien de fois ai-je espéré pouvoir rester près de
vous tous. J'ai voulu oublier ce mariage absurde dans
lequel *papá* m'a abandonnée, oublier mes rêves de
liberté, oublier jusqu'à mon âme, *mamá*, pour pouvoir
rester près de toi. Mais ce n'est pas possible. Jamais
je ne me marierai avec Basilio. JAMAIS ! Je te l'ai
déjà dit : plutôt mourir.

Plus tard, quand je serai loin et en sécurité, je t'écrirai
pour te laisser savoir où je suis. Ne t'inquiète pas,
ma petite *mamá*, je prendrai bien soin de moi.

Tu seras toujours dans mon cœur ainsi que Ricardo,
Pilar et *papá*. Embrasse Ricardo pour moi et dis-lui
que je lui souhaite tout le bonheur du monde avec
Ana-Clara.

Je vous aime.

Mariana

Les larmes de Luisa explosèrent encore une fois sur ses
joues humides. Comment ferait-elle pour vivre sans savoir
ce qui arrivait à sa fille ? Tout à coup, elle eut envie de hurler
elle aussi, comme elle avait déjà entendu sa petite louve le
faire. Déchirer les murs de sa maison, de sa prison. Retourner
le temps à l'envers comme un vêtement pour s'offrir de

nouveaux choix. La raison sage et logique à laquelle elle s'était pliée toute sa vie ressemblait à une monstrueuse imposture à la lecture de cette lettre. Elle s'était menti à elle-même une grande partie de sa vie et voilà qu'elle aurait souhaité voir sa fille faire de même ?

Elle ferma les yeux tout en tenant le billet sur son cœur et un calme s'empara de son être.

– Où que tu sois, mon bébé, je demande à la Vierge Marie, qui a elle aussi été mère, de te protéger. Je te confie à elle et te remets entre ses mains, en toute confiance. Tu me donnes une leçon, ma fille, celle de suivre son cœur et les désirs de son âme jusqu'au bout. Puisses-tu être heureuse !

Mariana s'affairait, sous les conseils de Paco, à fumer les lièvres qu'il prenait au collet. Elle dépeçait d'abord l'animal en languettes fines qu'elle suspendait ensuite sur une broche au-dessus du feu pendant plusieurs heures. Elle faisait de même avec les truites qu'il rapportait de la rivière.

Malgré la déchirure encore vive d'avoir quitté sa famille à la dérobée, elle adorait cette vie et s'émerveillait de tout ce qu'elle apprenait avec son compagnon.

– Tu sais, Paco, c'est ainsi que j'imagine la vie de mon oncle Edmundo. Libre de contraintes.

– Nous sommes libres présentement parce que nous sommes seuls, ma douce sauvageonne. Chez nous aussi les lois sont très strictes. Une femme, par exemple, peut dévoiler sa poitrine, contrairement à vous, mais ne peut montrer ses pieds. Toutes les femmes mariées cachent leurs cheveux sous un foulard et les marques de tendresse charnelle entre hommes et femmes sont acceptées en public. Par contre, un homme n'a pas le droit de toucher la jupe d'une femme qui n'est pas la sienne.

Mariana releva les sourcils de surprise.

— La jupe est considérée comme sacrée. Si un homme la touche, il peut être expulsé du clan.

— Mais pourquoi ?

— À vrai dire, je n'en sais rien. Ce sont de vieilles coutumes. C'était peut-être pour donner un certain pouvoir aux femmes... Par exemple, si deux hommes se battent, une femme n'a qu'à approcher en agitant sa jupe entre eux. Ils n'ont pas le choix, ils doivent arrêter leur bataille, sinon l'un d'eux sera exclu parce qu'il aura effleuré la jupe de la femme.

— Dis donc, vous n'y allez pas de main morte, chez vous !

Paco retirait à l'aide d'une longue fourchette les morceaux de viande prêts à être rangés dans des sacs de cuir. Il se tourna vers elle, un sourire moqueur aux lèvres.

— Ça t'étonne, hein ?

— Voici maintenant deux jours que notre fille a fugué, Luisa. J'ai fait fouiller le port, les bateaux, j'ai retourné la ville sens dessus dessous : rien ! Elle s'est volatilisée ! De toute façon, aucune flotte de bateaux ne part avant mai.

Alvaro ne savait plus si la colère ou l'inquiétude l'emportait en lui. Malgré tout, il l'avait élevée, elle était sa fille. Son tempérament fougueux, sa personnalité chaleureuse, sa droiture innée, tout cela faisait qu'il était difficile de ne pas s'attacher à elle. Dans son for intérieur, il savait qu'elle l'avait conquis et que sa sévérité envers elle lui coûtait plus qu'il n'en paraissait. Mais, en bon père, il se devait de la protéger d'elle-même...

Maintenant, il était trop tard. Il aurait dû comprendre plus tôt qu'aucune barrière ne pouvait emprisonner sa fille. S'il n'avait pas insisté pour la marier à ce Basilio, elle serait probablement encore à la maison...

Pour la première fois, l'idée lui vint qu'elle n'était peut-être pas partie seule. Dès que cette pensée eut traversé son esprit, la colère qui commençait à s'estomper reprit de son pouvoir et se transforma en une indignation sans borne.

— Luisa, est-ce que Mariana t'a déjà parlé d'un jeune homme sur qui elle aurait jeté son dévolu ?

Luisa sortit de son corsage la lettre qu'elle portait sur son sein et la déplia encore une fois.

— J'ai beau lire et relire cette lettre, rien ne le laisse croire, pas même entre les lignes. Si son cœur était épris de quelqu'un, elle l'a bien caché. Elle ne m'a jamais parlé de qui que ce soit.

— Qu'en penses-tu ? Elle aurait pu partir seule ?

Avec un soupir de résignation, elle replia la lettre et la remit dans son corsage.

— Elle en est bien capable. Mais pour aller où ? Je ne serais pas surprise qu'elle cherche à rejoindre mon frère Edmundo, tu sais.

À ces mots, il se tourna vivement vers elle, le maintien plus énergique.

– Eh bien ! Écris de ce pas à ton frère et demande-lui de nous tenir au courant !

Puis, ses épaules s'affaissèrent de nouveau.

– Non, elle ne peut pas être partie pour le Nouveau Monde, Luisa, pas avant le mois de mai. Où peut-elle bien être ?

Luisa se dit que sa fille était assez intelligente pour ne pas rester dans les environs de Séville aussi longtemps. Elle avait certainement pris la route et partirait en Amérique quand on ne la chercherait plus. Mais quelle direction avait-elle pu prendre ? Le sud, pour se rendre à Cadix ? Le Portugal, d'où plusieurs flottes partiraient dans quelques mois ? Les terres mauresques ?

Alvaro réfléchissait.

– Je vais continuer de faire guetter le port et ses environs jusqu'aux prochains départs. Elle a probablement décidé de se terrer un certain temps en prévision de mes recherches. Elle est très intelligente. Dans quelques semaines, quand elle se croira à l'abri, il est possible qu'elle sorte de sa cachette.

Luisa soupira.

Si ton père te trouve, mon bébé, je vais faire tout ce que je peux pour annuler ce mariage maudit.

Ahmed frappa à la porte du bureau où ses maîtres s'entretenaient.

– Pardonnez-moi monsieur, madame, mais vous avez un visiteur.

Alvaro se leva, suivi de sa femme.

– De qui s'agit-il ?

Ahmed prit un air embarrassé.

– Il s'agit du jeune M. Crespo-Olivera. Il semble agité, si je puis m'exprimer ainsi.

– Merci, Ahmed, faites-le passer au petit salon, nous arrivons.

Quand le serviteur eut fermé la porte, Alvaro gémit à l'oreille de sa femme :

– Il ne manquait plus que celui-là. Qu'allons-nous faire ? Nous ne pouvons pas lui cacher la disparition de sa fiancée plus longtemps.

Luisa déposa délicatement mais fermement la main sur le bras de son mari.

– En effet, Alvaro. Il est temps de lui dire la vérité.

– Mais de quoi aurons-nous l'air, veux-tu bien me le dire ?

– Alvaro, je me fiche totalement de quoi nous aurons l'air. La seule chose qui m'importe, c'est le bien-être de ma petite Mariana. Et elle ne voulait pas de ce mariage. Elle y était farouchement et ouvertement opposée. Nous ne l'avons pas écoutée... et si nous la retrouvons, nous devrons l'en libérer.

Alvaro se raidit d'un seul coup.

– Quoi ? L'en libérer ? Es-tu devenue folle, Luisa ? Nous avons donné notre parole, nous ne pouvons absolument pas la retirer ! C'est hors de question !

Luisa se dit qu'il valait mieux ne pas en discuter maintenant. Elle ouvrit la porte du bureau et fit signe à son mari d'aller au front.

Luisa écoutait distraitement la prise de bec entre Alvaro et le jeune Basilio en se disant que si ces choses étaient laissées aux femmes, parfois, la vie serait infiniment plus simple. Mais les hommes, de tout temps, possédaient l'esprit guerrier.

– Je suis certain que votre salope de fille s'est sauvée avec un de ces bohémiens ! Elle était trop attirée par le cirque pour qu'il n'y ait pas anguille sous roche.

Alvaro manqua s'étouffer.

– Je vous interdis de traiter ma fille de salope, vous allez vous excuser immédiatement !

– Elle était en émerveillement devant le danseur, je vous dis ! Vous n'avez donc rien vu, vous, son père ?!

La conversation prenait une tournure acide qui déplaisait royalement à Luisa, tout en l'éclairant sur les motifs de Mariana. Un bohémien... bien sûr ! Elle aurait dû y penser. Certains liens sont plus forts que tout... Mais comment avaient-ils fait pour planifier leur fuite ? Mariana avait-elle gardé son secret pour elle-même ou s'était-elle confiée à quelqu'un ? Sa cousine Alicia, peut-être. Elle irait rendre visite à sa nièce dès le lendemain.

Un hurlement la fit brusquement sortir de ses pensées.

– Je vous ai dit de vous excuser, il me semble !!

Alvaro, rouge de colère, s'approchait du jeune homme, prêt à l'empoigner. Il avait envie de le secouer jusqu'à ce que les excuses jaillissent de tous les pores de sa peau, mais se maîtrisa avec peine. Debout, le nez presque collé sur celui de son opposant, il attendait.

Basilio, pourtant très en colère lui aussi, fut tout de même subjugué par l'autorité naturelle d'Alvaro. Il se sentit tout à coup petit et sans importance.

– D'accord, je vous dois des excuses. Je me suis emporté et je n'aurais pas dû le faire. Mais voyez-vous, monsieur, je suis presque certain que Mariana s'est sauvée avec ce danseur !

Alvaro reprenait lentement ses esprits, choqué par cette révélation à laquelle il n'avait pas songé.

– Le cirque est parti hier seulement. Nous pouvons les rattraper facilement sur la route, souleva-t-il.

– Inutile, monsieur Estrella-Rubio. Ces gens ne nous diront rien. Et je suis certain que votre fille ne s'est pas réfugiée là où il serait facile de la retrouver.

44

Le temps passait. *Deux jours déjà*, se disait Mariana. Le matin même, ils avaient quitté les grottes pour rejoindre la mer Méditerranée, qu'ils longeraient jusqu'au royaume de France. Paco lui avait redemandé pour la énième fois si elle désirait toujours poursuivre son voyage avec lui, le souffle court par la peur de la voir changer d'idée.

Ils étaient étendus côte à côte sur le sable doux, près d'un feu de camp qui crépitait et lançait quelques étincelles dans le ciel noir. Une couverture épaisse les préservait de la fraîcheur des nuits de mars. Depuis la demande en mariage que Paco lui avait faite le soir de leur arrivée aux grottes, il agissait envers elle avec une grande tendresse et un grand respect, mêlés de désir contenu. Il ne voulait pas la prendre avant leur mariage et s'en tenait vaillamment à sa décision. Quand leurs caresses devenaient trop enivrantes, il s'arrachait à leur extase et s'allongeait à côté d'elle, sur le dos, en s'efforçant de respirer calmement pour ramener les battements de son cœur à un rythme normal. Elle le contemplait, émue. Il était son homme, pour toujours.

Jamais Mariana n'épouserait un autre homme que lui ! Ça, Basilio se le promettait. Mieux valait la voir mourir que la laisser à quelqu'un d'autre alors qu'elle lui avait été promise. Ah ! Elle avait été plus forte que lui. Elle avait réussi à cacher son jeu et à le devancer dans ses plans. Elle avait décidément gagné une bataille, mais sûrement pas la guerre ! Ça, non !

De retour chez lui, il avait établi son plan. Au diable ce bon à rien d'Alvaro Estrella-Rubio ! Il se passerait de lui. Il aurait bien voulu en parler à son ami Carlos, mais la cuisante humiliation que lui faisait vivre la fuite de sa fiancée l'empêchait de se confier à quiconque. Il partirait donc seul. Sa première étape serait Grenade, où les Gitans vivaient dans des grottes.

– Paco, je suis inquiète. Partons, je t'en prie.

– Tu n'as jamais parlé de moi à qui que ce soit, à part ta cousine ?

– Bien sûr que non !

– Et ta cousine, tu peux lui faire totalement confiance ?

– J'en suis certaine, oui.

Paco plia la couverture sous laquelle ils avaient dormi, ramassa la casserole qui avait servi à faire cuire leur repas la veille au soir et fourra le tout dans les sacoches.

– Alors, personne ne sait où nous sommes. Calme-toi, Mariana. Dans quelques semaines, nous serons aux Saintes-Maries-de-la-Mer, en sécurité.

Mariana finit de seller sa jument et fixa la route devant eux. Une sourde inquiétude grandissait en elle.

– Paco, Basilio est un homme méchant. Je l'ai toujours connu et ne l'ai jamais aimé. Il est brutal, cruel et têtu. Il ne me laissera pas disparaître sans rien tenter pour me retrouver et crois-moi, ça n'a rien à voir avec l'amour. C'est plutôt l'orgueil. Un orgueil démesuré et bête à mourir. Il me cherchera, j'en ai la conviction profonde... Et s'il me trouve... s'il *nous* trouve, il te tuera, mon amour. Il est très fort à l'épée, à ce qu'on dit.

Paco attacha les sacoches et vint se planter devant sa fiancée.

– Eh bien moi, même si je n'ai pas d'épée, je suis vif et intelligent, ma douce. S'il est si sûr de lui, il péchera par vanité en ne se doutant pas de mes capacités. Allons ! Saute sur cette belle bête, la route est à nous.

Le cheval, trempé de sueur, profitait de la halte. Basilio avait dû demander des renseignements à Grenade et, après s'être trompé de chemin à quelques reprises, il était enfin arrivé à l'emplacement des grottes. Il n'aimait pas le silence absolu qui l'accueillait. Après tout, il s'était peut-être trompé. M. Estrella-Rubio semblait croire que sa fille se terrait en quelque endroit de Séville dans le but de prendre un bateau pour le Nouveau Monde... Il avait peut-être raison. Mais puisqu'il était rendu, aussi bien chercher.

Ce paysage muet de montagnes de pierre blanche percées d'ouvertures le rendait mal à l'aise. Tout semblait suspendu, en attente que la vie s'y réinstalle. À cette heure du jour, même les oiseaux se faisaient discrets.

Il sauta à bas de son cheval et commença à explorer les environs. Il courait d'une grotte à l'autre, sans succès. Toutes étaient vides et sans aucune trace d'occupation récente. Il se maudit pour son impétuosité qui l'avait fait partir sans même penser à apporter de la nourriture. Heureusement, il avait de l'argent sur lui et pourrait se restaurer et dormir dans une auberge de Grenade. À l'idée d'une bonne bière et de jolies serveuses, un sourire illumina son visage.

– Bon, mon gars, il ne te reste que quelques grottes à visiter, vas-y.

Sourire aux lèvres, il continua son chemin vers la grotte suivante et renifla immédiatement l'odeur de cendres encore fumantes. Le chasseur en lui s'éveilla et le sourire disparut pour faire place à une mâchoire crispée. Sur le palier devant la grotte, un feu avait été allumé récemment. L'odeur de viande fumée flottait encore dans l'air de fin de journée.

– Je le savais ! J'avais raison ! Ils sont passés par ici avant de continuer leur route.

Le problème, c'est que n'importe quel voyageur aurait pu utiliser ces grottes inhabitées pour se reposer avant de repartir. C'était un endroit tentant pour qui n'avait pas de domicile. Mais il avait la conviction profonde qu'il s'agissait bien de sa fiancée et de ce maudit Gitan.

Il s'assit devant les pierres entourant le feu mort. Il devait réfléchir. Par où avaient-ils pu partir ?

Paco sursauta violemment au cri de terreur de sa fiancée.

– Mariana, réveille-toi !

Elle ouvrit des yeux remplis de frayeur tout en se débattant à coups de pied et en faisant battre ses bras en l'air. Puis elle exhala un immense soupir de soulagement quand elle reconnut son amoureux, penché vers elle. Il la tenait par les épaules et l'agitait pour la forcer à sortir du cauchemar qui la possédait.

– C'était affreux, Paco. Basilio nous avait retrouvés et avait réussi à te blesser, puis il s'était précipité vers moi pour m'enlever. J'avais beau le griffer, le mordre, rien n'y faisait. Sa colère était si grande qu'il ne semblait même pas ressentir la douleur que je lui infligeais.

Paco la prit tendrement dans ses bras et la berça doucement, en lui chantonnant une vieille berceuse gitane qu'il avait si souvent entendue de la bouche de sa mère. Pour lui d'abord, puis pour Esméralda et Carmen. Dernièrement, pour le petit Antonio.

– Là... Là... Tout va bien, mon amour. Cet homme devra me tuer avant de te reprendre.

Mariana tressaillit.

– Ne parle pas comme ça, Paco ! J'ai tellement peur qu'il y parvienne. Je ne pourrais pas vivre sans toi. Je te jure, jamais je ne le laisserai me toucher. Jamais !

– Viens dans mes bras, Mariana. Dormons jusqu'à l'aube, nous en avons besoin. Nous devons garder nos forces pour le long voyage qui nous attend.

Après avoir longuement réfléchi devant le feu, Basilio se dit que la meilleure chose à faire était de retourner à Séville : il venait de concevoir un plan qui pourrait bien l'aider dans ses démarches. Satisfait, il se releva, épousseta ses hauts-de-chausses d'une main dédaigneuse et regarda autour de lui. Ces Gitans se satisfaisaient de bien peu, dans la vie ! Lui, non. Et il aurait Mariana, coûte que coûte. Il remonta sur son cheval et cria dans le silence feutré :

– À nous trois ! *Vamos.*

45

Séville, de nos jours

Une jeune femme au regard lumineux, sourire épanoui aux lèvres, vêtue d'un jean et d'un pull moulant imprimé léopard qui mettait en évidence une poitrine bien galbée, agitait joyeusement au-dessus de sa tête une pancarte sur laquelle était écrit en rouge le nom France Carpentier. Elle sautait d'excitation d'un pied à l'autre, s'étirait le cou pour voir plus loin et devait se retenir pour ne pas crier le nom écrit sur la pancarte.

Dès les douanes passées, France aperçut la pancarte et se dirigea, pleine d'entrain, vers la femme qui la tenait. Elle était heureuse de se savoir attendue. Elle demanda:

– Marta ? Marta Ramirez ?

La jeune femme laissa tomber ses bras.

– Ouf ! J'avais déjà mal aux bras, je suis bien contente que tu sois sortie parmi les premières ! Tu es sûrement France Carpentier.

– Eh oui ! Merci pour l'accueil, Marta.

Cela dit, les deux femmes se regardèrent sans plus savoir quoi ajouter. Après tout, elles étaient de pures étrangères l'une pour l'autre. Par où commencer ? Puis, Marta prit France par le bras et l'entraîna.

– Allons attendre tes bagages, nous pourrons discuter et nous mettre au parfum le temps qu'ils arrivent.

France n'en revenait pas ! Tout s'était déroulé si vite qu'elle arrivait à peine à se rendre compte qu'elle se trouvait sur le sol espagnol, aux frais d'une vieille extravagante. Jamais elle n'aurait pu se payer ce voyage ! On a beau dire que tous les aéroports se ressemblent, en regardant autour d'elle, elle se sentait dépaysée. Son cœur battait la chamade et un léger frisson d'excitation flottait sur sa peau. Toutes ces affiches écrites en espagnol ! Tous ces gens autour d'elle qui déambulaient en égrenant des phrases rapides et chantantes ! Comme c'était agréable, nouveau, charmant ! Heureusement que Simon l'avait incitée à faire ce voyage ! Ce dépaysement lui faisait déjà du bien. Elle inspira profondément l'air climatisé de l'aéroport et fut légèrement déçue. Vivement que ses valises arrivent pour sortir d'ici et sentir l'air chaud et sec de l'Andalousie. Elle était certaine que, dans ce pays, l'atmosphère se prévalait d'une odeur particulière, sucrée de parfums fleuris, bien différente de celle du Québec. Elle se pinça le bras pour être certaine qu'elle ne rêvait pas.

Marta se mit à rire.

– *Bienvenido, amiga** ! Je suis bien contente de te rencontrer.

---

* Bienvenue, mon amie !

– Moi aussi, je suis très heureuse de te connaître, Marta.

France aperçut une de ses valises et se précipita pour l'attraper.

– En voici une !

– Tu en as combien ?

France la regarda d'un air sérieux.

– Oh ! Une bonne dizaine, je n'aime pas voyager léger.

À l'air ébahi de Marta, elle se mit à rire.

– Sérieusement, j'en ai deux. Seulement deux.

– Ah ! Tu m'as fait peur.

Marta leva un sourcil en se demandant si France, cette fois, disait vrai ou si elle s'amusait à ses dépens. Elles auraient beaucoup à apprendre l'une sur l'autre. Une dizaine d'années les séparaient en âge ainsi que leur culture respective. Pourraient-elles s'apprivoiser le temps de ce voyage ? Une simple lettre les unissait. Une lettre qui semblait avoir été écrite trois cent cinquante ans plus tôt.

Le mystère historique était ce qui attisait la curiosité de la jeune Espagnole. Elle voulait tout savoir. Qui était cette jeune Andalouse du XVIIe siècle et comment avait-elle pu connaître le nom et l'adresse de cette Québécoise d'aujourd'hui ? Quelle était sa connexion à France ? Pourquoi lui avait-elle écrit ?

Tant de questions dont France elle-même ne connaissait que très peu de réponses. Tant pis. Elles chercheraient à deux pendant leurs fins de semaine libres.

Assise dans la petite voiture de Marta, France se réjouissait de tout ce que ses yeux voyaient. Des rangées de maisons blanches aux contours de fenêtres agrémentés de couleurs vives, des orangers encadrant les routes, des palmiers aux troncs très hauts. Elle se dit qu'ils avaient l'air de plumeaux et eut honte de la comparaison qu'elle en faisait. Tout semblait si majestueux dans ce pays d'une aridité accueillante et chaleureuse.

Majestueux... et connu !

Tout comme la langue espagnole, elle ressentait cet endroit dans ses tripes. Pas l'aéroport, les maisons ou les rues bordées de palmiers, non. C'était un sentiment d'appartenance plus profond... Oui, c'était bien ça : un sentiment d'appartenance.

Cette sensation faisait battre son cœur plus vite, faisait naître sur ses bras un frisson agréable. Était-elle, comme Huguette l'avait déclaré, la réincarnation de Mariana ? Était-ce pour cette raison qu'elle se sentait chez elle dans cette ville où elle n'était pourtant jamais venue auparavant ? En se calant dans son siège, elle se délecta du simple bonheur de cette émotion : le bien-être d'être chez soi.

La *señorita* Serrano, qui avait engagé France pour le contrat de traduction, lui avait généreusement offert une chambre dans sa maison, mais Marta, qui voulait passer le plus de temps possible avec la visiteuse, l'avait convaincue d'accepter son invitation à habiter avec eux pendant son séjour.

– J'ai installé les deux enfants dans la même chambre, tu auras celle de Maya.

– Tu es sûre que ça ne dérange pas ?

Marta haussa les épaules dans un air de résignation.

– Mon fils Adamo n'était pas très heureux de partager sa chambre avec « son bébé naissant de sœur », comme il aime bien l'appeler, mais il n'en mourra pas.

Au souper, France s'était régalée d'une spécialité andalouse, le flaminquin ; une sorte de roulé de jambon frit et de filet de porc, servi avec de nombreux légumes sautés à l'huile d'olive. Avaient suivi des *pestignons*, petits beignets enrobés de miel et parfumés au sésame et à la cannelle, dont France se serait resservie si elle n'avait pas eu peur d'être impolie. Après le souper et le coucher des enfants, Camilo, qui en avait par-dessus la tête de cette histoire de lettre, sortit rencontrer des copains au bar. Lui qui pensait s'en débarrasser en la postant, voilà que la destinataire se retrouvait chez eux pour deux semaines ! C'était bien sa chance.

France, assise à la table de la terrasse dans un fauteuil d'osier, buvait un café et s'émerveillait encore de la blancheur des maisons rehaussée par des dizaines de pots de fleurs aux teintes gaies. Tous les rebords de fenêtres s'enorgueillissaient de géraniums rouges, roses, orangés, d'œillets aux différents tons de mauve et de rose, de bégonias blancs, jaunes. Marta sortit de la maison par les portes françaises en tenant dans ses mains le précieux coffre.

– Tiens, regarde, c'est là-dedans que j'ai trouvé la fameuse lettre.

Elle déposa délicatement le coffre devant son invitée sur la table. France n'osait pas y toucher, de peur de commettre un sacrilège, une irrévérence ou quelque chose du genre. L'impression de profaner une tombe l'avait clouée sur place. Marta s'assit en face de la nouvelle venue, impatiente.

– Allez, ouvre !

Avec des gestes mesurés France fit basculer le couvercle, les yeux rivés sur l'intérieur du coffre.

– Mon Dieu ! Mais qu'est-ce que c'est ?

– Je t'en aurais parlé avant, mais quand j'ai su que tu venais en Espagne, j'ai choisi d'attendre ton arrivée. Cet objet est relié à la lettre, n'est-ce pas ? Je dis ça à cause du rêve dont parle l'expéditrice dans sa missive.

À plusieurs milliers de kilomètres de là, l'avocat faisait les cent pas dans son salon. Cette maudite voyante ne pouvait pas s'exprimer comme tout le monde, non ? Une maudite parabole ! Voilà tout ce qu'il avait reçu en échange de cinquante dollars. Frustrant !

Il devait s'efforcer au calme. Réfléchir aux paroles énigmatiques de la voyante :

– Là où le soleil se lève sur une nature ondoyant entre colline et montagne, se trouve ce que vous cherchez.

Tout le monde sait que le soleil se lève à l'est, bon sens ! S'agit-il de l'est du pays ou de l'est de la province ? Les Maritimes ? Non. Pas de montagne dans ce coin perdu. La Gaspésie ? Possible... Mais la Gaspésie, c'est grand !

La voyante lui avait aussi assuré qu'il n'aurait pas à chercher. La vie se chargerait de le mettre en présence de la femme rousse au médaillon. Mais il n'avait pas l'habitude de laisser la vie se charger de son existence. Il aimait prévoir et assujettir. Il avait besoin de contrôler les événements, pas de les laisser prendre le dessus.

L'est ! Pour tout ce qu'il en savait, ça pouvait aussi bien être l'est de Montréal ! Ou celui de Longueuil !

Sûrement pas. La vallée du Saint-Laurent est plate comme une planche à repasser.

Les Cantons-de-l'Est ?!

Au frisson qui parcourut son dos, il comprit qu'il avait probablement trouvé. Mais fouiller les Cantons-de-l'Est dans le but de découvrir une femme, c'était comme chercher une aiguille dans une botte de foin.

De quelle façon pourrait-il forcer le destin, au lieu d'attendre patiemment qu'il se présente à lui ?

46

Séville, mai 1640

Miranda, « la fille aux œufs », admirait, les yeux écarquillés, les superbes boucles d'oreilles que la jeune pensionnaire venait de lui offrir.

– Mais c'est beaucoup trop, simplement pour le petit service que vous me demandez ! Je ne peux accepter, madame Mariana.

Les deux jeunes femmes s'étaient liées d'amitié au cours des mois où la fermière venait chercher les surplus d'œufs du couvent, chaque samedi. Plus âgée que sa nouvelle amie de quelques années, elle achevait sa quatrième grossesse. Elle se sentait lasse, lourde et inquiète.

– Je sais que tu dois accoucher bientôt, Miranda. Tu n'iras pas au marché la semaine prochaine, n'est-ce pas ?

– J'croirais bien que non. Il approche de son terme et, franchement, il est très lourd, celui-ci. Mais ce n'est pas grave, madame Mariana, je me remets habituellement assez vite.

– Mon amie, je ne peux demander ce service qu'à toi, c'est pourquoi je veux que tu prennes ces boucles d'oreilles en remerciement, ainsi que la statuette. J'ai reçu son message, je n'en ai plus besoin. Le temps presse et cette lettre doit partir. C'est très important, tu sais...

Mariana hésita. Elle devait faire comprendre à son amie l'urgence de la situation sans toutefois l'alarmer.

– Miranda, tu ne dois en parler à personne, tu m'entends ? Personne ! Pas même à ton mari. L'auberge des Trois Compères. C'est là que les courriers du roi ramassent les lettres. Tu t'en souviendras ? Dis au propriétaire que c'est pour le Nouveau Monde, les Indes occidentales. Il saura quoi en faire.

Séville, de nos jours

– Attention ! cria Marta.

Saisie, France suspendit son geste, la main au-dessus du coffre. Elle leva des yeux interrogateurs vers la jeune femme.

– Cette statuette m'a déjà brûlé les doigts. Je sais que c'est difficile à croire, mais je te jure que c'est vrai. C'est pourquoi j'ai apporté cette serviette de coton.

France, l'air incrédule, mit la serviette dans sa main gauche et sortit rapidement du coffre la statuette pour la laisser tomber dans le linge.

La figurine représentait un phénix, debout dans son nid, les ailes déployées. Sous lui, des flammes ondulées léchaient ses pattes et son ventre. L'oiseau au long cou, lui, ne semblait pas se soucier le moins du monde de sa combustion imminente. France raconta alors à Marta qu'un phénix l'avait visitée en rêve pour lui annoncer des voyages dans le passé.

– Il m'a dit qu'en libérant Mariana, je me libérerai moi-même. Je ne sais pas trop ce qu'il voulait dire. C'est une histoire de karma. D'un côté, ça me fait peur... de l'autre...

Elle haussa les épaules.

– C'est comme si je n'avais pas le choix.

Les deux femmes passèrent la soirée à parler autour d'une bouteille de vin. France raconta ce qu'elle savait de Mariana et de son lien avec elle. Elle sortit d'un écrin le médaillon acheté quelques mois plus tôt et le montra à Marta.

– Pas mal, le gars... Avec ces yeux-là, c'est sûrement un Gitan.

– Ah oui ? Qu'est-ce qui te fait dire ça ?

– C'est difficile à exprimer. Ici, il y en a partout et on les reconnaît. C'est dans la posture, le regard, un je ne sais quoi de fier et mystérieux, imprégné de tristesse et de véhémence.

– Mariana aurait pu être amoureuse d'un Gitan ?

– Ça, c'est sûr ! Ces gens-là ne se mêlent pas beaucoup aux autres et ils aiment bien se marier entre eux, mais reste que l'amour ne se commande pas, pas vrai ?

Elle referma le bijou et passa l'index sur la surface ouvragée.

– C'est de l'art andalou ou du moins espagnol. Le motif, ici, c'est typique de chez nous. Toute cette histoire prend donc bel et bien ses racines ici... Je ne comprends toujours pas le rôle que je dois jouer, mais ce coffre doit avoir appartenu à quelqu'un de ma famille parce que le terrain sur lequel nous avons construit notre maison fait partie d'une terre familiale ancestrale. C'est pourquoi je me sens concernée.

En passant une main dans ses cheveux noirs abondants, Marta semblait découragée.

– Je pensais trouver plus de renseignements sur Internet, mais ma lignée généalogique semble s'arrêter en 1789. Et ta lettre date de 1641. Je suis issue tout droit d'une famille de paysans. La terre n'a commencé à être séparée et vendue à la municipalité que du temps de ma grand-mère. Si j'en ai une partie aujourd'hui, c'est que ce sont les filles qui survivent dans ma famille.

Marta attrapa la souris et fit remonter les archives sur l'écran.

Elle tourna la tête vers France, assise à côté d'elle.

– Je t'ennuie avec mes histoires de famille ?

France se leva et se mit à arpenter la pièce.

– Mais non ! Et puis, c'est un de tes ancêtres qui gardait cette lettre. Il faudrait bien découvrir pourquoi.

– Hmmhmm... Ce ne sera pas du gâteau, ma chère !

Les yeux de France étaient accrochés aux mains brunes et ridées comme un vieux parchemin qui tapotaient la table de fer forgé à la surface de verre teinté. Des mains de paysanne, larges, aux ongles courts. Des mains pleines d'histoire, de travail, de bonheurs et de malheurs. Des mains assez douces pour caresser des enfants et suffisamment coriaces pour tourner la terre à la fourche. Des mains qui pouvaient parler tout autant que garder des secrets.

Maria-Eva sentait ses quatre-vingt-cinq ans fondre au soleil de l'après-midi. Enfin quelque chose pour la sortir de son ennui quotidien !

– Et pourquoi, *hija de mi hija**, cherchez-vous à savoir, toi et *tu amiga* ?

– *Abuelita*****, c'est une très longue histoire.

– Eh bien, tant mieux ! Comme ça, je profiterai plus longtemps de votre visite.

De retour chez Marta, assises à la terrasse avec un verre de vin à la main, les deux nouvelles amies riaient.

– Finalement, ma pauvre grand-mère ne nous en a pas appris beaucoup ! D'après elle, ses ancêtres étaient tous des paysans illettrés. Le seul nouvel indice dont nous disposons c'est que la maison de son arrière-grand-mère se trouvait ici, où nous avons construit la nôtre. Je voudrais bien que Camilo creuse partout autour de la fontaine... Qui sait ? On pourrait

---

* Fille de ma fille.

** Mamie.

trouver d'autres vestiges. Mais je suis certaine qu'il s'y refusera, conclut-elle avant de crier à son fils : Adamo ! Laisse ta sœur tranquille !

— Mais, *mamá*, c'est elle qui m'a tiré la langue.

— Ça suffit, tous les deux !

France allongea les jambes sous la table et fit des rotations avec ses chevilles. Elle arqua le dos, étira les bras et fit gracieusement tourner ses poignets. Marta, les yeux écarquillés, la regardait faire.

— Dis donc ! Tu as l'air d'une danseuse gitane.

— En fait j'adore danser ! Le baladi, le gitan, ça me fait « triper ». Au fait, on pourrait aller danser dans le coin ?

— Sûr ! Comme tu commences ton travail demain matin, que dirais-tu de vendredi soir ? Je vais en parler à Camilo, mais la danse, ce n'est pas son fort. Maintenant, laisse-moi t'expliquer quel métro prendre pour me rejoindre au bureau des archives municipales demain à l'heure du lunch.

— Quelle bonne idée elle a eue, ta grand-mère, de nous envoyer consulter les anciens cadastres !

Tout en mangeant une salade préparée chez l'épicier du coin, les deux femmes, assises devant l'ordinateur, exploraient Internet en quête de renseignements.

Le problème, dit France tout en mastiquant une bouchée de salade aux fruits de mer, c'est qu'on ne sait pas où Mariana vivait... ni même son nom de famille. Avant de recevoir ta lettre, je ne savais même pas qu'elle venait de Séville.

Marta farfouilla avec sa petite fourchette blanche dans le contenant de plastique ouvert sur ses genoux à la recherche d'un cœur d'artichaut vinaigré.

– Mmm... j'adore les cœurs d'artichaut ! Nous n'avons qu'à commencer nos recherches aux alentours de chez moi, puisque c'est là que la lettre était enfouie. Nous savons aussi la date à laquelle elle a été écrite.

Marta saisit certaines données et un nouveau document apparut à l'écran. France se pencha en avant pour mieux voir.

– Tiens, on parle ici de l'ancien couvent, un peu au nord d'ici. On a construit un parc sur le lieu des ruines. Je vais parfois m'y promener.

– Ses ruines ?

– Oui, il a brûlé au XVIIe siècle... mais ça n'a certainement rien à voir avec ton histoire.

– Qui sait, Marta ? La seule pensée de me rendre sur les ruines de ce couvent m'attire et me rebute tout à la fois. C'est un signe, je crois. J'aimerais y aller... Dis-moi, quelqu'un parmi tes ancêtres aurait pu livrer de la nourriture à ce couvent ?

– J'imagine que c'est possible, oui, mais quel est le rapport ?

France avala une gorgée de café et déposa son verre de carton sur le bureau.

– Je ne le vois pas plus que toi... J'essaie seulement d'émettre des hypothèses qui nous rapprocheraient du but.

Dans sa lettre, Mariana rêve d'une prison. Un couvent, ça peut ressembler à une prison, non ?

– Ça, oui.

– Oh ! J'ai l'impression de courir après un fantôme !

Marta se mit à rire nerveusement.

– C'est exactement ce que nous faisons, courir après un fantôme. Ce n'est pas à toi que je dois le rappeler.

– Ouais, eh bien, je trouve ça très frustrant. La clairvoyante a beau me dire que je dois retrouver cette Mariana, je ne sais pas quoi en faire, moi, de cette jeune fille, advenant le fait que je la rencontre enfin.

– On verra bien en temps et lieu. Si c'est ton destin, nous tomberons forcément sur les renseignements nécessaires pour retrouver sa piste un jour ou l'autre.

– Tu es toujours aussi optimiste ?

– *Si, si !* Il paraît que c'est une de mes nombreuses qualités.

Ça me fait tout bizarre d'écrire mon journal dans une chambre inconnue, si loin de chez moi. Je suis contente d'avoir accepté ce travail même s'il est exigeant. Ma patronne passe ses journées derrière mon dos à examiner mon travail, quoiqu'elle n'en comprenne pas un mot. « Francia, avez-vous bien compris le sens de cette phrase ? Je tiens à ce que tout soit très clair. » C'est un peu fatigant, moi qui suis habituée à travailler seule, mais je réalise que malgré ses obsessions, elle a bon cœur. Elle m'apporte régulièrement des biscuits, fruits, tapas, ainsi que du café et du jus.

Le travail avance bien. Par contre, Marta et moi n'avons pas avancé d'un centimètre à propos de Mariana. Les ténèbres nous entourent. Si seulement j'avais son nom de famille !

Je viens de recevoir un courriel de Daphné. Tout va bien à la maison, elle promène régulièrement Vénus, passe des soirées tranquilles à lire et à regarder la télé. Mes premières tulipes ont éclos en début de semaine, à ce qu'elle m'a dit. À mon retour, elles seront mortes. Je suis si peu habituée à partir de mon petit nid douillet que je me sens encore désorientée.

Je ne sais vraiment pas si j'en apprendrai assez au sujet de Mariana dans ce voyage, mais au moins il m'aura permis de faire quelque chose de différent, de nouveau.

De vieilles fondations de pierre perçaient le sol çà et là, découvrant l'emplacement de l'ancien couvent. La municipalité avait depuis longtemps acquis cette terre et, après plusieurs années d'abandon, avait décidé d'y établir un parc. Pour en favoriser l'attrait, on avait découvert plusieurs pierres de soutènement, ce qui permettait de se rendre compte de l'ampleur de la bâtisse principale ainsi que des dépendances. Des panneaux historiques expliquaient qui avait fait construire ce couvent, quelle communauté y avait vécu et brièvement, quel genre de vie ces religieuses y connaissaient à l'époque. Des bancs dispersés accueillaient les passants sous des arbres porteurs d'ombre, des fontaines bienvenues abreuvaient de leur eau fraîche les gosiers secs, des sentiers de gravier dirigeaient les pas des promeneurs dans une époque révolue.

France et Marta lisaient avec attention un grand panneau qui représentait l'image reconstituée du couvent. Un feu violent, dont on ignorait l'origine, avait complètement détruit la bâtisse en juin 1641. Le 3 juin, plus précisément.

Les larmes aux yeux, France n'arrivait pas à contenir une peine immense. Ainsi qu'une très grande frayeur. De profonds sanglots et des cris de terreur restaient étouffés au creux de sa poitrine. D'âcres frissons parcouraient ses bras, ses jambes et sa nuque.

– Marta, c'est comme si j'y étais... avant l'incendie... et au moment du feu.

– ...

– Ça me fait mal, Marta. Partout dans mon corps.

– Allons-nous-en !

La musique sortait à tue-tête des haut-parleurs et la foule renchérissait joyeusement. C'était vendredi soir, soir béni entre tous, et les gens se défoulaient de leur semaine de travail. Malgré l'ambiance bruyante et enjouée, France se retenait de bâiller. Ici, grâce à la sieste de mi-journée, les hommes et les femmes sortaient jusqu'à une heure avancée de la nuit, ce qui était contraire à sa routine normale. Pour ne pas s'endormir les bras appuyés à une table, elle décida de retourner sur le plancher de danse.

Marta s'y trouvait déjà en compagnie d'un bel homme qui ne laissa pas France indifférente. Un petit frisson d'excitation, longtemps oublié, la taquina. *Que les hommes sont beaux par ici*, songea-t-elle.

Puis, elle se laissa glisser sur les notes de la musique, oubliant tout ce qui l'entourait, savourant l'instant présent, le mouvement salutaire, l'assouvissement simultané du corps et de l'âme. Peu à peu, elle se sentait plus légère, moins consistante, comme si son corps perdait de sa réalité, de sa densité.

Soudain, elle abandonna ce corps qui pourtant continuait de danser, pour se couler dans une espèce de tourbillon aux parois veloutées. Tout semblait si doux et pourtant trop chaud, trop rapide. Une douceur étouffante. C'est ainsi que France concevait ce couloir mouvant, ce vortex. Elle se rappela qu'elle portait le médaillon... Enfin, après un temps impossible à calculer, elle en sortit pour se retrouver au milieu d'un vieux cimetière, en pleine nuit. La lune aux trois quarts pleine dessinait de longues ombres noires derrière les pierres tombales. L'allée de gravier réfléchissait la lumière argentée de la lune et France entreprit, à petits pas, de s'y promener.

47

Séville, avril 1639

Les chevaux commençaient à ressentir la fatigue du voyage. Estrella clopinait à cause d'une roche coincée dans son sabot. Paco l'avait retirée mais la blessure n'avait pas encore guéri malgré les bons soins de Mariana. Elle-même se sentait fiévreuse depuis la veille et ne voulait pas en parler à Paco. Il aurait insisté pour la laisser prendre du repos mais c'était hors de question. Ils étaient trop près de leur but, la frontière du royaume de France, et ensuite le grand camp de Gitans, pour s'arrêter maintenant.

Basilio les poursuivait, elle en était sûre. Blessé dans son amour-propre, il ne souffrirait pas la honte d'avoir été dupé par sa fiancée qui l'avait délaissé pour un autre homme. Elle savait qu'il remuerait ciel et terre pour la reprendre et la faire sienne. Et cela la rendait malade. L'angoisse s'était immiscée dans le corps de Mariana et brûlait maintenant sous sa peau et dans sa tête. Elle s'en voulait de n'avoir pas pensé, dans l'énervement du départ, à apporter certaines herbes. Sa jeunesse, sa force et sa foi dans son aventure l'avaient rendue aveugle à certaines réalités.

✧ ✧
✧

Malgré la chaleur du jour, Basilio menait son cheval à vive allure. Il avait perdu beaucoup de temps à Séville. Beaucoup trop de temps. Mais sa patience avait enfin été récompensée. Quel idiot il avait été d'essayer de tirer les vers du nez à la mère de sa fiancée ! Au bout d'une semaine de courbettes et promesses de tout genre, il s'était rendu compte, à sa grande surprise, qu'elle n'avait aucune idée elle-même de la direction prise par sa fille.

La petite Mariana était décidément plus rusée et plus coriace qu'il ne l'avait d'abord pensé. Pas un mot à sa propre mère ! Il devait s'avouer qu'elle le surprenait et cela excitait ses sens comme une étincelle sous une botte de paille. *Dios !* Il l'aurait, cette petite sauvage, et qu'est-ce qu'il en ferait quand elle serait sous son joug ! Ce n'est qu'un peu plus tard qu'il avait pensé à la cousine Alicia. Une jeune fille devait *toujours* se confier à quelqu'un. Si ce n'était pas à sa mère, quelqu'un d'autre avait reçu ses confidences. Et là, il avait fait mouche. Il s'y était pris bien différemment avec elle. Après l'avoir observée pendant deux jours, il avait échafaudé son plan. Et maintenant, il savait ce qu'il voulait savoir. Son homme de main avait bien fait le travail pour lequel il l'avait payé.

Son bébé serré sur son cœur, hors d'haleine et en pleurs, Alicia avait couru jusqu'à la maison pour s'effondrer sur le sol de l'entrée dès son arrivée. Sous le choc de la chute, le poupon s'était mis à pleurer à pleins poumons, ce qui avait alerté Agata, la cuisinière.

– Madame Alicia, que vous arrive-t-il donc ?

Elle s'était penchée pour ramasser la petite Olivia, presque écrasée sous sa mère, l'avait installée dans le creux de son coude et s'était assise par terre à côté de sa maîtresse. D'une main tendre, elle avait caressé ses cheveux en chantonnant et en attendant qu'Alicia retrouve assez de calme pour parler.

Les sanglots s'étaient lentement apaisés pour faire place à des hoquets, puis à des gémissements et enfin à un long soupir.

Cirilo, arrivé sur les entrefaites, était devenu blême devant cette scène. Il s'était jeté à genoux devant les trois femmes de sa maisonnée.

Avant qu'il n'ait eu le temps de questionner Alicia, Agata lui avait fait signe de se taire et d'attendre, ce qu'il avait fait à contrecœur tant son impatience était grande.

Enfin, Alicia s'était relevée et assise, aidée par Cirilo qui avait fermement soutenu son dos.

– Bon ! avait dit Agata. Allez vous asseoir au salon, je vais vous préparer un chocolat chaud, ça vous fera du bien.

Les bras tendus, Alicia avait demandé à reprendre Olivia et s'était remise à trembler quand Agata la lui avait remise. Une fois installés sur les coussins du salon, Cirilo avait regardé sa femme, les yeux débordants de questions silencieuses.

– Oh, Cirilo ! Si tu savais ! J'ai eu tellement peur !

– Tout va bien maintenant, ma chérie. Respire calmement. Que t'est-il arrivé ?

– C'est cet homme... Un homme affreux, Cirilo. Il était tellement laid et il puait comme un cochon !

– Et qu'a fait cet homme, Alicia ?

– J'étais allée me promener dans la roseraie avec Olivia. Il a surgi devant moi et m'a arraché la petite des bras. Je te jure, Cirilo, je me suis débattue, je n'ai pas pu l'empêcher de la prendre... Je me sens tellement coupable, tellement coupable !

Cirilo, troublé, avait effleuré du doigt les joues douces d'Olivia, ses petites lèvres charnues, son drôle de nez courbé, ses fins sourcils. Il avait frissonné à l'idée qu'un malheur ait pu arriver à cet être si fragile, si dépendant. Une immense fureur faisait rage en lui. Il voulait retrouver celui qui avait menacé sa femme et sa chère Olivia, et lui casser tous les membres avant de le tuer. L'impuissance qu'il ressentait le faisait écumer de colère, mais pour épargner Alicia, qui venait de vivre ces moments éprouvants, il s'efforça au calme.

– Tu sais, Alicia, cet homme était certainement beaucoup plus fort que toi. Tu n'y pouvais rien. Mais que voulait-il ? Pourquoi s'être emparé d'Olivia pour te la remettre ensuite ?

Le visage enfoui dans le cou du bébé, Alicia s'était remise à pleurer.

– Il voulait des renseignements, Cirilo, et j'ai eu si peur que j'ai brisé mon serment et je lui ai dit ce qu'il voulait savoir. Pauvre Mariana ! S'il lui arrive malheur, ce sera ma faute.

– Qu'est-ce que Mariana vient faire dans cette histoire, ma chérie ?

– Il voulait savoir où elle était partie. J'ai essayé de lui dire que je ne le savais pas, mais oh, Cirilo, c'était affreux ! Il a commencé à tordre le bras de notre bébé ! Je l'ai supplié d'arrêter en lui jurant que je ne savais rien, mais il m'a ri au nez en tordant de plus en plus fort le bras d'Olivia ! J'ai craqué, Cirilo. J'ai brisé mon serment à Mariana, mais je ne pouvais pas supporter de voir ma fille se faire torturer. Je ne devais en parler à *tia*[*] Luisa que dans quelques mois, alors que Mariana serait déjà sur un bateau, mais maintenant, je dois tout lui avouer. Cet homme, c'est sûrement Basilio qui l'a envoyé. Mariana est en danger !

Dix jours. Elle avait dix jours d'avance sur lui. Mais ça n'inquiétait pas Basilio. Ils étaient deux alors qu'il avançait seul, ils prendraient soin de leurs chevaux alors que lui, il s'en fichait. Quand le sien ne pourrait plus avancer, il en achèterait ou en volerait un en chemin. Il les rejoindrait, il en était sûr. Il tuerait ce fils de pute et ramènerait sa fiancée à son père pour qu'il la mène, comme il se doit, devant l'autel.

– Hue ! Plus vite !!

Le gros pin sous lequel Mariana avait ramené les chevaux pour leur donner de l'avoine ressemblait à son arbre préféré, à la maison. Non seulement lui ressemblait-il, mais il possédait la même énergie bienfaisante et elle eut soudain envie de s'y confier, tout en préparant les couvertures pour la nuit.

– Ils me manquent tous. Terriblement. Tu ne vas sans doute pas me croire, mais je m'ennuie même de ma sœur Pilar. Qui aurait dit qu'un jour j'aurais envie de la revoir ? Et ma pauvre mère ! Comme elle doit pleurer ! Ricardo aussi me manque... Même mon père, sévère et formel. Mais pour rien au monde je ne ferais un autre choix que celui que j'ai fait. J'aime Paco. Plus je le connais, plus je l'aime. À notre passion

---

[*] Tante.

s'est ajoutée la tendresse, ainsi qu'un sentiment... de retrouvailles. Oui, de retrouvailles. Je n'y comprends rien. À moins que cette vieille Gitane n'ait dit vrai en parlant de vies passées, de vies futures. Elle m'a demandé d'avoir confiance et je me rappelle lui avoir affirmé la croire. Qu'en penses-tu, arbre grand-père ?

Elle s'immobilisa et tendit tous ses sens vers le pin afin de recevoir une réponse. Et, subtilement, elle la perçut. Le pin majestueux lui transmit, dans son langage d'arbre, la certitude de cette vérité : elle avait déjà vécu, elle avait déjà connu son Paco... Leurs âmes habitaient alors simplement un autre corps que celui d'aujourd'hui.

Un frisson la parcourut. Il était dû autant à cette révélation soudaine qu'à la fièvre qui, depuis quelques heures, avait beaucoup augmenté. Elle avait réussi à cacher sa condition à Paco tout au long de la route, mais maintenant, elle n'arrivait plus à maîtriser le feu qui lui dévorait l'intérieur.

Paco était allé tendre des collets, car ils avaient mangé en après-midi leurs dernières réserves de viande. Il faisait presque nuit déjà et Mariana ne se sentait pas en sécurité, loin de son compagnon.

Une branche craqua derrière elle et elle sursauta. Prête à se défendre, elle avait rapidement empoigné le couteau pointu de Paco fabriqué par son père. Haletante, elle attendit en silence. Une autre branche émit un bruit sec. Elle eut envie de crier pour alerter son fiancé, mais n'osa pas ouvrir la bouche de peur de précipiter les événements. Elle recula à petits pas feutrés. La main serrée autour du manche du couteau, le bras levé pour s'abattre sur l'agresseur, elle restait aux aguets : plus rien ne comptait pour elle que de sauver sa vie. Plus aucune pensée logique n'arrivait à traverser le voile de la peur brute qui la ramenait à un état de survie. Tout à coup, l'intrépidité succéda à la peur et, comme une tigresse, elle se sentit prête à bondir et à tuer.

– Tuer ?

Elle eut peur de sa propre détermination, peur de cette peur qui la transformait en assassin, peur de devenir semblable à celui qu'elle méprisait tant, Basilio Crespo-Olivera. Cette idée la dégoûta tant qu'elle se mit à parler lentement.

– Allez, montre-toi, si tu es un homme. Aurais-tu peur d'affronter une femme seule ?

48

Sur le qui-vive, prête à se battre pour sa vie, Mariana pensa alors que Paco devrait être revenu depuis un moment déjà. Que faisait-il ? Où était-il ? *Mon Dieu ! Et si ce monstre l'avait tué avant de venir me trouver ?* Elle leva son bras encore plus haut et y mit toute sa volonté à se défendre.

Elle entendit un sifflement joyeux qui se rapprochait d'elle rapidement. Une vague de soulagement la submergea pour faire place immédiatement à une peur viscérale. Celle de perdre son homme sous la main de Basilio.

– Paco ! Attention ! Sauve-toi !

Paco, surpris et alarmé par la frayeur qu'il entendit dans la voix de sa compagne, se mit à courir à toutes jambes jusqu'au campement. En arrivant, dans la lueur du feu, il vit Mariana tomber au sol et le couteau qu'elle tenait rebondir à ses pieds. Paniqué, il se précipita vers elle pour la prendre dans ses bras.

– Mariana ! Mais... tu es brûlante de fièvre !

Il alla prendre une gourde d'eau et en imbiba son foulard qu'il appliqua délicatement sur le visage de sa bien-aimée.

– Là... Tu dois te reposer.

La jeune fille ouvrit les yeux et tout lui revint en mémoire. Elle s'agrippa de toutes ses forces à cet homme qui représentait son port, stable, solide et fort.

– Paco, il y a quelqu'un dans les bois... Je l'ai entendu... C'est sûrement Basilio ! Il va nous tuer !

Paco leva la tête et perça la nuit de son regard de chat. L'oreille tendue, il reposa avec maintes précautions la tête de sa fiancée au sol, empoigna le couteau et se dirigea vers les bruits de branches sèches. Mariana entendit alors un grand rire transpercer l'obscurité.

– Regarde, mon amour. C'est un chien ! Tellement famélique qu'on peut compter ses os. Si tu veux mon avis, ça fait belle lurette qu'il n'a rien avalé.

Mariana leva la tête et regarda la bête noire. Paco avait raison. Elle était maigre à faire peur. Elle se mit à rire de la crainte que ce chien lui avait causée, mais le rire se transforma en une toux saccadée. Paco accourut.

– Depuis quand es-tu malade ?

– Ce n'est rien, Paco. Quelques jours seulement.

– Quelques jours ? Et tu ne m'as rien dit ? Mais tu dois te reposer, *querida*, avant de continuer notre voyage.

– Tu vois, c'est justement pour cette raison que je ne t'ai rien dit. Je ne veux pas me reposer. Nous devons nous rendre le plus vite possible chez les tiens qui habitent dans le royaume de France.

– Dans l'état où tu es, tu ne pourras même pas tenir en selle demain.

Il prit la gourde et l'approcha des lèvres de Mariana.

– Tiens, bois, tu en as besoin.

Le chien, ne sentant pas de danger, s'approcha et lécha de sa grande langue la joue de la jeune fille.

– Tu as attrapé du gibier, Paco ?

– Oui, j'ai été chanceux. Deux lièvres avant même que je finisse d'installer tous mes collets. Demain matin, je ferai le tour. Il y en aura sûrement d'autres. Et comme nous restons ici demain, j'irai pêcher à la rivière.

– Nous ne pouvons pas rester !

– Nous ne bougeons pas d'ici jusqu'à ce que ta fièvre tombe. Point final. Je ne veux plus en entendre parler.

– Puisqu'il en est ainsi, tête de mule, donne un lièvre à cette pauvre bête, je t'en prie.

– Mais c'est pour nous, nous en avons besoin !

– S'il te plaît, Paco. Fais-moi plaisir. Ce chien meurt de faim. La chasse sera bonne, tu l'as dit toi-même.

Paco se leva, fouilla dans sa besace et lança au chien un lièvre encore chaud. L'animal, qui n'avait jamais reçu à manger, ne comprenait pas. Il regardait alternativement de ses yeux bruns le lièvre et Paco, sans oser bouger.

– Vas-y, il est à toi. Gracieuseté de la maîtresse des lieux... Tu veux peut-être aussi que je te le fasse cuire ?

D'une poussée du pied, il rapprocha le lièvre du chien qui, cette fois, sauta sur la bête et se mit à la dévorer à belles dents.

La perdrix, en cuisant, dégageait une délicieuse odeur qui donnait déjà l'eau à la bouche de Basilio. Assis près du feu, il buvait l'eau de sa gourde en attendant de manger. Il avait faim. Quelle journée ! Il avait galopé en s'arrêtant juste assez longtemps pour ne pas faire mourir son cheval. Partout où il voyait des gens, il s'était enquis de Mariana et Paco. Personne ne semblait les avoir vus.

Ils ne sont tout de même pas invisibles, bon Dieu !

À moins qu'ils n'aient changé de direction ? Ou que cette garce ait menti à sa cousine ? Alicia avait-elle dit la vérité ? Sur ce point, Basilio en était certain. Une femme vendrait sa propre mère pour sauver son bébé. Mais il est possible que Mariana, prévoyant des problèmes, ait menti même à Alicia.

Devait-il continuer vers le nord et le royaume de France ? Perdait-il son temps ?

De la pointe de son couteau, il perça la peau de la perdrix. Un jus s'en dégagea, dégoûta dans le feu et le fit crépiter gaiement.

Oui, il devait continuer. C'était la seule piste qu'il avait, il devait donc la suivre. Il finirait bien par les retrouver.

Tôt ou tard.

Et ils paieraient...

Qu'elle était belle !

Depuis leur départ, ils se couchaient tous les soirs dans les bras l'un de l'autre, habillés.

Ils n'enlevaient que leurs souliers.

Ils s'étaient caressés, embrassés, enlacés, mais ils n'avaient pas encore fait l'amour. Ce soir, dans l'éclat des flammes, il la voyait nue pour la première fois, étendue sur les couvertures, consumée par la fièvre. En hâte, il avait enlevé tous ses vêtements et l'humectait avec son mouchoir qu'il trempait régulièrement dans la bassine d'eau puisée à la rivière. De la tête aux pieds, il passait le linge sur le visage, derrière les oreilles, sur la gorge et dans le cou. Il descendait sur la poitrine et caressait les seins avec le linge humide. Venait ensuite le ventre, puis il la soulevait pour humecter aussi son dos. Suivaient les bras et les jambes. Il s'attardait dans la paume des mains et sous la plante des pieds, puis recommençait, malgré ses frissons. Il était décidé à l'éponger toute la nuit, s'il le fallait, pour faire tomber la fièvre.

Elle était assoupie et geignait parfois dans son demi-sommeil.

Le chien, rassasié, s'était étendu à ses pieds après une course à la rivière pour boire de l'eau.

– Nous avons un nouvel ami, ma belle. C'est un mâle. Que dirais-tu de l'appeler Chico ?

Le chien dressa les oreilles, comme s'il avait compris son nom, puis laissa retomber sa tête aux pieds de la jeune fille.

– Chico, tu as l'intention de venir avec nous dans le pays de France ? Mais tu sais, mon ami, tu devras rester là avec les miens... Nous ne pouvons pas t'emmener avec nous dans le

Nouveau Monde. Ce sera un très long voyage. Tu comprends ce que je te dis, n'est-ce pas ? Nous ne pourrons pas repartir demain. Quand j'irai reprendre mes collets, tu veilleras sur Mariana. Si tu fais du bon travail, tu auras encore à manger. Tu es d'accord ?

Le chien ouvrit lentement deux grands yeux, les déposa avec adoration sur Paco et les referma tout aussi lentement.

En ouvrant les yeux, la première chose que vit Mariana fut une grosse tête noire penchée sur elle. Il faisait jour, les oiseaux chantaient joyeusement et la tête lui faisait mal. Elle étira le bras pour sentir la présence réconfortante de Paco et s'aperçut qu'il ne reposait pas à ses côtés. Immédiatement, elle s'assit pour regarder autour d'elle. Ce mouvement lui donna l'impression que sa tête allait éclater en morceaux et elle la prit à deux mains.

Elle avait soif, très soif.

Où que soit passé Paco, il avait laissé près d'elle une gourde remplie d'eau fraîche et elle en versa d'abord sur son visage avant d'en boire une grande rasade.

Le chien restait sagement assis à côté d'elle. Il avait l'air indélogeable.

– Chico, je crois ? Je me souviens de quelques bribes de conversation... Il me semble avoir entendu Paco te donner ce nom. Il est parti chercher ses collets ? Oh ! que j'ai mal à la tête !

Prise de vertige, elle dut se recoucher et se rendit compte qu'elle était nue sous la couverture. Elle se souvenait vague-ment des allers-retours de Paco sur son corps avec un linge humide et froid. Il l'avait veillée longtemps. Il lui avait parlé, pendant tout ce temps, de ce qu'ils feraient dans le Nouveau Monde. Elle s'était alternativement endormie et réveillée, ce qui fait qu'elle n'avait pas tout entendu. Elle savait qu'à chaque réveil, elle avait entendu sa chère voix rauque qui parlait avec tant de douceur ! « Nous irons dans cet endroit, Santiago, où vit ton oncle... Je pourrai ouvrir une forge, nous aurons des enfants... Ne t'en fais pas, ma belle, nous serons heureux... Je t'aimerai toujours... »

Quand Paco revint avec quatre lièvres et une dizaine de poissons, elle s'était rendormie.

– Bon chien, Chico. Tu as bien gardé ta nouvelle maîtresse.

Il vint s'agenouiller auprès d'elle et déposa sa main sur le front encore chaud.

– Elle est moins chaude qu'hier. C'est bon signe. On pourra peut-être repartir demain. Elle a raison, tu sais... Il ne faut pas s'éterniser.

Sous le regard envieux de Chico, Paco se mit à déchiqueter les lièvres en lambeaux à l'aide de son couteau et à les installer au-dessus du feu sur la barre de fer. Mine de rien, il en lançait occasionnellement un morceau au grand chien noir encore affamé.

– Va boire à la rivière, si tu as soif. Quand je repartirai à la chasse, plus tard, tu devras veiller sur Mariana. N'oublie pas, Chico, c'est notre entente. Tu la protèges, je te nourris.

49

Basilio, fermement agrippé à son nouveau cheval, galopait vers le nord. La veille, il avait dû changer de monture, la sienne étant épuisée. Celle-ci obéissait mal et ne courait pas aussi vite, mais elle ferait l'affaire. Le paysage et le climat se modifiaient, il se rapprochait de la frontière.

Il se rapprochait de sa prise.

Quelques jours encore et il les rejoindrait. Heureusement, en longeant la Méditerranée, le temps restait clément. Aux journées chaudes succédaient des nuits douces, les multiples rivières lui fournissaient de l'eau et le gibier abondait. Quoi de mieux ! Plus il avançait vers le nord, plus son moral s'affermissait. Il était certain de suivre le bon chemin, comme un chien qui flaire sa proie, nez au vent. Il forçait sa monture au maximum de ses capacités.

– Non, Mariana. Il n'en est pas question !

– Mais puisque je te dis que je vais mieux, tête de mule !

– C'est toi, la tête de mule. Tu es encore fiévreuse, nom d'un chien ! Il n'est pas question que nous reprenions la route dans ces conditions.

– Nous devons repartir malgré ma fièvre, Paco. Je sens le danger nous menacer. Si nous ne partons pas tout de suite, nous risquons de nous faire rattraper par Basilio.

– Toi et ton maudit Basilio ! Tu le crois vraiment capable de nous poursuivre jusqu'ici ? Et d'abord, comment saurait-il où nous retrouver ? Personne ne connaît notre direction.

– J'ai honte de ma faiblesse, Paco, mais j'en ai parlé à ma cousine Alicia... Elle était ma confidente. Puis je lui ai demandé de veiller sur ma mère et de lui parler de nos plans, dans quelques mois, quand nous serons embarqués pour le Nouveau Monde. Je ne pouvais pas me résoudre à laisser ma mère dans l'ignorance et l'inquiétude plus longtemps que nécessaire.

– Jamais ce fils à papa ne pensera à ta cousine, ne t'inquiète donc pas. Je te promets que nous repartirons demain, fièvre ou non.

– Aujourd'hui !

– Demain !

Dans un soupir résigné, elle se détourna et sortit d'une sacoche de cuir un reste de fromage qu'ils avaient acheté dans une ferme quelques jours plus tôt.

✧　✧
✧

Enfin, une piste ! Ils étaient passés par ici, il le savait maintenant.

La fermière dans sa robe de toile grise, quatre ou cinq marmots accrochés à ses jupes, l'avait charitablement reçu à sa table pour lui offrir quelques tranches de fromage et un grand verre d'eau.

– Où allez-vous, gentilhomme ? Et pourquoi êtes-vous si pressé ?

– Pressé ?

– Pour sûr, monsieur, vous avez l'air pressé. Votre monture écume et vous-même avez les traits tirés et le visage tout rouge.

Basilio devait trouver un moyen de faire parler cette brave femme en toute confiance.

– Pour tout vous dire, ma bonne dame, je suis à la recherche de ma sœur qui voyage vers le nord accompagnée de son mari. Notre mère est morte subitement.

– Dieu ait son âme !

– Merci, ma bonne dame.

Il baissa les yeux vers ses mains croisées au-dessus de la table et simula le chagrin. Il devait être bon acteur puisque la dame lui offrit ses plus sincères condoléances et se leva pour prendre un chapelet. Ah non ! Pris à son propre piège. Un chapelet ! Il ne manquait plus que ça.

– Merci infiniment, madame. Je vous achèterais bien un bout de fromage pour la route, car je dois repartir au plus vite.

Ma sœur, étant l'aînée, doit revenir à la maison pour s'occuper de nos jeunes frères et sœurs. Mon père et moi avons trop à faire sur la terre.

– Certainement, jeune homme. Voici le fromage. Voulez-vous remplir votre gourde d'eau ? Le puits est juste derrière la maison... Mais j'y pense, votre sœur, elle aurait pas les yeux verts comme ceux d'un chat, par hasard ?

À ces mots, le cœur de Basilio s'arrêta presque de battre.

– Vous l'avez donc vue, ma chère dame ? En effet, ses yeux sont très clairs pour une Espagnole. Ça doit lui venir d'un ancêtre lointain.

– Pour sûr que je les ai vus ! Tous les deux. Un type très foncé, son mari. On aurait dit un Gitan. Ils m'ont acheté un morceau de fromage et ont pris de l'eau au puits. Votre sœur me semblait très fatiguée. Elle serait fiévreuse, que je ne serais pas étonnée.

– Fiévreuse ?

– Oui, vous savez, ses yeux brillaient un peu trop. Avec tous les enfants que j'ai, je sais reconnaître une fièvre !

Fiévreuse. Si c'était le cas, ils devraient se reposer. Il les rejoindrait d'autant plus facilement.

Il s'arrêta à peine les quelques heures les plus chaudes du midi avant de repartir de plus belle sur la route montant au nord.

À voir la hauteur du soleil, il devait être environ 4 h lorsqu'il croisa une rivière. Il se résolut à faire une pause pour faire boire son cheval et le laisser souffler un peu. Il tira sur les rênes, sauta à bas de la bête et l'amena à la rivière. Le cheval rassasié, il l'attacha à un arbre et s'étendit pour se reposer lui aussi quelques instants et sombra très vite dans un sommeil animé de rêves.

Lui et ses compagnons d'université venaient d'entrer dans une maison close à la recherche de plaisirs hebdomadaires. Sa préférée, Sofia, descendait à sa rencontre l'escalier qui menait aux chambres. Ses amis avaient, eux aussi, retrouvé celles qu'ils visitaient régulièrement depuis un an. Sofia lui prit la main et le fit monter dans sa chambre où elle entreprit d'abord de lui servir un verre de vin accompagné de fines tranches de porc fumé. Elle s'amusait à attraper la viande avec ses dents pour ensuite approcher sa bouche de celle de son amant qui soulevait de sa langue la lamelle de porc avant de l'avaler goulûment. Elle sortait ensuite le bout de sa propre langue entre ses lèvres et il s'en saisissait comme du morceau de viande. Il aspirait à l'intérieur de sa bouche cette langue chaude et sensuelle, il la goûtait, la contournait, l'arrosait abondamment de sa salive.

Pendant tout ce temps où il savourait sa complice, insérait sa langue dans le creux de son oreille, déboutonnait la robe de sa putain, caressait ses petits seins fermes qui pointaient sur lui des mamelons bruns effrontés, descendait sa main sous la robe, dans l'entrejambe humide et chaud de Sofia, une mélodie jouée à la flûte, provenant d'un des coins éloignés de la maison, persistait dans son état de demi-conscience. Il devait s'avouer que cette mélodie accompagnait merveilleusement bien leurs jeux amoureux, leur conférait une légèreté inhabituelle, une insouciance presque juvénile.

La fille descendit ses hauts-de-chausses tout en relevant sa robe et cambra les reins pour qu'il puisse aisément la pénétrer. Il aimait s'enfoncer rapidement dans une femme, l'envahir en conquérant, la posséder, la transpercer de son arme puissante.

À cet instant, il s'éveilla en sursaut, entièrement mouillé de sa semence qu'il gardait en lui depuis au moins trois semaines. C'était beaucoup trop long. Seul le besoin de rattraper sa fiancée l'avait détourné si longtemps de ce besoin primaire. La nature venait de reprendre ses droits. Mais... qu'entendait-il ? La mélodie de flûte entendue dans son rêve le pourchassait jusque dans son réveil. Il tendit l'oreille et s'aperçut que, loin d'être de la flûte, l'air provenait d'un siffleur. Un homme sifflait !

À petite distance d'où il se trouvait !

Merde ! Il ne pouvait décidément pas cacher son cheval mais ne voulait en aucun cas être vu de cet homme. Le Gitan ! C'était certainement lui !

Il cherchait désespérément un moyen de se soustraire à sa vue quand le son du siffleur s'éloigna lentement... Ouf ! Il était temps !

Sans se soucier de ses vêtements humides et collants, il se leva d'un bond et partit à la poursuite de la joyeuse mélodie.

Le bonheur. Oui, ceci, dans sa vie, est ce qui ressemblait le plus à l'idée que Paco se faisait du bonheur.

Malgré la menace du fiancé légitime de sa compagne.

Malgré l'inconfort des longs parcours quotidiens à dos de cheval.

Oui, il était heureux. Heureux d'être, tout simplement. Heureux de la présence constante de sa douce Mariana. Hum... douce ? Non. Ce qualificatif ne lui convenait vraiment pas. Tendre ? Ça pouvait passer. Une grande tendresse habitait, en effet, cette forteresse de courage et de détermination. Quoi qu'il en soit, *sa* Mariana, tendre, aimable, forte, intrépide, il l'aimait comme un fou.

Comme un fou.

Il n'aurait jamais cru possible un tel amour, un si grand attachement.

Tout en ramassant les collets et leurs prises afin de partir à la première heure le lendemain matin, il sifflotait des airs gitans, mélodies qui l'avaient accompagné tout au long de son enfance jusque dans l'âge adulte. En fait, toute sa vie avait été heureuse au sein de son groupe. Pas exempte de difficultés, mais heureuse.

Il le savait ! C'était bien lui, le danseur gitan ! Grand, mince, musclé, même à cette distance, Basilio le reconnaissait. Il l'avait examiné attentivement lorsqu'il avait remarqué le regard fervent que Mariana posait sur cet homme. Il les tenait enfin ! *Patience, mon gars. Tu ne vas pas lui faire de mal tant qu'il ne t'aura pas conduit à cette petite sotte qui pensait se jouer de toi. Tu les auras tous les deux, par surprise. De toute façon, Mariana ne compte pas vraiment. Comment une femme, aussi sauvage soit-elle, pourrait-elle te résister ? Tu les auras, Basilio... tu les as.*

De loin, en évitant les branches qui auraient pu le trahir, il suivait Paco, rasséréné par sa réussite imminente.

– Voilà ! J'ai tout ramassé, il ne nous reste qu'à dépecer et à fumer ces lièvres. Ensuite, en route vers le royaume de France, ma belle !

– Oui, je suis ravie de reprendre la route. À nous le Nouveau Monde, mon Paco.

À cet instant, une forme surgit du boisé et sauta sur Paco en lui mettant le couteau sous la gorge.

– Si tu bouges, petit danseur de mes couilles, tu es mort !

– Basilio !!!

Mariana se rua sur lui et mordit de toutes ses forces le bras qui emprisonnait Paco par la poitrine.

– Sale petite garce ! Ça va te prendre plus que ça pour m'avoir. Tu remues encore un doigt et je lui tranche la gorge.

– Nooooon !

– Oh, que oui ! C'est un plaisir dont je rêve depuis presque trois semaines déjà, je ne m'en priverai pas, crois-moi.

– Que veux-tu de moi ? Je te le donnerai à condition que tu le laisses partir.

Paco se débattit sans succès.

– Non, Mariana, non !

Un rire pervers sortit des entrailles de Basilio.

– Vous me faites rire, tous les deux. Tu ne vois pas, ma très chère fiancée, que tu n'es absolument pas en position de négocier quoi que ce soit ?

– Je t'en prie, Basilio, je te donnerai tout ce que tu désires.

– Ha ! Ha ! Je l'aurai de toute façon, et bien plus encore... Tu ne peux pas imaginer *tout* ce que je désire de toi.

– Cours, Mariana, sauve-toi !

– Bouge d'un poil et il est mort !

– Ne t'occupe pas de moi, mon amour, sauve-toi !

– Non, Paco ! Je ne pourrais pas vivre sans toi, surtout en sachant que je t'ai tué moi-même pour sauver ma peau. Nous avons perdu...

– Il me tuera de toute façon, alors sauve au moins ta peau à toi ! Ne le laisse jamais te toucher, tu m'entends ?

– Je la toucherai partout où *je* le veux. Et comme je l'entendrai. Bon ! Assez perdu de temps. Fais tes prières, mon gars. Dès que je me serai débarrassé de toi, je ramènerai cette jeune femme chez son père. Elle est encore vierge, n'est-ce pas ? Tu n'y as pas touché avant le mariage, je me trompe ?

Mariana avança d'un pas.

– Ça, sale bâtard, ça ne te regarde pas !

– Oh que oui, ça me regarde ! Tu es ma fiancée et j'ai bien l'intention de te prendre vierge, ma chère. Et j'ai assez attendu. Vierge, tu ne le seras plus dans quelques minutes. Quand je te ramènerai chez ton père, tu m'appartiendras déjà.

Tout à coup, il fut assailli par une bête noire enragée qui le fit tomber au sol et lui fit perdre son couteau. Mariana se précipita pour s'en emparer, mais il fut plus vite qu'elle et l'attrapa en un éclair. Paco avait eu le temps de se saisir de son propre couteau et lui sauta dessus en lui assenant un grand coup dans la poitrine, au même instant où il en recevait un qui lui déchira le bras. Chico mordit à belles dents le bras droit de l'intrus qui lâcha son arme et se mit à gémir en plaçant ses deux mains sur sa poitrine d'où un filet de sang giclait. D'un ton voilé, il lança :

– Tu vas me payer ça, Mariana !

Paco se pencha vers Basilio pour constater la gravité de ses blessures. De la pointe de sa chaussure, Mariana donna un petit coup sur l'épaule du blessé.

– Maintenant c'est toi, Basilio qui n'es plus en mesure de menacer. Tu vas mourir, c'est clair. Tu n'as que ce que tu mérites. Allons, Paco, partons au plus vite.

Un grand frisson parcourut le dos de la jeune femme en regardant cet homme tant méprisé s'éteindre. Elle aurait dû se sentir désormais libre, rassurée et confiante, mais une sourde appréhension envahissait son estomac et elle courut à l'orée du bois pour vomir tout ce qu'il contenait. Après que Paco lui eut lavé le visage d'un linge humide, elle releva résolument la tête et les épaules.

– Faisons nos bagages et partons, nous avons encore quelques heures de clarté devant nous. Bon chien, Chico, tu nous as sauvé la vie. Viens, suis-nous.

50

Séville, de nos jours

Cette fois encore, France avait conscience que son corps était resté sur la piste de danse et qu'une partie d'elle-même s'en était dissociée pour se retrouver dans un cimetière.

Mais pourquoi cet endroit ?

Une paire d'yeux et une conscience, voilà ce qu'elle était devenue. Pourtant, elle se voyait avancer dans les allées de terre, entre les pierres tombales, comme si ses jambes la soutenaient. Quelle sensation bizarre ! Malgré sa crainte oppressante de ne pas pouvoir réintégrer son corps, une force impérieuse la conduisait sur le chemin.

Elle traversa une petite clôture qui semblait séparer les sépultures plus imposantes des plus simples. Ici, tout affichait la richesse de ceux qui y reposaient. Machinalement, elle s'arrêta devant une pierre toute neuve qui trônait devant un monticule de terre fraîche couvert de bouquets de fleurs. Sur le marbre rose était gravée une fontaine déployant des jets d'eau, entourée d'oiseaux qui venaient s'y abreuver. Elle lut :

« À la mémoire de notre mère chérie, Luisa Moreno-Canteras, 1600-1649. Toi, si dévouée aux tiens, et si éprouvée par les tiens, tu nous manqueras pour toujours. »

1649. Elle avait donc abouti dans ce cimetière quelque neuf ans après la lettre que Mariana lui avait envoyée pour l'aviser de son départ. Hum... son deuxième passage dans le vortex semblait donc l'avoir ramenée à la même époque, mais pas au même moment. Sur la pierre suivante on pouvait lire : « À la mémoire de mon épouse adorée, Ana-Clara Belez-Campo, 1623-1643. Tu nous as quittés trop tôt, mon adorée. Jamais je ne t'oublierai. » Celui-là, se dit France, avait perdu sa femme très jeune... Pauvre lui.

Mais pourquoi diable se promenait-elle autour de ces tombes inconnues ? Elle regarda la tombe suivante et son cœur ne fit qu'un bond : Mariana Moreno-Estrella, 1623-1___. Mon Dieu ! Voilà pourquoi ses jambes fictives l'avaient portée jusqu'ici ! Mariana ! Aucune date de décès. Pourquoi aurait-on dressé une pierre tombale à son nom si elle n'était pas morte ? Un phénix, très semblable à la statuette trouvée dans le coffre, était sculpté sur la pierre. Au-dessous, ou pouvait lire. « Mariana, ta trop courte vie faite de bravoure nous fait mieux comprendre la valeur des choses. »

Elle ne put réfléchir plus longtemps à la question. Une chaleur l'envahit soudainement, tout devint noir autour d'elle et un couloir velouté la ramena dans son corps, toujours sur la piste de danse. Comment ce corps avait-il pu continuer de danser pendant tout le temps où elle avait visité le cimetière ? Son esprit pouvait-il se dédoubler ? Une partie s'envolant dans un autre temps et une autre, veillant à ce que son corps continue sa vie normale ? Toujours est-il que la musique se taisant, sur des jambes flageolantes, France fit les quelques pas qui la séparaient de la table où Marta et elle s'étaient assises auparavant. Les deux femmes se laissèrent tomber en même temps sur leur chaise en pouffant de rire. Marta souleva d'une main la frange de cheveux sur son front tout en utilisant l'autre en guise d'éventail.

– Ouf ! Ça fait du bien de se défouler ainsi, mais il fait chaud !

– Tu parles ! On dirait un four, ici.

– Dis donc, *Francia*, tu as l'air vraiment crevée. Tu veux rentrer ?

– Oui, s'il te plaît, je dois te parler. Ici, il y a trop de bruit.

Le samedi matin, France et sa nouvelle amie avaient parcouru sept cimetières avant de trouver celui où elle s'était rendue bien malgré elle la veille au soir. Dès leur arrivée, des frissons avaient parcouru ses bras et son dos. L'appréhension la tenait à la gorge. Ses cheveux lui collaient au front et dans le cou, elle avait chaud et se sentait de plus en plus accablée par cette course aux morts.

– Tu es sûre, *Francia*, que c'était ici ? Je ne veux pas te fâcher, mais... serait-il possible que tu aies tout imaginé ça ?

France avait enfoui son visage dans ses mains en s'écriant :

– C'est bien ça, le problème. *Tout* est possible. *Tout.* Comment veux-tu que je me débrouille dans cet imbroglio ? Marchons par là... Mon petit doigt me dit que nous sommes arrivées au bon endroit. Enfin, je l'espère, sinon je vais finir par croire, comme toi, que j'ai fantasmé hier soir.

Elle s'était élancée sur le sentier de gravier beaucoup mieux entretenu que celui de la veille, Marta à ses trousses, et s'était arrêtée pile devant un petit groupe de tombes.

– Regarde ! Je te l'avais bien dit ! Mariana Morena-Estrella. Tu vois : 1623-1___.

Marta, les pouces entrés dans les poches arrière de son jean, frottait du bout de sa sandale l'herbe sèche devant la tombe de Mariana Moreno-Estrella. Si cette histoire l'excitait, elle la rendait tout de même perplexe. Tout cela était nouveau pour elle et elle ne savait pas jusqu'où elle pouvait se laisser aller sans tomber dans la magie ésotérique « nouvel âge ». Mais force était de constater la véracité des dires de son amie. Et le phénix ! Qui avait bien pu graver sur cette pierre le double de la figurine qu'elle avait trouvée dans le coffre ?

– Tout ça est très mystérieux, *Francia*. Si tu y comprends quelque chose, je t'en prie, éclaire ma lanterne.

– Ne t'en fais pas. Je n'y comprends absolument rien moi non plus. Allons voir au presbytère si quelqu'un peut nous aider à y voir clair.

Personne ne répondant au presbytère ce jour-là, elles avaient dû prendre leur mal en patience et attendre au lundi matin. Les deux femmes prirent congé du travail en prétextant un malaise quelconque, puis elles se mirent en route vers la paroisse Santa Madre del Cristo.

Dans sa tunique noire, assis derrière un ancestral bureau de chêne, le vieux curé scrutait à la loupe les quelques documents qu'il avait sortis d'un des innombrables classeurs que possédait le presbytère.

France fixait avec étonnement un ordinateur qui trônait sur le coin droit du bureau. Dans cette pièce vieillotte, sur ce bureau ancien, il était aussi voyant qu'un immense bouton rouge en plein milieu d'un nez. Le curé releva la tête et sourit.

– Vous vous demandez bien ce que je peux faire de cet instrument, n'est-ce pas ?

– Eh bien...

– Je ne m'en sers pas. Tous nos registres ont été informatisés... pour la prochaine génération, je suppose. Quant à moi, je préfère ma bonne vieille méthode. C'est à peine si je sais trouver le bouton de mise en marche sur ce machin, alors pour le reste... Je suis plus efficace ainsi.

Et il retomba le nez dans ses papiers.

– J'ai ici les actes de naissance, de mariage et de décès de la famille Morena-Estrella. Ils sont difficiles à lire, car la langue espagnole a beaucoup évolué depuis cette époque. Voyons voir... Luisa Moreno-Canteras, mariage en 1618 avec Alvaro Estrella-Rubio. Premier enfant, Pilar Moreno-Estrella, née en 1619. Laissez-moi chercher son acte de décès.

– Pas la peine, mon père. Je ne m'intéresse qu'à Mariana.

– Cette requête est bien singulière. Pourquoi vous intéressez-vous à cette personne ?

– C'est une très longue histoire, mon père. Disons que je crois être une de ses descendantes.

– Ah bon. Mariana... Mariana...

Il feuilletait un à un les papiers qu'il tenait à la main, humectant occasionnellement son pouce de sa langue pour mieux séparer les feuilles anciennes et usées.

– Ah ! Voilà ! Née en 1621. Laissez-moi éplucher les registres de mariage...

Les deux mains sur les bras de la chaise sur laquelle elle était assise, France devait se retenir pour ne pas s'élancer vers le bureau et faire ses propres recherches sur l'ordinateur. Dieu que ce vieux prêtre était lent !

– Je n'ai aucun registre de mariage pour cette personne. Sans doute s'est-elle mariée dans une autre paroisse ?

– Je n'en sais rien, mon père. Voulez-vous vérifier les archives de décès ?

Impatiemment, elle attendit que le père Pintos passe à la loupe un tas de vieilles feuilles.

– Étrange... étrange...

– Quoi ?

France avait élevé la voix en sautant presque hors de sa chaise, sans s'apercevoir que son attitude n'avait rien de normal. Le curé leva les yeux de ses papiers pour scruter cette jeune femme pour le moins exaltée.

– Voyez-vous, ma chère, j'ai bien ici un certificat de décès, mais il m'est impossible d'en déchiffrer la date. Seul le « 1 » est apparent. À la rigueur, il est possible de décrypter un « 6 », mais c'est tout. Comme si les autres chiffres s'étaient effacés.

– On tourne en rond, Marta. J'ai bien cru m'évanouir quand le curé m'a fait voir le certificat de décès de Mariana.

France tournait effectivement en rond dans la cuisine de Marta pendant qu'elle préparait le repas du soir pour sa famille.

– Pas tout à fait, *Francia*. Tu as tout de même découvert son nom de famille ainsi que celui de ses parents. On pourrait chercher des descendants ?

– Mais tu ne vois pas, Marta, que ça ne me donnerait pas grand-chose de plus ? Je dois aider Mariana dans sa vie du XVIIe siècle. Retrouver ses descendants ne m'aiderait pas à la retrouver, elle.

France se mit les mains sur la tête et feignit de s'arracher les cheveux.

– Maman, j'ai faim. Qu'est-ce qu'on mange ?

– Du saumon dans une sauce aux tomates séchées, du riz et du brocoli.

– Ouach ! Encore du poisson. Et j'aime pas le brocoli, moi.

Sur ce, il fit une grimace à sa sœur, qui se mit à hurler en le labourant de coups de poing.

– Adamo, tu mangeras ce qu'il y a sur la table, un point c'est tout. Pour l'instant, sortez, tous les deux. Ça sera prêt dans quinze minutes, va le dire à ton père.

Quand les deux enfants eurent gagné la cour arrière, Marta leva le bras sur son front et dit :

– Ouf ! Ça devait être plus tranquille pour toi avec seulement un enfant. Et une fille, qui plus est.

– Les filles aussi font des vagues, tu sais. À l'adolescence, leur problème, c'est les gars qui tournent autour d'elles. Ça change vite leur comportement.

– *Francia*, j'aime mieux ne pas trop avoir de détails tout de suite, sinon je crois que je vais résilier mon contrat de maman avant terme !

France prit cinq assiettes dans l'armoire, les déposa sur son bras droit en les tenant près du corps, et se dirigea vers la terrasse. Elle regarda Marta par-dessus son épaule et lança en souriant :

– Moi, j'ai toujours dit à Daphné que sa garantie se terminait à dix-huit ans. Elle a voulu acheter une garantie prolongée, mais j'ai refusé.

– Pourquoi ?

– Daphné doit vivre à Sherbrooke pour ses études. Moi, je voulais aller vivre à la campagne. Au divorce, j'ai eu droit à notre chalet, puisque mon mari gardait la maison. Je m'y suis donc retirée.

– Et tu ne t'es pas ennuyée ?

– Un peu, oui. Laisse-moi déposer ces assiettes sur la table de la terrasse, je reviens.

Le souper se déroula dans une ambiance de petits bonheurs accompagnés des inévitables chicanes entre les enfants. Même Camilo avait replacé un sourire sur ses lèvres et participait à la conversation des deux femmes.

– Comme ça, demanda Camilo d'un air mi-figue, mi-raisin, vous partez toutes les deux pour Saintes-Maries-de-la-Mer cette fin de semaine ?

France jeta un coup d'œil vers Marta.

– Oui, c'est le plan. J'aurai fini mon travail vendredi et j'avais prévu prendre une semaine de vacances dans cette ville avant de repartir.

– Et pourquoi cet endroit en particulier ?

France remonta le châle qui avait glissé de ses épaules.

– J'ai toujours été attirée par les Gitans, je ne sais pas trop pourquoi.

Marta prit la parole avec un grand sourire sur les lèvres.

– Imagine, Camilo, l'heureuse coïncidence ! La semaine prochaine, les Gitans seront au beau milieu de leur pèlerinage annuel aux Saintes-Maries-de-la-Mer ! France a voulu en profiter. Ce n'est pas fantastique, ça ? On dirait que la vie l'a amenée au bon endroit, au bon moment !

– Euh... oui. J'imagine.

Il lança un regard amoureux à sa femme, comme si son départ prochain la rapprochait de lui.

Rien de mieux que de partir pour se faire apprécier, pensa France.

51

Sur la plage, au-dessus d'une foule multicolore, se dressait une immense statue au visage sombre, vêtue d'une robe blanche et d'une cape rose au capuchon doublé de tissu lamé argent. Une couronne vieil or sur la tête, un bouquet de roses dans les mains, elle était portée par un groupe de Gitans vers la mer.

Sara. Elle irait attendre, sur le rivage, Marie Salomé et Marie Jacobé, toutes deux mères d'apôtres et persécutées en Palestine. D'après l'histoire, les deux saintes femmes auraient été embarquées sur un navire, puis laissées dans une barque sans voile ni rame, en compagnie de Marie-Madeleine et de Lazare. Le vent, la chance ou leur destin les aurait déposées sur ce rivage aujourd'hui nommé Saintes-Maries-de-la-Mer. Quant à Sara, le mystère entoure encore ce personnage pourtant célèbre depuis des siècles. Était-elle la servante des saintes femmes ou celle qui les avait accueillies lors de leur arrivée ?

France, habituée autant à la solitude qu'aux grands espaces inhabités, vivait des moments où se partageaient le plaisir de l'inconnu, l'excitation de la foule et l'angoisse de se retrouver coincée dans ce bain d'humains grouillants, parfois puants, rieurs, gueulards, et somme toute, assez sympathiques. Elle avait fermement passé son bras sous celui de son amie et les deux femmes se frayaient un chemin dans la foule dans l'espoir se s'approcher de la statue de Sara.

– J'ai bien pensé finir étouffée par cette foule, tout à l'heure ! s'exclama France. Mais quelle merveille ! Je n'avais jamais rien vu de semblable.

Après la descente de la statue sur la plage, les gens s'étaient lentement dispersés et les deux amies déambulaient sur une place publique.

Fatiguées, elles s'assirent sur un banc. France retira l'élastique de ses cheveux et laissa sa chevelure rousse retomber en cascade sur ses épaules. Au même instant, un événement curieux se produisit. France ferma les yeux et vit, comme si elle s'y trouvait, une scène d'une autre époque. Mariana, souriante, se faisait coiffer d'un foulard triangulaire. Ses longs cheveux noirs débordaient de l'étoffe, derrière son dos, et une mèche ondulée retombait, indisciplinée, sur son front. L'atmosphère était à la fête, un feu de camp projetait joyeusement ses flammes dans le soir tombant et un jeune homme, Paco, se faisait offrir un verre de vin.

D'une voix émue, France ouvrit les yeux et s'adressa à son amie.

– Je crois, Marta, que Mariana et Paco se sont mariés ici même. Malgré leur bonheur apparent, j'ai un sentiment de devoir non accompli. Une intuition désagréable...

✧ ✧
✧

– Tu sais, *Francia*, tu vas me manquer. Ces trois semaines avec toi m'ont fait vivre des histoires incroyables auxquelles je ne me serais jamais attendue.

– Tu vas me manquer aussi, Marta. C'est une grande chance qu'on se soit si bien entendues, n'est-ce pas ?

Le regard mystérieux, Marta tendit à France une petite boîte de carton blanc.

– Tiens, c'est pour toi.

– Un cadeau ?

– Ce n'est pas vraiment un cadeau.

France décacheta la boîte et souleva le couvercle. Elle ouvrit toute grande la bouche en apercevant le phénix.

– Tu ne peux pas me le donner ! Est-ce que tu te rends compte que c'est de l'or ? C'est toi qui l'as trouvé...

– Je pense qu'il te revient.

– C'est trop, voyons !

– Écoute, *Francia*, toute cette histoire te concerne de près. Mon rôle à moi y est très secondaire.

– Je ne sais pas comment te remercier, Marta.

– Tu as mis du piquant dans ma vie, c'est déjà beaucoup !

France ressentit Mariana très fort, comme si le phénix les reliait l'une à l'autre. Elle déposa religieusement la boîte dans le coin de sa valise, la boucla et se tourna vers la fenêtre.

– Je ne comprends toujours pas exactement ce que je suis venue faire ici. Je n'en sais pas beaucoup plus sur Mariana, et ce que j'en ai appris ne m'aide pas vraiment. A-t-elle réellement besoin de mon aide ? Et si oui, pourquoi ? Quand ? Comment ?

Marta fit le tour de la chambre du regard pour s'assurer qu'elles n'avaient rien oublié.

– *No se, amiga*. Quoi qu'il en soit, tu promets de me tenir au courant ?

– Bien sûr. Prête ?

– Direction Saintes-Maries-de-la-Mer. On arrête dans un bistro pour une bouchée, puis je te reconduis au terminus d'autobus avant de reprendre la route pour Séville.

– Une bonne bouchée. Et un petit verre de vin... ou deux. J'en ai pour environ une heure et demie d'autobus avant d'arriver à Marseille et là, l'avion ne part pas avant 19 h 15 pour Paris. Ensuite, c'est le départ pour Montréal. Ouf ! Rien qu'à penser au voyage, ça me fatigue.

La ville s'était déjà dépouillée d'une grande partie de ses touristes et les deux femmes n'eurent aucune difficulté à trouver un stationnement devant leur bistro préféré. Elles avaient découvert cet endroit trois jours après leur arrivée et l'avaient adopté pour le reste de leur séjour. Niché sur le bord de la route, entre une boutique de souvenirs et une banque, coquet, sombre à l'intérieur pour se prémunir des grosses chaleurs, il possédait une terrasse à l'arrière sur un jardin tout fleuri où une multitude d'oiseaux s'égosillaient gaiement. La nourriture y était excellente et l'ambiance agréable.

Elles avaient traversé le bistro pour en ressortir à l'arrière sur la terrasse et se dirigeaient vers une table recouverte d'une nappe blanche immaculée quand France ressentit un frisson parcourir sa nuque et grimper rapidement sous sa crinière, jusqu'au sommet de la tête. Saisie par cette sensation sublime et imprévue, elle allait se retourner quand elle entendit :

– *Francia* !

Elle se figea sur place et se retourna lentement, très lentement, comme si sa vie se déroulait au ralenti. Elle avait envie de rire et de pleurer en même temps. De s'enfuir à toute vitesse et d'accourir irrésistiblement vers cette voix. De pardonner et de condamner. Elle comprenait maintenant la raison de ce voyage...

Déchirée, elle restait là sans bouger et il s'avança vers elle. À cause du soleil d'après-midi dans son dos, elle ne voyait que sa silhouette. Mais cette silhouette... et cette voix, elle les aurait reconnus n'importe où.

– Calixto !

52

Saintes-Maries-de-la-Mer, juin 1639

Dans le ciel piqué d'étoiles, la lune d'un blanc d'ivoire recouvrait la terre de sa splendeur étincelante. Un vent léger jouait dans les arbres feuillus, soufflait sur les quelques braises en train de mourir au centre des roches, courbait les longues herbes qui couraient à l'orée du bois. Chico dormait paisiblement aux pieds de ceux qu'il considérait dorénavant comme ses maîtres, en ronflant par à-coups.

Son corps délicieusement meurtri par sa première nuit d'amour, son cœur gonflé par une passion ardente à tel point qu'elle se demandait comment il pouvait encore tenir dans sa poitrine, Mariana était étendue à côté de celui qui était devenu aujourd'hui son mari.

Son mari.

Elle n'en revenait pas ! Elle était liée à Paco selon les traditions gitanes et rien, jamais, ne pourrait briser les vœux sincères qu'elle avait prononcés cet après-midi.

Il était son mari. Son mari pour la vie.

D'une main légère, elle caressa la longue jambe ferme passée par-dessus son corps. Le poids de cette jambe sur son ventre la remplissait d'une joie grandiose, tellement puissante qu'elle lui faisait presque mal.

Elle avait entendu des femmes raconter la peur de leur première nuit de noces, parler de la tendresse ou encore de la brutalité de leur nouvel époux, expliquer l'embarras qu'elles avaient ressenti. Mariana, elle, n'avait connu ni crainte ni timidité. Au contraire. Elle désirait ce moment depuis si longtemps qu'à peine Paco avait-il effleuré son ventre sous sa blouse, elle s'était sentie s'épanouir comme une fleur mature à sa première éclosion. Ses jambes s'étaient ouvertes d'elles-mêmes, son dos, mû par l'instinct, s'était arqué sous le toucher enivrant de son homme. Elle aurait voulu arracher ses propres vêtements ainsi que ceux de Paco, mais il ne l'entendait pas ainsi.

— Tout doux, ma belle, lui avait-il murmuré entre ses lèvres, alors qu'il faisait doucement glisser sa langue sur le pourtour de sa bouche. Nous avons toute la nuit et j'ai bien l'intention de t'en faire profiter.

Et en profiter, elle l'avait fait. Entre chaque bouton de sa blouse qu'il déboutonnait, Paco avait pris le temps de lécher et d'embrasser le nouveau petit bout de peau qu'il venait de découvrir jusqu'à ce qu'apparaissent ses seins aux bourgeons fermes qui l'attendaient avec impatience. Elle s'était cambrée avec tant de force que, dans sa surprise, il avait mordu le mamelon érigé, ce qui avait provoqué chez elle un sursaut et un cri de plaisir autant que de douleur.

— *Dios* ! Paco, je ne savais pas que ça pouvait être aussi bon !

Plusieurs heures durant, elle avait découvert le corps merveilleux de Paco ainsi que son propre plaisir qui n'avait rien

446

de comparable avec celui qu'elle s'était donné à elle-même à certains moments et qui, somme toute, n'avait pour but que de la libérer d'un trop-plein de désir.

Étendue sur le dos, le poids de son homme sur elle, elle était heureuse comme elle n'aurait jamais pu l'imaginer.

Ils étaient arrivés aux Saintes-Maries-de-la-Mer trois semaines plus tôt et avaient été chaleureusement accueillis par la communauté gitane qui y vivait. Mariana s'était vite faite à leurs coutumes et, en retour, ils l'avaient adoptée comme l'une des leurs. Oui, elle *était* l'une des leurs.

De son pied, elle frôla l'autre jambe de son amoureux. Elle ne pouvait s'empêcher de le toucher, de sentir sa présence et sa force, de s'abreuver au contact de sa peau. Ils avaient réussi ! Elle était libre, pour toujours ! *Libre !*

Elle n'oublierait jamais sa famille, bien sûr, mais déjà elle s'en était créé une autre... temporaire. Qu'elle devrait quitter bientôt. Elle avait voulu convaincre Paco de rester ici, aux Saintes-Maries-de-la-Mer, avec les siens, maintenant que le danger était passé. Mais il avait refusé.

– Nous avons laissé Basilio pour mort, mais nous n'avons pas la certitude qu'il le soit vraiment. Non, Mariana, nous ne serons en paix que de l'autre côté de l'océan.

Mariana n'avait pu contester. Elle-même, malgré ses espoirs, sentait encore le danger qu'elle essayait pourtant d'ignorer en se disant que leur expérience avec Basilio l'avait simplement rendue trop nerveuse. Elle avait alors supplié Paco pour qu'ils emmènent Chico avec eux, mais il avait rejeté l'idée. Le chien avait maintenant des gens pour s'occuper de lui ainsi que plusieurs amis canins, vivant tous dans ce grand campement. Le voyage serait déjà difficile pour eux, il ne voulait pas l'alourdir par la présence de cet animal qui serait sous leur responsabilité.

– Nous avons bien assez des chevaux, *cara*. Ils nous seront nécessaires, mais Chico...

Dans son cou, la respiration lente et régulière de son mari la rassurait. À quoi ressembleraient les étoiles de l'autre côté de l'océan ? Y verrait-elle les mêmes ? Et le climat ? La végétation ? Les animaux ? Les gens ? Son oncle Edmundo lui avait parlé d'indigènes presque noirs, les yeux en amande, les cheveux noirs et raides. Il lui avait aussi parlé de régions très froides, plus au nord. Froides comme la Russie. Il s'y était rendu pour vivre une expérience différente et voir s'il était possible d'y faire du commerce. Mais le froid ne lui avait pas plu et il avait repris le chemin du sud. Il avait fini par s'établir définitivement à Santiago. Heureusement, là, elle retrouverait une partie de sa famille. Elle était certaine qu'il les aiderait à s'établir.

À quoi Paco pensait-il dans ses moments de silence ? S'ennuyait-il, lui aussi, de sa famille ? Il n'en parlait jamais. Était-il parfois aux prises avec des craintes envahissantes ?

Dans un demi-sommeil, il plaqua une longue main sur un de ses seins et cela suffit pour que toutes les questions troublantes fuient son esprit. Ils étaient là, tous les deux, et rien d'autre ne comptait plus. Dans quelques jours, ils reprendraient la route jusqu'à Marseille et embarqueraient pour le Nouveau Monde. La vie s'ouvrait devant eux. Basilio n'était plus qu'un mauvais rêve.

Une douleur sourde lui arracha un cri plaintif.

Flavia l'entendit, se leva de la chaise où elle tricotait un chandail de laine pour son plus jeune et se pencha vers le jeune homme que son mari avait ramené à la maison à moitié mort une semaine plus tôt. Il avait reçu un coup de poignard qui lui aurait été fatal sans le secours de Leandro, qui passait par là par hasard et l'avait entendu gémir.

Tous les jours, elle lavait et désinfectait ses plaies avec de l'eau, dans laquelle elle avait fait bouillir de l'ail ou de l'ortie, et les rebandait ensuite avec des lisières de coton propre. Elle lui appliquait aussi quotidiennement des cataplasmes de pourpier pour faire baisser sa fièvre. Plusieurs fois par jour, elle le soulevait de ses bras solides et lui faisait ingurgiter, goutte à goutte, des décoctions de bourrache. Au début, Flavia pensait perdre son temps tellement le jeune inconnu avait perdu du sang et sa fièvre était forte, mais il était jeune et vigoureux. Lentement, sa fièvre baissait et ses plaies cicatrisaient bien. Il n'était pas encore conscient, mais elle avait confiance en sa guérison.

En ouvrant les yeux, Basilio vit au-dessus de lui un visage de femme. Un visage inconnu, buriné comme un vieux cuir, ridé. Où était-il ? Il essaya de parler, mais n'en trouva pas la force et réussit seulement à marmonner quelques sons inintelligibles. Tout à coup, affolé, il agrippa le bras de la femme et tira sur sa manche.

– Reposez-vous, jeune homme. Vous voilà hors de danger maintenant. J'me nomme Flavia et c'est mon mari qui vous a ramené ici. J'ai bien cru vous perdre à quelques reprises, vous m'avez causé de ces frousses ! Qui c'est que j'aurais averti, moi, s'il vous était arrivé malheur ? Bon, je parle trop. Vous êtes en vie, c'est bien ça qui compte, non ? Alors, reposez-vous. Maintenant que vous reprenez conscience, j'vais vous préparer un bon bouillon de poulet. Ça remonte un homme, ça !

Basilio referma les yeux sans comprendre ce qui se passait. Que faisait-il là ? Il ne se souvenait de rien. Épuisé, il se rendormit.

– Il s'est réveillé quelques minutes aujourd'hui.

Leandro jeta un coup d'œil dans le coin de la pièce où reposait le malade.

– Eh bien ! C'est pas trop tôt ! On va sans doute enfin savoir d'où il vient et ce qui lui est arrivé. Après tout ce temps à le sortir des bras de la grande faucheuse, on mérite bien de savoir à qui on a affaire.

Quand Basílio ouvrit les yeux pour la deuxième fois, il put voir, à la lumière du jour, que c'était le matin. Une douleur vive empoignait sa poitrine et il y porta les mains pour s'apercevoir qu'elle était bandée. Horrifié, il essaya de regarder mais le mouvement lui fit mal et il dut reposer la tête sur l'oreiller. D'où venait cette douleur ? Que faisait-il dans un endroit inconnu ? Il voulut crier, mais seul un pauvre râle sortit de sa gorge. Il essaya de se lever, mais son corps, trop faible, ne voulut pas répondre. Il agita les bras pour appeler au secours mais personne ne semblait réagir à son appel.

53

Les femmes bavardaient ensemble au bord de la rivière tout en lavant les jupes, culottes et chemises de la famille. Avec un gros pain de savon de suif, elles frottaient particulièrement les cols, les dessous de manches et les fonds de culottes. Mariana n'avait jamais lavé son propre linge, ils avaient une servante à la maison pour ce genre de chose. Elle regardait faire les autres femmes et les imitait avec ses propres vêtements et ceux de Paco. Ils repartiraient bientôt et feraient un long voyage sans pouvoir se laver à leur guise. Elle tenait donc à ce que leurs vêtements soient propres.

– Tiens, j'ai fini mon lavage, Mariana. Donne-moi cette robe, je te la lave.

Mariana allait la lui passer quand elle se rappela que toute sa richesse était cousue dans l'ourlet de cette robe. Elle hésita. Les Gitans avaient des codes précis et elle ne voulait pas froisser Berta qui lui offrait gentiment son aide. Ce n'est pas qu'elle ne lui faisait pas confiance, non, mais, à part Paco, personne ne connaissait son secret.

– Tu voudrais bien laver les chemises de Paco ? Cette robe est très encombrante, je préfère m'en occuper.

– Bien sûr, *amiga*.

Elle avait juré à son entêté de mari qu'elle possédait bien assez de ressources pour payer leurs deux traversées mais il avait catégoriquement refusé. Il avait tenu à travailler pour payer lui-même les billets.

– Je suis ton mari, c'est à moi de pourvoir à tes besoins, ma chérie.

– Tu t'imagines peut-être que je me promène avec une robe lourde de trois fois son poids juste pour m'amuser, tête de mule ?

– Tu feras ce que tu voudras de cet argent quand nous serons arrivés là-bas. Pour l'instant, tu fais ce que je te dis et tu me laisses payer nos billets pour le voyage.

– Mais c'est toi qui dis que nous ne serons en sécurité que de l'autre côté de l'océan, et maintenant tu retardes notre départ pour une stupide question d'orgueil.

Paco, hésitant, changea de sujet.

– Mariana, je me sens tout drôle depuis quelques jours. Comme si le fantôme d'un homme que je connais bien tournait autour de moi, me frôlait, m'entourait, pour ensuite s'insérer en moi... comme s'il était moi...

– Tiens, c'est drôle ! Moi, c'est *Francia* que je revois en rêve depuis quelque temps...

– *Francia* ?

– C'est une longue histoire. *Francia* est une sorte de fantôme... qui vient du futur. Depuis mon enfance, nous sommes

452

en contact, sans que je n'aie jamais compris comment ça se passe. C'est fou, mais j'ai l'impression qu'elle me cherche, ici même.

Paco s'ébroua. Il se dit que l'angoisse de leur fuite les avait rendus quelque peu insensés. Vivement le départ pour le Nouveau Monde ! Encore quelques jours à travailler, gagner assez d'argent pour partir, et ils seraient libres, enfin.

Basilio faisait ses premiers pas dans la cabane quand Flavia entra, chargée d'un panier de légumes et de plantes.

— Je vois que vous faites des progrès, mon p'tit monsieur.

Il détestait se faire appeler ainsi : mon p'tit monsieur. Chaque fois qu'elle le faisait, il avait envie de lui sauter dessus et de lui arracher ces mots de la bouche pour ne plus les entendre. Mais il prenait son mal en patience. Sans elle et son mari, il serait assurément mort, il leur devait bien un peu de respect. Sans compter que la mémoire commençait à lui revenir, bribe par bribe.

Au début, il avait paniqué. S'il se souvenait de son prénom, Basilio, rien d'autre ne faisait surface dans son esprit confus. Pendant quelques jours, il s'était efforcé sans relâche de redécouvrir son identité et sa vie. Il s'était donné mal à la tête sans résultat. La fermière avait beau lui demander d'où il venait, ce qu'il faisait dans la région, il n'en avait plus aucune idée. Si au moins elle avait reconnu la provenance de son accent, mais malheureusement, elle ne l'avait jamais entendu.

— Avec ces habits que vous portiez quand mon mari vous a trouvé, je dirais bien que vous êtes de bonne famille, mon p'tit monsieur. Ce sont des vêtements de riche, ça.

Il avait beau se creuser la tête, rien n'y faisait. Si son corps reprenait des forces de jour en jour, sa tête, elle, restait vide de tout souvenir.

Puis un matin, en s'éveillant, il se rappela qu'il venait de Séville. Oui, c'était ça, Séville. Tout excité, il s'écria :

– Madame Flavia, madame Flavia ! Je suis de Séville !

– Séville ? Mais c'est très loin d'ici, dans le sud. Vous devez être parti depuis un sacré bout de temps !

– Je ne sais pas...

Séville... dans le sud... Que faisait-il donc dans le nord de l'Espagne ? Dès qu'il pourrait monter en selle, il repartirait pour Séville. Là, chez lui, il retrouverait sans doute la mémoire.

Quelques jours plus tard, en après-midi, un brouhaha se fit entendre au loin sur la route pour se rapprocher. Basilio discerna des cris d'enfants, des jappements, des hennissements, le bruit de roues sur les cailloux et le tohu-bohu d'une foule en marche. Il n'arrivait encore qu'à peine à se tenir sur ses jambes quelques minutes et il était assis sur une chaise devant la cabane.

– Qu'est-ce que c'est que ce vacarme, madame Flavia ?

– Oh ! Ce sont les Gitans. Ils passent ici à tous les ans vers cette date. Je crois qu'ils font une sorte de pèlerinage dans le royaume de France, tout près d'ici.

Les Gitans ! Tout à coup, tout lui revint en mémoire. Mariana, en fuite avec un Gitan... Ses fiançailles ridicules... Sa course pour rattraper sa fiancée... Sa haine pour les deux fuyards...

– Madame Flavia, préparez-moi quelques victuailles, s'il vous plaît. Et demandez à monsieur Leandro d'apprêter mon cheval. Je dois partir immédiatement.

– Mais ce n'est pas possible, mon p'tit monsieur. Vous tenez à peine sur vos jambes.

Il se leva et entra dans la chaumière pour faire ses maigres bagages, suivi par Flavia qui lui répétait d'être raisonnable.

– Je pars, et cessez de m'appeler « mon p'tit monsieur ». Vous êtes curieuse, hein ? Et votre mari, donc, qui n'arrête pas de me tirer les vers du nez pour savoir ce qui m'est arrivé ? Eh bien ! Vous lui direz que je suis à la poursuite de ma fiancée qui s'est sauvée avec un de ces fichus Gitans.

En montrant les bandages qui entouraient encore sa poitrine, il continua :

– C'est lui qui m'a mis dans cet état et il va payer pour ça, je vous le jure !

Le blessé ressortit de la maison, son sac à l'épaule, et s'élança vers l'écurie pour s'affaisser juste devant son cheval. Flavia arriva en courant.

– Vous voyez bien que je ne vous n'êtes pas assez fort pour partir, monsieur Basilio.

Basilio appuya ses paumes au sol et releva péniblement, un à un, les genoux. Flavia voulut l'aider, mais il refusa.

– Ôtez-vous de mon chemin, je peux le faire seul !

Il agrippa le montant de la clôture à deux mains et se releva, hors d'haleine. Des gouttes de sueur perlaient sur son front et au-dessus de la lèvre. De sa manche, il les essuya et reprit son souffle. Il devait partir. Maintenant !

Marseille ! Mariana s'attendait à un port semblable à celui de Séville et fut surprise de la différence. Chez elle, c'était le fleuve qui emportait les bateaux au loin alors qu'ici, la mer embrassait le rivage. L'air avait une odeur différente, salée, et une texture moite. Même les gros bateaux ressemblaient à de petites bestioles sur cette immensité d'eau alors qu'à Séville ils remplissaient l'espace du fleuve.

Ils étaient arrivés depuis une semaine, avaient acheté leurs billets pour la traversée et partaient le lendemain.

La semaine dernière, chez les Gitans qui les avaient accueillis, les groupes de voyageurs avaient commencé à arriver un à un. La grande famille de Paco avait fait son apparition elle aussi et les retrouvailles s'étaient faites dans les rires et les pleurs tout à la fois. Ils avaient prévu partir après les festivités mais, une nuit, les cris de Mariana avaient éveillé Paco en sursaut. Instinctivement, il s'était saisi de son couteau, qu'il gardait toujours près de lui. Prêt à la défendre, il avait fini par se rendre compte que Mariana avait lancé un cri à cause d'un cauchemar.

– Paco, partons au plus vite ! Je sens le danger nous menacer. Il n'est pas mort, j'en suis convaincue ! Paco, je t'en prie, partons !

Après des adieux renouvelés, ils avaient quitté le campement. Quelqu'un avait dû attacher Chico qui ne comprenait pas que ses maîtres partent sans lui. Sa longue plainte de jappements misérables était le dernier son qui leur était parvenu. Mariana en avait eu le cœur brisé, mais avait continué sa route bravement, sans se retourner.

Ils campaient tout près du port, prêts à s'embarquer le lendemain. Assis côte à côte, ils regardaient la mer devant eux, la tête remplie d'espoir et de projets d'avenir.

– Bientôt, *cara*, nous ferons nos premiers pas sur une nouvelle terre.

À suivre...

À PARAÎTRE

La danse du temps
Tome II

COLLECTION «SIXIÈME SENS»

SYLVIE GAYDOS

Impasse

ÉDITIONS DE MORTAGNE

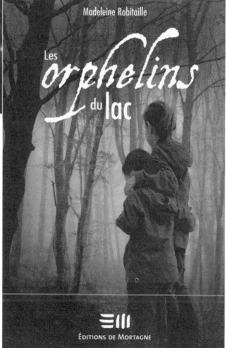

Madeleine Robitaille

Les orphelins du lac

ÉDITIONS DE MORTAGNE

Imprimé sur du papier 100 % recyclé